莎士比亚全集

The COMPLETE WORKS of
WILLIAM SHAKESPEARE

5

· 第五卷 ·

〔英〕威廉·莎士比亚 ♦ 著

梁实秋 ♦ 译

湖南文艺出版社
HUNAN LITERATURE AND ART PUBLISHING HOUSE

博集天卷
CS-BOOKY

· 长沙 ·

目　录

泰 特 斯 · 安 庄 尼 克 斯

Titus Andronicus

序

一 版本

一五九四年书业公会登记簿上记载着：

vjto die ffebruarii. John Danter. Enterd for his Copye vnder thandes of bothe the wardens a booke intituled a Noble Roman Historye of Tytus Andronicus.

第一版四开本刊于一五九四年，其标题页如下：

THE/ MOST LA- / mentable Romaine/ Tragedie of Titus Andronicus: / As it was Plaide by the Right Ho-/ nourable the Earle of Darbie，Earle of Pembrooke，/ and Earle of Sussex their Seruants. / 〔Device〕/ LONDON, / Printed by Iohn Danter, and are/ to be sold by Edward White & Thomas Millington, / at the little North doore of Paules at the/ signe of the Gunne. / 1594

第一四开本现仅存有一册，于一九〇四年于瑞典发现，现藏于美国福哲图书馆，有影印本行世。

第二版四开本刊于一六〇〇年，其标题页如下：

The most lamenta-/ ble Romaine Tragedie of Titus/ Andronicus. / As it hath sundry times beene played by the/ Right Honourahle the Earle of Pembrooke, the/ Earl of Darbie, the Earl of Sussex, and the/ Lorde Chamberlaine theyr/ Seruants. / AT LONDON, / Printed by I. R. for Edward White/ and are to be soled at his shoppe, at the little/ North doore of Paules, at the signe of/ the Gun. 1600.

第二版四开本现存二册，一在哀丁堡大学图书馆，一在美国亨丁顿图书馆。排印较第一版略优，尤其是在标点方面。

第三版四开本刊于一六一一年，其标题页如下：

THE/ MOST LAMEN -/ TABLE TRAGEDIE/ of Tittus Andronicus. / AS IT HATH SVNDRY/ times been plaide by the Kings/ Maiesties Seruants. /〔Device〕/ LONDON, / Printed for Eedward White, and are to be solde/ at his shoppe, nere the little North dore of/ Pauls, at the signe of the/ Gun. 1611

此本现存十四册。在字句舛误之处较以前版本略有改正，但亦有很多新的错误。此本唯一的价值在于成为第一对折本的蓝本。

第一对折本刊于一六二三年，除增加数行及舞台指导外，复增加整个一景，即第三幕第二景。这增加的一景，显然是根据另一抄本，但何以除了检出这一景加进去之外没有再加利用这一抄本？这是一个问题。可能，如威尔孙所说，准备对折本稿本的人仅是选了一景添加进去，根本没有阅览其他部分。

另有残稿一页，所谓 The Longleat Manuscript，甚有趣味，是 E. K. Chambers 所发现的，上面是一张插图，画者为 Henry Peacham，画的是 Tamora（哥特人之女王）跪在泰特斯面前，为她的两个儿子请免一死，她身后跪着被绑的两人大概就是她的儿子，摩尔人亚伦立在一旁。立在泰特斯旁边的大概是行刑的人。插图下面是 Tamora

与泰特斯及亚伦的对话。这张插图可以说是莎士比亚的戏剧之最早的插画，因为是成于一五九五年。

二 著作年代与著作者问题

《泰特斯》一剧是密尔斯（Meres: *Palladis Tamia*，1598）所提到的十二出戏之一，故此剧写作当在一五九八年以前。

当时一个剧院经理汉斯娄（Philip Henslowe）曾留下一部日记，记载着一五九四年一月二十四日上演过 *Titus & Ondronicous*，而且注明"ne"字，ne 大概即 new，表示其为新戏（新编的戏或新上演的戏）。故此剧写作应再提前几年。

第一版四开本刊于一五九四年，其写作自应在稍早的一个时期。

一五九三年是此剧的著作年代，大概是可以认定的。

至于著作人问题，最早提出来的是 Edward Ravenscroft，他于一六八七年在改编此剧的时候声称"据熟悉舞台情形的一位老手相告，此剧本非莎士比亚所作，是某一作者送去请求上演，他只是就几个主角略加润色一二；我相信这一说，因为在他所有作品之中这是最不合格最不成熟的一部；好像是一堆垃圾，不像是一个结构。"这一指摘不一定可靠，但此剧因品质较差而引起著作人问题；经此一提而历经二百余年至今议论未休。三个四开本的标题页上都没有莎士比亚的名姓，这不足为奇，因为其他剧本也有不列作者姓名的，如《亨利五世》的各四开本以及《罗密欧与朱丽叶》的前三个四开本皆是。但是讲到作品的内容与作风，则不能不启人疑窦了。

十八世纪的批评家与编者皆否认其为莎氏作品，唯有 Capell

是例外。Theobald 以为莎士比亚可能有几处润色。其他如约翰孙、Farmer、Steevens、均完全否认其与莎氏有关。约翰孙率直地说："所有的编者与批评家皆认此剧为赝品。我看不出有什么理由可以独持异议；因为其文笔与其他各剧全然不同，剧中有遵守正规诗律以及藻饰词句的企图，不是全不优美，不过难得讨人喜欢。场面的野蛮以及大规模的屠杀，任何观众恐皆不能忍受，而章孙告诉我们不仅被接受而且被赞美。我看不出任何理由相信此剧任何部分是出于莎氏手笔，虽然 Theobald 说是无可置疑。我看不出莎氏润色的痕迹。"Malone 以为莎士比亚可能写了几行，也可能帮着原作者进行修订工作。

十九世纪的批评家意见不一致。Seymour、Drake、Singer、Coleridge 父子、Hallam、Dyce、Fleay 及其他皆否认其为莎氏作品。Furnivall、Dowden、Herford、Hudson、Rolfe 都以为剧中很小的部分可能是莎氏手笔，但是在另一方面也有一群批评家主张此剧确为莎氏所作，如 Collier、Verplanck、Knight、Appleton Morgan、Crawford 等皆是，他们认为此剧乃是他的最早期的最简陋的作品，尚未摆脱 Thomas Kyd 的影响。德国的批评家大体皆同意此一看法，包括 Schlegel、Delius、Bodenstedt、Franz Horn、Ulrici、Kurz、Sarrazin、Brandl、Geizenach、Shröer 等，唯有 Gervinus 是例外，他同意于英国的否定一派。

到了一九〇四年第一版四开本出现，经过审慎考订校勘之后，此一问题乃引起更热烈的讨论。Collins、Boas、Saintsbury、McCallum、Raleigh 等认为此剧乃莎氏较早期的作品。Courthope 认为从剧本内部考察，吾人没有理由拒绝承认其为莎氏作品。Greg 则认为非莎氏原作，莎氏可能曾加润饰，而演出相当成功，其脚本于一六一三年环球剧院起火时被毁，后据一六一一年之第三四开本，发现至少缺乏一景（即第三幕第二景），遂凭演员之记忆增补约八十五行之数，十年后遂成第一对折本所依据之底稿。J. M. Robertson 则完全否认此剧为莎氏作品。

如果此剧非莎氏手笔，原著者是谁呢？大家的推测又不一致。有人认为是 Kyd，但也有人主张 Peele、Greene、Marlowe 等。这一问题是不可能有一结论的。

总之，在外证无法推翻的情形之下，我们无法根据内证而拒绝承认其为莎氏作品，我们更不能因为其内容比较粗陋、文笔比较幼稚而把它排出莎氏全集。须知《泰特斯》乃莎氏最早之悲剧，初试锋芒，尚未脱前驱者之影响，像《泰特斯》这样的成绩，毋宁说是很合理的收获。没有一个作家的作品，综观之下，能在品质上前后一致均匀的，莎士比亚自然亦非例外。不过剧中有别人的手笔羼杂在内，这个可能是不容否认的。在大体上，应该算是莎士比亚的作品。

三 故事来源

《泰特斯》在写作时所参考的故事来源现不可考。我们不知道莎士比亚根据什么资料写下了《泰特斯》。罗马的戏剧作家 Seneca 所写的 Thyestes 可能提示了莎士比亚以鬼魂及复仇的观念。罗马诗人奥维德的《变形记》（Ovid : Metamorphoses）可能提供了 Philomela 的故事。这都是遥远的资料，不能算是故事来源。Kyd 的《西班牙之悲剧》与 Marlowe 的《马尔他的犹太人》无疑地都启发了莎士比亚的灵感，为他树立了写作的楷模，但不是故事来源。

但是近年有一重大发现。一九三六年 J. Q. Adams 在福哲图书馆发现了一本故事小册（a chapbook），据他说可以认定是十八世纪前半（1736—1764）刊印的，标题如下：

The History of Titus Andronicus, The Renowned Roman General... Newly translated from the Italian Copy printed at Rome. London: Printed and Sold by C.Dicey in Bow Church-Yard, and at his wholesale Warehouse in Northampton.

据 Adams 说这一本小册子是从一五九四年起即一再翻印流传下来的。就这散文故事的内容而论，其为莎士比亚以前的作品殆无疑义。小册子虽是十八世纪的出版品，其内含的故事可能即是莎士比亚所依据的资料。这小册子现无影印本，新亚顿本序及其他有关的研究文字均有详尽的分析。

四　舞台历史

《泰特斯》的故事很复杂，高潮迭起，缺乏"动作的单一性"。内容粗野，属于"流血的悲剧"或"复仇的悲剧"的类型，紧张刺激，但不深刻。M. C. Bradbrook 在她的 *Shakespeare and Elizabethan Poetry* 一书中所说："与其说是一出戏，毋宁说是更像一场化装游行"，（More like a pageant than a play），是很恰当的批评。但是此剧在当时是受观众欢迎的，汉斯娄的日记提到此剧前后有十五次之多（如果这十五次都是指的一个戏）。班·章孙（Ben Jonson）于一六一四年还以鄙夷的口气提到那些"仍以 *Ieronimo* 与 *Andronicus* 为最佳戏剧"的人们。不过戏剧的时尚很快地变了，此剧的盛况也逐渐衰减了。

复辟之后，Edward Ravenscroft 的改编本，*Titus Andronicus, or The Rape of Lavinia* 于一六七八年上演，这改编本比莎氏原剧更粗野，杀戮儿童和吞食死童之肉以及火焚活人均在台上表演了出来。在十八世纪的前半，此剧有好几次的演出，包括名演员 James Quin 于一七一七年饰 Aaron 在 Lincoln's Inn Fields 的演出，所使用的剧本都是这一个改编本。

一八五二年三月十五日在伦敦 Britannia Theatre 演出的《泰特斯》是 C. A. Somerset 的改编本，情节改动甚多，主演 Aaron 的是著名的黑人悲剧演员 Ira Aldridge。在伦敦与都柏林断续上演了五年之久。

也许是因为悲剧的情节太凄惨了，为了迎合观众趣味起见，一七一七年的上演附带着演出了 Farquhar 的独幕闹剧 *The Stage-Coach*，一八五二年则附带演出了闹剧 *Mummy* 及一些黑人民歌。

一八五七年以后此剧不见演出。直到一九一四至一九二四年间 Old Vic Theatre 在 Miss Lilian Baylis 的经营之下把莎士比亚的所有三十七部戏剧全部陆续排出的时候，此剧才再度送上舞台。那是在一九二三年十月八日。所使用的剧本是第一对折本原文。演出的成绩是良好的，但是批评家一致承认这是一个坏的剧本。当时有人这样记载："观众在此剧演到将近终了之际再也不能保持认真看戏的态度了，看着 Tamora、Titus、Saturninus 在约五秒钟之内相继死去便忍不住地大笑起来。"一出悲剧使人笑了！当时连演了九晚。

此剧在美国只演过一次，那是一八三九年一月三十日在费城 Walnut Theatre 演的。所使用的剧本不是原文，是 N. H. Bannister 的改编本。

剧 中 人 物

萨特奈诺斯（Saturninus），罗马已故皇帝之子，后登极称帝。

巴西爱诺斯（Bassianus），萨特奈诺斯之弟，与拉文尼亚相恋。

泰特斯·安庄尼克斯（Titus Andronicus），罗马人，抗拒哥特人之大将。

玛克斯·安庄尼克斯（Marcus Andronicus），护民官，泰特斯之弟。

陆舍斯（Lucius）
昆特斯（Quintus）
马舍斯（Martius）　　　泰特斯·安庄尼克斯之子。
穆舍斯（Mutius）

小陆舍斯（Young Lucius），一童子，陆舍斯之子。

婆伯利阿斯（Publius），玛克斯·安庄尼克斯之子。

散朋尼阿斯（Sempronius）
凯阿斯（Caius）　　　泰特斯之亲族。
瓦伦坦（Valentine）

义米利阿斯（Aemilius），一罗马贵族。

阿拉伯斯（Alarbus）
地米提阿斯（Demetrius）　　塔摩拉之子。
开龙（Chiron）

亚伦（Aaron），一摩尔人，为塔摩拉所宠爱。

一营长，护民官，使者，乡下人；罗马人民。

哥特人与罗马人等。

塔摩拉（Tamora），哥特人之女王。

拉文尼亚（Lavinia），泰特斯·安庄尼克斯之女。

一奶妈，一黑婴儿。

众元老，众护民官，众军官，众士兵，及侍从等。

地 点

罗马及附近乡村。

第 一 幕

第一景：罗马

安庄尼克斯家的坟墓遥现。众护民官与元老在上方出现；
萨特奈诺斯及其部下自一门上，巴西爱诺斯及其部下自
另一门上，各有旗鼓助威。

萨特奈诺斯　诸位贵族，你们是我的权利的保护人，请用武力拥
　　　　　护我的合法主张。诸位同胞，我的亲爱的部下，用
　　　　　你们的剑为我争取继承大统的权利。我是已故的罗
　　　　　马皇帝的长子，那么让我父亲的尊荣在我身上继续
　　　　　存在吧，不要轻蔑我这长子的地位。

巴西爱诺斯　诸位罗马人、朋友们、同人们，我的权利的赞助
　　　　　人，如果西撒的儿子巴西爱诺斯在罗马看来尚属可
　　　　　取，那么就守住通往大庙的这一条道路，不准任何

人亵渎这皇权所寄的圣地，因为这乃是维护美德主持正义的所在地。让有资望的人在真正选举之中大放异彩，罗马人们，为自由而斗争吧，任凭你们自己选择。

玛克斯·安庄尼克斯带着皇冠自上方出现。

玛克斯　　　两位太子，你们各拥党羽争夺君临天下的帝位，须知我们所代表的这一党，即罗马人民，已经全体一致地在选举罗马皇帝之际推出了绰号"庇护"的安庄尼克斯。因为他为罗马立过许多功劳，如今在全城之内没有一个更高贵的人，更勇敢的战士。他和野蛮的哥特人艰苦作战，现奉元老院召唤回来。他和他的儿子们使得我们的敌人闻风丧胆，降伏了一个顽强善战的民族。自从他为罗马出力，已有十个年头，他以武力膺惩了我们的敌人的骄恣。有五次他流着血回到罗马，把他的儿子装在棺材里从战场上带回。如今这位好安庄尼克斯，名驰遐迩的泰特斯，终于在战果辉煌之中载誉归来了。你们现在想继承帝位无忝所生，我就用先帝的名义来请求你们你们扬言尊重议会与元老，我就用对议会与元老应有的敬意来请求你们，我请求你们撤退并且裁减你们的武力，解散你们的部下。对于应得的权益如有所主张，理合以和平谦逊的态度提出申述。

萨特奈诺斯　这位护民官的一番安抚我的话，说得好动听！

巴西爱诺斯　玛克斯·安庄尼克斯，你为人正直，我是信得过的。

所以我敬爱你和你一家人，你的高贵的兄长泰特斯和他的儿子们，还有我最为心仪的高贵的拉文尼亚，她是罗马的珍饰。 现在我就解散我的亲爱的朋友们，把我的要求交由我的命运及人民的意旨来酌量处置吧。〔巴西克诺斯的党羽下〕

萨特奈诺斯 朋友们，承大家如此热烈拥护，我谢谢诸位，现在都可以散去了。现在我将我自己、我的本身以及我的主张，都交给全国的公意了。〔萨特奈诺斯的党羽下〕

罗马，愿你公正仁慈地对我，

有如我对你之信赖与亲热。

开门，让我进去。

巴西爱诺斯 护民官们，让我这弱小的竞争者也进去吧。〔奏花腔。他们拾级而上，走入元老院〕

一营长上。

营长 诸位罗马人，让路！那位好安庄尼克斯，美德的保护人、罗马的最佳斗士，战无不克，于杀敌致果降服强敌之后乘胜载誉归来了。

鼓号齐鸣，随后马舍斯与穆舍斯上，后随二人抬着黑布覆罩的棺木一具，再后是陆舍斯与昆特斯。在他们之后是泰特斯·安庄尼克斯，再后是塔摩拉，偕阿拉伯斯、开龙、地米提阿斯、亚伦，以及其他哥特人、俘虏等，士兵与民众等后随。抬棺者放下棺木，泰特斯致词。

泰特斯　　　敬礼，罗马，你在穿着丧服庆祝胜利！看！像是已
　　　　　　经卸了货物的一艘船，带着珍宝回到当初碇泊的港
　　　　　　湾，安庄尼克斯回来了，戴着桂冠，用眼泪再度向
　　　　　　他的国家敬礼，那是真正快乐之泪，因为他又生还
　　　　　　罗马。这座神庙的伟大保卫者哟[1]，请维护我们所
　　　　　　要举行的仪式！罗马人哟，二十五个勇敢的儿子，
　　　　　　正好是普莱阿姆国王所有的半数[2]，看看还剩下可
　　　　　　怜的几个，连活的带死的！生存的这几个，罗马要
　　　　　　好好地报酬。这几个我送回老家的，要举行仪式安
　　　　　　葬在祖堂之内，哥特人已经准许我把剑插进鞘里了。
　　　　　　泰特斯，你对你的骨肉太无慈爱之心了，为什么让
　　　　　　你的儿子们不赶快安葬。还让他们在冥川[3]的阴惨
　　　　　　的岸边流连呢？请让路，好把他们安葬在他们的兄
　　　　　　弟的身边。〔坟墓打开〕为国捐躯的孩子们，按照死
　　　　　　人的习惯静静地在那里相会，平安地长眠吧！容纳
　　　　　　我的亲人的圣地啊，贮存英勇气概的宝库，你已经
　　　　　　收藏了我的好多个儿子，而永远不会再放还给我！

陆舍斯　　　把哥特人中之最高贵的俘虏送给我们，我们好砍下
　　　　　　他的肢体，放在柴木堆上燔烧，就在他们埋骨之处
　　　　　　的前面，祭奠我们的弟兄们的亡魂[4]。从此鬼灵可
　　　　　　以安息，我们人间也不至受怪异的侵扰。

泰特斯　　　我把他交给你，是生存中之地位最高的，是这位落
　　　　　　难的女王的长子。

塔摩拉　　　且慢，罗马的弟兄们！仁慈的征服者，胜利的泰特
　　　　　　斯，怜悯我洒的眼泪，这是母亲心痛她的儿子的眼

泪。如果你的儿子们是你所亲爱的，啊！你要知道我的儿子对我也是同样亲爱的。我们被押解来到罗马，为你的凯旋仪式增光，成为你的俘虏，永沦为你的罗马的贱奴，这还不够吗？我的儿子们，只因曾为他们的国家效命，便该在街道之上当众受戮吗？啊，如果为国王与国家而战，你自以为是尽忠，我的儿子们也是同样的想法。安庄尼克斯，不要用血染上你的家族的墓地，你愿在性格上接近天神吗？表示慈悲，你便接近天神了，慈悲乃是高贵性格之真正的标记。最高贵的泰特斯，饶了我的长子吧。

泰特斯　　你且镇定下来，并请原谅我。这些都是他们的弟兄，你们哥特人曾经看着他们活生生地死去，如今他们为已死的弟兄们要求一份祭礼。你的儿子被选中了，他是非死不可，以慰那些悲痛的亡魂。

陆舍斯　　把他带走！立刻生火，我们就在柴堆上用我们的剑砍下他的肢体，直到烧成灰为止。〔陆舍斯、昆特斯、马舍斯与穆舍斯拥阿拉伯斯下〕

塔摩拉　　啊残忍的，邪魔外道的礼节！

开龙　　　当年西济亚的野人可有这样一半的野蛮？

地米提阿斯　不要拿西济亚[5]和雄心万丈的罗马来比。阿拉伯斯是去安息了，而我们是在泰特斯的狰狞脸色之下战栗偷生。所以，母亲，你要坚定。但愿那施给脱爱王后在色累斯暴君帐篷里以彻底报仇机会的天神们[6]，也来眷佑哥特人的女王塔摩拉——趁哥特人还是哥特人，塔摩拉还是女王的时候对她的敌人们报复血海深仇。

陆舍斯、昆特斯、马舍斯与穆舍斯各持血淋淋的剑上。

陆舍斯　父亲请看，我们举行了我们的罗马的祭礼。阿拉伯斯的四肢是砍下来了，脏腑投入了燔祭的火里，冒出的烟像是焚香一般熏香了天空。现在诸事已毕，只剩下埋葬我们的弟兄，大声吹起号角欢迎他们回到了罗马。

泰特斯　就这样办，让安庄尼克斯对他们的亡魂作最后一次的告别。〔喇叭鸣，棺木放入墓穴中〕我的儿子们，你们在此和平而光荣地安息吧！罗马的最肯挺身而出的斗士们，你们在此安息吧，永无人间不幸的困扰！这里没有阴谋暗藏，这里没有嫉恨滋长，这里没有毒草丛生，这里没有风暴咆哮，没有喧嚣，只有宁静和永恒的长眠。你们和平而光荣地在此安息吧，我的儿子们！

拉文尼亚上。

拉文尼亚　愿泰特斯大人能长久地安享和平与光荣。我的尊贵的父亲，愿上天准你在荣誉中生活下去吧！看！我在这墓地洒下了眼泪，为我的弟兄们的丧礼致敬；我跪在你的脚下，把快乐之泪洒在地上，为了你的安返罗马。啊！用你的胜利之手祝福我吧，为了你的幸运所有罗马人民无不欢欣。

泰特斯	仁厚的罗马,你这样好心地为我保留了这一份安慰, 使我在垂暮之年心情温暖! 拉文尼亚,愿你的寿命比你父亲的还长, 为了你的妇德而贤名永享!

*玛克斯·安庄尼克斯与护民官等上;萨特奈诺斯、巴西
爱诺斯及其他又上。*

玛克斯	泰特斯大人、我的亲爱的兄长、罗马眼中之凯旋英 雄,愿你长生不老!
泰特斯	谢谢,多礼的护民官,高贵的弟弟玛克斯。
玛克斯	欢迎,诸位侄儿,你们战胜归来,你们这几位生还 的,还有你们几位光荣战死的!诸位大人,凡曾拔 剑捍卫国家的,你们都要同样的受赏。但是这葬礼 的排场乃是更隆重的凯旋,因为他们获得了梭龙所 谓的幸福[7],安眠在荣誉的床上,战胜了无常的困 扰。泰特斯·安庄尼克斯,你一向是罗马人民的公 正的朋友,我是他们的护民官与亲信的人,现在他 们派遣我来把这一袭洁白无瑕的长袍送给你,并且 推举你与我们已故的皇帝的两位儿子同为帝座的候 选人。请做候选人吧,穿上这件袍子,帮助给没有 首领的罗马按上一个首领吧。
泰特斯	她的光荣的身躯应该按上一个较好的头,不该用一 个因衰老而抖颤的头。我为什么要穿上这袍子给你 们惹麻烦呢?今天宣布当选,明天出缺,一命呜呼, 给你们大家平添新的麻烦?罗马,我已经为你服役

四十年了，成功地领导我的国家的武力，埋葬了二十一个勇敢的儿子。他们都是因战功而晋封骑士，在战场上英勇被害，为了高贵的祖国而殉职捐躯的。我上了年纪，该给我一根荣誉的拐杖，而不是一根统治世界的权标。诸位大人，前此掌握权标的人，他是掌握得很正直的。

玛克斯　　　泰特斯，只要你要求，你必定可以得到皇帝的位置。

萨特奈诺斯　狂妄的护民官，你敢说一定吗？

泰特斯　　　不要吵，萨特奈诺斯太子。

萨特奈诺斯　罗马人，给我合法的权利。贵族们，拔出你们的剑，在萨特奈诺斯未成罗马皇帝之前不要使剑入鞘。安庄尼克斯，愿你被鞭子抽打着下地狱，不可以夺走人民对我的爱戴！

陆舍斯　　　狂傲的萨特奈诺斯，胸襟高尚的泰特斯对你怀着满腔的善意，而你这样地插嘴乱说！

泰特斯　　　你放心，太子。我愿使你恢复人民的好感，让他们放弃他们的成见。

巴西爱诺斯　安庄尼克斯，我不奉承你，但是我尊敬你，并且尊敬你直到我死而后已。如果你使你的朋友们支持我这一派，我将极为感激。对于胸襟高尚的人们，一片感激之情便是体面的报酬了。

泰特斯　　　罗马的人民，和这里的几位护民官，有一件事我请求你们同意赞助，你们可肯友善地接受安庄尼克斯的意见吗？

众护民官　　为了满足好安庄尼克斯，并且庆祝他安返罗马，人民愿意接受他所承认的人。

泰特斯　　　诸位护民官，多谢你们。我要请求的是，你们拥戴皇帝的长子萨特奈诺斯殿下登践大位，我希望他的德行会照耀罗马有如阳光之普照大地，在这国内促成公道的实现。如果你们愿听我的劝告而选举，就给他戴上皇冠，高呼:"吾皇万岁!"

玛克斯　　　不分贵族与平民，一致地同意欢呼，我们推举萨特奈诺斯殿下为罗马大皇帝，高呼:"萨特奈诺斯皇帝万岁!"〔奏长花腔〕

萨特奈诺斯　泰特斯·安庄尼克斯，为了你今天在选举中对我所表示的美意，我先要在口头上称谢，以后还要以事实酬劳你的大德。作为一个开始，我要娶拉文尼亚做我的皇后，泰特斯，以提高你的名义和你家族的声望，此后她将是罗马的女主人，我的心中的主宰，我要在神圣的众神庙里和她成婚。告诉我，安庄尼克斯，这提议使你高兴吗?

泰特斯　　　很使我高兴，陛下，我认为这段婚姻乃是陛下对我的恩宠。现在我当着罗马大众，把我的剑、我的车、我的俘虏们，一起奉献给我们国家的国王与统帅，广大世界的大皇帝，萨特奈诺斯。这些礼物是值得让罗马大皇帝来接受的，那么就请接受吧，这是我所有的贡献，我所赢得的荣誉的象征，敬谨奉献在你的脚下了。

萨特奈诺斯　多谢，高贵的泰特斯，我的生命的父亲!我是如何地以你与你的礼物为荣，要让罗马的史册记载下来。

若有一天我忘记了你这些无法形容的勋劳于万一，罗马人，你们也尽管忘记对我效忠的义务。

泰特斯　〔向塔摩拉〕你现在是一位皇帝的俘虏了，由于你的体面与地位，他会好好地对待你及你的部下。

萨特奈诺斯　很漂亮的一位女性，我若是重新择偶，这才是我所要选择的一类。美丽的女王，清除你脸上的愁云。虽然军事的失利使你不得不变色，你到罗马却不是为受侮辱而来，各方面都会以贵宾之礼待你。相信我的话，不要因懊丧而气馁绝望。现在安慰你的人，他可以使你成为比哥特人的女王更为伟大。拉文尼亚，你听我说这一番话不会不高兴吧?

拉文尼亚　不会的，陛下，因为这些话是真正尊贵的人以高雅的礼貌而说出来的。

萨特奈诺斯　谢谢，亲爱的拉文尼亚，诸位罗马人，我们去吧。俘虏们一律开释，免交赎金。诸位大人，奏起鼓乐宣布我们的盛典。

〔奏花腔。萨特奈诺斯演手势向塔摩拉作求爱状〕

巴西爱诺斯　泰特斯大人，如蒙台允，这位小姐是我的了。〔抓住拉文尼亚〕

泰特斯　怎么，殿下! 你这话可是当真?

巴西爱诺斯　是的，高贵的泰特斯，并且决心要取得这合情合理的权利。

玛克斯　"各取其应得之分"（Suum cuique）[8]，这是我们罗马的法理，这位太子只是很合理地来占有原来应该属于他的。

陆舍斯　　　只消陆舍斯一息尚存，他就可以这样做。

泰特斯　　　这些叛徒，滚开！皇帝的卫队在哪里？是叛逆，陛
　　　　　　下！拉文尼亚被劫走了。

萨特奈诺斯　劫走了？被谁劫走了？

巴西爱诺斯　被一个可以名正言顺地把未婚妻带去远走高飞的人
　　　　　　所劫走了。〔玛克斯与巴西爱诺斯偕拉文尼亚下〕

穆舍斯　　　弟兄们，帮助护送她离开此地，我持剑把住这个门。
　　　　　　〔陆舍斯、昆特斯与马舍斯下〕

泰特斯　　　跟了来，陛下，我很快地就把她抢回来。

穆舍斯　　　父亲，你不能从这里走出去。

泰特斯　　　怎么！逆子，你拦着我在罗马通行？〔刺穆舍斯〕

穆舍斯　　　救命，陆舍斯，救命！〔死〕

陆舍斯又上。

陆舍斯　　　父亲，您不讲理。而且不只是不讲理，在无理争吵
　　　　　　之中杀死了您的儿子。

泰特斯　　　你和他现在都不是我的儿子，我的儿子永远不会这
　　　　　　样地给我带来耻辱。叛徒，把拉文尼亚送还给皇帝。

陆舍斯　　　可以死，如果您愿意。但她已合法地许嫁他人，不
　　　　　　能做他的妻。〔下〕

萨特奈诺斯　不，泰特斯，不！皇帝不需要她，也不需要你，也
　　　　　　不需要你这一家的任何人。曾经嘲笑过我的人，我
　　　　　　不忙着信任他，我永远不会信任你，或你的叛逆骄
　　　　　　纵的儿子们，你们全是串通了来羞辱我的人。在罗
　　　　　　马除了萨特奈诺斯之外便没有人可以玩弄了吗？安

庄尼克斯，你曾夸口说我这个皇帝是从你手里讨来的，这些行为倒是和你所说的大话正相符合。

泰特斯　　啊荒谬绝伦！这是何等厉害的骂人的话！

萨特奈诺斯　但是你走开吧，去，把那个三心二意的丫头送给那个为她而动刀的家伙吧。你可招了一位英勇的女婿，恰好和你的无法无天的儿子们打架，在罗马境内吵闹不休。

泰特斯　　这几句话像是剃刀割着我的负伤的心。

萨特奈诺斯　那么，可爱的塔摩拉，哥特人的女王，你像是众仙环拱的菲碧[9]，使罗马的最漂亮的女性黯然无光。如果你不嫌弃我的鲁莽，我就选你做我的新娘，立你为罗马的皇后。你说，哥特人的女王，你可赞美我这一选择？我现在指着所有的罗马的神祇发誓，牧师与圣水就在近边[10]，蜡炬高烧，一切均已备好等待婚姻之神降临。我要偕同我的业已成婚的新娘从此地出发，然后再去巡游罗马的市街或是升入我的宫殿。

塔摩拉　　现在我当着上天对罗马发誓，如果萨特奈诺斯有意抬举哥特人的女王，她愿做一个希意承旨的奴婢、一个温柔的看护、一个照拂他的青春的母亲。

萨特奈诺斯　美丽的女王，请进入圣庙吧。贵族们，请陪伴着你们的皇帝和上天给他送来的可爱的新娘，她很明智地扭转了她的命运。我们要在那里举行婚礼。〔除泰特斯外均下〕

泰特斯　　我没有被邀去伺候这位新娘。泰特斯，你几曾这样地黯然独行，这样地受人侮辱，受人诬控？

玛克斯、陆舍斯、昆特斯与马舍斯又上。

玛克斯	啊！泰特斯，看，啊！看你做下了什么事，于一场激烈争吵之中杀死了一个好儿子。
泰特斯	不，糊涂的护民官，不！那不是我的儿子，还有你，还有这几个，伙同一气干出了辱没我们家声的勾当，我都一概不认。没出息的弟弟，没出息的儿子们。
陆舍斯	但是我们给他一个恰如其分的葬礼吧，把穆舍斯与我们的弟兄们合葬吧。
泰特斯	叛徒们，滚开！他不能安葬在这墓地里。这座坟已经有五百年了，我曾加以辉煌地重建。在这里享誉安眠的全是军人和罗马的功臣，没有一个是在斗殴中惨遭杀害的。你们把他埋在哪里都行，他不能埋进这里。
玛克斯	老兄，你这件事真是罪过。我的侄儿穆舍斯的行为使他可以做此要求，他必须和他的弟兄们葬在一起。
昆特斯 马舍斯	必须如此，否则我们愿意与他同死。
泰特斯	必须！哪个混蛋敢这么说？
昆特斯	若是在别的地方，他不但敢这么说，而且还敢以武力为后盾呢。
泰特斯	什么！你们不理会我，硬要把他埋葬吗？
玛克斯	不，高贵的泰特斯，我们只是请求你饶恕穆舍斯，

	埋葬他。
泰特斯	玛克斯，你也来侮辱我，伙同这几个孩子伤害我的荣誉。
	我认为你们每一个都是我的仇敌，
	所以不必再和我胡缠，你们滚开去。
马舍斯	他疯了，我们走吧。
昆特斯	穆舍斯的尸骨未葬，我是不走的。〔玛克斯及泰特斯二子下跪〕
玛克斯	哥哥，请看在父子之情——
昆特斯	父亲，请看在骨肉之情——
泰特斯	不要再说下去了，说下去也是没有用[11]。
玛克斯	出名的泰特斯，你是我的灵魂的大半——
陆舍斯	亲爱的父亲，你是我们大家的灵魂与主体——
玛克斯	准许你的弟弟玛克斯把他的高贵的侄儿葬在这个忠魂埋骨之处吧，他是光荣地支持拉文尼亚而死的。你是一个罗马人，不可有野蛮的行径。哀杰克斯是自杀的，希腊人考虑之后还是埋葬了他，明智的赖尔蒂斯的儿子曾经慷慨陈词主张予以厚葬[12]。那么，年轻的穆舍斯，他本是你所钟爱的，不要不准他进入这墓地吧。
泰特斯	起来，玛克斯，起来。这是我一生中最悲惨的日子，在罗马受我的儿子们的侮辱！好了，埋葬他吧，下一个就是埋葬我。〔穆舍斯被放入墓穴中〕
陆舍斯	亲爱的穆舍斯，你的骸骨就睡在那里吧，和你的家人在一起了，随后我们会以纪念物来装饰你的坟墓。

三兄弟	〔下跪〕没有人为高贵的穆舍斯落泪，他为正义而死，虽死犹生。
玛克斯	哥哥——不要这样忧郁——那狡诈的哥特人女王何以在罗马这样突然地一步登天？
泰特斯	我不知道，玛克斯。不过她确是一步登天了，其中有无诡计，只有天晓得。那么，她能不感激把她带来享福的那个人吗？
玛克斯	是的，会重重酬谢他的。

奏花腔。萨特奈诺斯率侍从等自一边又上；塔摩拉、地米提阿斯、开龙与亚伦随上；巴西爱诺斯、拉文尼亚及其他自另一边又上。

萨特奈诺斯	好，巴西爱诺斯，你已经在比赛中获得胜利了。有了这样漂亮的新娘，愿上帝给你快乐。
巴西爱诺斯	愿你也新婚快乐，陛下！我不再多说，愿你的快乐也一样地多，我告辞了。
萨特奈诺斯	叛徒，如果罗马还有王法，我还有威权，你和你的一党将要为了这次奸占的行为而追悔莫及。
巴西爱诺斯	陛下，我取得本来属于我的人，我的未婚妻，现在成了我的妻，你认为是奸占行为吗？让罗马的法律来裁定一切吧，目前我已经占有了原来属于我的。
萨特奈诺斯	很好，先生，你对我说话很不客气，以后我也要严厉地对付你。
巴西爱诺斯	陛下，我所做的事，我一定全力承当，虽性命交关亦所不惜。不过有一点我要陛下明察，以我对罗马应

有的赤忱为誓，这位高贵的绅士泰特斯在名誉上和
荣誉上实在是受了冤抑。他为了营救拉文尼亚，亲
手杀死了他的最幼小的儿子。这完全是出于对你的
热心，也是由于他所慷慨许诺的事遭受阻挠以至怒
不可遏。对他重修旧好吧，萨特奈诺斯，他在他的
一切行为上已经表明他对你和罗马都不愧为一位岳
丈和一个朋友。

泰特斯　　巴西爱诺斯太子，不要再为我的行为申辩，是你和
你的一伙人使得我这样的蒙羞。愿罗马及公正的上
天来做我的裁判，我是怎样地敬爱萨特奈诺斯！

塔摩拉　　陛下，如果塔摩拉在您看起来还顺眼的话，请准我
为大家说句公道话，已往之事我请求您一概赦免
了吧。

萨特奈诺斯　什么，夫人！公开地受了侮辱，怯懦地予以隐忍，
不加报复？

塔摩拉　　不是这么说，陛下，愿罗马的众神不要使我成为令
你受辱的根由！但是我敢以名誉担保，泰特斯大人
是无辜的，他的毫无虚矫的愤怒表示了他内心的悲
苦。那么，由于我的求情，宽厚地对待他吧。不要
因虚妄的猜想而失去这样高贵的一个朋友，也不要
绷着脸刺痛他的善良的心。〔向萨特奈诺斯旁白〕陛
下，听从我，你终归要答应我的，把你的悲愤不满
都遮掩起来。你即位不久，怕的是人民以及贵族们
于公正调查之后会倒向泰特斯一边，指你忘恩负义
而把你罢黜，这在罗马是极严重的罪名，所以你要

听我的请求，把这件事都交给我。我总有一天要把他们全都宰掉，把他们一党和他们的家族全都铲除，包括那残忍的父亲，以及他的叛逆的儿子们。当初我曾乞求他们饶我的爱子一条性命，我要让他们知道使得一位女王在街头长跪哀求无效将要有什么样的后果。〔高声地〕来，来，亲爱的皇帝；来，安庄尼克斯。扶起这位善良的老人[13]，使这一颗在你狂怒之下惊慌欲绝的心获得一些温暖吧。

萨特奈诺斯　　起来，泰特斯，起来。这是我的皇后的意旨。

泰特斯　　我感谢陛下，也感谢她。这样的言辞，这样的颜色，使我如获新生。

塔摩拉　　泰特斯，我已经和罗马融为一体，欣然变成为一个罗马人了，必须为了皇帝的好处而进忠言。今天一切争端都任其消灭吧，安庄尼克斯。陛下，我使你的朋友们与你言归于好，这要算是我的光荣。至于你，巴西爱诺斯太子，我已经对皇帝作了诺言，你以后会变得驯良一些。诸位大人，都不必疑惧，还有你，拉文尼亚，听我的劝告，全都跪下来向皇帝求饶吧。

陆舍斯　　我们遵命，向上天和陛下发誓，我们所做的事乃是我们所能采取的最温和的步骤，为了维护我们的妹妹和我们自己的荣誉。

玛克斯　　我以名誉为誓声明确是如此。

萨特奈诺斯　　去吧，不要说了，别再向我啰唆。

塔摩拉　　不，不，亲爱的皇帝，我们必须都和和气气。这位护民官和他的几位侄儿都在跪着求你，你不能拒绝我。我的好人，转过头来。

萨特奈诺斯　玛克斯，为了你的缘故，为了你的哥哥的缘故，并且由于我的可爱的塔摩拉的请求，我赦免这几个年轻人的严重过失，站起来。拉文尼亚，虽然你把我当作伧夫一般地弃我而去，我却找到了一位知心的人，我要确确实实地发誓，我决不以单身汉的身份离开这位牧师。来，如果皇帝的宫廷可以为两个新娘设宴，你就便做我的客人吧，拉文尼亚，还有你的朋友们。今天该是一个和解争端的日子[14]，塔摩拉。

泰特斯　　　明天，如果陛下有兴致和我去猎狩豹鹿，我们将以号角和猎犬向你道早安。

萨特奈诺斯　就这么办，泰特斯，多谢你了。〔喇叭鸣。众下〕

注释

[1] 指朱匹特（Jupiter Capitolinus）。

[2] 脱爱的国王普莱阿姆有五十个儿子。泰特斯的儿子实数为二十六个。

[3] 冥川（Styx）为围绕冥界的河流之一，死者未埋葬前，其魂灵不得超过冥川。

[4] ad manes fratrum= to the ghosts of our brothers. 按罗马无燔祭人肉之习惯，此处所述显系时代错误之一例。

[5] 西济亚（Scythia）在黑海北岸，其居民为一古代游牧民族，在历史

上最后一次记录约在纪元前一百年。

[6] 色累斯（Thrace）的暴君是 Polymnestor，他杀害了脱爱王后 Hecuba 的儿子，她为报复又杀害了他的两个儿子并戳瞎了他的眼睛。事见奥维德《变形记》卷十三，但其中未提到"帐篷"，此一细节显然是取自 Euripides 的剧本 Hecuba，在莎氏时尚无英译。

[7] 梭龙（Solon）乃希腊哲人，Lydia 国王 Croesus 曾自行夸耀其所享之幸福，梭龙对曰："Call no man happy until he is dead."（在死以前谁也不能说是幸福的）。

[8] 拉丁语，= to each his own.

[9] 菲碧（Phoebe）即戴安娜女神。

[10] "牧师与圣水"乃天主教堂行婚礼时之所需，显然是时代错误之又一例。

[11] if all the rest will speed 费解。各家解释不一，例如：

Wilson 注云：Obscure. I suggest, "if the rest of you wish to live."

Harrison 注云："if you are going to say the same."

Maxwell 注云：Perhaps "if everything else is to go well."

均不能令人满意。译者揣测，if = as if, all the rest 指尚未说出的话。意为"莫要以为说下去即可成功，不要说下去了吧"。

[12] Achilles 死后，其铠甲为优利西斯（Ulysses）所得，哀杰克斯大恚，精神失常，误以一群羊只为希腊将士而挥剑屠杀净尽，觉而羞惭自尽。由于优利西斯之进言，乃厚葬之。赖尔蒂斯的儿子即优利西斯。

[13] take up = raise up 扶立起来之意。Wilson 注作 make friends with，恐非。泰特斯可能是在皇帝再上时跪下来的，虽无明说的舞台指导。

[14] Love-day，教会指定的一天，在法庭之外经仲裁而和解争端之一日。当然亦有双关义，进行恋爱之一日。

第 二 幕

第一景：罗马。皇宫前

亚伦上。

亚伦　现在塔摩拉爬上了奥林帕斯的山巅，命运的箭射不
到她，高高地坐在那里，安然没有雷劈电闪的危险，
不受那面色惨沮的妒忌的威胁。恰似旭日向清晨敬
礼，把海洋镀上了金，驾着她的灿烂的车子在黄道
上面飞驰，俯瞰着高耸的山岭。塔摩拉正是如此。
人间的尊荣听从她的吩咐，勇气在她的皱眉之下俯
首战栗。所以，亚伦，壮起胆来，想法子和你的高
贵的爱人一起飞升，攀跻到她那个位置上去。她乃
是你早已俘虏了的人，铐上了爱情锁链，被亚伦的
媚眼牢牢地系住，比普罗密修斯之被捆在高加索山

上还要牢些[1]。抛弃奴仆的服装和卑下的思想！我要披戴金珠，大放光明，去伺候这位新立的皇后。我是说伺候吗？我要去玩弄这个迷惑罗马皇帝萨特奈诺斯使他身败国亡的皇后，这个女神，这个塞密拉米斯[2], 这个仙女，这个妖妇！这是什么人在吵闹？

地米提阿斯与开龙争吵上。

地米提阿斯	开龙，你年纪轻没有知识，你的知识不够深刻不够周到。在我得到欢心而且你也知道可能获得爱情的情况之中，你不要硬闯进来。
开龙	地米提阿斯，你一向霸道，这回也是如此，用蛮横的话来压制我。差个一两岁，不见得就使我令人看不上眼，使你更幸运些。我和你同样地会去献殷勤，同样地会讨爱人的欢喜。我的剑可以对你作证，表明我对拉文尼亚的热爱。
亚伦	拿木棒来，拿木棒来[3]！这两位情人要扰乱治安。
地米提阿斯	噫，孩子，虽然母亲大不该在你身边挂上了一只跳舞时佩带的短剑，你居然这样情急拿来威胁你的家人？算了吧，把那个小玩意儿插入鞘里，等你会使用的时候再用吧。
开龙	目前以我所有的这一点本领，我要让你看看我有多大的勇气。
地米提阿斯	是了，孩子，你真变得这样勇敢？〔二人拔剑〕
亚伦	唉，怎么了，你们二位？离皇宫这样近的地方，你们胆敢拔剑，这样公开地吵闹？我深知你们结怨的

　　　　　　根由，可是给我百万黄金我也不愿把你们吵闹的原
　　　　　　因让那些最有关涉的人们知道，就是给再多的黄金，
　　　　　　你们的高贵的母亲也不愿在罗马宫廷里面出这样的
　　　　　　丑。好不害羞，收起剑来吧。

地米提阿斯　　我不，我要把我的剑收在他的胸膛里面，并且要用
　　　　　　我的剑把他刚才在此辱骂我的话塞进他的咽喉里
　　　　　　面去。

开龙　　　　　我已经做了准备而且痛下决心了，你这恶口的懦夫，
　　　　　　你只会空口咆哮，你不敢动用武器！

亚伦　　　　　走开，我说！现在，我指着英勇的哥特人所崇拜的
　　　　　　神祇发誓，这种无聊的争执会把我们全都毁掉。唉，
　　　　　　二位大人，你们没想想侵害一位皇太子的权益那是
　　　　　　多么危险吗？什么！难道拉文尼亚变得那么放荡，
　　　　　　巴西爱诺斯变得那么低贱，你们二人便可为了她的
　　　　　　爱而公然争吵，不至受到制裁、刑罚或报复吗？二
　　　　　　位年轻的大人，小心些吧！如果皇后知道了你们争
　　　　　　吵的缘由，你们将有难听的话好听。

开龙　　　　　我不在乎，我才不在乎。让她和全世界都知道也没
　　　　　　有关系，我爱拉文尼亚甚于整个的世界。

地米提阿斯　　小伙子，你设法选一个次等的女人吧，拉文尼亚是
　　　　　　你哥哥的意中人。

亚伦　　　　　唉，你们疯了吗？你们不知道罗马的人们是多么急
　　　　　　躁，不能容忍情场上争风作对的人吗？我告诉你们，
　　　　　　二位大人，你们这样简直是自寻死亡。

开龙　　　　　亚伦，我甘愿冒一千次死亡的危险，只消能获得我

心爱的她。

亚伦　　　　获得她！怎样获得？

地米提阿斯　你何必这样大惊小怪？她是一个女人，所以可以让人追求；她是一个女人，所以可以让人获得。她是拉文尼亚，所以一定要被人爱。哼，你这人！磨坊流出的水比磨坊主人所发觉的要多一些，我们知道，从切过的面包偷取一片是很容易的。虽然巴西爱诺斯是皇帝的弟弟，比他更高贵的人也曾戴过乌尔坎的标帜[4]。

亚伦　　　　〔旁白〕是的，就是萨特奈诺斯也很可能落到那个地步。

地米提阿斯　那么善辞令、美丰姿，而又手头慷慨的人，当然会殷勤献媚，为什么要自认为无望呢？怎么！你不是时常猎取母鹿，干净利落地在看守人的面前把鹿弄走了吗？

亚伦　　　　噫，那么，好像是，尝一次两次也就可以使你们满足了。

开龙　　　　是的，如果我们能够尝到的话。

地米提阿斯　亚伦，这道理让你看穿了。

亚伦　　　　但愿你们也看穿了！我们就可以不必这样胡闹了。唉，你们听我说，你们听我说！你们真是笨货，为了这个还要争吵？两个人都得到益处，难道你们不愿意吗？

开龙　　　　老实说，我没有什么不愿意。

地米提阿斯　我这一方面，也没有什么不愿意。

亚伦　　　真难为情，和好如初吧，为了你们所争吵的目标而同心合意地去努力。为了达成你们的愿望，必须使用一点权术。所以你们要痛下决心，凡是不能称心如意达成的事，便要尽可能地强制去执行。接受我的指点吧：露克利斯[5]不比这个拉文尼亚、巴西爱诺斯的爱妻，更为贞洁。我们必须采取迅速的手段，不可在苦恋之中迁延时日，我已经找出了一条途径。二位大人，一场盛大的狩猎即将举行。可爱的罗马的仕女们将成队而来，森林中的地区是宽阔广大的，其中有许多人迹罕至的地点颇适于使用强暴。把那只美丽的小鹿选出来，诱她到那地方去，如果好言无效，就使用武力把她彻底解决。要达到希望，只有此一途，别无良策。来，来，我们的皇后正在运用她的睿智阴谋复仇的办法，我们且把我们的计划告诉她吧。她一定会对我们的考虑有所指点，因为她不会容你们自相争吵，她一定要促使你们两个一齐达到你们的最高愿望。皇帝的宫廷就像是"流言"之家[6]，宫中到处都是耳、目、长舌。森林倒是冷酷、可怖、充耳不闻、无动于衷的，在那里尽管说话、动手，勇敢的孩子们，你们可以轮流享受。在那绿荫蔽天之处，满足你们的欲望，在拉文尼亚的浑身宝藏之中畅叙幽情吧。

开龙　　　你的主意，孩子，倒是真大胆。

地米提阿斯　Sit fas aut nefas（对也好，不对也好），[7] 我先要去寻找足以冷却我的欲火的清泉，足以镇压我的热狂的

符箓 Per Styga, per manes vehor（纵然越过冥河进入地府亦所不惜）[8]。〔众下〕

第二景：森林

闻号角及猎犬吠声。泰特斯·安庄尼克斯偕猎者等及其他上；玛克斯、陆舍斯、昆特斯与马舍斯随上。

泰特斯 打猎的准备业已完成，清晨的天空已经发亮，田野是芬芳的，树林是绿绿的。我们就此放出猎犬，让它们放声狂吠一阵，叫醒皇帝和他的美丽的新娘，惊起太子，然后吹起猎人的号角，使回声响彻整个的宫廷。儿子们，要认定那是你们的义务，因为那是我们大家的义务，好好地小心伺候皇帝。我昨夜被噩梦所扰，可是清晨又使我的心安下来了。〔猎犬齐吠，号角齐鸣〕

萨特奈诺斯、塔摩拉、巴西爱诺斯、拉文尼亚、地米提阿斯、开龙及侍从等上。

陛下早安，皇后您也早安，我答应了陛下吹奏一阵猎人号角的声音。

萨特奈诺斯 你吹奏得很起劲，对于新婚的少妇，吹奏得未免太早了一点。

巴西爱诺斯　　拉文尼亚，你以为如何？

拉文尼亚　　我说，不，我已经完全醒了两个钟头以上了。

萨特奈诺斯　　来吧，那么。给我们马和车，就去行猎——〔向塔摩
　　　　　　拉〕去了，夫人，现在你可以看看我们罗马的狩猎。

玛克斯　　我有一群猎犬，陛下，可以搜寻出猎场上最凶猛的
　　　　　　豹子，可以爬登最高的巉岩的尖顶。

泰特斯　　我有一队骏马，可以追踪野兽到任何逃窜的地方，
　　　　　　像燕子一般掠过原野。

地米提阿斯　〔旁白〕

　　　　　　开龙，我们行猎不用犬马，

　　　　　　但是希望把一只美丽的母鹿按在地下。〔众下〕

第三景：森林中一僻静处

亚伦携一袋黄金上。

亚伦　　没有脑筋的人会以为我没有脑筋，在树底下埋这么
　　　　　多的金子，以后永远无法享用它。这样蔑视我的人
　　　　　需要知道，这些金子一定会铸成一条计策，巧妙地
　　　　　运用之后会产生一桩绝妙的害人的勾当：
　　　　　亲爱的黄金，你就这样地在这里休息，

让那些受皇后出钱豢养的人们干着急[9]。〔掩藏黄金〕

塔摩拉上。

塔摩拉	我的亲爱的亚伦，万物都露出快乐的样子，你为何郁郁寡欢？鸟在每一枝头唱歌，蛇在和煦的阳光之下盘卧，绿叶被凉风吹拂得发抖，在地上洒了黑白相间的阴影。在这可爱的树荫之下，亚伦，我们坐下来吧。听那犬吠的回声哓哓不休，对那和谐的号角厉声相和，好像是有两队狩猎同时进行。我们坐下来听猎犬的吠叫吧，就像那流浪的王子在战后和戴都所曾享受的那样，途中遭遇一场风雨，躲在一个隐秘的洞里[10]，我们两个也可以拥抱起来，快乐一番之后，酣睡一场。犬吠声、号角声、鸟啭声，对于我们有如保姆逗孩子睡觉的催眠曲。
亚伦	夫人，虽然维诺斯使得你春心荡漾，支配我的心情的却是阴森的土星。我的眼睛发直，我一声不响，我的脸色忧郁，我的羊毛似的鬈发如今像毒蛇似的竖立想要咬人，这是代表什么意思？不，夫人，这不是两情相悦的征兆。仇恨在我的心里，死亡在我的手里，流血和报复在我的头脑里面锻炼呢。听，塔摩拉，我心灵的主宰，我的心不要天堂，只要贴在你身上。今天是巴西爱诺斯的末日，他的菲娄密拉今天要被割掉舌头[11]，你的两个儿子要夺去她的贞操，在巴西爱诺斯的血泊之中洗手。你看到这封信了吗？请你拿了去，把这内含毒计的文件送给国王。

不要再多问，有人在窥察我们。我们要掠夺的对象有一部分到这里来了，他们还不知道他们的性命就要断送呢。

塔摩拉　　　　啊！我的亲爱的摩尔，由我看来你是比性命更可爱。

亚伦　　　　别说了，皇后，巴西爱诺斯来了。和他发脾气，我去喊你的两个儿子来帮助你和他吵，不管吵的是什么。〔下〕

巴西爱诺斯与拉文尼亚上。

巴西爱诺斯　是什么人在此地？罗马的皇后陛下，没有适当的侍从拱卫？莫非是戴安娜女神，打扮得像她，离开了她的神圣的丛林，到这树林里来看人间的狩猎？

塔摩拉　　　　大胆窥伺我的私人行径的狂徒！如果我有据说戴安娜曾有的力量，你的头上立刻就要生出两只角，像阿克蒂恩一般。猎犬会向你那新变形的大腿冲了过去 [12]，你这个无礼的闯入者！

拉文尼亚　　请你耐心听我说，亲爱的皇后，据说你是颇为擅长令别人头上生角的，而且大家疑心你和你的摩尔是特别选出来做实验的。愿今天天神保佑你的丈夫别让他的猎犬追逐他吧！ 若把他当作一只鹿，那就惨了。

巴西爱诺斯　相信我吧，皇后，你那黑皮肤的西米利安 [13] 人，他把你的名誉染得和他的躯体一般颜色，污脏的、丑恶的、可怖的。你为什么离开你的侍从，从你那雪白的骏马下来，只由一个野蛮的摩尔人陪伴着，蹀到这个幽僻的所在，如果不是淫欲在作祟？

拉文尼亚　你的幽会被人撞破，难怪你要骂我的丈夫无礼。我请求你，我们走开吧，让她享受她的乌黑的情人吧，这山谷非常适合于幽会。

巴西爱诺斯　这件事我一定要禀告我的哥哥皇帝知道。

拉文尼亚　是的，这些丑事久已使得他声名狼藉[14]，这样好的皇帝受这样重大的侮辱！

塔摩拉　我为什么要忍受这一切呢？

地米提阿斯与开龙上。

地米提阿斯　怎么，亲爱的皇后，我们的慈爱的母亲！您为什么脸色这样苍白沮丧。

塔摩拉　你想想看，我会无缘无故的脸色苍白吗？这两个人把我诱到这个地方，你看，这是个荒凉可怕的幽谷。虽在夏季，树木却还憔悴枯槁，被青苔和槲寄生缠得了无生气。这里永远不见阳光，这里没有生物繁殖，只有夜出的鸱鸮和凶兆的乌鸦。他们把这可怕的幽谷指给我看的时候，他们告诉我说，在此地，夜深时，成千的魔鬼、成千的咝咝响的蛇、成万的臃肿的蟾蜍、同样多的刺猬，会一起发出可怖的嘈杂的叫声，任何人听到都会立刻发狂，或是突然死去。告诉我这一番可怕的话之后，他们立刻又对我说，他们打算把我捆在这里的一棵阴森森的杉木干上，由我在这里惨死。随后他们骂我为无耻的淫妇、风骚的哥特女人，以及一切所能听到的刻毒的名称。

如果不是你们极其幸运地及时赶到，他们就会对我下了毒手。你们若是爱你们母亲的性命，就报复吧，否则以后你们也就不算是我的孩子了。

地米提阿斯　这可以证明我是你的儿子。〔刺向巴西爱诺斯〕

开龙　这是我的证明，致命一击来表示我的力量。〔亦刺巴西爱诺斯，使之死亡〕

拉文尼亚　好，你过来吧，塞密拉米斯。不，野蛮的塔摩拉，因为只有你自己的名字最适宜于表示你的性格。

塔摩拉　把你的短剑给我，你们要知道，我的孩子们，你们的母亲要亲手报仇。

地米提阿斯　且慢，母亲，还不能这样便宜地教她死。先打谷粒，然后再烧稻草。这个小娘儿们夸耀她的贞洁、她的结婚誓约、她的忠贞不二，凭着这种虚妄的理想所以胆敢和您顶撞，我们能让她怀着这个理想进入她的坟墓吗？

开龙　如果她真能，我宁愿是个阉人。把她的丈夫拖到一个僻静的洞里，让他的死尸作为我们宣淫用的垫枕吧。

塔摩拉　不过你们取得了蜂蜜之后，不可让那黄蜂活下去，她会螫我们的。

开龙　您放心，我们会妥为处理。来呀，小娘子，现在我们要强力享受一下你那严密保存的贞操。

拉文尼亚　啊塔摩拉！你徒有一张女人的面貌——

塔摩拉　我不要听她说话，把她带走！

拉文尼亚　二位大人，求她听我只说一句话。

地米提阿斯　听我说，母亲。看着她流泪，这该是使您开心的事。但是您要对那眼泪硬起心肠，像无情的石头之承受雨点。

拉文尼亚　小老虎教训起母大虫来了？啊！不用教她发威，当初是她教给你的。你从她身上吮的奶水已经变成了顽石，你在吮奶头的时候你就有了残暴的性格。不过每个母亲养的儿子并不相同，〔向开龙〕你去求她表示一些女人的慈悲吧。

开龙　什么！你要我证明是一个私生的野种吗？

拉文尼亚　确是如此！乌鸦孵不出云雀！可是我听人说过，啊！但现在能亲见其事，狮子发了慈悲的时候，会准许人家把他的利爪剪去。有人说，乌鸦养育被遗弃的孤雏，把自己的小鸟饿死在巢里。啊！虽然你的铁石心肠说不，请你不必对我这样地仁爱，但是稍微表示一点慈悲吧。

塔摩拉　我不懂那是什么意思，把她带走！

拉文尼亚　啊，让我来教你！我的父亲当初可以杀掉你，而救了你的命。现在看了他的面上，不要这样冷酷，打开你的聋耳朵吧。

塔摩拉　即使你本人没有冒犯我，我也不能看在他的面上而怜悯你。要记住，孩子们，我流着泪救你们的哥哥，使他不要成为祭品，但是无效，凶恶的安庄尼克斯不肯通融。所以，把她带走吧，你们可以随意对待她。越把她糟蹋得苦，越讨我的喜爱。

拉文尼亚　啊塔摩拉！让人称为一个仁爱的皇后，就在此地用你自己的手把我杀了吧，因为我向你哀求这样久的并不是我的性命。巴西爱诺斯死了的时候，可怜的我已经等于被杀掉了。

塔摩拉　那么你现在求的是什么呢？蠢女人，别拉着我。

拉文尼亚　我求立刻处死！还有一件事，妇道人家不好说出口，啊！让我不要受到他们的比凶杀还要厉害的手段，把我的尸首投在一个龌龊的坑里，在那里男人永远看不到我的身体。请你这样做，做一个慈善的凶手吧。

塔摩拉　如果这样做，我就剥夺了我的两个好儿子应得的报酬了。不，让他们在你身上满足他们的欲望吧。

地米提阿斯　走！你使我们在此耽搁太久了。

拉文尼亚　没有慈悲心！没有妇人心！啊，畜生一般的东西，真乃是我们女性之羞、女性之敌。愿毁灭降临——

开龙　别说了，我要堵起你的嘴。你去把她的丈夫拖过来，这是亚伦要我们掩埋他的坑穴。〔地米提阿斯将巴西爱诺斯尸体投入坑中，随后地米提阿斯与开龙拖拉文尼亚下〕

塔摩拉　再见，我的儿子们，要注意把她妥为处理。在安庄尼克斯一家人全被杀光以前，休想能使我心头快乐。现在我要去找我的亲爱的摩尔人，让我的两个淫荡的儿子去摧残这个骚货。〔下〕

亚伦偕昆特斯与马舍斯上。

亚伦　来呀，二位大人，放快脚步。我立刻带你们到那个

	龌龊的坑，我发现里面熟睡着一只豹子。
昆特斯	我的眼力变得很模糊，不知主何吉凶。
马舍斯	我也是一样，我对你说吧，如果不是难为情，我真能停止打猎去睡一下。〔坠入坑内〕
昆特斯	怎么！你掉下去了？这是多么害人的坑，口上覆盖着粗野的荆棘，叶子上有一滴滴的新洒的血，像花上的朝露一般鲜丽？我觉得这是一个不祥的所在。兄弟，你跌伤了吗？
马舍斯	啊哥哥！跌倒是没有跌伤，可是看到了从来没有过的令人触目惊心的一件可怕的东西。
亚伦	〔旁白〕现在我要去把皇帝请来，让他发现他们两人在此，他就会可能猜想到杀死他弟弟的正是这两个人。〔下〕
马舍斯	你为什么不抚慰我，帮助我从这血迹淋漓的邪恶的坑里爬出来？
昆特斯	我被一股无名的恐惧吓昏了，我浑身发抖，直冒冷汗。我心里猜疑的比眼里看到的还要多些。
马舍斯	为了证明你有一颗未卜先知的心，你和亚伦不妨向这坑里望一下，就会看到流血与死亡的景象。
昆特斯	亚伦走了，我心肠软，揣想起来就会使我发抖的东西，我是一眼也不敢看的。啊！告诉我是怎么一回事，我从来没有像现在这样地幼稚，怕我所不知道是什么的东西。
马舍斯	巴西爱诺斯大人倒卧在这里的血泊之中，死肉一堆，像是一只宰过的羔羊，被丢在这卑鄙黑暗的吸血的

　　　　　　土坑里。

昆特斯　　　如果是黑暗的，你怎么看得出是他？

马舍斯　　　他的血污的手指戴着一只宝石指环，把坑里照得通
　　　　　　亮，像是某些墓穴中的蜡烛一般，照耀着这死人的
　　　　　　土色的面颊，也照出了坑里内部凌乱的情形。当初
　　　　　　皮拉摩斯夜里倒卧在那里浴着处女的血[15]，月亮也
　　　　　　是这样凄凉地照着他。啊哥哥！如果恐惧使得你四
　　　　　　肢无力，像使得我四肢无力一样，那么就请用你那
　　　　　　无力的手帮我一把，逃出这个凶恶吃人的像地狱里
　　　　　　冥川河口一般吓人的窟穴。

昆特斯　　　你伸出手来，我好帮你出来。否则我没有力气帮你
　　　　　　多大的忙，我自己反会翻进这个深坑，被可怜的巴
　　　　　　西爱诺斯的墓穴所吞噬进去。我没有力气拉你到边
　　　　　　缘上来。

马舍斯　　　没有你帮助，我也没有力气爬上来。

昆特斯　　　你再伸手抓住我，我不会再松手了，这回不把你拉
　　　　　　上来或是把我扯下去，决不罢手。你不能上来就我，
　　　　　　我只好下来就你了。〔落入坑内〕

　　　　　　亚伦与萨特奈诺斯又上。

萨特奈诺斯　陪我来，我要看看这是个什么坑，刚跳下去的是
　　　　　　个什么人。喂，刚刚跳进这个地上裂口的人，你
　　　　　　是谁？

马舍斯　　　我是老安庄尼克斯之不幸的儿子，在一个最不幸的
　　　　　　时候被人带到了这里，发现你的弟弟巴西爱诺斯

死了。

萨特奈诺斯 我的弟弟死了！我知道你是在说笑话，他和他的夫人都在这愉快的猎场北边的小屋里，我在那里和他分手还不到一小时。

马舍斯 你在什么地方和他活生生地分手，我们不知道。但是，哎呀！我们发现他在此地死了。

塔摩拉偕侍从等又上，泰特斯·安庄尼克斯与陆舍斯随上。

塔摩拉 我的夫君在哪里？

萨特奈诺斯 在这里，塔摩拉，我正苦痛得伤心欲绝。

塔摩拉 你的弟弟巴西爱诺斯在哪里？

萨特奈诺斯 你现在刺探到我的创伤到底了，可怜的巴西爱诺斯被人谋害倒在这里。

塔摩拉 那么我送这封要命的信是太晚了，〔交信〕这里面含着这意外惨剧的纲要，我真诧异一个人满面笑容可以包藏这样凶残的狠毒。

萨特奈诺斯 "亲爱的猎人，如果我们未能顺利地遇到他，我们是指巴西爱诺斯，你只消给他掘好一个墓穴即可。你明白我们的意思。在我们指定埋葬巴西爱诺斯的地方，上面有一棵接骨木遮掩着，树下有一些荨麻，就在那堆荨麻里你可以找到你的报酬。你要照办，我们便永远是你的朋友。"啊塔摩拉！像这样的话可有谁听见说过吗？这就是那个坑，这就是那棵接骨木。诸位，你们试试看能否找到那个杀害了巴西爱

	诺斯的猎人。
亚伦	陛下,一袋金子在这里。
萨特奈诺斯	〔向泰特斯〕你的两个犬子,凶恶嗜杀的孽种,要了我的弟弟的性命。诸位,把他们从坑里拉出来送到监牢里去,让他们在那里等着我给他们想出一些前所未闻的酷刑。
塔摩拉	什么!他们在这坑里?啊怪事!凶杀案多么容易就破获了!
泰特斯	陛下,我的孱弱的双膝跪落,流着轻易不洒的热泪,乞求这一个恩典。我的罪该万死的儿子们所犯的这宗惨烈的罪行,他们的确罪该万死,如果这罪行能证明是他们干的——
萨特奈诺斯	如果能证明!你可以看出是很明显的了。谁发现这封信的?塔摩拉,是你吗?
塔摩拉	是安庄尼克斯自己捡起来的。
泰特斯	是我捡起的,陛下,但是先让我来保释他们。因为,我指着祖先坟墓为誓,我担保他们在陛下传讯的时候随传随到,用生命抵偿他们的罪嫌。
萨特奈诺斯	不能让你保释,你要跟我走。来些人把这尸首带走,来些人把这些凶手带走。不许他们说话,罪状是明显的。我衷心地希望,人生结局如有比死还要苦痛的事,我就要他们得到那样的下场。
塔摩拉	安庄尼克斯,我要求皇帝开恩。不必为你的两个儿子担心,他们一定会没有事的。
泰特斯	来,陆舍斯,来,不用等着和他们说话。〔分别下〕

第四景：森林中又一部分

地米提阿斯与开龙偕被奸的拉文尼亚上，她的双手及舌均被割掉。

地米提阿斯　好，你去说吧，如果你的舌头还能说话，是谁割了你的舌头并且奸污了你。

开龙　写出你的心事，表明你的意思，如果你的残臂还能让你写字。

地米提阿斯　看，她还能做姿态表示意思呢。

开龙　回家去，喊人打一盆香水，洗你的手。

地米提阿斯　她没有舌头去喊人，没有手可洗，我们让她一声不响地走路吧。

开龙　若是我，我就去上吊。

地米提阿斯　你要有手去结绳子才可以。〔地米提阿斯与开龙下〕

玛克斯上。

玛克斯　这是谁？我的侄女，这样快逃走？姑娘，说句话，你的丈夫在哪里？如果我是在做梦，愿我全部财富能把我唤醒！如果我是在醒着，愿星辰把我殛倒，使我永久长睡不醒！说呀，好侄女，什么人下此毒手，砍得你空剩了一个躯干。少了双肢，那是多美的装饰，在你的双臂环抱的荫护之下多少君王都梦想安眠其间，而没有那么大的福气赢得你的爱？你为什么不和我说话？哎呀！殷红的一股热血，像是被风激动的汩汩的泉水，在你的两片樱唇之间一起一伏地往外冒，随同你的芬芳的呼吸而出出进进。一定是有一个蒂鲁斯样的人物辣手摧花[16]，怕你泄露他的罪过，遂割去了你的舌头。啊！你现在为了害羞而转过脸去，并且虽然像三股喷泉一般地大量失血，脸上还是像太阳要被乌云遮盖而气得通红。要不要我代你说话？我可不可以说事情即是如此？啊！我愿知道你的心事，我愿知道是哪个畜生，我好对他发作，让我心里痛快一下。悲哀隐秘不宜，像是烤炉加了封盖，会把心烧成灰烬。美丽的菲娄密拉，她不过是失掉了她的舌头，还能在一块针绣上编出了她的心声。但是，可爱的侄女，你连那个工具也被割掉了。你遇到的是一个更狡狯的蒂鲁斯，他把你的手指割去，因为你可能比菲娄密拉绣得更好。啊！如果那怪物看见过你那纤纤玉指像白杨的叶子一般在琵琶之上颤动，使得丝弦都欢喜和那手指亲吻，那么，就是要了他的命，他也不会舍得碰它们一下。如果他听到过那甜美的舌端吐出的仙乐，他会放下屠刀，颓然睡去，像守卫冥府的三头狗之睡在色累斯的诗人的脚前[17]。来，我们走，使你的父亲变成瞎子，因为这样的景象会使一个做父亲的瞎了眼。一小时的暴雨可以淹没芬芳的原野，经年累月的泪水将要怎样伤害你父亲的两只眼睛？

莫要后退，我们要和你一同哀痛。

啊！但愿我们的哀痛能安慰你的不幸。〔同下〕

注 释

[1] 希腊神话，普罗密修斯（Prometheus）自天庭窃火送给人类，触天上大帝之怒，被锁在高加索山岩之上，由兀鹰每日啄食其肝，隔夜其肝又生。

[2] Semiramis 是神话中亚述帝国创立者 Ninus 之妻，貌美而骄奢淫逸。

[3] 伊丽莎白时代的英格兰街道上如有群众滋事打斗，则市民高呼"拿木棒来！"（Clubs, clubs！），盖呼叫警吏前来取缔之意。

[4] 乌尔坎（Vulcan），罗马神话中之天神的铁匠，其妻维诺斯（Venus）常与人通，故"乌尔坎的标帜"即指 cuckold's horn。

[5] 露克利斯(Lucrece)为罗马妇女贞操之典型，被 Sextus Tarquinius 所污，自戕而死。

[6] the house of Fame 可能是指 Chaucer 之 *House of Fame*, Ⅲ, 291-300 而言，但应注意第一对折本此处之 house 并非大写之 House。无论如何，Fame 应作 rumour 解。Harrison 的解释：House of Fame: i. e., a place where everything is known，是正确的。意谓宫中耳目众多，不宜下手。

[7] 拉丁语 = be it right or wrong。

[8] 拉丁语，威尔孙注: = I am swept on through Styx and through shades（ = I am ready for anything）。

[9] 原文 "And so repose, sweet gold, for their unrest/ That have their alms out of the empress' chest." 费解。约翰孙注："who are to come at this gold." 威尔孙亦注为 i. e.,who find the gold 俱不恰。Harrison 注云："i. e., any of the Andronici who is rewarded by the Empress will find that he has only won trouble. 亦嫌牵强。耶鲁本编者 Witherspoon 注云："apparently meaning, as Stoll suggests that Aaron has taken the gold from Tamora's

chest."似较近理。

[10]"流浪的王子"指伊尼阿斯 Aeneas，他是脱爱的王子，脱爱陷后开始流浪，至迦太基而与寡居的女王戴都相恋，因雨入山洞时恋情达到高潮。

[11]菲娄密拉（Philomela）被她的姐夫 Thrace 的国王蒂鲁斯（Tereus）所奸，为防泄露他割去了她的舌头，但她终于在一块帷幔上织出了她的不幸遭遇。

[12]希腊神话，阿克蒂恩（Actaeon）行猎时偶然遇见戴安娜女神及其侍女出浴，在旁窥视，因而获谴，被变成为一鹿，众犬追逐撕裂成碎片。鹿的头上有角，故亦喻男人有不忠之妻者。

[13]Simmerians，荷马描写过的一个民族，居于地球的北方的绝域，其地永久黑雾迷漫，不见天日。

[14]约翰孙指出，结婚甫一夜，此语未免不伦。

[15]关于皮拉摩斯与提斯璧（Pyramus and Thisbe）的故事，参看《仲夏夜梦》第五幕第一景。

[16]参看注[11]。

[17]色累斯的诗人（Threacian poet）指奥菲阿斯（Orpheus），下入冥府寻找他的亡妻 Euridice，赖其音乐的力量制服了看守冥府的三头狗 Cerberus。

第 三 幕

第一景：罗马。一街道

众元老、护民官、法官偕被缚之马舍斯与昆特斯上，走至行刑处；泰特斯走在前面哀求。

泰特斯　　听我说，庄严的元老们！高贵的诸位护民官，且等一下！为了怜悯我这一把年纪，我在危急战争之中消磨了我的青春，诸位却在安然高枕而眠。为了我在罗马的伟大的战端之中所流出的血，为了我戍守不寐的那些寒宵，为了你们现在看到的注满了我脸上皱纹的纵横老泪，请对我的被判罪的两个儿子慈悲些吧，他们的心不像大家所想的那样坏。我从没有为二十二个儿子哭过 [1]，因为他们是死在崇高的荣誉床上。为了这两个，这两个，诸位护民官，我

要在尘埃之中〔他匍匐地上〕一倾我内心深处的苦
痛和我心灵中的悲哀之泪。让我的眼泪为干燥的泥
土解渴吧，我的儿子们的宝贵血液将使它羞愧脸红。
〔众元老、护民官及其他，押二囚犯下〕啊大地！我
要从我这两只古瓮中间酿出更多的雨水来灌溉你，
比春天四月的雨水还要更多。夏天旱季我还要为你
淋洒，到了冬天我要用热泪把雪融化，让你永远保
持满面春风，只要你别吸饮我的亲爱的儿子们的血。

陆舍斯持剑上。

啊可敬的诸位护民官！啊仁慈的长者们！解开我的
儿子们的捆绑，收回死刑的判决：让我这以前从未
哭过的人得以夸说我的眼泪现在成了能说服人的雄
辩家。

陆舍斯　　啊尊贵的父亲，你哀伤是无益的。护民官们听不见
　　　　　你，没有人在你身边，你是在向顽石诉苦。

泰特斯　　唉！陆舍斯，让我为你的弟弟们哀求。诸位尊贵的
　　　　　护民官，让我再请求一次——

陆舍斯　　父亲，没有护民官在听你说话。

泰特斯　　唉，那没有关系。如果他们听到了，他们也不会注
　　　　　意听我，即或注意听我，也不会怜悯我，可是明知
　　　　　无益我还要哀求他们。所以我要对石头诉说我的悲
　　　　　哀，石头虽然不能安抚我的苦痛，可是比护民官还
　　　　　好一点。因为它们不会打断我的话头。我哭的时候，
　　　　　它们在我的脚边恭谨地接受我的眼泪，好像是在和

　　　　　我同声一哭。而且，如果它们也穿起庄严的服装，
　　　　　罗马不见得能拿得出像它们那样的护民官。石头软
　　　　　得像蜡，护民官比石头硬得多。石不能言，也不害
　　　　　人，护民官则一开口便可判人死刑。〔起立〕可是你
　　　　　为什么拔剑而立？

陆舍斯　　把我两个弟弟从死亡中挽救出来，为了这个企图，
　　　　　法官已经判我永久放逐出境。

泰特斯　　啊幸运的人！他们帮你大忙了。唉，糊涂的陆舍斯，
　　　　　你看不出罗马不过是个猛虎横行的荒野吗？虎是一
　　　　　定要捕捉猎物的，除了你和我以外，罗马已无猎物
　　　　　可寻。你的运气多么好，被放逐出境，远离这些吃
　　　　　人的野兽！那陪着我的弟弟玛克斯来的是谁？

　　　　　玛克斯与拉文尼亚上。

玛克斯　　泰特斯，你的老眼准备流泪吧。或是，不流泪，你
　　　　　的高贵的心就准备迸裂吧。我给你的垂暮之年带来
　　　　　了毁灭的悲哀。

泰特斯　　会把我毁灭吗？那么让我来看看。

玛克斯　　这曾经是你的女儿。

泰特斯　　噫，玛克斯，她现在也还是。

陆舍斯　　哎呀！这个样子吓杀我了。

泰特斯　　胆小的孩子，起来，看看她。说吧，拉文尼亚，什
　　　　　么人下了这样的毒手使你成为缺手的人在你父亲面
　　　　　前出现？哪个混蛋给大海添水，给火烧的脱爱加
　　　　　柴？你没来之前我的悲哀已达顶点，现在像是尼罗

河一般，要泛滥了。给我一把剑，我也要砍去我的
双手。因为这两只手曾为罗马打仗，而全都白费。
两手维持生活，只是培养出这一场苦难。举起双手
祈祷，毫无效果，一点也不能对我有所助益，现在
我唯一要求于我的双手的便是这一只帮忙砍掉那一
只。你没有手倒是很好，拉文尼亚，因为用手为罗
马效力是没有用的。

陆舍斯　　　说呀，好妹妹，是谁残害了你？

玛克斯　　　啊！她吐露心思的那个美妙的工具，本来是滔滔不
　　　　　　绝地能言善辩，如今从那美丽空廊的笼子里被抓走
　　　　　　了。当初在笼子里的时候真像是一只善唱的小鸟，
　　　　　　能唱出美妙宛转的调子，陶醉每个人的耳朵。

陆舍斯　　　啊！你替她说，这事是谁干的？

玛克斯　　　啊！我发现她在林中乱窜的时候，就是这个样子了，
　　　　　　她像受了不治的创伤的一只小鹿似的想藏躲起来。

泰特斯　　　这是我心爱的小鹿，伤害她的那个人，对我的伤害
　　　　　　比杀死了我还要严重。因为我现在像是立在岩石上
　　　　　　的一个人，周围是茫茫大海，看着潮水一波一波地
　　　　　　高涨，无情的浪头随时会把他吞进他的咸腥的肚里
　　　　　　去。我的两个狼狈的儿子刚到那边去受死，这里站
　　　　　　着的是另外一个儿子，被放逐出境了，还有我的弟
　　　　　　弟在这里，为我的苦难而啜泣。但是给我心灵最大
　　　　　　打击的是亲爱的拉文尼亚，比我自己的灵魂还要宝
　　　　　　贵。如果我在图画中看到你这个样子，我会急得发
　　　　　　疯。现在我看到你活生生的这副样子，叫我如何是

好呢？你没有手去揩你的眼泪，没有舌头告诉我谁残害了你。你的丈夫他是死了，为了他的死你的两个哥哥被判了死刑，这时候大概是死了。看！玛克斯！啊！陆舍斯我的儿，看看她。我提起她的弟兄们的时候，新的泪珠挂在她的脸上，像是露珠落在一朵几乎枯萎的被摘下来的百合花上。

玛克斯　她哭也许是因为他们杀了她的丈夫，也许是因为她知道他们是无辜的。

泰特斯　如果他们的确害死了你的丈夫，那么你该露出高兴的样子，因为法律惩治了他们。不，不，他们不会做出这样罪过的事，看他们的姐姐脸上露出来的悲哀。亲爱的拉文尼亚，让我来吻你的嘴唇；或是对我示意，告诉我怎样可以给你一点安慰。你的好叔父、你的弟弟陆舍斯，还有你和我，难道就围坐在水池旁边，一齐俯首下望，看看我们的脸上是多么脏，像洪水退后留下一层泥泞的草原一般？我们要不要向水池里凝视那样久，直到我们洒进了我们的伤心泪，使得一泓清水变成了丧失新鲜味道的盐池？我们难道也要像你一样砍掉我们的手？或是咬掉我们的舌头，在打手势之中消磨我们的饮恨的余生？我们应该怎么办？让我们有舌头的人想想再吃更多苦头的办法，好让后人对着我们兴叹。

陆舍斯　亲爱的父亲，请不要落泪。因为你一难过，看我的可怜的妹妹愈发伤心哽咽了。

玛克斯　忍耐些，亲爱的侄女。好泰特斯，揩干你的眼睛。

泰特斯	啊！玛克斯，玛克斯，弟弟。我知道得很清楚，你的手帕再也吸不进我的一滴泪，因为，可怜的人，你已经用你的眼泪把它浸透了。
陆舍斯	啊！我的拉文尼亚，我来为你揩脸。
泰特斯	看，玛克斯，看！我懂了她的示意，如果她能说话，她会对她哥哥说出我方才对你说的话。他的手帕已被他的热泪浸透，不能再用以揩拭她的悲伤的面颊。啊！这是何等的共同感觉的痛苦！ 孤苦无援，有如地狱之绝无幸福 [2]。

亚伦上。

亚伦	泰特斯·安庄尼克斯，皇帝陛下降旨给你：如果你爱你的儿子们，那么就让玛克斯、陆舍斯，或是你自己，老泰特斯，或是你们任何一个，砍掉你的一只手，送到皇帝那里去。他收到之后就把你的两个儿子活生生地送还给你，那便算是他们的罪过的赎金。
泰特斯	啊仁慈的皇帝！啊亲爱的亚伦！乌鸦可曾这样地唱出过报告日出喜讯的云雀歌声？我十分情愿把我的手送给皇帝，好亚伦，你可愿帮助我砍下来？
陆舍斯	且慢，父亲！你那只高贵的手，曾经打倒过那么多的敌人，不可以送出去。我的手可以代替，我年轻比你不怕失血，所以让我的手去救我弟弟们的命吧。
玛克斯	你们的手哪一只没有保卫过罗马，高举血淋淋的战斧，在敌人的堡垒之上造成毁灭？啊！你们两个都曾建立殊勋，我的手倒是一直偷懒。用我这一只手

来赎回我的两个侄儿的命吧，我总算留着这只手最
后做了一件有益的事。

亚伦 好了，赶快决定把谁的手送过去，怕的是赦令未到
之前他们已被处死。

玛克斯 让我的手去。

陆舍斯 青天在上，这绝不可以！

泰特斯 诸位，不要再争。像这样的枯藤败梗才最宜于攀折，
所以砍我的吧。

陆舍斯 亲爱的父亲，如果你认我为你的儿子，让我赎取我
的弟弟们的性命。

玛克斯 为了我们父亲的缘故，为了我们母亲的恩爱，现在
让我对你表示一个弟兄的友爱。

泰特斯 你们两个人商量吧，我保存我的手。

陆舍斯 那么我去拿一把斧头。

玛克斯 但是我要用那把斧头。〔陆舍斯与玛克斯下〕

泰特斯 你过来，亚伦。我要骗他们两个，你帮我一下，我
就把我的手给你。

亚伦 〔旁白〕如果那算是欺骗，我宁愿诚实，有生之日决
不欺骗别人。但是我要用另一种方式欺骗你，不出
半小时你就会知道。〔砍下泰特斯的手〕

陆舍斯与玛克斯又上。

泰特斯 现在你们不要争了，要做的事已经做过了。好亚伦，
把我的手送给皇帝，告诉他这是捍卫他避开过千种
危机的手。请他把它埋了，它应受到更多的酬劳，

这一点点要求就给了它吧。至于我的两个儿子，就说我认为他们是廉价购得的珠宝，但是还是很珍贵，因为我买到的是我自己的骨肉。

亚伦　我就去，安庄尼克斯。送掉你的手，你不久就可以换回你的两个儿子。〔旁白〕我的意思是说他们的头颅。啊！这条害人的毒计，我想一想都觉得开心。

让傻瓜行善，白脸人祈求天恩，

亚伦愿有像他脸一般黑的灵魂。〔下〕

泰特斯　啊！我在这里向天举起这只手，把这虚弱的残躯弯向大地。如有任何神明怜悯这几行老泪，我向他呼吁！〔向拉文尼亚〕怎么！你要和我一同跪下？那么就跪吧，乖孩子。因为上天一定会听到我们的祈祷，否则我们叹息会把天空吹暗，以阴雾遮盖太阳，就像天上乌云有时候把他拥到怀里一样。

玛克斯　啊！哥哥，说话要浅显一些，不要净说这样怪诞的话。

泰特斯　我的悲哀不是深不见底吗？那么我的情感流露也就无底的深吧。

玛克斯　但是要让理性控制你的哀恸。

泰特斯　如果这些苦难还有理可说，我就可以约束我的悲哀于范围之内。天哭的时候，地上不是也洪水泛滥吗？风吼的时候，大海不是也要发狂，用膨胀的水面扑向天空？你要知道这种动乱的道理吗？我便是海。听吧！她的叹息声吼得多么厉害！她是哭泣的天，我是大地。于是我的海便不能不被她的叹息所

惊动，于是我的陆地便不能不因为她的不断地流泪
而被洪水泛滥淹没。因为我的肠胃不能容纳她的悲
苦，一定要像醉汉似的呕吐出来。所以请原谅我，
失败者可以获得原谅说些愤激的话让肠胃舒服一下。

一使者携两颗人头一只手上。

使者	高贵的安庄尼克斯，为了你送给皇帝的那只好好的手，你可是没有得到好的报酬。这是你的两个好儿子的头，这是你的手，以讥笑的态度送还给你。你的悲哀成了他们的笑谈，你的决心被他们耻笑。想到你的痛苦我就难过，比想到我父亲的死还要悲伤。
玛克斯	现在让西西里的爱特那火山冷却吧，让我的心成为永久熬煎的地狱吧！这些苦难不是人所能忍受的。陪着哭的人们去哭可以使他们得到一些安慰，但是愁苦受人奚落便是双重的死刑了。
陆舍斯	啊！这景象使人好生惨痛，而无聊的生命依然不肯萎缩。以后生命只好算是徒有其名，如果生命只不过是喘着一口气罢了。〔拉文尼亚吻泰特斯〕
玛克斯	哎呀！可怜的人！那一吻对于他没有安慰的力量，像是结了冰的水之对于冻僵了的蛇。
泰特斯	这场噩梦何时才能完结？
玛克斯	恭维话，现在不必说了。死去吧，安庄尼克斯，你现在并不是在睡梦中。看，这是你的两个儿子的头、你的粗壮的手、你的被人割裂的女儿。你另一个被放逐的儿子，被这惨象吓得面无人色。还有你的

弟弟，我，冰冷僵硬，有如一座石像。啊！现在我不要你抑制悲伤了。扯掉你的银白的头发，用牙咬你那一只手。让这惨绝人寰的景象封闭我们的最不幸的眼睛！现在是狂风骤雨的时候，你为什么静止不动？

泰特斯　　哈！哈！哈！

玛克斯　　你为何发笑？这不是笑的时候。

泰特斯　　唉，我没有泪可洒了。况且，这悲哀乃是敌人，它会僭据我的水汪汪的眼睛，用纳贡的泪珠使我目盲，那时节我将如何寻找复仇之神的洞府呢？这两颗头颅好像是在对我说话，威吓我说，我们吃尽了这些苦头，若不即以其人之道还治其人之身，我将永远不得享受天堂之乐。好，我想想看，我该怎样做。你们这些苦人儿，过来围绕着我，我好面对着你们每一个人，向我的灵魂发誓，我要为你们复仇雪恨。誓已发过。来，弟弟，提起一个头，我这手提起另一个。拉文尼亚，你也要参加这些苦差事[3]。好女儿，你用你的牙齿衔着我的这只手。至于你，孩子，赶快去，离开我。你是被放逐的人，你不可停留。赶快到哥特人那边去，征集一支队伍。如果你爱我，我想你是的，我们就吻别吧，因为我们有许多事要做。〔泰特斯、玛克斯与拉文尼亚下〕

陆舍斯　　再见，安庄尼克斯，我的高贵的父亲，罗马的空前的最苦的人。再会了，骄傲的罗马。陆舍斯此去，是撇下了比他自己性命还要宝贵的保证人。再见，拉文尼亚，我的高贵的妹妹。啊！愿你还是和从前一样。但是现在陆舍斯和拉文尼亚都只好在默默无闻悲伤饮恨之中度日了。如果陆舍斯一息尚存，他必将为你报仇雪恨，让骄纵的萨特奈诺斯和他的皇后在城门口求饶，像塔尔昆和他的皇后一般[4]。现在我要到哥特人那边去，组织一支队伍，对罗马和萨特奈诺斯进行报复。〔众下〕

第二景：同上。泰特斯家中一室。摆列盛筵

泰特斯、玛克斯、拉文尼亚与幼童小陆舍斯上。

泰特斯　　　就这样，就这样吧。现在坐下来，注意不可吃得太多，只要能充分支持我们的体力去报复我们的血海深仇就行。玛克斯，放下你那忧郁的盘结的双臂[5]，你的侄女和我都是缺手的可怜人，无法盘起胳膊来表示我们的十倍沉痛的悲伤。我这只可怜的右手，是留下来作为捶胸之用的。我的心苦痛得要发狂，在我的肉体监牢里蹦蹦跳的时候，我便这样地把它捶打。〔向拉文尼亚〕你这个悲哀的肖像，只能作势代替讲话！你的可怜的心狂跳的时候，你无法这样捶打让它安静。用叹息来给它以创伤，孩子，用呻

吟来杀死它。或是找一把小刀放在齿间，对准你的心脏戳下一个洞。你的可怜的眼睛所能流出的泪都会顺着缺口流进去，等到渗透之后，就会把那哀伤的东西淹死在咸泪里面。

玛克斯	呸，哥哥，呸！不要教她这样下毒手结束她的青春。
泰特斯	怎么！悲哀已经使你变得昏聩了？噫，玛克斯，除了我之外没人会发狂的。她能下什么毒手摧毁她的生命？啊！你为什么要提起这个手字？你是要教伊尼阿斯把故事重复讲一遍，脱爱如何被焚，他如何遭殃吗？啊！不要再提这事，不要再说手字，否则我们永难忘怀我们是没手的人。呸！呸！我说的话是多么疯疯癫癫，好像我们会忘记我们没有手，只消玛克斯不提起手字。来，我们吃吧。好女儿，吃这个，这里没有酒。听，玛克斯，她说什么。我可以解释她的一切苦痛的表示，她是说她不喝任何酒，只喝用她的悲哀酿造的在她的颊上泡制的眼泪。无言的怨诉者，我要理解你的心思。我要完全通晓你的哑口无言的动作，像行乞的隐士之精通他们的祈祷一般。你只要叹息一声，或把你的断臂向天举起，或眨眼，或点头，或下跪，或做姿势，我便要从中探究其意义，靠长期练习来理解你的心思。
幼童	好祖父，不要说这些令人伤心的话了，说些快活的话令我的姑姑高兴吧。
玛克斯	哎呀！这小小的孩子，也受感情激动，看着祖父伤心他也哭起来了。

泰特斯	别哭，小幼苗。你是眼泪做的，眼泪会很快地把你的生命溶解了的。〔玛克斯以刀敲盘〕玛克斯，你用刀敲什么呢？
玛克斯	敲的是我刚打死的东西，一只苍蝇。
泰特斯	岂有此理，你这凶手！你伤了我的心！我眼里看到的暴行已经太多了，泰特斯的弟弟是不该杀害无辜的。你走吧，我看出了，你和我不是同道。
玛克斯	哎呀！老兄，我只是打死了一只苍蝇。
泰特斯	但是假如那只苍蝇也有父母亲呢？它将如何地低垂它的纤弱的金翅，在空中嗡嗡地叫出哀恸之歌！可怜的与人无害的苍蝇，它是带着美妙的嗡嗡的音乐，前来娱乐我们的！而你杀死了它。
玛克斯	原谅我，哥哥。那是一只黑色的丑恶的苍蝇，像是皇后的那个摩尔人，所以我杀死了它。
泰特斯	啊，啊，啊！那么原谅我骂了你，因为你做的是一桩好事。把你的刀给我，我要来以战胜者的姿态对付它。自己欺骗自己，假想它便是有意前来谋害我的那个摩尔人。这一刀给你自己，这一刀是为了塔摩拉。啊！你这小子。不过我觉得我们还不至于下贱到这个地步，两个人合力杀一只苍蝇，只因它的样子像一个黑炭似的摩尔人。
玛克斯	哎呀！可怜的人！他悲伤过度，竟把虚幻当作了真实。
泰特斯	来，撤席。拉文尼亚，和我一道走。我要到你闺房去，并且和你共读一些发生在古代的悲惨故事。来，

孩子，和我一道走。你的目力正旺，我的眼睛开始昏花的时候你接着读。〔众下〕

注　释

[1] Witherspoon 注："泰特斯在这里所谓的二十二个死在荣誉床上的儿子，是否包括他自己认为犯了不荣誉行为而亲手杀死的那一个（参看第一幕第一景第二九一行）？如果不包括，那么他便是二十六个儿子的父亲，而不是第一幕第一景第七十九行所说的二十五个。亚顿本编者 Baildon 揣想说：'莎士比亚捏造了穆舍斯那一段情节而忘记改动原来的数目。'"

[2] O! what a sympathy of woe is this; / As far from help as limbo from bliss, 按 sympathy 一字据 Schmidt 解释"not fellow feeling, not a state of being affected by the sufferings of another, but correspondence, similarity of suffering"是也。limbo 严格讲不是地狱，是另一邻近地狱之处，专门容纳耶稣未生前死者之灵魂以及未受洗夭折婴儿之灵魂，但在此处可能是泛指地狱。

[3] 第一对折本作："And Lavinia thou shalt by employed in these things." 第二对折本删去 And，四开本改 in these things 为 in these armes。一般评者均以为此行讹误难解。牛津本从第二对折本，今照译，似尚可通。

[4] 塔尔昆（Tarquin）于他的儿子（Sextus）奸污了露克利斯之后，举家被逐出罗马。

[5] 两臂盘结在胸前（所谓 folded arms），是悲哀、忧郁、惶惑的表示。

第 四 幕

第一景：罗马。泰特斯的花园

泰特斯与玛克斯上。小陆舍斯上，拉文尼亚在后追跑。

小陆舍斯	救命，祖父，救命！我的姑姑拉文尼亚到处跟着我，我不知道为什么。好叔公玛克斯，看她跑来得多么快。哎呀！亲爱的姑姑，我不知道你是什么意思。
玛克斯	靠近我站着，陆舍斯，不要怕你的姑姑。
泰特斯	她太爱你了，孩子，她不会害你的。
小陆舍斯	是的，当初我父亲在罗马的时候，她是爱我的。
玛克斯	我的侄女拉文尼亚这样做姿势是什么意思？
泰特斯	不要怕她，陆舍斯，她一定是有些什么意思要表示。看，陆舍斯，她是如何地关心你，她是想要你和她一同到什么地方去。啊！孩子，她曾教导你读美妙

　　　　　　　的诗歌与西塞罗的散文，比考尼利亚之教导她的儿
　　　　　　　子们还要热心^[1]。

玛克斯　　　你猜不出她为什么这样地缠着你吗？

小陆舍斯　　叔公，我不知道，我也猜不出，除非是她着了疯。
　　　　　　　因为我常听我祖父说起，极度的悲伤可以使人发狂。
　　　　　　　我也在书里读到过，脱爱的亥鸠巴就是因悲伤而疯
　　　　　　　狂。虽然我明知我的高贵的姑姑爱我犹如我的母亲
　　　　　　　之爱我一样，除非是发了疯决不会有意吓唬我这个
　　　　　　　小孩子。但是我却不能不怕，也许是因此而使得我
　　　　　　　无缘无故地丢下书本就逃。饶恕我吧，亲爱的姑姑。
　　　　　　　若是叔公玛克斯也去的话，我也极愿陪您前去。

玛克斯　　　陆舍斯，我去。〔拉文尼亚踢翻陆舍斯丢落之书本〕

泰特斯　　　怎么，拉文尼亚！玛克斯，这是什么意思？必是有
　　　　　　　一本什么书她想看。是这些书中的哪一本，女儿？
　　　　　　　打开那些书，孩子。不过你程度深一些，有较高的
　　　　　　　阅读能力。来，在我的藏书中随意挑选，可以消遣
　　　　　　　忘忧，等待着上天揭露那个该死的作恶的人。为什
　　　　　　　么她一只又一只地举起她的两臂？

玛克斯　　　我想她的意思是说同谋犯罪的不止一人。是的，还
　　　　　　　有更多的人，否则便是伸臂向天呼吁复仇。

泰特斯　　　陆舍斯，她踢动的是什么书？

小陆舍斯　　祖父，是奥维德的《变形记》^[2]，是我母亲给我的。

玛克斯　　　也许是为了眷怀死者，她特别选中了那一本。

泰特斯　　　小声些！看她多么忙地翻阅书页！〔帮助她翻〕她
　　　　　　　要找什么？拉文尼亚，要我来读吗？这是菲娄密拉

的悲惨故事，讲的是蒂鲁斯的奸诈与强奸，我恐怕强奸也正是你的烦恼的根源。

玛克斯　　看，哥哥，看！她在特别指点这几页呢。

泰特斯　　拉文尼亚，你也是这样地在那残酷广阔而黑暗的树林里遭受突袭，亲爱的女儿，被奸污、被强暴，像菲娄密拉一样的吗？看，看！是的，我们打猎的地方是有这样的一个所在——啊！但愿我们当初不曾在那里打猎——恰好像诗人在这里所描写的天造地设的正适宜于凶杀强奸。

玛克斯　　啊！除非是天神喜欢观赏悲剧，为什么天地间会造出这样丑恶的渊薮？

泰特斯　　做姿势给我们看吧，亲爱的女儿，这里没有外人。是哪一个罗马贵族胆敢做出这件事？是不是萨特奈诺斯，像从前塔尔昆那样，偷偷地离开营盘到露克利斯床上干下那罪恶的勾当？

玛克斯　　坐下来，亲爱的侄女。哥哥，你坐在我旁边。愿阿波罗、帕拉斯、周甫或梅鸠利，给我以灵感，好让我发现这罪行。哥哥，你看着。你看着，拉文尼亚。这一块沙地是平坦的，如果你能，你也照我这样子推动 [3]。〔他使用手杖在地上写字，用他的脚和嘴推动手杖〕我根本没有用手就把我的名字写出来了。逼得我们使用这个方法写字的那个人真是罪该万死！好侄女，你也来写，把上帝要为我们复仇而揭示的秘密在这里终于表现出来吧。愿上天领导你的笔把你的悲哀明白写划出来，让我们好知道什么

人是凶徒和事情的真相！〔她用口衔着手杖，用她的断臂推动写划〕

泰特斯　　啊！你看得出她写的字吗？"Stuprum（强奸），开龙，地米提阿斯。"

玛克斯　　什么，什么！塔摩拉的两个淫恶的儿子是这可怕的血案的罪人？

泰特斯　　Magni dominator poli, tam lentus audis scelera？ tam lentus vides？（统治上天的伟大主宰啊，你就这样冷淡地听着？这样冷淡地看着[4]？）

玛克斯　　啊！镇定一下，好哥哥。虽然我知道写在地上的已经足够在最温和的心地之中激起一场叛变，使婴儿的心里发出惊叹之声。哥哥，和我一同跪下。拉文尼亚，跪下。你也跪下，亲爱的孩子，你是我们企望中的罗马的赫克特[5]。和我一同宣誓，就像当年露克利斯被人强奸，朱尼阿斯·布鲁特斯[6]纠合那贞节烈妇的丈夫与父亲，一同发誓复仇一样。我们必将好好地筹划如何对那些狡诈的哥特人实行复仇，看他们流血，或是我们自己含羞而死。

泰特斯　　当然要这样办，只要你知道如何去做。但是如果你要猎取这两只小熊，那可要小心，母熊一闻到你的气味就会醒的。她总是和狮子深相勾结，她在仰卧着玩的时候哄他睡觉，等他睡着了她便可为所欲为。你是一个缺乏经验的猎人，玛克斯，不要惹麻烦。来，我要去拿一块铜板，用钢锥把那几个字刻上去，然后收藏起来。北风怒号，会把沙上的那几个字吹走，像是女预言家西布尔的树叶一般[7]，那时节还哪里有文字可读？孩子，你有什么意见？

小陆舍斯　我要说，祖父，如果我是成年人，这些恶性重大的罗马的奴隶纵然藏在他们母亲的寝房里，我也不能让他们安生。

玛克斯　对，这才是我的好孩子，你的父亲也常常为了他的忘恩负义的国家而这样做。

小陆舍斯　叔公，只要我长大成人，我也要这样做。

泰特斯　来，跟我到我的武库里去。陆舍斯，我要给你装备起来。我的孩子，我还有两件礼物，要你带去送给皇后的两个儿子。来，来，你愿否为我做这件事？

小陆舍斯　好，我愿把我的刀送进他们的胸膛，祖父。

泰特斯　不，孩子，不是这样的做法，我要教你走另外一条路线。拉文尼亚，来。玛克斯，你照料我的家。陆舍斯和我要到宫廷里去招摇一下。不错，我们是要去招摇一下，而且这回不会没有人理我们的。〔泰特斯、拉文尼亚与童子下〕

玛克斯　天啊！你能听着一个好人呻吟而不对他怜悯同情吗？玛克斯，他在疯狂发作的时候，你要照料他，他心上之悲哀的疮疤比他盾上之敌人的剑痕还要多。但是他如此的守法，他不肯实行报复[8]。天哪，你为老安庄尼克斯复仇吧！〔下〕

第二景：同上。宫中一室

> 亚伦、地米提阿斯与开龙自一方上；小陆舍斯偕一侍者
> 携用诗卷包裹的一捆武器上。

开龙　　　　地米提阿斯，陆舍斯的儿子在此，他有信送给我们。

亚伦　　　　哼，必是他的疯祖父送来什么疯信了。

小陆舍斯　　二位大人，我奉安庄尼克斯之命前来敬谨致意。〔旁
　　　　　　白〕并向罗马的天神祈祷，毁灭你们两个！

地米提阿斯　多谢，可爱的陆舍斯，有什么消息？

小陆舍斯　　〔旁白〕你们业已败露即是强奸的恶汉，这便是消
　　　　　　息。〔高声〕启禀二位大人，我的祖父审慎考虑之后
　　　　　　派我送来他的武库中之最好的武器，表示对你们的
　　　　　　敬意。你们乃是罗马的希望之所寄，这是他让我说
　　　　　　的话。我现在已经说了，并将他的礼物呈上，以备
　　　　　　二位在需要的时候能有良好的装备。我告辞了。〔旁
　　　　　　白〕你们是该死的恶汉。〔童子与侍者下〕

地米提阿斯　这是什么？一个纸卷，周围都写了字？我们来看
　　　　　　看——〔读〕
　　　　　　"Integer vitae, sceleque purus,
　　　　　　Non eget Mauri jaculis, nec arcu[9]."
　　　　　　"为人正直而无罪行者，
　　　　　　不需要摩尔人的标枪弓箭。"

开龙　　　　啊！这是何瑞斯的一句诗，我很熟悉，很久以前我
　　　　　　在文法书里读到过。

亚伦	一点也不错，是何瑞斯的一句诗。对，你说中了。〔旁白〕唉，一个人做了蠢驴可是真不得了！这玩笑可是开得不大妙！那老头子已经发现了他们的罪过，给他们送武器，用诗行包裹着，直刺到他们的隐私而他们不自觉。如果我们的机警的皇后能出来走动走动，她会赞赏安庄尼克斯的才智，但是现在且让她再多吃一点苦头吧 [10]。〔向他们〕现在，二位年轻大人，你们说那引导我们来到罗马的是不是一颗吉星。我们以陌生人的身份，不仅是陌生人，而且是俘虏，居然高升到这个地步？在宫门之前把护民官抢白一顿，就让他哥哥在旁听着，这使我甚为快意。
地米提阿斯	但是我有更为快意的事，眼看着这样伟大的人物向我们献媚送礼。
亚伦	他岂是没有缘故，地米提阿斯大人？你不是对他的女儿颇为友好吗？
地米提阿斯	我愿我们能弄到一千个罗马女郎在这种情况之下供我们轮流泄欲。
开龙	真是慈善为怀，而且满腔的博爱。
亚伦	只差你们的母亲没有在这里说声阿门。
开龙	她会愿我们再有两万个罗马女郎哩。
地米提阿斯	来，我们为了我们的亲爱的母亲的生产之苦去向所有的天神祈祷吧。
亚伦	〔旁白〕向魔鬼去祈祷吧，天神已经不管我们了。〔喇叭鸣〕
地米提阿斯	为什么皇帝的号手这样地大吹喇叭？

开龙　　　　也许是庆贺皇帝新生贵子。

地米提阿斯　小声些！谁来了？

一奶妈抱一黑婴儿上。

奶妈　　　　早安，诸位大人。啊！请问你看到那个摩尔人亚伦
　　　　　　了吗？

亚伦　　　　哼，倒是多少看到了一点，否则便是一点也没有看
　　　　　　到，亚伦就在这里。亚伦如今怎样了？

奶妈　　　　啊好亚伦！我们全都完了。现在赶快设法，否则你
　　　　　　就要有苦头好吃！

亚伦　　　　唉，你何必这样喊叫！你怀里抱着的是什么东西？

奶妈　　　　啊！这东西我愿藏在不见天日的地方，这东西是我
　　　　　　们皇后的耻辱，庄严的罗马之羞！她已经被送走了，
　　　　　　二位大人，她已经被送走了[11]。

亚伦　　　　送给谁了？

奶妈　　　　我的意思是说，她已经被送上床了。

亚伦　　　　噢，愿上帝给她平安！她生下来一个什么？

奶妈　　　　一个魔鬼。

亚伦　　　　噫，那么她就是魔鬼的老娘了，是个宝贝的孩子。

奶妈　　　　是个尴尬、黝黑、令人气短的、悲惨的孩子。这就
　　　　　　是那个婴儿，在我们国度里最白净的婴儿中间是像
　　　　　　一只癞蛤蟆一般地讨厌。皇后要我把他送给你，他
　　　　　　是你的图章盖出来的印记，要你用你的刀尖给他行
　　　　　　洗礼。

亚伦　　　　胡说，你这娼妇！黑色就那样卑贱吗？小胖娃娃，

你是一朵美丽的花，的确是。

地米提阿斯　坏人，你干下了什么事？

亚伦　　　　干了你没有法子勾销的事。

开龙　　　　你把我们的母亲毁了。

亚伦　　　　坏人，我把你们的母亲干了。

地米提阿斯　就因为这样，恶狗，你把她毁了。她运气不好，她
　　　　　　也真不该做这样令人恶心的选择！这样丑恶的魔鬼
　　　　　　的孽种也真是该死！

开龙　　　　不可让他活。

亚伦　　　　不可让他死。

奶妈　　　　亚伦，他必须死，这是他母亲的主意。

亚伦　　　　什么！必须死，奶妈？那么除了我之外任何人不可
　　　　　　下手残害我的骨血。

地米提阿斯　我要用我的剑尖挑起这个小蝌蚪。奶妈，把他给我，
　　　　　　我的剑很快地就可以结果了他。

亚伦　　　　这把剑可以更快地剜掘你的五脏。〔从奶妈手中取过
　　　　　　婴儿，拔剑〕且慢，杀人的凶手！你们想要杀死你
　　　　　　们的弟弟吗？现在我指着天上点燃着的那些蜡烛为
　　　　　　誓，这孩子当初就是在那些烛光照耀之下成胎的，
　　　　　　谁要是敢碰一下我这个初生的儿子，我就让他死在
　　　　　　我的刀尖之上。我告诉你们，年轻小伙子，即使是
　　　　　　恩塞勒德斯 [12]，伙同泰风全家的凶恶的一群，或是
　　　　　　伟大的阿尔西地斯 [13]，或是战争之神，都休想把这
　　　　　　小东西从他父亲手里夺去。什么，什么，就凭你们
　　　　　　这两个脸红胆小的孩子！你们这些白灰墙！你们这

些略具人形的酒店招牌上的图像！煤黑比别种颜色要好一些，因为上面不能再敷上别种颜色。倾海洋之水也永远不能使天鹅的黑腿变白，纵然她随时随刻地在海水里洗。告诉皇后，就说是我说的，我已成年，该能抚养我自己的孩子，她随便想个法子掩饰一下吧。

地米提阿斯　你就这样地出卖你的主妇？

亚伦　我的主妇固然是我的主妇，这个却是我自己，是我青春的活力与肖相。我认为这比全世界都更重要，我要不顾一切地确保他的安全，否则你们罗马要有人吃点苦头。

地米提阿斯　为了这个我们的母亲将永远受人耻笑。

开龙　罗马将为了她这败行而看不起她。

奶妈　皇帝盛怒之下会判她死刑。

开龙　我想到这丑事就脸红。

亚伦　唉，这就是你们白脸所享有的特权。呸，不可靠的肤色！它会因脸红而泄露内心的隐秘。这是一个用另外一种肤色造成的孩子。看这小黑奴才对他父亲笑眯眯的多么动人，好像是在说，老孩儿，我是你的亲儿子。他是你们的小弟弟。二位大人，显然是和你们同一血统孳养而生的，而且也是和你们从同一娘胎里爬出来见天日的。他是你们的同母的弟兄[14]，虽然他的脸上盖了我的印章。

奶妈　亚伦，我该对皇后说什么？

地米提阿斯　你想一想，亚伦，该怎么办，我们完全听从你的意

见。如果能使我们大家安然无恙，你就保全这个孩
子吧。

亚伦　　　那么我们坐下来，大家商量一下，我的儿子和我要
占据一个监视你们的位置。坐在那里不要动，现在
随意讨论你们的安全问题吧。〔他们坐下〕

地米提阿斯　有多少女人看见了他这个婴儿？

亚伦　　　哼，这样才是，勇敢的大人！我们协力合作的时候，
我驯如羔羊。但是如果你们要和摩尔人作对，发怒
的野猪、山中的母狮、汹涌的大海，都没有亚伦来
得凶。但是说吧，有多少人看见这个婴儿？

奶妈　　　接生婆考尼利亚和我，除了皇后本人以外再没有别
人了。

亚伦　　　皇后，接生婆，和你。把第三个人去掉，两个人就
可以保守秘密[15]。去见皇后，告诉她我是这么说的。
〔刺杀她〕"吱，吱！"准备上烤叉的猪就是这样叫。

地米提阿斯　你这是什么意思，亚伦？你为什么这样做？

亚伦　　　啊，大人，这是一时权宜之计。这个多话的长舌妇，
我们能留着她来泄露我们的罪状吗？不，二位大人，
不。现在我告诉你们我的全部的主意吧。在不远的
地方，有一个人名叫缪利，是我的同乡。他的妻就
在昨夜生产的，他的孩子长得很像她，皮肤和你们
一样白。去和他商量，给那女人一点钱，把所有的
情形告诉他们两个。用这个方法他们的孩子将如何
地提高身份，成为皇帝的继承人，代替我的儿子的
地位，使宫廷骚动的一场风波即可平静下来，并且

让皇帝把那孩子当作自己的骨肉一般抱在怀里颠来颠去。你们听着，二位大人。你们看，我已经给她对症下药了，〔指着奶妈〕你们要为她办理丧葬。附近有地，你们年富力强。办好之后，莫要耽误时间，立刻叫接生婆来见我。接生婆与奶妈都给结果了之后，女人们随意飞短流长去好了。

开龙　　　　　亚伦，我看你是怕走漏风声，对空气也不敢信赖。

地米提阿斯　　对塔摩拉如此爱护，她自己和她的亲人都十分感激你。

　　　　　　〔地米提阿斯与开龙抬奶妈尸体下〕

亚伦　　　　　现在到哥特人那边去，像燕飞一般地迅速。把我怀中这个宝贝先安顿在那里，然后秘密地去拜会皇后的部属。来吧，你这厚嘴唇的小奴才，我要带你离开这里，因为是你给我们惹出的这些麻烦。我要让你去吃浆果草根，喝奶冻奶水，吮山羊乳。我要在山洞隐居，把你教养成一个战士，统率大军。〔抱婴儿下〕

第三景：同上。一广场

泰特斯上，携箭一束，箭端系有信件；玛克斯、小陆舍斯、婆伯利阿斯、散朋尼阿斯、凯阿斯及其他贵族持弓随上。

泰特斯	来，玛克斯，来。大家都到这边来，小少爷，现在让我看看你的箭术，要拉满了弓，直射过去。Terras Astraea reliquit[16]（公理之神业已离去人间），你要记住，玛克斯，她已经走了，她已经逃跑了。诸位，拿起你们的工具。你们两个去探测大海，撒下网去。也许碰运气可以在海里找到她，不过在海里和在陆上是一样的没有多少公理。不，婆伯利阿斯和散朋尼阿斯，这事一定要你们去做。你们必须用锄头铲子去掘，掘穿大地的核心，然后等到你们进入普鲁图的境内[17]，请你们把这封陈情书送交给他。告诉他，是请求主持公道并且给予援手，是老安庄尼克斯写来的信，他在忘恩负义的罗马哀伤欲绝。啊！罗马。好，好，是我害苦了你，当初我不该唆使人民拥护这样欺凌我的人。去，全都去吧，可要小心了，每一艘战舰都要搜寻，不可漏掉。这奸恶的皇帝可能已经把她送走了[18]，那么我们寻求公道也是枉然了。
玛克斯	啊婆伯利阿斯！看你的伯父疯成这个样子，是不是很惨？
婆伯利阿斯	所以，父亲，我们真要日夜小心地守候着他，尽可能地顺从他的脾气，等时间疗治他的伤创。
玛克斯	他的哀伤已无可治疗。去联合哥特人，以复仇的战争来膺惩罗马的不义，对那叛徒萨特奈诺斯报复吧。
泰特斯	婆伯利阿斯，怎样了！怎样了，诸位先生！什么！你们遇到她了吗？

婆伯利阿斯　　没有，我的好伯父。但是普鲁图托我带话给你，如果你要从地狱里获得"复仇"，你可以得到她。若是想要得"公道"，哼，他说她在天上或是什么别的地方给周甫做事呢，恐怕你还要等待一些时候才成。

泰特斯　　　　他以拖延来搪塞我，是对我不起。我要跃入阴间的火海，抓住她的脚跟把她从地狱里拉了出来。玛克斯，我们只是灌木，不是松杉，不是巨人那样身躯庞大的人。但是，玛克斯，我们却有钢筋铁背，不过所受冤屈太大，有些支持不住了。人间与地狱既然都没有公理可讲，我们要乞求上天感动神明派遣"公理"降到人间为我们昭雪。来，就动手吧。你是一位好射手，玛克斯。（把箭给他们）"Ad Jovem"（向周甫射去），这支箭给你。这个是"Ad Apollinem"（向阿波罗射去）"Ad Martem"（向马尔斯射去），这是我自己的。孩子拿这支箭，射向帕拉斯。这一支，射向梅鸠利。射向萨特恩，凯阿斯，不要射向萨特奈诺斯，那就会像是向风射去一般的没有用处。射吧，孩子！玛克斯，我发令时你就放箭。老实说，我已经写得明明白白，没有一位神我没有求。

玛克斯　　　　诸位，把你们的箭一齐射向宫里，我们要杀那皇帝的威风。

泰特斯　　　　现在，诸位，拉弓。〔他们射〕啊！射得好，陆舍斯！好孩子，射进处女星座，射击帕拉斯。

玛克斯　　　　哥哥，我对着离月亮一英里之处瞄准，这时候你的信已经到周甫手里了。

泰特斯　　哈！婆伯利阿斯，婆伯利阿斯，你闯了多大祸？看，看，你射掉了金牛星的一只角。

玛克斯　　这是老笑话了，哥哥。婆伯利阿斯射箭的时候，金牛星受创暴怒，向白羊星撞了过去，两只羊角撞掉落在宫里，拾到羊角的除了皇后的侍者还有谁？她笑了，对摩尔人说，对他只好拿去献给他的主上做礼物。

泰特斯　　哼，就送给他吧，愿上帝使他快乐！

　　　　　一乡下人携篮上，内有二鸽。

消息！天上来的消息！玛克斯，信差来了。小子，有什么消息？你有信件吗？我能否得到公道？朱匹特说什么话？

乡下人　　啊！你说的是那个制绞架的吗？他说他已经又把绞架拆卸了，因为那个人要到下星期才绞杀呢。

泰特斯　　但是我问你朱匹特说的是什么话？

乡下人　　哎呀！先生，我不认识朱匹特，我这一辈子没有和他一起喝过酒。

泰特斯　　噫，混蛋，你不是送东西的吗？

乡下人　　是的，我是送鸽子的，先生，不送别的。

泰特斯　　噫，你不是从天上来的吗？

乡下人　　从天上！哎呀！先生，我从没有到过那里。我这样年轻，愿上帝不准我抢着上天堂。我是带着鸽子到平民法庭去，去调解我的叔父和皇帝手下一个人的争端[19]。

玛克斯	噫,哥哥,这正好是个机会帮助你呈递你那陈情书,

玛克斯　　噫,哥哥,这正好是个机会帮助你呈递你那陈情书,
让他把鸽子代你送给皇帝去。

泰特斯　　你说,你能从容地向皇帝呈递陈情书吗?

乡下人　　不行,先生,老实说我一辈子从未做过祈祷。

泰特斯　　小子,过来。不要再啰唆,把你的鸽子给皇帝端去。
靠了我,你就会在皇帝手里打赢官司。拿着吧,拿
着吧,这是给你的鸽子的钱。给我拿笔和墨水来。
小子,你能从容地递上一封陈情书吗?

乡下人　　可以,先生。

泰特斯　　这里有一封陈情书交给你。你去见他的时候,一见
面你要跪下,然后吻他的脚,然后呈上你的鸽子,
然后等领赏。我会在一旁观看,你要做得体面些。

乡下人　　我可以向你担保,先生,不用为我担心。

泰特斯　　小子,你有一把小刀吗? 来,让我看看。玛克斯,
把这小刀裹在陈情书里,因为你已经把这封陈情书
写得过分恭顺了[20]。你送交皇帝之后,就来敲我的
门,告诉我他说了什么。

乡下人　　上帝和你同在,先生,我就去。

泰特斯　　来,玛克斯,我们走吧。婆伯利阿斯,随我来。

〔众下〕

第四景：同上。皇宫前

萨特奈诺斯、塔摩拉、地米提阿斯、开龙、众贵族及其他上；萨特奈诺斯手持泰特斯射来之箭。

萨特奈诺斯　噫，诸位，这算得是什么冤抑！可曾有过一个罗马皇帝这样地受人困扰顶撞，而且在秉公执法的时候受到这样的轻蔑？诸位，你们知道，天神也都知道——无论破坏我们的治安的人们怎样谣言惑众——我对于老安庄尼克斯的两个顽劣的儿子所做的处置，实在没有任何不合法的地方。纵然他是因悲伤而糊涂，难道我就该忍受他的抢白、他的发作、他的疯狂、他的毒骂吗？现在他写信给上天请求申冤，看，这是写给周甫的，这是给梅鸠利的，这是给阿波罗的，这是给战争之神的。这些纸卷在罗马街道上飞来飞去，成何体统！这不简直就是诽谤元老院，到处宣扬我的不公吗？是个好主意，是不是，诸位？好像是要令人说，罗马没有公道。不过只要我还活着，我是不能容他以佯狂来掩护这些狂妄的行为。他和他的一家人须知萨特奈诺斯一天健在，王法即存在一天。如果王法在打瞌睡，他会喊醒她，她会赫然震怒，严惩那骄纵的叛逆之徒。

塔摩拉　　　我的圣明的陛下，我的亲爱的萨特奈诺斯，我的生命的主宰，我的思想的统率，你要镇静，并且要宽容泰特斯的年老的毛病。哀伤爱子之余，不免伤心过度，应该安慰他的不幸的处境，而不必惩治为这些事实负责的上上下下的人——〔旁白〕唉，这样为所有的人说好话，才适合于狡猾的塔摩拉的身份。但是，泰特斯，我已经给了你一个致命伤，你的生命之血已经流干了。如果亚伦够机警的话，那么一切安全，抛锚进港了。

乡下人上。

怎样，好人！你是想和我说话吗？

乡下人　是的，的确是，如果您阁下是皇帝的话。

塔摩拉　我是皇后，皇帝在那边坐着呢。

乡下人　正是他。上帝与圣斯蒂芬 [21] 保佑你晚安。我给你带来一封信和两只鸽子。〔萨特奈诺斯读信〕

萨特奈诺斯　去，把他带走，立予绞杀。

乡下人　我可以得到多少赏钱?

塔摩拉　来吧，小子，你一定要受绞刑。

乡下人　绞刑! 天啊，我长了一个脖子是做这个用处的! 〔被押下〕

萨特奈诺斯　愤愤难平的冤抑! 我能忍受这样的无理取闹吗? 我知道这狡计是从哪里来的。我能忍受它吗? 他的两个反叛的儿子，谋杀我的兄弟依法处死，好像是由我冤枉的杀害了似的! 去，把那坏蛋抓住头发拉到这里来，不必对他的年纪和地位有所顾忌。为了这次傲慢的轻蔑，我要做你的刽子手。狡狯的妄人，你把我拥上权位，原是想自己控制罗马和我。

义米利阿斯上。

你有什么消息，义米利阿斯？

义米利阿斯 拿起武器，拿起武器，陛下！罗马从来没有更踊跃
用兵的必要。哥特人已经啸聚起来，组成一支必死
的队伍，决心要来寻衅，在老安庄尼克斯的儿子陆
舍斯的领导之下，浩浩荡荡地开过来了。他声言报
仇，要像考利欧雷诺斯 [22] 当年所做的一样厉害。

萨特奈诺斯 善战的陆舍斯做了哥特人的统帅了吗？这消息可把
我摧毁了，我垂头丧气，像是花被霜袭、草被雨打
一般。是的，现在我的苦恼开始来临了。他正是一
般平民所爱戴的，我在微服出行的时候，常亲自听
见他们说，陆舍斯的放逐是冤枉的，他们希望陆舍
斯是他们的皇帝。

塔摩拉 你为什么要怕？你的城不是很坚固吗？

萨特奈诺斯 是的，但是人民喜欢陆舍斯，会叛离我，转而拥
护他。

塔摩拉 皇帝，你的想法要和你的名衔一样的威严。是不是
太阳变得黯淡，以至于蚊蝇乱舞？苍鹰任由小鸟歌
唱，也不介意他们唱些什么，明知他随时一展双翅，
那影子即可使得鸦雀无声。你对于反复无常的罗马
人民亦应如此。所以打起精神来吧，因为你要知道，
你这皇帝，我要用比钓鱼的饵或害羊的苜蓿更甜更
毒的语言去迷惑住老安庄尼克斯。鱼上钩就要受伤，
羊吃多了美味的草就会烂肠的。

萨特奈诺斯　　但是他不会为我们而求他的儿子。

塔摩拉　　　　如果塔摩拉求他，他就会。因为我能用美妙的诺言
　　　　　　　灌输到他的老耳朵里去，纵然他心坚似铁两耳聋聩，
　　　　　　　但是他的耳与心还是会服从我的舌头。〔向义米利阿
　　　　　　　斯〕你先去，做我们的专使，就说皇帝向英勇的陆
　　　　　　　舍斯请求谈判，你并且指定会议地点，就在他的父
　　　　　　　亲老安庄尼克斯的家里。

萨特奈诺斯　　义米利阿斯，把这话体面地传达过去。如果他为了
　　　　　　　他的安全而坚持索取人质，让他提出他最欢迎的人
　　　　　　　质便是。

义米利阿斯　　我一定要有效地执行你的命令。〔下〕

塔摩拉　　　　现在我要去见那老安庄尼克斯，对他我要使我的浑
　　　　　　　身解数，把高傲的陆舍斯从善战的哥特人那边拉回
　　　　　　　来。现在，亲爱的皇帝，再打起高兴来吧，且看我
　　　　　　　的手段，你不必担心了。

萨特奈诺斯　　那么立刻就去吧，去求求他。〔众下〕

注释

[1] 考尼利亚（Cornelia），纪元前二世纪罗马之著名之"Mother of the
Gracchi"，她嫁给 Tiberius Sempronius Gracchus，生二子，即 Tiberius
与 Caius，后皆为护民官，有名于世。一贵妇于考尼利亚家中炫示其珠宝，
表示欲得一视考尼利亚之宝室藏，考尼利亚即令其二子出见，曰："此

即吾之珍宝也。"

Tully's Orator, Tully 即 Marcus Tullius Cicero。所谓 Orator 大概是 De Oratore，亦可能是他的 ad M. Brutum Orator。威尔孙指陈西塞罗之作在 the Gracchi 死后五十年，显系误解原文，Maxwell 之纠正，是也。

[2]《变形记》Ovid's Metamorphoses，是莎士比亚所熟悉的一本书，其中记载着古代传说中的不幸的女人们的故事，她们遭受折磨之后都被变化为其他各种形式。

[3]《变形记》中记载 Io 的故事，她被朱匹特变成为一头母牛之后，想告诉她父亲她是谁，但已口不能言，便以脚在沙上划出她名字的两个字母，表示她已被改变体形，云云。此处划写名字可能是受这故事的暗示。

[4] 可能是引 Seneca's Hippolytus（671，672）的句子："Magne regnator deum,/ Tam lentus audis scelera? Tam lentus vides?"

[5] 赫克特（Hector）是脱爱的英雄斗士，罗马人自命为脱爱英雄们的直系后裔。

[6] 朱尼阿斯·布鲁特斯（Junius Brutus），罗马护民宫，首先领导罗马人民驱逐塔尔昆家族出境者。

[7] 罗马神话，西布尔（Sibyl）乃古女预言家之一，住在 Cumae 附近一山洞中，预言写在树叶上，任风吹散。

[8] 参看圣经新约《圣保罗致罗马人书》第十二章第十九节："人以横逆相加，望我兄弟无思自为报复，静候天讨可也。主不云乎，'报复乃吾之事也，赏善罚恶，有吾在焉。'"

[9] 拉丁诗人 Horace 所作 Odes I. xxii. 1-2 英译为："the man who is upright in life and free from crime does not need the javelins or bow of the Moor."

[10] 塔摩拉正在临盆。

[11]deliver'd 双关语：（一）被送走；（二）生产孩子。

[12] 恩塞勒德斯（Enceladus）是巨人泰风（Typhon）的儿子们之一，曾与天神作战。

[13] 阿尔西地斯（Alcides）即赫鸠利斯（Hercules）。

[14]by the surer side = by the woman's side。因为母与子的关系较父与子确实更可靠。

[15] 谚语是："三人去其二，秘密可保持。"（Three may keep counsel if two be away.）

[16] "The goddess of justice has left the earth." 见 Ovid, Metamorphoses, Ⅰ.150。Astraea 是古典神话中的"公理之女神"，直到"黄金时代"过后，至"铁的时代"，人性变恶，她才离开人世，归返天庭，变成为"处女星"，为诸神中之最后离开人间者。

[17] 普鲁图（Pluto），冥界之王。

[18] "她"，指公理之神，即公道。

[19]tribunal plebs 为 tribunus plebis 之讹。emperal's 为 emperor's 之讹。

[20] "For thou hast made it like a humble suppliant." 费解。it 可能指刀亦可能指陈情书。如谓指后者，则诚如威尔孙所指陈，"该书似属玛克斯所写"，与第一○五行所云不符，但仍以如此解释为妥。此陈情书措词恭顺，而内藏一刀，可使受者一惊也。

[21] 圣斯蒂芬（Saint Stephen），第一个基督徒之殉教者。

[22] 考利欧雷诺斯（Coriolanus），罗马英雄，因受冤抑率蛮人进攻罗马。参看莎氏悲剧《考利欧雷诺斯》。

第 五 幕

第一景：罗马附近平原

奏花腔。陆舍斯率哥特军摇旗擂鼓上。

陆舍斯　　久历疆场的战士们，我的忠实朋友们，我从伟大的
　　　　　罗马接到了许多封信，表示对他们的皇帝如何痛恨，
　　　　　如何热望我们前去。所以，诸位，就凭你们所拥
　　　　　有的衔称，你们就该奋发威风、志切复仇才对。凡
　　　　　是罗马曾经伤害过你们的地方，你们该三倍地向他
　　　　　索酬。

哥甲　　　从伟大的安庄尼克斯躯干上生出来的嫩枝啊，他的
　　　　　姓名一度是我们恐怖的对象，如今是我们安慰的来
　　　　　源。他的丰功伟绩被忘恩负义的罗马酬以难堪的轻

蔑，请信任我们吧。我们愿听从你的领导，像盛夏期间一群带刺的蜜蜂被率领着飞往百花齐开的原野，我们要报复那万恶的塔摩拉。

众哥特人 他这样说，我们也都要和他一样地说。

陆舍斯 我谢谢他，我也谢谢你们全体。

一哥特人引导亚伦抱婴儿上。

哥乙 著名的陆舍斯，我贪看一座寺院废墟，不觉地离落了我们的队伍。我正在凝视那破烂的房舍的时候，突然听到墙下有婴儿的啼声。我走了过去，听到有人对那啼哭的婴儿这样地责骂："住声，小黑奴才，一半我一半你的妈！若不是你那肤色泄露了你是谁的孩子，你若是生得和你母亲一模一样，小坏蛋，你大有做皇帝的份。但是公牛母牛都是乳白色，便永远不会生出黑炭似的小牛。住声，小坏蛋，住声！"——他就这样地骂那个婴孩——"我必须把你交给一个可靠的哥特人，他知道了你是皇后生的孩子，他一定会为了你母亲的缘故而重视你。"听到这话，我便拔剑，向他冲了过去，出其不意地把他捉来此地，请你酌量处置他吧。

陆舍斯 啊英勇的哥特人，这人就是夺去安庄尼克斯一只手的那个恶魔化身。这人便是你们皇后看了就眉开眼笑的那颗珍珠，这个便是他热情恋奸的下贱的结果。说，眼冒凶光的奴才，你要把这和你的魔鬼脸一般的活生生的缩影带到哪里去？你为什么不说话？怎么？聋子？一言不发？拿根绳子来，弟兄们！把他吊在这棵树上，把他的私生的杂种吊在他身边。

亚伦　不要触动这个孩子，他是皇家的血胤。

陆舍斯　长得太像他爸爸，不会是个好东西。先吊死孩子，好让他看着他扑通，那样子可以使做父亲的心里难受。给我拿一个梯子来。〔取来一梯，亚伦被迫登梯〕

亚伦　陆舍斯，饶了孩子吧，请为我把他送交皇后。如果你肯这样做，我可以告诉你一些你听了会很有益处的怪事。如果你不肯，无论怎样对付我，我决不多说话，只说一声："愿你们一概不得好死！"

陆舍斯　说下去，如果你说得使我爱听，你的孩子可以活下去，我会派人养育他。

亚伦　如果使你爱听！噫，我告诉你说吧，陆舍斯，你听到我所要说的话，你会苦恼万分。因为我必定要讲到一些谋害、强奸、屠杀、无法无天的行为、骇人听闻的事迹，以及狡诈的阴谋叛逆。听起来使人心伤，做起来使人怜悯。我决定一死，把这些事情永久湮没，除非你对我发誓使我的孩子活命。

陆舍斯　把你心里的事情说出来吧。我说，你的孩子可以活命。

亚伦　你要发誓，然后我才能开始。

陆舍斯　我指着什么发誓呢？你不信神，既然如此，你怎能相信一句誓言呢？

亚伦　我不信又有什么关系？老实讲，我是不信。不过，

我知道你是笃信宗教的，你心里有所谓良心那么一
个东西，你们教会里还有好多好多的繁文缛节，我
曾见你小心奉行，所以我促你发誓。因为我知道一
个宫廷弄臣会把他手里的一根棒子[1]当作神明，对
那东西发誓便会信守不渝，我就要让他对那东西发
誓。所以不论是什么神，只要你崇拜敬信就行，你
现在对他发誓吧，一定要保全我的孩子，并且抚养
他。否则我便什么也不告诉你。

陆舍斯　　我对着我的上帝向你发誓，我一定那样做。

亚伦　　　第一，你要知道，他是我和皇后生的。

陆舍斯　　啊好荒淫无耻的女人！

亚伦　　　嘘！陆舍斯，比起你将听我立刻讲下去的，这不过
　　　　　是一件善行罢了。是她的两个儿子杀害了巴西爱诺
　　　　　斯，他们两个割了你的妹妹的舌头，并且强奸了她，
　　　　　切下了她的两只手，把她修剪[2]成你所看到的那个
　　　　　样子。

陆舍斯　　啊可恶的东西！你把那个叫作修剪？

亚伦　　　唉，她是被洗了，被剪了，被修了。那两个动手的
　　　　　人还认为那是蛮开心的工作哩。

陆舍斯　　啊好野蛮的畜牲，和你一样！

亚伦　　　老实说，我是他们的师傅，是我指点他们干的。他
　　　　　们的奸淫的天性是得自他们的母亲，她真是稳操胜
　　　　　算的一张王牌。那凶恶的心肠，我想他们是从我这
　　　　　里学来的，我乃是勇往直前的烈性狗。好啦，让我
　　　　　的行为来证实我的本领吧。我把你的两个弟弟诱到

巴西爱诺斯陈尸的陷阱，我写好你父亲找到的那封信，把信上提到的金子埋了起来，皇后和她的两个儿子都是和我串通好了的。凡是足以使你伤心的事，有哪一桩不是有我从中捣鬼？是我骗取你父亲的一只手，得到之后，我便退到一边，几乎笑破肚皮。他牺牲了一只手，换到了他的两个儿子的头。我从墙缝里偷看，看到他伤心落泪，我大笑不已，笑得眼睛淌泪，和他的眼睛差不多了。我把这场玩笑告诉皇后，她听了我这个好玩的故事几乎乐昏了头，为了我带来的消息而抱住我狂吻。

哥甲　什么！你居然说出这样的话而不脸红？

亚伦　是的，俗语说得好，黑狗不会脸红的。

陆舍斯　你做出这样恶性重大的罪行，难道不觉得歉然吗？

亚伦　我抱歉的是，没有能再多做出一千桩来。就是在这个时候我还是要诅咒我的运气不够好，不过，我想，被我诅咒过的人很少能不遭我的毒手。例如杀人，或是谋取他的性命；强奸少女，或是设计使她失身；诬赖好人，自己乱发伪誓；挑拨朋友变成死敌；使穷人的牲畜跌断颈骨；夜间给谷仓草堆放火，让业主们洒泪去救灾。我时常把死人从坟里挖出来，直挺挺地放在他们的好朋友的门前，这时候他的好朋友们几乎已经把他们忘怀了。在他们的皮肤上，就像树皮一般，我用刀刻上大写字母的字样："虽然我是死了，愿你的悲伤永无已时。"嘘！我曾做过一千种可怕的事，轻轻松松如同打死一只苍蝇，使我最为伤心的是未能再做出一万种来。

陆舍斯　把这恶魔带下来，不能让他舒舒服服地立刻就吊死。

亚伦　假如真有恶魔，我倒愿意是一个恶魔，在永恒之火里长受煎熬，在地狱里有你陪伴，用我刻毒的舌头来折磨你！

陆舍斯　诸位，堵起他的嘴，不准再说话。

一哥特人上。

哥特人　大人，有一个罗马来的使者求见。

陆舍斯　让他来吧。

义米利阿斯上。

欢迎，义米利阿斯！罗马有什么消息？

义米利阿斯　陆舍斯大人，哥特人的诸位亲王，罗马皇帝派我向你们诸位致意。他听说你准备用兵，他愿在你父亲家中和你举行谈判，你要什么样的人质，立刻就可送过来。

哥甲　我们的将军以为如何？

陆舍斯　义米利阿斯，让皇帝对我父亲和我的叔父玛克斯提供保证，我们就来。整队出发。〔众下〕

第二景：罗马。泰特斯家门前

塔摩拉、地米提阿斯及开龙化装上。

塔摩拉　　就这个样子，穿着这身奇异而阴森的服装，我去会
　　　　　见安庄尼克斯，就说我是复仇之神，从地狱里来帮
　　　　　他报深仇大恨。敲他的书房门，据说他整天躲在那
　　　　　里盘算残酷复仇之新奇的计划。告诉他，复仇之神
　　　　　已经来到，帮助他打击他的敌人们。〔他们敲门〕

泰特斯自上方出现。

泰特斯　　谁来搅我的沉思？你是不是想骗我开门，使我的庄
　　　　　严的决心飞了出去，使我所下的功夫归于白费？你
　　　　　想错了，因为我想要做的事，你看看这里，我已经
　　　　　恶狠狠地记了下来。凡是写下来的，就要实行。

塔摩拉　　泰特斯，我来是要和你谈话。

泰特斯　　不，我一句话也不想说。我没有手来做手势，如何
　　　　　能加强语气呢？在这一点上你比我强，所以不必
　　　　　谈了。

塔摩拉　　如果你认识我，你就会和我谈了。

泰特斯　　我没有疯，我当然认识你。这残剩的断臂可以作证，
　　　　　这些殷红的条痕可以作证，愁苦刻划出来的皱纹可
　　　　　以作证，倦人的白昼和沉闷的黑夜可以作证，一切
　　　　　的悲哀都可以作证。我认识你是我们的骄傲的皇后，
　　　　　伟大的塔摩拉。你是不是来取我另外的一只手？

塔摩拉	你要知道,你这个悲惨的人,我不是塔摩拉。她是你的敌人,我是你的朋友。我是复仇之神,是从地狱派来的,对你的敌人实行报复,以减轻你那心头的痛苦。下来,欢迎我来到这光明的人间,和我商量杀人的办法。任何窟穴或藏身之处,任何广漠荒野或大雾弥漫的山谷,若有杀人凶犯或强奸的暴徒因畏罪而躲避其间,我都能把他们搜寻出来。并且附在他们耳边告诉他们我的吓人的名字便是复仇,让那凶恶的罪犯心惊胆战。
泰特斯	你是复仇之神吗?你是奉派前来帮助我惩治我的敌人的吗?
塔摩拉	我是,所以走下来,欢迎我吧。
泰特斯	在我未来见你之前,给我做一点事。看,"强奸"和"谋杀"就站在你的身边。现在证明一下你确是复仇之神,刺死他们,或是系在你的车轮上把他们拖死,我就来做你的车夫,和你一起巡游大地。我会为你准备两匹骏马,色如黑玉,拉着你的复仇之车飞奔,把凶犯从他们的罪恶的窟穴之中搜寻出来。等到他们的头颅装上了你的车子,我就下马,像一名卑顺的仆人一般,整天地在你车轮旁边紧步追随,从太阳东方升起直到他落入西方大海。我情愿一天一天地做这样劳苦的工作,只要你肯杀掉那边的"强奸"与"谋杀"。
塔摩拉	他们是我的部下,随我一同来的。
泰特斯	他们是你的部下?他们叫什么名字?

塔摩拉	"强奸"与"谋杀",他们有这样的名字,因为他们要报复这种恶人。
泰特斯	天啊,他们是多么像皇后的两个儿子,而你又多么像是皇后!不过我们凡人的眼睛是可怜的、疯狂的、会看错的。啊可爱的复仇之神!现在我来和你相会,如果用一只手拥抱可以使你满意,我就用这一只手来拥抱你。〔自上方下〕
塔摩拉	他疯了,只好这样哄他。无论我怎样捏造故事鼓励他头昏脑涨的发狂,你们在言语之间可要随声附和地支持我,因为他现在死心塌地地把我当作复仇之神了。他既如此疯狂的轻信,我就要他唤取他的儿子陆舍斯。我在宴席上把他稳住之后,便立刻想出一条妙计把那些糊涂善变的哥特人打发走,至少让他们成为他的敌人。看,他来了,我必须实行我的计划。

泰特斯上。

泰特斯	我孤独已久,全都是为了想要得到你。欢迎,可怖的复仇之神,欢迎你来到我的悲惨的家。"强奸"与"谋杀",我也欢迎你们。你们多像皇后和她的两个儿子!如果再有一个摩尔人,你们就全班齐备了,整个地狱不能分给你们这样一个魔鬼吗?因为我深知皇后从不出来走动,除非有一个摩尔人陪伴着她。你若是想要正确地扮饰我们的皇后,你需要有这样一个魔鬼。你这样来,我还是欢迎。我们怎样做?

塔摩拉	你要我们做什么，安庄尼克斯？
地米提阿斯	指出一个杀人凶手给我看，我就去对付他。
开龙	指出一个强奸的恶徒给我看，我就是专门来报复他的。
塔摩拉	指出一千个害过你的人，我要对他们都加以报复。
泰特斯	在罗马的罪过的街道上环顾一下，你要是找到一个像你自己的人，好"谋杀"，你就刺死他，他是一个杀人凶手。你和他一道去，你若是遇到一个像你的人，好"强奸"，你就刺死他，他是一个强奸犯。你和他们一道去，在皇宫中有一位由一个摩尔人伺候着的皇后，按照你自己的身材你便可很容易地找到她，因为从上到下她完全像你。我求你，叫他们全都横死，他们对我和我一家人都用了凶暴的手段。
塔摩拉	他已经对我们指示很清楚，我们一定就这么做。但是，好安庄尼克斯，你愿不愿意把你的英勇绝伦的儿子陆舍斯请来，他率领着一队善战的哥特人正向罗马进发，请他来到你家参加宴会。等他来到此地，就在你大开盛筵之际，我把皇后和她的两个儿子、皇帝本人，以及你的所有仇人都一齐带来。让他们匍匐长跪，听凭你来发落，你的一腔怒火可以在他们身上发泄了。安庄尼克斯以为这个计划如何？
泰特斯	玛克斯，我的弟弟！悲苦的泰特斯喊你呢。

玛克斯上。

亲爱的玛克斯，到你的侄儿陆舍斯那里去，你可以

	在哥特人中间打听到他。让他到我这里来，并且把哥特人的最主要的几位首领一同带来。令他的部队就在原地驻扎，告诉他，皇帝和皇后也在我家宴会，他来和他们一同饮宴。这件事有劳你了，他若是关心他的老父的性命，就让他快点来吧。
玛克斯	我遵命，很快地就会回来。〔下〕
塔摩拉	现在我要去为你办事了，带着我的两个部下一同去。
泰特斯	不，不，让"强奸"与"谋杀"留下陪我。否则我就喊我的弟弟回来，除了靠陆舍斯之外不再打别的复仇的主意。
塔摩拉	〔向其二子旁白〕你们以为如何，孩子们？你们愿意留在这里，由我去报告皇帝我已如何实行我们安排下的一场玩笑吗？要顺着他的性儿，对他要温和一些，和他敷衍着等我回来。
泰特斯	〔旁白〕他们我都认识，虽然他们以为我疯了。我要将计就计地让他们作法自毙，一对该死的恶狗和他们的老母狗。
地米提阿斯	〔向塔摩拉旁白〕母亲，你放心去吧，留我们在这里。
塔摩拉	再见，安庄尼克斯，复仇之神现在就去，去为你安排诱捕你的敌人的妙计。〔塔摩拉下〕
泰特斯	我知道你会的，亲爱的复仇之神，再见。
开龙	告诉我们，老头子，你要我们做什么？
泰特斯	哼！我要你们做的事可多啦。婆伯利阿斯，到这里来，凯阿斯和瓦伦坦！

婆伯利阿斯及其他上。

婆伯利阿斯	有何吩咐？
泰特斯	你认识这两个人吗？
婆伯利阿斯	我看是皇后的两个儿子，开龙与地米提阿斯。
泰特斯	呸，婆伯利阿斯，呸！你错得太厉害了，一个是"谋杀"，另一个名叫"强奸"。所以把他们捆起来吧，亲爱的婆伯利阿斯。凯阿斯与瓦伦坦，对他们动手。你们常听我说希望能有这样的一天，现在时候到了。所以要把他们捆得牢牢的，堵上他们的嘴，如果他们要叫。〔下。婆利阿斯等抓住开龙与地米提阿斯〕
开龙	混蛋，不准动手！我们是皇后的儿子。
婆伯利阿斯	所以我们奉命逮捕你们。堵起他们的嘴，不准他们说一句话。把他捆牢了吗？要捆得紧一些。

泰特斯偕拉文尼亚又上；她拿着一盆，他拿着一刀。

泰特斯	来，来，拉文尼亚。看，你的仇人已经捆起来了。你们要堵住他们的嘴，不要让他们和我说话，但是要让他们听听我说的严厉的话。啊混蛋，开龙和地米提阿斯！这里站着的是一股清泉，被你们用泥巴玷污了，这好好的一个夏天，被你们的冬天给羼混了。你们杀死了她的丈夫，为了这一宗重大的罪过她的两个兄弟被判处了死刑，我的手被砍掉，而且为天下笑。她的两只细嫩的手、她的舌头，还有比

手和舌更宝贵的她的纯洁无疵的贞操，毫无人心的叛贼呀，都被你们强暴蹂躏了。我若是准你们说话，你们又有何话说？混蛋！你们没有脸求饶。且听我说，狗贼人，我将怎样来处死你们。我还剩有这一只手可以割断你们的脖子，让拉文尼亚用她两条断臂捧着盆接你们的罪恶的血浆。你们知道你们的母亲意图前来和我共宴，自称复仇之神，以为我是疯了。听！混蛋，我要把你们的骨头磨成粉，然后用你们的血调成糊。我要用那糊制成一个饼壳，再用你的可耻的脑袋制成两个馅饼。就叫那娼妇，你们的下贱的老娘，像大地一般，吞食她自己的骨血。这便是我请她来赴的筵席，这便是我要她饱餐的盛馔。你们对待我的女儿比菲娄密拉还残酷，我要比普劳克妮更残酷地来报复[3]。你们伸出脖子受死吧。拉文尼亚，来。〔他切断了他们的咽喉〕接着血，等他们死了之后，让我把他们的骨头磨成细粉，然后用这可恶的血水来调和，用这粉糊包起他们的下贱的脑袋去烘烤。来，来，每个人都要尽力完成这一场盛宴，我希望这场宴会要比那些"人马怪"的宴会还更惨酷[4]。现在把他们抬进去吧，因为我要亲自下厨，等他们的母亲来到的时候要把他们做好。〔抬死尸，众下〕

第三景：同上。泰特斯家中大厅。筵席大张

陆舍斯、玛克斯与众哥特人率俘虏亚伦上。

陆舍斯　　玛克斯叔叔，既然是我父亲的意思要我到罗马去，
　　　　　我只好从命。

哥甲　　　我们也愿和你同去，不管命运如何。

陆舍斯　　好叔父，你把这野蛮的摩尔人、这噬人无餍的虎、
　　　　　这可恨可恶的魔鬼，给带进去。不给他东西吃，给
　　　　　他加上镣铐，然后把他带到皇后面前，作为她的荒
　　　　　谬行为的对证。要注意我们埋伏下的人是否足够，
　　　　　我猜想皇帝对我们一定不怀好意。

亚伦　　　好像有魔鬼在我耳边低声诅咒，怂恿我，要我说出
　　　　　愤恨填膺的恶声！

陆舍斯　　滚，没有人性的狗！腌臜的奴才！你们帮助我的叔
　　　　　父把他押进去。〔众哥特人押亚伦下。喇叭声〕这喇
　　　　　叭声表示皇帝即将到来。

萨特奈诺斯与塔摩拉偕义米利阿斯、众元老、护民官及
其他上。

萨特奈诺斯　什么！天有二日？

陆舍斯　　你自称太阳，对你有什么用处？

玛克斯　　罗马的皇帝、侄儿，不要吵闹，这些争端需要和平
　　　　　地商量。心情沉痛的泰特斯为了获致光荣的结果已
　　　　　经备好了一席盛筵，是为了和平、友爱、盟好和罗

马的福利而设。所以请你们走过来，各自就位吧。

萨特奈诺斯　玛克斯，我就入席了。〔奏木笛〕

　　　　泰特斯作厨师装、拉文尼亚戴面幕、小陆舍斯及其他上。
　　　　泰特斯置饼数盘于桌上。

泰特斯　　欢迎，我的仁慈的陛下；欢迎，尊严的皇后；欢迎，诸位英勇的哥特人；欢迎，陆舍斯；还有诸位，我一律欢迎。虽然是一些菲薄的食物，聊堪果腹，请随便用一点吧。

萨特奈诺斯　你为什么这样打扮，安庄尼克斯？

泰特斯　　因为招待陛下和皇后，我一定要亲自动手不敢怠慢。

塔摩拉　　我很感谢你，好安庄尼克斯。

泰特斯　　如果您知道我的一番用心，您会感谢我的。皇帝陛下，请为我解答这一个问题：维金尼阿斯亲手杀死他的女儿，因为她受了强暴、奸污、蹂躏，这事情做得对不对[5]？

萨特奈诺斯　做得对，安庄尼克斯。

泰特斯　　你的理由呢，陛下？

萨特奈诺斯　因为那女子不该忍辱偷生，她的出现会永远引起他的伤心。

泰特斯　　理由很正大、坚强、有力，而且是一个先例、榜样、生动有力的辩解，可以使我这狼狈不堪的人去做同样的事。死吧，死吧，拉文尼亚，你的耻辱和你一同死去，你的父亲的伤心也随着你的耻辱一同死去！〔杀死拉文尼亚〕

萨特奈诺斯	你做的是什么事，这样地伤天害理？
泰特斯	我杀了她，为了她我的眼睛都已经哭瞎了。我是和当年的维金尼阿斯一样的痛苦，有比他更多一千种的理由下这样的毒手，现在事情已做出来了。
萨特奈诺斯	什么！她被强奸了吗？告诉我是谁干的？
泰特斯	请陛下吃一点吧。请皇后吃一点吧。
塔摩拉	你为什么这样地把你的独生女儿杀掉？
泰特斯	杀她的不是我，是开龙和地米提阿斯。他们轮奸了她，割下了她的舌头。把她糟蹋成这个样子的就是他们俩，就是他们俩。
萨特奈诺斯	去传他们立刻前来见我。
泰特斯	唉，他们就在这里，放在那个馅饼里烤过了。他们的母亲已经吃得蛮高兴的，吃下了她自己亲生的骨肉。是真的，是真的，看看我这把尖刀。〔杀塔摩拉〕
萨特奈诺斯	疯子，你做下这样大逆不道的事，非死不可！〔杀泰特斯〕
陆舍斯	儿子能睁着眼睛看他父亲流血吗？一报还一报，杀人者死！〔杀萨特奈诺斯。大骚乱。于慌乱中众散去，玛克斯、陆舍斯及其他同党走上楼台〕
玛克斯	你们这些愁容满面的人，罗马的人民子弟，你们惊慌四散，像一群被狂风骤雨吹得逃散的鸟儿一般，啊！让我来教你们，如何把散乱的禾谷重新捆扎成为完整的一束，如何把这破碎的肢体拼凑成为一个完整的身躯。否则罗马将要自取灭亡之祸，这强大

的列国都来敬礼的上邦，像是一个孤苦无依的流浪汉，会要绝望自杀。如果我这一头白发和满脸的皱纹，饱经世故的凭证，不能使你们听我说话，〔向陆舍斯〕你说，罗马的亲爱的朋友，就像我们的始祖 [6] 以庄严的口吻向痴恋戴都述说狡狯的希腊人如何于熊熊大火之夜突袭普莱阿姆国王的脱爱城。你告诉我们，是那个赛嫩 [7] 迷惑了我们的耳朵，是谁把那致命的机关 [8] 带了进来，使得我们的脱爱、我们的罗马，受到内战的创伤。我的心不是铁石做的，我也不能把我们的惨痛和盘托出。在我最该劝你们倾听给予同情的时候，滔滔的泪水会淹没我的雄辩，打断我的话头。这里有一位将军，让他来讲这个故事吧。听他说话，你们会心跳泪流的。

陆舍斯　那么，高贵的听众，我来告诉你们吧，那该死的开龙和地米提阿斯便是杀害我们皇帝的弟弟的凶手，强奸我们妹妹的也是他们。为了他的罪过，我们的两个弟兄被砍头了，我们的父亲的眼泪受了奚落，而且被骗去了曾为罗马奋战到底驱使敌人进入坟墓的那只手。最后，我自己也遭受了无情的放逐，被摈出国门之外，让我哭哭啼啼地向罗马的敌人们乞求援助。他们见我哭得沉痛，便连敌意都丧失了，伸出胳臂把我当作朋友来拥抱。我是被罗马所遗弃的，可是你们要知道，我当初曾牺牲热血维护它的利益，从它的胸前挡开了敌人的剑芒，任凭锋刃刺入我的勇敢的身体。哎呀！你们知道我不是一个信

口乱说的人。我的一身伤疤虽不能言，却可证明我
所说的都是真实不虚。但是，且慢！我扯得太远了，
竟自陈述我的微不足道的功劳。啊！原谅我，没有
朋友在旁边的时候，一般人总是夸耀自己的。

玛克斯　　现在轮到我说话了。看看这个婴儿，是塔摩拉生的，
是一个不信教的摩尔人的孩子，他是这一切惨事的
主要策划者。这坏蛋还活着，现在泰特斯家里，他
虽然可恶，却不能不留他做个见证。现在评判一下
吧，泰特斯饱受了这些不可言喻的超过忍耐限度的
任何活人都承受不了的伤害，是不是应该实行报复。
现在你们听到真相了，你们有何意见，罗马人？如
果我们做错了事，告诉我们错在哪里，我们安庄尼
克斯家仅存的这两个人便会手携着手，从你们看到
的我们站着的地方，一个跟头倒栽下去，在巉岩之
上跌个脑浆迸裂，结束全家的命运。说吧，罗马人，
说吧！只要你们说我们该这样做，看！手携着手，
陆舍斯和我就跳下去。

义米利阿斯　来，来，你这位罗马的可敬的人，小心搀扶着我们
的皇帝。陆舍斯，我们的皇帝，因为我知道这是大
家的公意要这样的。

众罗马人　　陆舍斯，大家向你敬礼！罗马的大皇帝！

玛克斯　　〔向侍从等〕去，去到老泰特斯的悲惨的家里，把那
不信神的摩尔人拖到这里来，判他一个凌迟碎剐的
死刑，作为他一生作恶多端的惩罚。〔侍从等下〕

陆舍斯、玛克斯及其他下来。

众罗马人　陆舍斯，大家向你敬礼！罗马的仁慈的统治者！

陆舍斯　多谢，亲爱的罗马人。但愿我能这样地统治，疗治罗马的创伤，扫除它的愁苦！但是，亲爱的民众，且站在一边看着[9]，因为我为了父子至情不能不做一件悲苦的事。全都站开一些，叔父，你走近些，在这尸体上洒些送葬的眼泪吧。啊！您的苍白冰冷的嘴唇接受这一热吻吧，〔吻泰特斯〕您的血污的脸上接受这悲伤的泪珠吧，这是您的儿子对您最后的敬礼！

玛克斯　你的弟弟玛克斯在你的嘴唇上面泪上加泪，吻上加吻。啊！如果我该给你的泪与吻是无穷无尽的，我也愿照付不误。

陆舍斯　过来，孩子。来，来，也来学我们的榜样而洒泪如雨吧。你的祖父是很爱你的，多少次他放你在他的膝头上颠动着玩，唱歌使你安眠，他的慈祥的胸怀便是你的枕头。他讲解给你听许多的小孩应该知道的事，所以，你要像个孝顺的孩子，从你那微弱的泉源里洒下几滴细小的水点，因为人情需要如此。在痛苦悲哀之中，亲近的人应该陪伴着亲近的人。向他告别，送他下葬，行完礼之后就可以辞去了。

童　啊祖父，祖父！只要您能复活，我甘心情愿去死。主啊！我哭得无法对他说话，我一张嘴，眼泪就把我噎住了。

侍从等押亚伦又上。

罗马人甲	你们二位悲伤的安庄尼克斯家人，且请节哀。这个 可恶的东西，一连串酿成这些惨剧，对他判刑吧。
陆舍斯	把他齐胸活埋，饿死他。让他竖在那里，大哭大闹， 为食物而吼叫。如果有人救济他怜悯他，他就得死。 这是我的判决，留几个人在这里把他埋在土里。
亚伦	啊！为什么满腔愤怨而一言不发呢？我不是婴孩， 我不会用卑鄙的祈祷来忏悔我所做下的罪过。如果 我能从心所欲，我还要做出一万桩比以前做过的更 恶的事。如果我一生中做过一件善事，我要衷心地 后悔。
陆舍斯	那几位好朋友把这已故的皇帝运走，把他安葬在他 祖先的坟地里。我的父亲和拉文尼亚也要立刻埋进 我们家族的茔地。至于那个凶狠的雌老虎、塔摩拉， 不许举行葬礼，不许任何人服丧，也不许在她下葬 时敲起丧钟，把她的尸首丢给野兽猛禽。她一生禽 兽不如，毫无怜悯，所以对她也不必怜悯。那该死 的摩尔人亚伦，必须加以严惩，我们的一切惨剧都 是由他而起： 以后要好好地治理国家， 类似的事情永不许它复发。〔众下〕

注 释

[1]bauble，是宫廷弄臣手里拿着的棒子，顶端是一个雕刻的人头，有两只驴耳，这只棒子象征他在宫廷里的身份和职务。

[2]trim 有双关义，义涉猥亵。

[3]参看第二幕注[11]。普劳克妮(Procne)是蒂鲁斯之妻，菲娄密拉之姐。菲娄密拉被蒂鲁斯强奸割舌之后，将委屈情形绣在一块花布之上送给她的姐姐普劳克妮。二姐妹合力复仇，杀死蒂鲁斯的儿子，在宴会中即以其肉飨其其父。由于此一残酷行为，菲娄密拉被变成为一只夜莺，普劳克妮被变成为一只燕子，蒂鲁斯被变成为一只老鹰。

[4]"人马怪"（Centaurs）是半人半马的怪物，拉皮戴人（lapithae）国王皮利陶斯（Pirithous）邀一群人马怪赴婚宴，彼等企图劫夺新娘及其他妇女，遂起一场凶恶的战斗，故事见奥维德《变形记》第十二章。

[5]此处所述与故事略有不符。古罗马军官"百夫长"维金尼阿斯（Virginius），为免使其女维金尼亚受到"当政十人团"的 Appius Claudius 的奸污，杀了他的女儿，实际她未受到强暴。

[6]罗马人自称为 Aeneas 之后。

[7]赛嫩（Sinon），劝说脱爱人准许木马入城的希腊人。

[8]即木马。

[9]原文 give me aim awhile 费解。

Witherspoon 注云："Stand by and observe the result of my efforts. A figure from archery. The person who 'gave aim' stood near the target and reported the success of the shots. White Suggests, 'Give me air awhile.' Schmidt, retaining the original reading, paraphrases, 'give room and scope to my thoughts.'"

Harrison 注云："listen to me; unless aim is a misprint for air."

Wilson 注云："Sense doubtful."引牛津大字典的解释："give aim" = guide（a person）in his aim by informing him of the result of a preceding shot.Maxwell 以为即是 encourage 之意。

按此语原为射箭用语当属不诬，但观其上下文语气，似是叮咛民众且缓谈国家大事，站在一边，看看他与亡父诀别也。

罗密欧与朱丽叶

Romeo and Juliet

Romeo and Juliet

序

一　版本

《罗密欧与朱丽叶》初刊于一五九七年，是为第一四开本，其标题页如下：

An Excellent conceited Tragedie of Romeo and Juliet.

As it hath been often（with great applause）plaid publiquely,

by the right Honourable the L. of Hunsdon his Seruants.

这个本子显然地是盗印本，通常称之为"坏的四开本"。约有二千二百行，远较后出的本子为短，其中有若干较长的几景似乎是变成了粗陋的撮要。内容固然显得比较贫乏，但在另一方面亦有其可取之点，因其为盗印，所根据的是报告员之耳闻目睹，故在"舞台指导"一项颇多详细之描述。例如，决斗之一景，提拔特是从罗密欧的臂下乘墨枯修不备而刺杀之，然后逃逸。以后各本便无此种叙述，而此种叙述正足令吾人得以窥见当时此剧上演实际情形之一斑。

第二四开本刊于一五九九年，通常称之为"好的四开本"，其标题页如下：

The Most Excellent and lamentable Tragedie, of Romeo and Juliet.

Newly corrected, augmented, and amended, as it hath been sundry times publiquely acted, by the Right Honourable the Lord Chamberlaine his Seruants.

这个本子显然是从剧院里用的脚本印出来的，也有可能所根据的是莎士比亚的手稿，内容是较为完善的，约三千行多一点点。有三点值得注意:（一）罗密欧之最后的一段戏词内中有重复处，足以证明脚本经过修改而在排印时将已删之句误为排入。（二）第四幕末尾之"舞台指导"，"彼得上"误刊为"Will Kempe 上"，此一Will Kempe 正是扮演此一彼得之莎氏剧团中之著名的丑角，足以证明此第二四开本确实是剧院脚本无疑。（三）第二四开本虽远较第一四开本为优，但刊行时仍不免受了第一四开本的沾染，例如乳母的戏词之毫无理由地使用斜体排印。

第三四开本刊于一六〇九年，是根据第二四开本而略有改正。第三四开本之最大的重要性在于第一对折本（一六二三年刊）是根据它而刊印的。第二对折本（一六三二年），第三对折本（一六六三年），第四对折本（一六八五年），都是承袭性的本子。第四四开本（约刊于一六〇九至一六三七年间）承继第三四开本而偶亦参考第一四开本，并且影响到后来的 Pope 的编本（一七二三年）。第五四开本（一六三七年）是根据第四四开本的。

耶鲁大学本之《罗密欧与朱丽叶》，Richard Hosley 编，在一六三页上有表格说明版本沿袭的情形，如下:

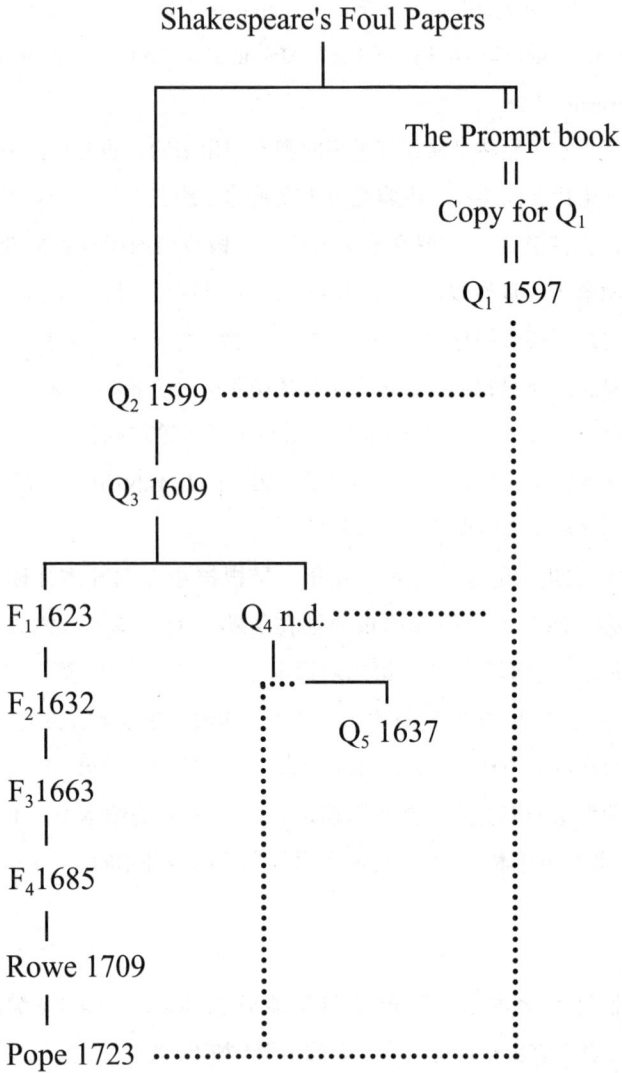

Shakespeare's Foul Papers

The Prompt book

Copy for Q₁

Q₁ 1597

Q₂ 1599

Q₃ 1609

F₁1623   Q₄ n.d.

F₂1632   Q₅ 1637

F₃1663

F₄1685

Rowe 1709

Pope 1723

二　著作年代

　　《罗密欧与朱丽叶》是莎士比亚的剧本在其生时刊行的第四个或第五个剧本。是莎士比亚所完成的第十个剧本，在此剧以前完成的有：

Henry VI（1, 2, and 3）　　　　*Richard III*

The Comedy of Errors Titus Andronicus

The Taming of the Shrew

　　与此剧大约同时的有：

The Two Gentlemen of Verona　Love's Labou's Lost

　　但是确实的著作年代是很难认定的。我们确实知道此剧于一五九六年七月至一五九七年三月之间为 Hunsdon 保护下的剧团所上演，但究竟在上演前之哪一年完成其著作，则殊少证据。唯一之内证是乳母口中所说有关朱丽叶断奶的一句话。（Tis since the earthquake now eleven years.）在英国，地震是不常有的，所以一有地震，便成为一件值得一提的事。一五八○年四月六日英国发生地震。如果此剧成于此次地震后十一年，则其写作应是在一五九一年，这好像是未免太早了。但是也有人指陈，伦敦的剧院于一五九二年曾因疫疠流行而暂行封闭，此剧可能是作于一五九一或一五九二年，在疫疠前上演过几次，直至一五九四年剧院重开后始广受欢迎。现在一般的学者们断定，此剧之写作应在一五九五年，其主要的论据是在于"诗体的测验"，例如其中押韵的排句之多，每行音律之齐整，在在均足证明其为早年之作。

三　故事来源

以情人离别及睡药为中心的浪漫故事，其起源甚早，可远溯到罗马的奥维德（Ovid），及基督教早期作者 Xenophon of Ephesus。但是以莎氏此剧的主要剧情而论，其直接有关的来源应该首先提起的是一四七六年拿帕勒斯印行的 Masuccio Salernitano 所著 *Novellino* 之第三十三个故事。在这故事里没有两个家族结下宿仇的话。

Masuccio 的这一篇关于 Mariotto 与 Ciannozza 的爱情故事，曾经多人引用，撰成了一打以上的作品，其中最可注意的是一五三〇年的 Luigi da Porto 的小说，因为在这篇小说里这一对情人首次采用了 Romeo 与 Giulietta 的名字，并且以十三世纪的两家宿仇（*Montecchi of Verona and Cappelletti of Cremona*）为背景。

Da Porto 的小说又成为一五五四年的 Matteo Bandello 的 *Novelle* 的来源。许多新的人物被加入了，主要的是那个多彩多姿的乳母。窗口阳台的那一景，绳梯的故事，以及后来的约翰修道士的前身 Fra Anselmo 都在这篇作品里出现了。

Bandello 的故事于一五五九年被 Pierre Boisteau 译为法文，成为他的 *Histoire Tragiques* 里的第三篇故事。在这法文译本里，卖药人成为一个角色，而且在故事结尾处略有变动，使罗密欧于朱丽叶醒前死去，朱丽叶用罗密欧的短刀自戕。

一五六二年，Boisteau 的故事被 Arthur Brooke 用 poulter's measure（即轮流用十二音节一行与十四音节一行写成的诗体）改写成为一篇英文的长诗。其标题为：

"*The Tragical History of Romeus and Juliet*, written first in Italian by Bandell, and now in English by Ar. Br."

这一首长诗是重要的，因为它是莎士比亚的戏剧之直接的唯一的来源，这首诗的序言说作者曾经看过"同样的情节在舞台上演"。这一附带声明引起后人许多猜想，可能是一出法文的《罗密欧与朱丽叶》约于一五六〇年左右演出过，但是莎士比亚是不会知道的，亦可能是一出较早的英文的《罗密欧与朱丽叶》根本不曾刊行过，那就更不必认真考虑了。

Boisteau 的故事于一五六七年被 William Painter 直译成英文散文，成为他的 *Palace of Pleasure* 中的第二卷第二十五篇故事。莎士比亚可能读过，但是没有使用它。

莎士比亚依据 Brooke 甚为密切。但是莎氏把故事情节所占的时间缩短了，原诗的故事延长到九个月之久，莎氏缩短成五天，这当然是为了使剧情紧凑之故。莎氏使巴利斯死于朱丽叶的墓门，使得故事前后照应。在人物描写上，如修道士之充满同情，乳母之极度庸俗，莎氏都有相当的贡献。不过我们不要忘记，这是莎氏比较早年之作，在人物性格的创造与刻画方面尚未臻成熟之境。

四　舞台历史

此剧自始即是一出受大众欢迎的戏，因为里面有一个好的故事。一六六〇年剧院重开之后此剧即行上演，但剧尾改为大团圆。当时的日记作家 Pepys 曾记载着："我一生所听过的最坏的一出剧，表演也极糟。"过后不久，莎氏此剧从舞台上完全消逝，约有一个半世纪甚至还要更长一点的时间，被 Otway 的改编剧 *The History and Fall of Caius Marius* 所代替了。十八世纪中 David Garrick 恢复了莎士比亚的原剧上演，但仍有些微修改。等到十九世纪中叶莎士比亚此剧的本来面目才得在舞台上重现，Charlotte Cushman 主演此剧曾接连上演八十四晚。现在此剧已在全世界流行，这一段凄艳动人的故事已成为家喻户晓的了。

五　几点批评

莎士比亚的戏剧通常于主要的故事之外还有一个或一个以上的副故事，交织掩映，有充实繁簇之妙，但此剧则仅有一个恋爱的故事，并没有副故事，罗萨兰仅是一个不重要的陪衬而且根本未出场。故事虽然单纯，但是颇有曲折，一开场就是热闹的打斗，布下了适当的气氛，剧情随着逐步发展，有悬宕，有高潮，始终能控制住观众的注意。里面没有莎氏所惯用的"滑稽的穿插"，丑角彼得没有多少发挥而且也没有趣味。单纯的一对不幸的恋爱者构成了全剧的单一性。

有一股青春的活力贯穿了全剧。罗密欧是一个痴情的青年，也是一个理想的追求者，与其说他爱的是一个女人，不如说他爱的是爱情，具备了一个真正的十四行诗作者的身份，朱丽叶更是年轻，只有十四岁，天真冲动，也正是十四行诗中的理想女郎。一对情人都是传统的类型。其他配角也大都是活跃的，年老的卡帕莱特与蒙特鸠都犹有童心，龙钟的乳母（其实照年龄推算起来是不应该龙钟的）也老当益壮。可是全剧虽然火炽，却缺乏深度。一般的悲剧主人公应该是以坚强的性格与命运作殊死战，然后壮烈牺牲；这一对恋人所患者乃是父母的愚蠢，其命运是偶然的而不是悲剧性的。

尽管此剧不是莎氏的顶成熟的作品，毫无疑问地此剧是莎氏问世的第一部伟大的戏剧。这部戏代表一种新型的戏剧。当时的一般悲剧是受 Seneca 的影响的，这一部浪漫的恋爱悲剧是崭新的。Brooke 的长诗未脱清教的道德主义，他在序言里明说："To this end, Good Reader, is this tragical matter written, to describe unto thee a couple of unfortunate lovers, thralling themselves to unhonest desire; neglecting the authority and advice of parents and friends; confering their principal counsels with drunken gossips and superstitious friars...abusing the honorable name of lawful marriage to cloak the shame of stolen contracts; finally by means of unhonest life hasting to most unhappy death." 而莎士比亚很明智地摆脱了这种说教的态度，以抒情的手法处理了这样一段纯粹恋爱的故事。

剧 中 人 物

哀斯克勒斯（Escalus），维洛那公爵。

巴利斯（Paris），一贵族青年，公爵的亲戚。

蒙特鸠（Montague）┐
　　　　　　　　├ 两仇家的家长。
卡帕莱特（Capulet）┘

卡帕莱特之叔父。

罗密欧（Romeo），蒙特鸠之子。

墨枯修（Mercutio），公爵的亲戚 ┐
　　　　　　　　　　　　　　　├ 罗密欧的朋友。
班孚留（Benvolio），蒙特鸠的外甥┘

提拔特（Tybalt），卡帕莱特夫人的侄子。

劳伦斯修道士（Friar Laurence），圣芳济会的修道士。

约翰修道士（Friar John），同上。

包尔萨泽（Balthasar），罗密欧之仆。

萨姆普孙（Sampson）┐
　　　　　　　　　├ 卡帕莱特之仆。
格来高利（Gregory）┘

彼得（Peter），朱丽叶的乳母的仆人。

阿伯拉罕（Abraham），蒙特鸠之仆。

药店商人。

三音乐师。

墨枯修之僮；巴利斯之僮；另一僮；一官吏。

蒙特鸠夫人（Lady Montague），蒙特鸠之妻。

卡帕莱特夫人（Lady Capulet），卡帕莱特之妻。

朱丽叶（Juliet），卡帕莱特之女。

朱丽叶的乳母。

维洛那的市民等；两家的男女亲属等；面具舞客，卫士，巡夜警吏，及侍从等。

说明人。

地 点

维洛那；一度（第五幕中）在曼丘阿。

序 诗

说明人上。

说明人　　我们的故事发生在繁华的维洛那[1]，
　　　　　那里有两大家族，有相等的声望，
　　　　　从宿仇中又有新的嫌怨爆发，
　　　　　使得市民的血把清白的手弄脏。
　　　　　命中注定，从这两家仇人的肚里，
　　　　　生出一对命途多舛的情人；
　　　　　他们的不幸的悲惨的结局，
　　　　　埋葬了两家父母的纠纷。
　　　　　他们殉情之悲惨的经历，
　　　　　以及双方家长之长久的仇恨斗争，
　　　　　除了儿女双双死亡无法能够平息。
　　　　　这便是我们的两小时内的剧情[2]，
　　　　　如果诸位肯耐心细听，
　　　　　现在陈述过简之处我们会尽力补充。〔下〕

第 一 幕

第一景：维洛那。一广场

萨姆普孙与格来高利持剑盾上。

萨姆普孙　　格来高利，我们不能给人搬煤[3]。

格来高利　　不能，因为那么我们就成了煤黑子啦。

萨姆普孙　　我的意思是说，如果我们动了火，我们就要把刀抽
　　　　　　出来。

格来高利　　是的，只要是活着，就要把你的颈子抽出领口来。

萨姆普孙　　惹起我来，我很快地就动手。

格来高利　　但是你不容易很快地被惹起来。

萨姆普孙　　蒙特鸠家的一个走狗就能把我惹起来。

格来高利　　惹起来就要有动作，勇敢的才站住不动。所以，你
　　　　　　一旦被惹起来，你拔腿就跑。

萨姆普孙	那家的走狗会把我惹得站住不动。我遇到蒙特鸠家的人，不分男女，我要靠墙走[4]，绝不相让。
格来高利	这证明你是一个柔弱的奴才，因为最柔弱的人才被人挤到墙边去。
萨姆普孙	不错，所以女人比较柔弱，总是被挤到墙边去。所以我要把蒙特鸠家的男人从墙边挤开，把他家的女人挤到墙边去。
格来高利	这仇恨只是两家主人和男仆们之间的事。
萨姆普孙	全是一样，我要像凶神一般。我和他家的男人打过之后，对他们的女人也不留情，我要切她们的头。
格来高利	处女的头？
萨姆普孙	对，处女头，或处女膜，随便你怎样解释。
格来高利	她们一定会感觉到的。
萨姆普孙	只要我能硬起来，她们就会感觉到我，大家都知道我有一块很坚实的肉哩。
格来高利	幸亏你不是鱼，如果你是，你会成为一块臭咸鱼[5]。拔出你的武器来，有两个蒙特鸠家的人来了。

阿伯拉罕与包尔萨泽上。

萨姆普孙	我的武器已经亮出来了，找他们打架，我会在背后支持你。
格来高利	怎么！你想转身逃跑吗？
萨姆普孙	不要怕我逃跑。
格来高利	当然不，我会怕你！
萨姆普孙	我们要在法律上占住理，让他们先动手。

格来高利	我走过去的时候皱一下眉，看他们怎样反应。
萨姆普孙	不，看他们敢怎么样。我要对着他们咬大拇指，如果他们能够隐忍，那就丢脸啦。
阿伯拉罕	你是对我们咬你的大拇指吗，先生?
萨姆普孙	我是咬我的大拇指呢，先生。
阿伯拉罕	你是对我们咬你的大拇指吗，先生?
萨姆普孙	〔向格来高利旁白〕如果我说是，在法律上我们是否占理?
格来高利	〔向萨姆普孙旁白〕不。
萨姆普孙	不是的，先生，我不是对你们咬我的大拇指，先生。但是我是咬我的大拇指，先生。
格来高利	你想找打架吗，先生?
阿伯拉罕	打架，先生! 不，先生。
萨姆普孙	如果你想打架，先生，我可以奉陪，我伺候的主人一点也不比你们的差。
阿伯拉罕	不见得更好一些。
萨姆普孙	好吧，先生。
格来高利	〔向萨姆普孙旁白〕说"更好一些"，我们主人的一位亲戚来了。
萨姆普孙	是要更好一些，先生。
阿伯拉罕	你说谎。
萨姆普孙	拔出剑来，如果你们是男子汉。格来高利，别忘记使用你那一手绝招。〔互斗〕

班孚留上。

班孚留	散开，蠢材们！收起你们的剑，你们不知道你们干的是什么事。〔打落他们的剑〕

提拔特上。

提拔特	怎么！你也拔剑参加这群怯懦的奴才们的打斗吗？转过身来，班孚留，准备受死吧。
班孚留	我只是在维持和平，收起你的剑，再不就来帮我把他们分解开。
提拔特	什么！拔出了剑还要谈和平？我痛恨这个名词，就如同恨地狱、恨蒙特鸠一家人、恨你，完全一样。看剑，懦夫！〔相格斗〕

两家各若干人上，参加打斗；随后市民等持棍矛上。

众市民	棍棒、尖矛、矛枪[6]！打！打倒他们！打倒卡帕莱特家的人！打倒蒙特鸠家的人！

卡帕莱特着睡衣，及卡帕莱特夫人上。

卡帕莱特	为什么这样争吵？把我的长剑给我，喂！
卡帕莱特夫人	拐杖，拐杖！你为什么要剑呢？
卡帕莱特	我是说我要剑！老蒙特鸠来了，舞着他的剑向我逞凶呢。

蒙特鸠与蒙特鸠夫人上。

蒙特鸠	你这坏人卡帕莱特！别拉着我，叫我去。

| 蒙夫人 | 不准你迈一步去寻仇。 |

公爵率侍从上。

| 公爵 | 作乱的民众、治安的敌人、滥用武器溅染邻人热血的糊涂东西，他们不听话吗？你们要怎么样！你们这些奴才，你们这些畜牲，想用你们血管里喷出来的紫红的血水来浇灭你们的刻毒的怒火。赶快把你们的血腥的手里的凶器丢在地上，听你们的震怒的公爵的裁判，否则就要严加惩处。老卡帕莱特、老蒙特鸠，你们只是为了几句话，便发生三次殴斗，三次扰乱街道上的和平，使得维洛那的老居民抛下他们的拐杖，用衰老的手拿起生锈的矛枪，来调解你们的溃烂的仇恨。如果你们再破坏街道上的安宁，你们就要以性命来赎罪。至于这一次，其余的人都走开。你，卡帕莱特，你跟我走。蒙特鸠，你今天下午到我审案的自由别墅[7]去听取我对此案的其他意见。再说一遍，一切人等全都走开，否则处死。 |

（除蒙特鸠、蒙特鸠夫人、班孚留外均下）

| 蒙特鸠 | 是谁把这旧仇又重新挑起？你说，外甥，开始争吵的时候你是否在场？ |
| 班孚留 | 我来到之前，您的仇家的仆人和您家的仆人们已经打作一团。我拔剑给他们分解，可巧那个性如烈火的提拔特来了，他准备好他的剑，一面对我口出狂言，一面举剑乱舞。他砍的是空气，空气受不了伤， |

嗑嗑地对他讪笑。我们在互相戳刺的时候，人越来越多，各自帮助自己的一边打斗。直到公爵来了才把他们分开。

蒙夫人　啊！罗密欧在哪里？你今天看见他了吗？我很高兴他没有赶上这场打斗。

班孚留　夫人，在万人景仰的太阳从东方的金窗探头之前一小时，我心里一阵烦躁，想起身出外散步。在城西一带的枫树林下，我看到你的儿子那样早就在那里走动。我向他走去，但是他发觉我了，躲进林荫深处。我，以己之心度人，我本来极想寻找一个最幽静的地方，所以我按照自己的心情往幽静的地方走，不去追踪他。他既然要躲我，我也乐得避开他了。

蒙特鸠　好几天一清早就有人在那里看见他，在朝露中间添洒他的眼泪，用叹息在云层上加上云层。但是那鼓舞大众的太阳在极近的东方刚把曙光之神床上的幔帐拉开，我这多愁善感的儿子便逃避光明溜回家来，独自把自己关在房里，关上窗户，把美丽的光明锁在外面，给自己制造一个人工的黑夜。

这心情恶劣是不祥之兆，

除非善加劝导解除烦恼的根苗。

班孚留　我的舅父，您知道那根苗吗？

蒙特鸠　我不知道，问他也问不出来。

班孚留　您可曾设法仔细追问过他？

蒙特鸠　我自己和许多朋友都试过，但是他，对他的情感严守秘密，绝不外泄，严谨得令人无从窥测其内心。

好似一个蓓蕾，尚未迎风展瓣，尚未对着太阳献出

它的娇妍，就被凶恶的蛀虫侵蚀了。

他的烦恼之源我们一经知晓，

我们就倾尽全力来给他治疗。

班孚留　　他来了，请您暂且躲在旁处。

我要问问他，看他肯不肯吐露。

蒙特鸠　　愿你运气好，能听到他的真心话。

来，夫人，我们走开吧。〔蒙特鸠偕夫人下〕

罗密欧上。

班孚留　　早安，表弟。

罗密欧　　现在还算早吗？

班孚留　　刚打过九点。

罗密欧　　哎呀！愁苦的时间似乎特别长。从这里急忙走开的

可是我的父亲？

班孚留　　是的。有什么愁苦的事使得罗密欧的时间显得长？

罗密欧　　未能得到能使时间变短的东西。

班孚留　　掉在爱情里了？

罗密欧　　掉到——

班孚留　　爱情外面去了？

罗密欧　　我爱她，却得不到她的欢心。

班孚留　　唉！爱神的样子很温柔，行起事来却如此地粗暴。

罗密欧　　唉，爱神的眼睛永远是被蒙起，

不用眼看，却能随意射中标的。

我们到哪里去吃饭？哎呀！谁在此地打架了？不必

对我讲，我已经全听说过了。这场冲突与仇恨有关，

但更大的冲突却是与爱情有关。

所以吵闹的爱呀，亲爱的仇！

啊任何事物！真是无中生有。

啊沉重的轻浮！严肃的虚妄！匀称的体形之歪曲的

混乱！铅铁铸成的羽毛、亮的烟、冷的火、病的

健康！

永远醒着的睡眠，名实全然不符！

我觉得我在爱，却得不到满足。

你不笑我吧？

班孚留　　不，表弟，我要哭。

罗密欧　　好人，哭什么？

班孚留　　哭你那颗好心所受的压迫。

罗密欧　　唉，这便是爱情的罪过。

我自己的悲哀压得我心头沉重，

再压上你的悲哀，将加重我的苦痛。

你对我表示的一番友爱，

在我过多的悲哀之上再加悲哀。

爱情是叹息引起的烟雾，

散消之后便有火光在情人眼里暴露，

一旦受阻，便是情人眼泪流成的海 [8]。

还有什么可比拟？是最理智的疯癫，

是难下咽的苦味，是可口的蜜饯。

再会了，我的表哥。〔欲去〕

班孚留　　且慢，我要和你一同去。

	你这样丢下我，你对我不起。
罗密欧	嘘！我已经失踪了。我不在此地，这不是罗密欧，他在别的地方呢。
班孚留	老老实实告诉我，你爱的是谁？
罗密欧	什么！要我呻吟一声再告诉你吗？
班孚留	呻吟！当然，不，老实告诉我是谁。
罗密欧	叫病人老老实实地立遗嘱！ 啊！这词句使得病人好痛苦。 老实说吧，表哥，我是爱上了一个女人。
班孚留	我猜想你是闹恋爱，果然猜中了。
罗密欧	好准的射手！而且我的爱人很漂亮。
班孚留	鲜明的靶子最容易射中。
罗密欧	你这可猜错了，用邱比得的箭， 射不中她，她有戴安娜的才干。 她有坚固的贞操护身， 爱神的小弓箭刺不到她的心。 她不受甜言蜜语的包围，不容逼人的目光向她进攻， 使圣徒受惑的黄金也不能使她张开她的怀抱。 啊！她富于美貌，只有一点贫， 在死的时候她的富与美将同归于尽[9]。
班孚留	她可曾发誓决定终身不嫁？
罗密欧	她发誓了，于矜持中把自己糟蹋。 因为美貌被她的贞洁给饿毙， 使得美貌断绝，将来无以为继。 她是太美、太聪明、又美又聪明，

不该追求天堂幸福，使我受绝望的苦痛。

她已誓不恋爱，为了这一誓言，

我虽然活着讲话，实在和死一般。

班孚留 你听我的话，不要再想她了。

罗密欧 啊！告诉我怎样才能不想。

班孚留 让你的眼睛得到自由，看看别的美人。

罗密欧 愈多看别个，愈觉得她是绝色无双。吻着美人脸的面具是乌黑的，使我们想到遮在下面的脸庞是多么白皙。瞎了眼的人无法忘记他失去的眼睛是如何地宝贵。给我引见一位绝代的美人，除了令我忆起比她更美的人儿以外，还有什么作用？

再会，你不能使我忘怀。

班孚留 我要这样劝你，否则死了也是欠债。〔同下〕

第二景：同上。一街道

卡帕莱特、巴利斯及仆人上。

卡帕莱特 但是蒙特鸠和我一样均已保证不再扰乱治安，违犯时受同样的惩罚。我想，像我们这样年老的人，和平相处亦非难事。

巴利斯 你们二位都是德高望重的，这样久彼此不睦，实在

　　　　　　是一件憾事。不过，老伯，您对我的请求，意下如
　　　　　　何呢？

卡帕莱特　　我还是重复我说过的那一句话，小女尚不懂事，还
　　　　　　不满十四岁呢。
　　　　　　再等两个夏季的花草变得焦黄，
　　　　　　她才算得成熟，才好做新娘。

巴利斯　　　比她年轻的小姐们都已做了母亲。

卡帕莱特　　这样早就结婚的人实在是太早就被毁掉了。
　　　　　　我的儿女均已被黄土所埋葬，
　　　　　　只剩了她，是我唯一的指望。
　　　　　　向她求婚吧，好巴利斯，赢取她的心，
　　　　　　我是否同意要看她自己肯不肯。
　　　　　　如果她同意，凡是她所选中的，
　　　　　　我自然也就没有什么异议。
　　　　　　今晚我照例设宴款待来宾，
　　　　　　邀请了许多我所喜欢的客人。
　　　　　　你，也是我的客人中的一个，
　　　　　　如蒙赏光，当令我的筵席生色。
　　　　　　今晚寒舍将有群星下降，
　　　　　　把这昏夜会给照得通亮。
　　　　　　盛装的四月紧接着漫长冬天而至，
　　　　　　生气勃勃的青年会感到一阵舒适。
　　　　　　你今晚在我家将同样地高兴，
　　　　　　置身在一群娇艳的花蕾当中。
　　　　　　你可以听一个够，看一个饱，

选一个最好的供你去倾倒。

小女可能是几个最好的之一，

仔细看去怕不见得怎样出奇。

来，和我走。〔对仆人，给他一张纸〕你去吧，

你去走遍这繁华的维洛那，

按照名单去邀请这些人，

今晚寒舍等着欢迎他们。

卡帕莱特与巴利斯下。

仆　　　按照这名单所写的去邀请他们！据说鞋匠是该用尺的，裁缝是该用榾头的，渔夫是该用笔的，画家是该用网的。我却奉派去找这些人，他们的名字是写在这里，可是我不知道那写字的人在这里写的是些什么名字。我必须找个识字的人。运气好。

班孚留与罗密欧上。

班孚留　嘘！一把火可以烧熄另一把火焰，

一处痛可以被另一处痛减轻。

转得头晕，就掉个方面来转，

一件绝望的悲哀治好另一苦痛。

让你的眼睛受新病的感染，

旧的肿毒自然就会消散。

罗密欧　你所说的车前草叶子治那一种病倒是极有效。

班孚留　治哪一种病？

罗密欧　治腿皮擦伤。

班孚留	噫，罗密欧，你疯啦？
罗密欧	没有疯，但是比疯子还受束缚。被关在牢里，没有东西吃，受鞭打苦刑，并且——你晚上好，朋友。
仆	上帝保佑您晚安。请问，先生，您识得字吗？
罗密欧	是的，我可以识得我自己悲苦的命运。
仆	也许那一套本领你会背诵得出。但是，请问，你能读你所看到的东西吗？
罗密欧	可以，如果我识得那些字。
仆	你说的倒是实话，再见。〔欲去〕
罗密欧	且慢，朋友，我识字。
	"玛提诺先生及夫人小姐们、安塞姆伯爵及其美丽的姊妹们、孀居的维楚维欧夫人、普拉散希欧先生及其可爱的侄女们、墨枯修及其令弟瓦伦坦、我的伯父卡帕莱特、夫人与小姐们、我的漂亮的侄女罗萨兰、黎维亚、瓦兰希欧及其表弟提拔特、陆希欧及活泼的海伦那。"
	好漂亮的一群客人，要他们到哪里去？
仆	到家里去。
罗密欧	哪里？
仆	吃晚饭去，到我们家里。
罗密欧	谁的家？
仆	我的主人的家。
罗密欧	真是的，我该先问你这个。
仆	你不必问我就告诉你吧。我的主人便是大富翁卡帕莱特。如果您不是蒙特鸠家里的人，请过来喝杯酒。

上帝保佑您！〔下〕

班孚留　在卡帕莱特这次有悠久历史的宴会里，你所爱的美
丽的罗萨兰就要和维洛那大众仰慕的名媛们在一起
晚餐。到那里去。用没有成见的眼光，
把她的容貌和我指出的一位比较一下，
你就会觉得你所爱的天鹅原是一只乌鸦。

罗密欧　我这虔诚的眼睛若有这样的错误，
那么把眼泪变成为火焰吧！
这淹不死的眼睛像是透明的叛徒，
应该用火烧死，因为它说了谎话！
比我的爱人更美！自从开天辟地，
普照的太阳不曾见过谁能和她相比。

班孚留　嘘！你把她左眼看来再用右眼看，
你觉得她美，只因没有别人在旁边。
但是就在今晚的宴会，
我将指出特别漂亮的一位。
在水晶的天平上把她们加以衡量，
现在像是绝代美人，其实并不怎样。

罗密欧　我同你去，不是要你指点美人给我看，
是去欣赏我自己的爱人的美艳。〔同下〕

第三景：同上。卡帕莱特家中一室

卡帕莱特夫人及乳母上。

卡帕莱特夫人　奶妈，我的女儿在哪里？喊她来见我。

乳母　我指着我十二岁时的童贞来发誓，我已经喊过她了。喂，小羊！喂，小瓢虫！上帝不准！这孩子哪里去了？喂，朱丽叶！

朱丽叶上。

朱丽叶　什么事？谁在叫呢？

乳母　你的母亲。

朱丽叶　妈，我来了。您有什么事？

卡帕莱特夫人　为了这件事。奶妈，你暂且走开，我们要私下里谈一谈。奶妈，你回来，我想起来了，你要听听我们的谈话。你知道我的女儿年纪不算小了。

乳母　当然，讲到她的年纪，我可以按钟头计算出来。

卡帕莱特夫人　她未满十四岁。

乳母　我用我的十四颗牙齿打赌——说来好惨我只剩四颗了——她未满十四岁。现在离收获祭节[10]还有多久？

卡帕莱特夫人　还有两个星期零几天。

乳母　零一天也好零两天也好，只要到了收获祭的前夕，她就满了十四岁。苏珊和她——愿上帝安息一切信仰基督的灵魂——是同岁。唉，苏珊现在是和上帝在一起了，像她这样的好孩子我无福消受。不过，我才说过，到了收获祭的前夕她就是十四岁了。她满十四岁，真是的，我记得清清楚楚。现在距离大地震[11]有十一年了，而且她断奶，我永远不会忘记，不是在别一天，正巧是在那一天。我在我的奶头上涂了苦艾，在鸽棚墙下坐着晒太阳，当时老爷和您都在曼丘阿。哼，我的记性不坏——但是，我才说过，这孩子一舔到我的奶头上的苦艾就觉得苦啦，这小可怜！看她对奶头发脾气吵闹的一副样子，这时节鸽棚说摇晃就摇晃起来了。我想，我也无需等人家辞退我了。从那时到如今是整十一年，那时候她已经能独自站起来。岂止站起来，我敢发誓，她能到处跑了。就在那前一天，她跌破了头皮。随后我的丈夫——上帝守护他的灵魂！他是个老好人——就把孩子抱起来了。"对啦，"他说，"你向前扑倒了？你将来更懂事一些的时候会仰面向后倒哩。你会不会，朱丽？"哎呀我的圣母，这小东西停住了哭，说："我会。"您瞧，这笑话眼看着就要成为事实！我敢担保，我即使活到一千岁，我也不会忘记。"你会不会，朱丽？"他说。这小东西停住了哭，说："我会。"

卡帕莱特夫人　够了，请你别说了。

乳母　　　　是的，夫人。可是想起她停住哭声说"我会"，我实在忍不住要笑。不过，我敢说，她头上撞了一个大包，有只小公鸡的睾丸那么大。好险的一跌，她哭得很厉害。"对啦,"我的丈夫说,"你向前扑了一跤?你成年之后会要向后仰着倒下去哩,你会不会,朱丽?"她停止了哭,说道:"我会。"

朱丽叶	你也停住了吧,奶妈,我请你。
乳母	好了,我说完啦。愿上帝特别福佑你!你是我奶过的最漂亮的孩子,如果我能活到看着你结婚,我就心满意足了。
卡帕莱特夫人	说的是呀,我来正是要谈这结婚的问题。告诉我,朱丽叶我的孩子,你对于婚事有什么意见?
朱丽叶	那是我做梦也没想到的光荣。
乳母	光荣!如果我不是你的唯一的奶妈,我要说你的智慧是从奶头上得来的。
卡帕莱特夫人	好了,现在想一想结婚的事。在这维洛那,许多有名望的小姐,比你年轻,都已经做了母亲。如果我没有记错,我在你如今做小姐的年龄已经做了你的母亲了。那么简单说吧,英勇的巴利斯要向你求爱。
乳母	是个好男子,小姐!这个人可以说是全世界——唉,他是个标准男子。
卡帕莱特夫人	维洛那的夏天不曾有过这样的一朵花。
乳母	唉,他是一朵花。老实讲,真是一朵花。
卡帕莱特夫人	你怎么说?你能不能爱这个人?今晚你可以在我们的宴会里看见他,你把年轻的巴利斯的脸当作一本书来读吧,你可以欣赏上面写的美丽的文章。 仔细观察他的谐和的面貌, 看各个部分彼此如何协调。

这本好书如有晦涩之处，

在他眼边有写明的小注。

这爱情的奇书，这无拘束的情人，

要想加以美化，只差封面的装帧。

鱼游于海[12]，所以内容虽然美好，

还需要披上一个美丽的外表。

金玉般的奇书锁上金的扣签，

大家看了当然无不欢喜赞叹。

所以你要分享他所有的光荣体面，

你有了他，你自己不会变得更小一点。

乳母	更小一点！不，更大，女人靠了男人会长得更大。
卡帕莱特夫人	简单说，你是否接受巴利斯的爱情？
朱丽叶	看看再说，也许他能把我感动。

但是我的眼光也不会投射太深，

除非是先得了你的允准。

一仆人上。

仆人	夫人，客人到齐了，饭也开好了，大家在请您，也问起小姐。在食品室里大家咒骂奶妈，一切都极度地慌乱。我要去伺候人，请您立刻来吧。
卡帕莱特夫人	我们就去。朱丽叶，伯爵在等候。
乳母	去，孩子，白天享福，夜间也要享受。〔同下〕

第四景：同上。一街道

罗密欧、墨枯修、班孚留偕五六名面具舞客、持火炬者
及其他上。

罗密欧　　怎么样！我们就拿这一套话作为借口，还是根本不
　　　　　道歉昂然而入？

班孚留　　这种累赘的虚文已经过时了。我们不需要一个蒙上
　　　　　眼睛的邱比得，手持鞑粗人的小画弓[13]，像个稻草
　　　　　人似的吓唬女客们。我们也不需要在上场时背诵序
　　　　　幕诗，跟着提词人结结巴巴地念。随便他们把我们
　　　　　当作什么人，我们跳他们一场舞就走。

罗密欧　　让我来举着火把吧，我不想跳舞。我心里沉闷，我
　　　　　来擎着光明。

墨枯修　　不，好罗密欧，我们一定要你跳舞。

罗密欧　　我不，我真不想跳。你们有轻便鞋底的跳舞鞋，我
　　　　　的心情沉似铅，把我钉在地上一般地寸步难移。

墨枯修　　你正在恋爱中，你如果借用邱比得的翅膀，你便可
　　　　　高高地飞起。

罗密欧　　我被他的箭刺伤得太重，不能再利用他的轻翼来飞
　　　　　翔。在这样的束缚之下，我无法飞出愁云惨雾，在
　　　　　爱情的重担压迫之下我只得往下沉。

墨枯修　　沉进爱情里去，你将使爱情身怀负担，对于这样温
　　　　　柔的东西，未免压迫得太凶了。

罗密欧　　爱情是温柔的东西吗？它太粗、太野、太狂暴，像

荆棘一般地刺人。

墨枯修　　　如果爱情对你狂暴，你也对爱情狂暴。爱情刺你，
　　　　　　你也刺爱情，便可把爱情刺倒。给我一个面具罩上
　　　　　　我的脸，〔戴面具〕丑脸人都要嫌弃的丑面具！我何
　　　　　　必介意，如果好奇的人注意看我这一副丑态？有这
　　　　　　个凸出的大脑门儿替我红头涨脸地害羞。

班孚留　　　来，敲门进去。一进去之后，每个人都立刻就跳。

罗密欧　　　让我打火把吧，让那些兴高采烈的浪荡子用他们的
　　　　　　脚跟去搔那没有知觉的灯芯草吧[14]，因为我的心情
　　　　　　正合于一句古老的谚语[15]：
　　　　　　我愿做一个蜡烛台，在一旁观看。
　　　　　　无论这玩意儿多么好玩，我懒得动弹。

墨枯修　　　嘘！"别动弹[16]"，这是警察的口头语。如果你是褐
　　　　　　色马，我们把你从泥泞里拉出来[17]，从爱情的泥泞
　　　　　　里拉出来——请原谅我这样说——因为你陷入太深
　　　　　　就要没顶了。来，我们在浪费光明，喂！

罗密欧　　　不，不见得。

墨枯修　　　我是说，先生，在迁延当中，
　　　　　　我们浪费火把，如白昼点灯。
　　　　　　请了解我们的简单的用意，
　　　　　　因为简单的言辞胜过花言巧语[18]。

罗密欧　　　我们到这舞会，用意当然很好，
　　　　　　但是最好不去。

墨枯修　　　为什么，我要讨教。

罗密欧　　　我昨晚做了一梦。

墨枯修	我也曾做梦一场。
罗密欧	啊，你梦见了什么?
墨枯修	做梦的人常胡言乱讲。
罗密欧	睡在床上可以梦见真实的东西。
墨枯修	啊! 那么"仙姑[19]"必曾和你在一起。
班孚留	仙姑! 她是谁?
墨枯修	她是小仙的接生婆[20]，她的身体不比一位市参议员食指上戴的一块玛瑙为大，乘人睡觉的时候驾着微尘般的小马拖曳的车子越过人们的鼻梁。她的车辐是长脚蜘蛛的腿做的，车篷是蚱蜢的翅膀做的，挽索是小蜘蛛网丝做的，轭圈是水一般的月光做的。她的鞭子是蟋蟀的骨头做的，鞭绳是游丝做的。她的车夫是一只灰色小蚊虫，没有懒婆娘指甲缝剔出的小胖蛆一半大。她的车子是一只空榛子壳，那是松鼠和蛀虫造成的，自古以来他们是专为小仙造车子的木匠。用这样的排场，她夜夜地在情人们的脑子里驰骤，于是他们便做起了恋爱的梦。走过廷臣们的膝盖，他们便立刻梦到屈膝献媚; 走过律师们的手指，他们便立刻梦到公费; 走过女人的嘴唇，她们便立刻梦到接吻。可是发怒的仙姑常使她们的嘴上生疮，因为她们的口里沾染了口香糖的气息。有时候她在一位廷臣的鼻子上驰骤，于是他便梦到将要尝尝收取佣费的味道。有时候她在牧师睡觉之际，用抵租税的猪的尾巴来搔他的鼻孔，于是他梦到一个更肥的牧师职位。有时候她经过一位军人的脖子，

于是他梦到砍外国人的头，梦到突破工事、埋伏，梦到西班牙制的利剑，梦到酗酒狂欢；然后忽然听见鼓声，从梦中惊醒，惊醒之后咒骂两句又睡着了。就是这仙姑，在夜间把马鬃编成辫结，使得肮脏的女人的头发结成乌糟的一团，这缠结便将是不祥之兆[21]。就是这妖婆，在大姑娘仰着睡的时候，压在她们身上，教她们如何受孕，使她们成为善于生育的妇人。就是她——

罗密欧　别说了，别说了！墨枯修，别说了！你是在胡说。

墨枯修　是的，我是在说梦。梦原是无聊的头脑之胡思乱想，只是空虚的幻想的产物。其本质如空气一般地稀薄，比风还不稳定。刚刚投向北方的冰冻的胸怀，忽然不高兴了，气冲冲地走开了，转脸走向雨露繁多的南方。

班孚留　你所说的这风把我们吹得离题太远了。晚饭已过，我们再不去就太迟了。

罗密欧　我恐怕还是太早。因为我有一种预感，某种悬而未决的厄运将在今晚狂欢的时候开始他的悲惨的程途，以夭折结束我这不幸的一生。但是我的命运是由上帝支配的，让他指引我的前途吧！走，诸位英豪。

班孚留　打起鼓来。〔同下〕

第五景：同上。卡帕莱特家中一厅堂

乐工在等候着。众仆上 [22]。

仆甲　　　钵盘哪里去了，怎么不来帮着收拾盘碗？他也算得是一个端盘换碗的！他也算得是一个擦盘洗碗的！

仆乙　　　一切的规矩都落到一两个人的手里，而那几只手也没有洗干净，真是糟糕。

仆甲　　　把这些小凳子拿走，搬开这个柜橱，小心银器，好朋友，给我留下一块杏仁酥。麻烦你告诉看门的，把苏珊·格兰斯东和奈尔放进来。安东尼！钵盘！

仆乙　　　是了，伙计，我在这里。

仆甲　　　大厅里面正在找你、叫你、要你、寻你。

仆丙　　　我们没有分身术。

仆乙　　　打起精神来，伙计们。卖一阵子力气，谁命长谁继承一切 [23]。〔全体退到后方〕

卡帕莱特与朱丽叶及其他家人上，接待来客及舞客。

卡帕莱特　　欢迎，诸位先生！大脚趾没生鸡眼的太太小姐们将要和你们跳舞一番。啊哈！诸位女士可有谁不肯跳舞呢？谁要是犹豫一下，我敢说，她一定是有鸡眼。我这话可说中了吧？ 欢迎，诸位先生！想当年我也曾戴过假面具，在漂亮的小姐耳边低声说些讨她欢喜的话。 这是过去的事了，过去的事了，过去的事了。欢迎你们，诸位先生！来，乐队，奏乐。 腾出地方！腾出地方！站开些，跳舞吧，小姐们。〔奏乐，开始跳舞〕多点些火烛，小子们！把桌面折起来，把炉火熄掉，屋里太热了。啊！小子，这真是想不到的热闹。不，坐下，不，坐下，卡帕莱特老弟，你和我们都过了跳舞的年龄了。我们上次戴假面具，到如今有多少年了？

卡帕莱特乙　我敢说，有三十年了。

卡帕莱特　什么，你说！没有这么久，没有这么久。那是在陆散修结婚的那一年，还不到五旬节的时候，约有二十五年的样子，那时候我们参加过面具舞会。

卡帕莱特乙　还要久些，还要久些。他的儿子不止二十五岁了，先生。他的儿子三十岁了。

卡帕莱特　你怎么可以这样乱讲？他的儿子两年前尚未成年哩。

罗密欧　扶着那位武士的手的小姐是谁？

仆　我不知道，先生。

罗密欧　啊！她比满堂的火炬还要亮。

她好像是挂在黑夜的颊上，

有如黑人戴的宝石耳坠，

平时不宜戴，在尘世也嫌太宝贵！

那位小姐在她的伴侣中间，

像乌鸦队中的白鸽那么鲜艳。

等舞罢我要注意她站立的地方，

搀着她的玉手使我的粗手生光。

以前我可曾恋爱过？否认吧，我的眼！

真正的美人我今晚才初次看见。

提拔特　　　这个人，听他的声音，一定是个蒙特鸠家的人。把
　　　　　　我的剑拿来，孩子。什么！这奴才胆敢戴着奇形怪
　　　　　　状的面具闯到这里来，来嘲弄我们的盛会？
　　　　　　对着我的祖上和家声我要赌咒说，
　　　　　　我认为把他杀死不算是一桩罪过。

卡帕莱特　　怎么啦，贤甥！为何这样生气！

提拔特　　　舅父，这是蒙特鸠家的人，我们的仇敌。
　　　　　　这坏人到这里来捣乱，
　　　　　　存心破坏我们今晚的盛宴。

卡帕莱特　　年轻的罗密欧，是不是？

提拔特　　　就是他，那坏人罗密欧。

卡帕莱特　　不要理他，好外甥，由他去。他的举止倒还规矩，
　　　　　　老实说，维洛那全城都夸奖他，说他是一个端正谨
　　　　　　饬的青年。就是把全城的财富都给我，我也不愿在
　　　　　　我的家里使他难堪。所以你要忍耐一下，不必理会
　　　　　　他。这是我的意思，如果你尊重我的意见，露出一
　　　　　　团和气，收起这满面的怒容，那是不适宜于宴会的
　　　　　　样子。

提拔特　　　我觉得很适宜，在这样的一个坏人来做客的时候，
　　　　　　我不能容忍他。

卡帕莱特　　必须要容忍他，怎么！好小子，我说，要容忍他，
　　　　　　不要胡说。在这里我是主人，还是你是主人？不
　　　　　　要胡说。你不能容忍他！上帝保佑我！你想当着我
　　　　　　的宾客公然反抗我吗！你想惹麻烦吗！你想出头充
　　　　　　好汉！

提拔特　　　唉，舅父，这是耻辱。

卡帕莱特　　胡说，胡说，你真是一个狂傲无知的孩子——是真的这样的吗——你这样闹会引起严重后果——我晓得[24]。你居然要和我作对！是的，现在正是时候。好极啦，诸位！你是一个冒失鬼，去你的，别胡闹，否则——多一些火烛，多一些火烛！——真难为情！我要强迫你少安毋躁。怎么！大家高高兴兴地玩啊！

提拔特　　　强勉的耐心和旺盛的怒火

　　　　　　遇在一起，使我浑身哆嗦。

　　　　　　我且退避；但他这次无理闯入，

　　　　　　目前吃点甜头，以后就要吃苦。〔下〕

罗密欧　　　〔向朱丽叶〕如果我的这一双贱手冒犯了

　　　　　　这座神龛，赎罪的方法是这样的；

　　　　　　我的嘴唇，两个赧颜的香客，已准备好

　　　　　　用轻轻一吻来消除那粗糙接触的痕迹。

朱丽叶　　　好香客，你怪罪你的手也未免太苛。

　　　　　　它这举动只是表示虔诚的信心。

　　　　　　因为圣徒的手也许香客去抚摸，

　　　　　　手掌接触手掌便是香客们的接吻。

罗密欧　　　圣徒与香客难道没有嘴唇？

朱丽叶　　　有的，香客，在祈祷时才有用场。

罗密欧　　　啊，圣徒，手的工作让嘴唇来担任。

　　　　　　它们在求，你答应吧，否则信仰变成失望。

朱丽叶　　　圣徒是不为人所动的，虽然有求必应。

罗密欧	那么你不要动,你的回答我亲自来领。
	这样用你的嘴唇把我嘴唇上的罪过洗净了。〔吻她〕
朱丽叶	可是你的罪恶沾染上了我的嘴唇。
罗密欧	我嘴唇上的罪恶?啊你抱怨得可真妙!
	把我的罪恶还给我。
朱丽叶	你接吻的理由倒很充分。
乳母	小姐,你的妈妈要和你说句话。
罗密欧	她的妈妈是谁?
乳母	噫,少爷,她的妈妈就是本宅的女主人,是一位又宽厚又精明又贤惠的太太。你方才和她谈话的那位小姐就是她的女儿,是由我奶大的。我告诉你吧,谁要是能娶到她,谁就可以得到她的家财。
罗密欧	她是卡帕莱特家里的一个人?
	哎呀!我的性命落入敌人的手心。
班孚留	我们走吧,这盛会差不多就要完毕。
罗密欧	是的,我也这样想,心里怪慌的。
卡帕莱特	不,诸位,别准备离去,我们就要开出一些菲薄的点心。一定要走吗?那么,我谢谢诸位了。我谢谢你们,诸位绅士,夜安。再拿几个火炬来!走吧,我们睡觉去吧。啊!小子,老实说,天不早了,我要去安歇。〔除朱丽叶与乳母外同下〕
朱丽叶	你过来,奶妈。那位先生是谁?
乳母	那是老提贝利欧先生的儿子与继承人。
朱丽叶	现在正走出门的那位是谁?
乳母	啊,那一个,我想,是年轻的皮楚邱。

朱丽叶	现在跟随他们走着的不肯跳舞的那一位是谁?
乳母	我不知道。
朱丽叶	去，问他的姓名——如果他是结过婚的，我的坟墓大概就是我的新婚的床。
乳母	他的名字是罗密欧，是蒙特鸠家的人，你们的大仇人的独生子。
朱丽叶	我竟为了我唯一嫉恨的人而倾倒！ 当初不该遇到他，现在又嫌太晚了！ 我这一段爱情，结果怕不吉利， 我爱的是一个可恨的仇敌。
乳母	你说什么? 你说什么?
朱丽叶	刚刚从陪我跳舞的人学来的几句歌词。〔内呼"朱丽叶！"〕
乳母	就来，就来——我们走吧，客人都已经散了。〔同下〕

注 释

[1] 维洛那（Verona）是 Venetia 九省之一的首府，除威尼斯之外，是全境各省最重要的城市。

[2] 在伊利沙白时代，一出戏可能在二小时内演完，因无分幕换景之故。《亨利八世》之序幕诗亦提到"短短的两小时"。但有时亦说是三小时。

[3] "搬煤"（carry coals）俗谓"忍辱"之意。在各项劳役中搬煤是最下贱的工作。

[4] 街道两旁无行人路，街中泥泞，行人对面相值，礼让者则令对方靠墙走，自行靠墙走而令对方踏入泥泞则为侮辱。

[5] "臭咸鱼"（poor John）是腌过的干鳕鱼，通常是给仆人们吃的劣等食品。

[6] "棍棒……"，英国习俗喊叫市民出来制止巷斗之呼声。

[7] "自由别墅"（Free-town），可能是 Villa Franca 的直译，原是卡帕莱特的宅邸之名，何以成为审判之所，其故不明。

[8] 此处原文显然落一行，因不叶韵。

[9]Richard Hosley（Yale Shakespeare）注云："意谓，她在美貌方面固然甚为富有，但在另一方面（即贞节）则甚穷，因她不肯留下儿女于她死后继承并传续她的美貌的财富。参看十四行诗一至十四首。"

[10] 收获祭节（Lammas-tide），天主教节日之一，为八月一日。英国风俗于是日献祭新面粉制成之面包。

[11] 此大地震有人以为系指伦敦一五八○年四月六日之大地震。此说如确，则此剧之写作可定为在一五九一年。另有人以为系指意大利一五七○年之更严重的大地震。

[12] "鱼游于海"，意义不明。有几种不同的注释：

Steevens: That is, is not yet caught. Fish-skin covers to books were not uncommon. Such is Farmer's explanation.

M.Mason: The purport of the reminder of this speech is to show the advantage of having a handsome person to cover a virtuous mind.

Hudson: The sense apparently required is, that the fish is hidden within the sea, as a thing of beauty within a beautiful thing.

Clarke: The speaker means to say, the fish is not yet caught which is to supply this cover or coverture. The bride who is to be bound in marriage with Paris has not yet been won.

George Sampson: The sense is, "he is now free, and ready to be caught."

Deighton: as the beauty of the element in which it lives sets off the beauty of the fish, so man is graced his union with woman: pride is taken in covering with a beautiful outside that which is beautiful within, and his innate virtues will find their complement in your outward beauty.

综观上下文，谓巴利斯为美男子，尚未尽美，犹如一卷良好的书尚未装订封面。装订即指结婚，封面即指新娘（cover 有"已婚女子"之意，法文法律术语称已婚女子为 feme covert）。鱼游于海得尽其性，巴利斯如能得一称心女郎为妻，方为尽善尽美也。

[13] 鞑靼人所用之弓，即一般亚洲人所用者，作上嘴唇形，与古罗马人之弓近似，但异于英国人所用之细长形弓。小画弓，指木制之儿童玩具。参加舞会之客人常有人作前驱，扮作邱比得状，盲目持弓，故云。

[14] 伊利沙白时代习惯，地板上尚无地毯，铺撒灯芯草，于打扫地板时可较为便利。

[15] 谚语说"A good candle-holder is a good gamester"意为"一个好的旁观者即是一个好赌徒"，因旁观者洞察一切而永远不会输钱。一说为"Candle-holder sees most of the game""旁观者清"。

[16] 原文 dun's the mouse 意义不明，据 Malone 解释，等于是 Keep still，警察捉人时恐打草惊蛇辄相戒"毋动弹"，如老鼠之静伏不动，然后一举出擒。dun 与前一行之 done 同音。

[17] 耶诞节室内游戏"Dun in the mire""陷在泥泞里的褐色马"，以一大木橛代表马，由游戏者共同拉扯之。Dun 为马名。

[18] 原文 Take our good meaning, for our judgment sits/ Five times in that ere once in out five wits. Sampson 释为 "Take the sense of what we say, for

you will find five times more meaning in that than in all our flourishes of words."所谓 five wits 即是 common wit, imagination, fantasy, estimation (i. e. judgment) and memory.

[19]"仙姑"（Queen Mab），即众小仙中之女王。此"女王"之称谓，莎士比亚系首先使用者。

[20]原文"She is the fairies, midwife."不是在小仙出生时为小仙做接生婆，而是于小仙使睡觉的人脑中发生幻想时助一臂之力的接生婆。犹如英文中所谓 King's judges 非裁判国王之法官，而是国王委派之法官。此是 Steevens 的解释，似颇有理。

[21]原文 Untangled 译为"缠结"，系根据 Sampson 注："The word offers an example of a redundant or intensive 'un -' such as we find in words like 'unbared' = bared, and 'unstript' = stript; 'untangled' thus means, simply, 'tangled'."

[22]此景一共有几个仆人，似有问题，有些编本认为应是三人，有些认为应是四人。

[23]原文"The longer liver take all"，谚语。

[24]原文"I know what."据 Ulrici 解释，此语是对一位客人说的。Deighton 认为下面"Marry; tis time."也是对客人说的。但是 Sampson 认为"I know what"是对提拔特说的，意为："I know what I'm talking about-a reminder to Tybalt that Capulet, being head of the family, could 'scath' him in various ways, especially in purse."似嫌牵强。

序 诗

说明人上。

说明人 现在旧情已经登上了丧床，
     新爱匆匆地来继承它的地位。
     使我神魂颠倒的那位姑娘，
     和朱丽叶一比并不怎样娇媚。
     现在罗密欧被她眷恋，也对她爱慕，
     都被对方的魔力弄得如醉如痴。
     但是他要向敌人倾诉相思之苦，
     她要在钓钩上把爱情的香饵偷食。
     既是仇人，他无法能像情人一般
     向她海誓山盟地献媚。
     她同样地情深，可是更感困难，
     无处去和她的新欢幽会。
     但是热情给他们力量，总有办法见面，
     极端困苦之中才有极端的甜。

第 二 幕

•••————❦————•••

第一景：维洛那。卡帕莱特花园墙外一小巷

罗密欧上。

罗密欧　　　我的心在这里，我还能往前走吗？转回去，蠢笨的身躯，去寻觅你的心灵的枢纽。〔爬墙，越入墙内〕

班孚留与墨枯修上。

班孚留　　　罗密欧！我的老弟罗密欧！

墨枯修　　　他真聪明，我敢说，他必是偷偷回去睡觉了。

班孚留　　　他是向这边跑的，跳进花园墙里去了。喊他，好墨枯修。

墨枯修　　　我还要念咒呢，罗密欧！痴人！疯子！情种！爱人！你化为一声叹息而出现吧，只要哼一句韵语，我就放心了。只要喊一声"哎哟！"，说一句"love"

与"dove"押韵的话。对维诺斯老太婆说句好听的话，给她的瞎眼的儿子起个绰号，那年轻的亚当·邱比得[1]，就是科非求阿王[2]爱上乞丐女儿时把箭射得那么准的那个人。他没听见，他没有声响，他没有动静。这猴子死了，我需要召唤他的魂灵。我凭着罗萨兰的晶亮的眼睛、她的宽广的前额、她的猩红的嘴唇、她的纤巧的双足、挺直的小腿、颤动的大腿以及附近一带，我现在召唤你以原形出现。

班孚留　如果他听到了，会要对你生气。

墨枯修　这不会使他生气。如果我在他的情人的圈圈里唤起一个另外一个人的小精灵，让它硬邦邦地立在那里，等着她来把它弄软，把它驯服下来，那就是太恶作剧了。我的咒语是温和而体面的，我不过是用他的情人的名义把他挑逗出来。

班孚留　来，他一定是藏在这树林里面，和潮湿的夜做伴。
　　　　他的爱是盲目的，宜于在暗处逍遥。

墨枯修　如果爱是盲目的，便无法射中目标。
　　　　现在他一定是坐在一棵枇杷树下[3]，愿他的情人是一颗枇杷，小姐们私下笑谈时唤这种果子为骚货。啊罗密欧！真愿她是啊！真愿她是烂熟的裂开的"那话儿[4]"，你是一只生硬的大青梨[5]。罗密欧，再会，我要上床去睡。这露天的床太冷，我不能睡。来，我们走吧？

班孚留　那么，走吧。
　　　　他在躲避我们，我们又何苦去找他。〔同下〕

第二景：同上。卡帕莱特的花园

罗密欧上。

罗密欧　　　没受过伤的人才讥笑别人的疤。〔朱丽叶自上面窗口出现〕

小声些！窗口那边透出的是什么光亮？那是东方，朱丽叶就是太阳！升起来吧，美丽的太阳，杀掉那嫉妒的月亮，她因为她的女侍比她美丽得多，便难过得面色惨白。她如此善妒，不要做她的信徒。她所能给的贞洁的道袍是惨绿的颜色，只有愚人才肯穿，把它脱掉吧。是我的小姐，啊！是我的爱人，啊！我但愿她知道她是我的爱人。她说话了，又好像是没说什么，那又有什么关系？她的眼睛在说话，我要回答她。我太鲁莽了，她不是在对我说话。天上两颗最灿烂的星，因公外出，在归位之前央求她的眼睛代替他们在星座中闪烁。如果她的眼睛放在星座里，星嵌在她的头上，那又有何不可呢？她的脸上的光辉可以使群星惭愧，恰似白昼可以使灯光失色一般。

她的眼睛会在天空闪出一片亮光，

鸟儿会以为夜色已阑而开始歌唱。

看！她手托香腮的样儿有多么俏！

啊！我愿化身为她手上的一只手套，

那样便可抚摩她的香腮了。

朱丽叶	哎呀!
罗密欧	她说话了。啊! 再说下去,光明的天使。因为在这夜间,你高高在我头上,恰似生翅膀的天使一般明亮。使尘世的众生翻着白眼,惊得倒退,看你踏着懒洋洋的白云在天空驶过。
朱丽叶	啊罗密欧,罗密欧! 你为什么是罗密欧? 否认你的父亲,放弃你的姓氏。如果你不肯,那么你只消发誓做我的爱人,我便不再是一个卡帕莱特家的人。
罗密欧	〔旁白〕我听下去呢,还是就此开始说话?
朱丽叶	只是你的姓氏成为我的仇敌,你就是不姓蒙特鸠,你还是你自己。蒙特鸠是什么? 不是手,不是脚,不是臀,不是脸,也不是人身上任何其他一部分。啊! 换另外一个姓吧,姓算得什么? 我们所谓的玫瑰,换个名字,还是一样地香。所以罗密欧,如果不叫罗密欧,名字虽然换掉,依旧可以保持他的那份优秀。罗密欧,放弃你那个名姓,那名姓本不是你的一部分,为弥补这名姓的损失请把我整个自己拿了去吧。
罗密欧	我就依照你的话了。只要称我为爱人,我就算是取了新的名字,此后我再也不是罗密欧了。
朱丽叶	你是什么人,躲在黑夜里,偷听我的秘密?
罗密欧	我不知道应该怎样告诉你我姓甚名谁。我的名姓,亲爱的圣徒,我自己都恨,因为这名姓是你的仇敌。如果我写出来,我会把那个字撕碎。
朱丽叶	我的耳朵吸进你说的字尚不满百,但是我已辨出那

　　　　　个声音。你不是罗密欧，蒙特鸠家的人吗？

罗密欧　　都不是，美丽的小姐，如果你都不喜欢。

朱丽叶　　你怎样来到此地的，告诉我，并且为什么？花园的墙高峻难爬，而且这地方是致命的。想想你是谁，如果我的任何一位家人在此地发现了你。

罗密欧　　用爱情的轻翅我翻过了这高墙，因为石头做的藩篱挡不住爱。爱人能做的事我都有胆量去做，所以你的家人也拦不住我。

朱丽叶　　如果他们看见你，会杀死你。

罗密欧　　哎呀！你的眼睛比他们二十把剑还要厉害，你只要对我温柔，我不怕他们的敌意。

朱丽叶　　无论如何我也不愿他们在此地看见你。

罗密欧　　我有黑夜遮盖，他们看不到我。只要你爱我，让他们在此地看到我也无妨。在他们的仇恨之中结束我的生命，也比得不到你的爱而苟延残喘要好一些。

朱丽叶　　是谁指点你找到这个地方的？

罗密欧　　是爱神首先鼓动我来寻找，他给我以指导，我借给他以眼睛。我不是舵手，但是，纵然你在荒海之滨，我为了这样的奇珍异宝也要冒险去追寻。

朱丽叶　　你知道黑夜遮着我的脸，否则你今夜听到的我所说的话，将要使处女的红晕涂上我的腮。 我愿遵守礼教，甚愿甚愿否认我所说的话。但是再会吧，礼教！你爱我吗？我知道你会说"是"，我相信你的话。可是如果你发誓，你可能是虚伪的。对于情人们的伪誓，据说，天神也只好一笑置之。啊温柔的

　　　　　　　罗密欧！如果你真爱我，老老实实地说。如果你以
　　　　　　为我是得来太易，我就皱着眉头板起面孔拒绝你，
　　　　　　你好继续追求。否则的话，我绝不肯这样做。老实
　　　　　　说，英俊的蒙特鸠，我实在太痴心，也许你因此以
　　　　　　为我太轻佻。但是相信我，先生，我会证明我比那
　　　　　　些假装冷淡的人更为真诚。我应该再冷淡一些，我
　　　　　　必须承认，但是你在我不提防的时候偷听到我的真
　　　　　　情。所以原谅我吧，不要以为我的委身相爱是由于
　　　　　　轻狂，实在是黑夜泄露了我的爱情。

罗密欧　　　小姐，我指着那把这些树梢涂了银色的圣洁的月亮
　　　　　　发誓——

朱丽叶　　　啊！不要指着月亮发誓，月亮变化无常，每月有圆
　　　　　　有缺，你的爱也会发生变化。

罗密欧　　　那我指着什么发誓呢？

朱丽叶　　　根本不要发誓，如果你一定要发誓，就指着你那惹
　　　　　　人心动的自身起誓好了。那是我崇拜的偶像，我会
　　　　　　相信你的。

罗密欧　　　如果我心里的这一段情爱——

朱丽叶　　　好了，不要发誓。我虽然喜欢你，却不愿今晚就和
　　　　　　你私订终身，那是太仓促、太草率、太突然了。太
　　　　　　像是电闪，没来得及说它闪亮，即已消逝。爱，再
　　　　　　会吧！这爱情的蓓蕾，经过夏日的熏风吹拂，等我
　　　　　　们下次见面时，会变成一朵美丽的花。

　　　　　　再会，再会！愿我心上的舒适安详
　　　　　　同样地来到你的心上！

罗密欧	啊！不给我一点满足就让我走吗？
朱丽叶	你今晚能有什么样的满足呢？
罗密欧	你还没有说出你的爱情的忠诚的誓约和我交换呢。
朱丽叶	在你还没有要求的时候我已经把我的誓言给你了，但是我愿我还没有给过你。
罗密欧	你想收回你的誓言？为什么，爱人？
朱丽叶	只是为了表示慷慨再给你一次。但是我想要的只是现在我所有的这点爱情。我的慷慨像海一般地广阔无垠，我的爱情像海一般地深。我给你的越多，我自己有的也越多，因为二者都是无穷的。〔乳母内呼〕我听见里面有人叫。亲爱的，再见！我就来，好奶妈！亲爱的蒙特鸠，可不要负心。稍候一下，我就回来。〔自上方下〕
罗密欧	啊幸福的，幸福的夜！这是在夜里，我生怕这一切都是梦，太快活如意，怕不是真的。

朱丽叶自上重现。

朱丽叶	再说三句话，亲爱的罗密欧，可真要再会了。如果你的爱情是纯正的，有意和我结婚，明天给我消息。我会设法派人到你那里去，告诉他在什么地方什么时候我们举行婚礼。我要把我的命运完全交付给你，把你当作我的主人，随着你走遍天涯。
乳母	〔内呼〕小姐！
朱丽叶	我来了，就来——但是如果你存心不良，我就要请求你——

乳母	〔内呼〕小姐！
朱丽叶	等一下，我来了——停止追求，让我独自去哀伤， 我明天派人来。
罗密欧	愿我的灵魂得救——
朱丽叶	我对你说一千遍再见！〔自上方下〕
罗密欧	没你的光明，将是一千倍的黑暗。 赴情人约会，像学童抛开书本一样； 和情人分别，像学童板着脸上学堂。〔欲去〕

朱丽叶又自上方出现。

朱丽叶	嘘！罗密欧，嘘！啊！我若有放鹰人的声音就好了，把这只雄鹰叫回来。在拘束中只能哑声叫，不能高声喊。否则要冲破了哀科[6]女神居住的洞，使她用更哑的嗓音发出回声，重复我的罗密欧的名字。
罗密欧	是我的灵魂喊叫我的名字，在夜间情人的声音像银铃儿一般清脆，听起来像最柔和的音乐一般！
朱丽叶	罗密欧！
罗密欧	我的爱！
朱丽叶	我明天几点钟派人到你那里去？
罗密欧	九点钟吧。
朱丽叶	我一定准时不误，要到二十年才能挨到那个时间。我忘记为什么叫你回来了。
罗密欧	让我站在此地让你慢慢地想。
朱丽叶	我只是爱和你在一起，为了使你永久站在那里，我将永远想不起。

罗密欧	那么我就永久地等着，好让你永久地想不起，因为除了这个地方我也不记得还有什么家。
朱丽叶	差不多天亮了，我要你走，但又不愿你走得太远。像是顽皮女孩子手里的一只鸟，让它离开手掌跳几下，像戴着镣铐的囚犯一般，用一根丝线又把它扯回来，舍不得把它放走。
罗密欧	我愿意做你的一只鸟。
朱丽叶	爱，我也愿意，不过我太欢喜你也许要害死你。 再见，再见，离别是这样又甜蜜又心伤， 我要对你说再见一直说到大天光。〔下〕
罗密欧	愿睡眠停在你的眼上，和平进入你的胸膛！ 我愿变作睡眠与和平，好一个安息的地方！ 我现在要到我的神父的斋堂里去， 求他帮忙，并且告诉他我的艳遇。〔下〕

第三景：同上。劳伦斯修道士的庵室

劳伦斯修道士携篮上。

劳伦斯	灰色的黎明对着皱眉的残夜微笑， 用光芒给东方的云层划上了线条。 斑斓的乌云像是蹒跚的醉汉，

被太阳的火轮追得夺路逃散。

现在趁太阳尚未睁开他的火眼

照耀大地并把昨夜的湿露晒干，

我必须把毒草奇花来寻觅，

装满在这柳条篮子里。

大地是万物之母，亦是万物的坟墓，

葬身之所同时亦是生身之处。

她生出形形色色的小孩，

都伏在自然的怀中吮奶。

有许多是妙用无穷，

至少各有其妙，而又各个不同。

啊！草、木、矿石，如果使用得当，

都含有很多的伟大的力量。

世上没有东西是如此地卑贱，

以至对于世界毫无贡献。

同时物无全美，如果使用不善，

也会失去本性，惹出祸端。

误用起来，善会变成为恶，

好好利用，有时恶亦有好结果。

这朵小花的嫩苞含有毒性，

也能用以治疗某种疾病。

这花只要一嗅，香气贯通全身，

口尝一下便能麻痹一个人的心。

人与药草原是一样，

内中有善有恶，互争雄长。

恶的一面如果占了上风，

死亡很快地要把那植物蛀空。

罗密欧上。

罗密欧	早安，神父！
劳伦斯	上帝祝福你！
	大清早是谁这样愉快地向我敬礼？
	孩子，你起床这样得早，
	必定是心里有什么烦恼。
	忧虑使每个老年人合不上眼，
	一有忧虑便永远不得安眠。
	但是健壮的青年没有心事牵累，
	倒上床去便该呼呼地大睡。
	所以你今天这样地早起，
	必定有什么烦恼事惊扰了你。
	如果不是，那么我这一猜准保不错，
	我们的罗密欧这一夜还没有睡过。
罗密欧	猜得对，我得到比睡眠更甜蜜的安息。
劳伦斯	上帝恕罪！你是否和罗萨兰在一起？
罗密欧	和罗萨兰在一起，神父？不，
	我已忘了那个名字和它给我的痛苦。
劳伦斯	这才是好孩子，那么你到哪里去了？
罗密欧	不待你再问，我要让你知道。
	我和我的仇敌在一起宴会，
	忽然间有人把我伤害。

我也伤了那人，我俩的治疗

有赖你的丹方妙药。

神父，我并不怀恨。请你注意！

我的请求同样地有助于我的仇敌。

劳伦斯　　讲清楚些，好孩子，不要那么累赘，

谜一般的忏悔只能得到谜一般的赦罪。

罗密欧　　明白说吧，我已经情有所钟，

把卡帕莱特的女儿一眼看中。

我怎样爱她，她也怎么爱我，

两情相悦，只差你用婚礼来撮合。

我们何时、何地、如何地得以相见，

如何地谈情说爱，如何地交换誓言，

我将一面走一面说。但是我求你，

答应今天就给我们举行婚礼。

劳伦斯　　圣芳济！这是什么样的剧变！

被你那样热恋的罗萨兰，

这样快地就丢掉？年轻人的爱情

不是出自真心，只是靠了眼睛。

耶稣玛利亚！为了罗萨兰，

多少泪水洗过你的瘦脸。

为培养爱情多少泪水都已牺牲掉，

到头来并没有一点爱情的味道！

太阳尚未把你的漫长的长叹晒干，

你的呻吟尚留在我的老耳中间。

看！你的脸上现在还保存

尚未洗掉的旧日的泪痕。

如果你不是作伪，这苦痛也是真情，

那么你现在应该是为罗萨兰而苦痛，

你是否变了？你可以把一句老话重温：

男人既然薄幸，女人当然也会负心。

罗密欧　　　为了我爱罗萨兰，你曾见怪。

劳伦斯　　　孩子，是为了痴情，不是为了爱。

罗密欧　　　你曾叫我把爱情葬埋。

劳伦斯　　　没叫你埋一个，把另外一个掘出来。

罗密欧　　　请你别怪我，我现在爱的这个

确是以爱相报不曾辜负了我，

从前那个不是这样。

劳伦斯　　　因为她深知道

你的爱只是背诵不知所云的滥调。

来，轻薄子，来，和我走，

为了一种考虑我可以做你的帮手。

这婚姻可能成为一段美满良缘，

使你们两个仇家从此尽弃前嫌。

罗密欧　　　我们走吧。我急得不得了。

劳伦斯　　　要稳要慢。跑快了会要跌倒。〔同下〕

第四景：同上。一街道

班孚留与墨枯修上。

墨枯修　　罗密欧这鬼东西哪里去了？这一夜他没有回家吗？

班孚留　　没有回到他父亲的家，我问过他家的佣人。

墨枯修　　唉，那个苍白脸硬心肠的女人，那个罗萨兰，害得他好苦，他一定是发疯了。

班孚留　　老卡帕莱特家的亲戚，提拔特，给他父亲家送了一封信。

墨枯修　　挑战书，一定是。

班孚留　　罗密欧会回答的。

墨枯修　　会写字的人当然都会写回信。

班孚留　　不，我是说他会挺身会见那个写信的人，被挑战，就敢应战。

墨枯修　　哎呀！可怜的罗密欧，他已经死了，被一个苍白女人的黑眼睛给戳死了。一首情歌刺穿了他的耳朵，盲目小儿的秃头箭射裂了他的心脏的正中心。他还能打得过提拔特吗？

班孚留　　噫，提拔特算得什么？

墨枯修　　我告诉你说，他不是一只寻常的猫[7]。啊！他是精通礼节的专家。他和人斗剑，像是按照乐谱唱歌一般，恪守时间、距离和秩序。拿稳了武器，数一、二，在数到三的时候剑已刺到你的胸，他要刺到哪一颗纽扣便可刺到哪一颗，真是决斗家，决斗家。第一流的绅士，决斗法典中的第一理由和第二理由 [8]。吓！那致命侧击、反击、命中的一击！

班孚留 你说什么？

墨枯修 这些古里古怪的、吞吞吐吐的、矫揉造作的家伙，这些好用新名词的家伙，真是无聊——"耶稣啊，一位很好的剑客——一位雄壮的汉子！一位很好的杂种。"唉，老朋友，这是不是很令人痛心的事。我们到处遇到这种讨厌的苍蝇，这种时髦贩子，这种满口法文 pardonnez-mois 的家伙，他们这样地喜欢新奇式样以至于坐在旧板凳上都不舒服 [9]？啊，他们满口的法文 bons, bons [10]！

罗密欧上。

班孚留 罗密欧来了，罗密欧来了。

墨枯修 除掉了他的鱼子，像是一条干咸鱼 [11]。肉呀，肉呀，你怎么变成鱼了！现在他一心一意地在想着皮特拉克的诗篇 [12]；劳拉比起他的小姐只好算是一个厨房里的丫头；可是她运气好，她有一个更会作诗的情人来歌颂她；戴都只好算是一个邋遢婆娘 [13]；克利欧佩特拉只好算是吉卜赛女郎 [14]；海伦与希罗只好算是贱妇娼妓 [15]；提斯比 [16]，也许有双灰色眼睛之类，但是无关宏旨。罗密欧先生，bon jour（早安！）你穿的是法国式的灯笼裤，所以对你说一句法国的应酬话。你昨晚把我们骗苦了。

罗密欧 二位早安。我昨晚骗了你们什么了？

墨枯修	溜走啦，先生，溜走啦。你不懂吗[17]？
罗密欧	请原谅，好墨枯修，我当时有要紧的事。在那情形之下，一个人难免不失礼。
墨枯修	那就等于是说，在你那情形之下，一个人就应该曲膝。
罗密欧	你的意思是说——鞠躬。
墨枯修	你说得极对。
罗密欧	真是极有礼貌的解释。
墨枯修	当然喽，我是礼貌的精英[18]。
罗密欧	你的意思是说礼貌之花。
墨枯修	对。
罗密欧	噫，那么，我的这双鞋上也有不少的花哩。
墨枯修	说得好，跟着我把这笑话说下去，直到你把鞋子磨穿。单薄的鞋底破了之后，那就单单剩下笑话了。
罗密欧	啊，无聊的笑话！浅薄得出奇。
墨枯修	好班孚留，快来给我们调停一下，我智穷才尽了。
罗密欧	赶快鞭抽脚踢、鞭抽脚踢，否则我要宣布比赛胜利了。
墨枯修	不，如果你的才智是要追野鹅、跑野马，我实在跟不上，因为你的一项才智所含有的野鹅比我五项才智所含有的还要多。讲到野鹅，我总算跟上你了吧?
罗密欧	你什么事情也没有跟上过我，除了争着做笨鹅。
墨枯修	你过样挖苦我，我要咬你的耳朵。
罗密欧	不，好鹅，别咬我。
墨枯修	你的才智像是一个很酸的苹果，可以做味道顶浓的苹果酱。
罗密欧	那么和烤鹅一道吃不是很好的吗?

墨枯修	啊！你的才智真像是一块羔羊皮，从一英寸窄可以扯到四十五英寸宽。
罗密欧	我现在就根据那个"宽"字胡扯一下，"宽"字加在鹅上，证明你是一只名闻遐迩的大笨鹅[19]。
墨枯修	嗳，这不比为了恋爱而长吁短叹要好些吗？你现在有说有笑的了，你现在是罗密欧了，你现在是你的本来面目了，无论是天性如此或是有意做作。因为一个一把鼻涕一把眼泪的情人，实在是像一个大傻瓜，伸着舌头东窜西窜地想把他的那根棍子[20]藏在一个洞里。
班孚留	停止吧，停止吧。
墨枯修	你想要我说到一半就强勉地停止住。
班孚留	否则你又要胡说八道了。
墨枯修	啊！你错了；我正要结束。因为我已经深入到底，不想再搞下去了[21]。
罗密欧	好东西来了[22]！

乳母及彼得上。

墨枯修	一条船，一条船！
班孚留	两条，两条。一个穿衬衫的，一个穿裙子的。
乳母	彼得！
彼得	在这里！
乳母	我的扇子，彼得。
墨枯修	好彼得，给她遮住脸，因为她的扇子比她的脸好看一些。

乳母	祝诸位早安，先生们。
墨枯修	祝你晚安，老太太。
乳母	到午后了吗？
墨枯修	一点也不差，告诉你说，因为日暑上那只淫秽的手现在正摸着正午那一点。
乳母	胡说！你是什么样的人！
罗密欧	他是上帝造的然后又由他自己毁掉的人。
乳母	真是说得好，"由他自己毁掉"，是不是——诸位，有谁能告诉我在什么地方我可以找到年轻的罗密欧？
罗密欧	我可以告诉你，不过年轻的罗密欧在你找到他的时候比起你开始寻找他的时候要老一些。我就是罗密欧，因为实在找不到一个比较更坏的名字，而且在名叫罗密欧的人们当中我是最年轻的一个。
乳母	你说得好。
墨枯修	是吗！最坏的也能说是好吗？你真是善于理解，好聪明，好聪明！
乳母	如果你就是他，先生，我有机密的话对你说。
班孚留	她要请他吃晚饭。
墨枯修	一个鸨母、一个鸨母、一个鸨母！啊嗬[23]！
罗密欧	你发现什么了？
墨枯修	倒不是野鸡[24]，先生。除非是斋期馅饼里的那种野鸡，在未吃完之前就有一点陈腐发霉了。〔唱〕
	一只老野鸡，一只老野鸡，
	是斋期中的美味。
	二十个人都吃不完，

没吃完就先发了霉。

罗密欧，你要不要到你父亲家去？我们要到那里去吃饭。

罗密欧	我跟你们去。
墨枯修	再见，老小姐，再见。
	小姐、小姐、小姐[25]。〔墨枯修与班孚留下〕
乳母	好，再见吧！请问，先生，这是哪个无礼的家伙，满口的下流话？
罗密欧	是一位爱说话的绅士，奶妈，他一分钟之内说的话比他能维持一个月的还要多。
乳母	如果说什么调戏我的话，我要叫他受点报应，纵然他身体再强壮一些抵得过二十个这样的粗汉，我也不怕。如果我对付不了他，我可以找到能对付他的人。下流胚子！我不是肯和他打情骂俏的女人，我不是和无赖汉为伍的人。〔向彼得〕你居然站在一旁，让每一个恶棍随意摆布我！
彼得	我没有看见有谁随意摆布你，如果我看见了，我一定很快地拔出我的武器，你放心好了。我拔剑不比任何人慢，如果我发现有值得一吵架的理由而且是我们这一方面有理的话。
乳母	哎呦，天哪，我气得浑身发抖了。下流胚子！先生，请过来说句话。我告诉过你了，我们家的小姐叫我来访你。她教我说的话我不愿说出来，不过我可以先告诉你一件事。如果像大家所说，你逗着我们家小姐做一场荒唐梦，那可是很恶劣的行为，因为小

姐年轻。所以，如果你骗她，那可真是对不起任何好人家的姑娘的事，而且是很卑鄙的行为。

罗密欧	奶妈，请代我致意你家的小姐。我对你郑重声明——
乳母	好人！我回去一定就这样告诉她。天哪，天哪，她将是一个快活的女人。
罗密欧	你将告诉她些什么呢，奶妈？你没有听我说话。
乳母	我将告诉她，先生，你郑重声明了，我认为这就是绅士的态度。
罗密欧	请她今日午后设法出来做忏悔，在劳伦斯修道士的斋房里她可做忏悔，然后行婚礼。这是酬劳你的。
乳母	不，真是的，先生，不能收一文钱。
罗密欧	瞎讲，请你收下吧。
乳母	今天午后，先生？好，她一定会来。
罗密欧	好奶妈，请你在修道院墙外等着。一小时内我的佣人就会和你相会，给你带去一捆做成软梯似的绳索。在今天秘密的夜晚，我将靠它爬上我的幸福的最高峰。再会！多费心，我会报酬你的。再会！代我问候小姐。
乳母	愿上帝保佑你！你听我说，先生。
罗密欧	你说什么，亲爱的奶妈？
乳母	你的佣人可靠不？你没听人说过吗，两个人可以守秘密，但是其中一个根本不知情？
罗密欧	我担保我的佣人是钢铁一般地牢靠。
乳母	好，先生。我家的小姐是最可爱的姑娘——天哪，天哪——那时候她还是一个爱多嘴的小东西——

	啊！城里有一位贵族，一位叫巴利斯的，很想把她弄到手。但是她，乖乖，看他还不如看一只癞蛤蟆。有时候我触怒她，说巴利斯是个很漂亮的人。我对你说，我这样说的时候，她的脸色白得像是全世界上任何白布一般。Rosemary[26] 和 Romeo 是不是都用同样一个字母开始?
罗密欧	是的，奶妈，这有什么关系呢? 都是用 R 开始。
乳母	啊！真是开玩笑，那是狗的名字[27]。R 是代表——不，我晓得那是用另外一个字母开始的。关于你和 Rosemary，她曾说过一句很巧妙的话，你听了会高兴的。
罗密欧	请代我向你家小姐致意。
乳母	好，替你说一千回。〔罗密欧下〕彼得！
彼得	在这里！
乳母	前面带路，快点走。〔同下〕

第五景：同上。卡帕莱特家花园

朱丽叶上。

朱丽叶	我派奶妈去是在九点钟，她答应我在半小时内回来。也许她遇不到他，不会的。啊！她是跛子，恋爱的

使者应该像是思想一般，比阳光驱逐山坡上的阴影还要快十倍。所以爱神的车子是用翅膀轻灵的鸽子拉的，所以迅风一般的邱比得也是生翅膀的。现在太阳在今天的路程上已经走到巅峰，从九点到十二点是足足三小时，她还没有回来。如果她有热情，有浓热的青春的血，她动作起来会像一只球似的快。我的话会一下子把她打到我的情郎那边去，他的话又会一下子把她打回我这里来。

但是老年人，好像死了一般，

迟钝、缓慢、沉重苍白得像一块铅。

乳母与彼得上。

啊天哪！她来了。啊亲爱的奶妈！有什么消息？你见到他了吗？叫你的佣人走开。

乳母　　彼得，到门口去等着。〔彼得下〕

朱丽叶　亲爱的好奶妈，啊天哪！你为什么有忧愁的样子？纵然消息不好，也要快快活活地讲出来。如果好，你这副难看的面孔实在是把好消息的音乐给糟蹋了。

乳母　　我疲倦了，让我休息一下。呸，我的骨头好痛！我奔波得好苦！

朱丽叶　我愿把我的骨头给你，你把你的消息给我。好了，好了，请你说吧；好，好奶妈，说吧。

乳母　　耶稣！忙什么？你不能等一下吗？你没看见我喘不过气吗？

朱丽叶　你有气力向我说你喘不过气，你怎么会是真喘不过气呢？你这推托的借口比你推托不说的故事还要长些。你的消息是好，是坏？回答这个，随便你怎么说，详细情节我可以慢慢地等。告诉我，是好是坏？

乳母　　唉，你做了一个糊涂的选择，你不知道如何选择一个男人。罗密欧！不，不该选中他。他的面孔虽然比任何人漂亮，他的腿可是比所有的人的都好看。至于手、脚、身体，虽然都不值得一提，可是也都没有人能比。他并不是顶彬彬有礼，但是，我敢说，他是像羔羊一般地温柔。做你的事情去吧，姑娘，不必再多说了。怎么！家里开过饭了吗？

朱丽叶　　没有，没有，但是这一切我早已知道了。关于我们结婚的事他说什么？他怎么说？

乳母　　天哪！我的头好痛哟，我的头可不得了！痛得好像要裂为二十块。我的脊背的那一边，啊！我的背，我的背！你好狠心把我派出去，奔波得要死。

朱丽叶　　真是的，我很抱歉使得你不好受。好，好，好奶妈，告诉我，我的爱人说些什么？

乳母　　你的爱人，像是一位诚实的君子。一位有礼貌的、挺和气的、漂亮的，而且我敢说是很有德性的，他说——你的母亲在哪里？

朱丽叶　　我的母亲在哪里！噫，她在里面呢，她还能够在哪里？你的话好奇怪："你的爱人，像是一位诚实的君子，你的母亲在哪里？"

乳母　　啊，圣母呀，你怎么这样性急？好，算了吧。这就是你给我的酸痛的骨头贴的膏药吗？　以后你自己去送信吧。

朱丽叶　你怎么这样麻烦！好，罗密欧说些什么？

乳母　你今天得到允许去做忏悔吗？

朱丽叶　得到了。

乳母　那么你赶快到劳伦斯修道士的斋堂去，那里有一个
丈夫等着娶你为妻呢。现在你的脸上泛起了红晕，
你听到任何消息都会红脸。赶快到教堂去，我还要
另外去一个地方，找一个梯子，等到天一黑你的情
人就用那梯子爬上一个鸟巢。

我为了你的快活而不辞辛苦，

但是今晚你将有重重的担负。

去，我要吃饭去，你赶快到寺院。

朱丽叶　赶快去享大福！好奶妈，再见。〔同下〕

第六景：同上。劳伦斯修道士的斋堂

劳伦斯修道士及罗密欧上。

劳伦斯　愿上天赞许这神圣的结合，不要让我们日后受烦恼
之苦！

罗密欧　阿门！阿门！日后尽管有什么烦恼来，也不能抵消
我和她见面时片刻的欢欣。只消你用神圣的语言把

我们结合在一起，然后吞食爱情的死神要怎么做都可以。只要我能喊她为我的人，那就够了。

劳伦斯　这突然的快乐会有突然的结局，在最得意的时候突然消灭。就像火和火药，一接吻，立刻炸光。最甜的蜜固然本身是味美的，可是不免有一点腻，吃起来要倒胃口。
所以要温和的爱，这样方得久远。
太快和太慢，其结果是一样迟缓。

朱丽叶上。

小姐来了，啊！这样轻盈的脚步永远磨不坏这铺地的坚石板，一个情人可以跨上夏日空中荡飘的游丝而不会栽下来，快乐是这样轻飘飘的。

朱丽叶　听我忏悔的神父，你晚安。

劳伦斯　孩子，罗密欧会代表我们两个向你答礼。

朱丽叶　我也要向他问安，否则他的答礼就太多了。

罗密欧　啊！朱丽叶，如果你的欢乐之情是和我的一般洋溢，如果你有更大的本领加以描绘，那么请你用你的谈吐来薰香这四周的空气，让你的舌端的音乐把我们这次相见彼此心中的快乐宣泄出来吧。

朱丽叶　内容丰富而不是口头上说说的那种恋爱心理，只能夸耀它的实质，并不要炫示它的华丽，只有乞丐才计数他的家财。我的爱情太充足了，我无法数清我的财产的一半。

劳伦斯　来，和我来，我们要赶快办事。

因为，在教会把你们结合起来之前，

你们不该长久地在这里私下会面。〔同下〕

注 释

[1] 亚当·邱比得（Adam Cupid），四开本对折本均作 Abraham Cupid，
近代版本多改为 Adam，认系指歌谣中以射箭著名的 Adam Bell。

[2] 科菲求阿（Cophetua），英古代歌谣中一国王，遇一流浪之乞丐女，
爱而娶之（见 Percy:*Reliques*, Vol. 1, Bk Ⅱ, No. 6）。

[3] 枇杷树（medlar tree），按 medlar 学名为 mespilus germanica，系亚洲
产的一种苹果科植物，其果于烂熟时方可食用，顶上平坦而裂缝，象征
pudendum（阴户）。

[4] "et cetera"系"阴户"之委婉语。

[5]poppering pear 是比利时产的一种梨，poppering 是地名 poperingue
之转，耶鲁大学本注云："可能是双关语，暗指'阳物'，参看
Kökeritz: Shakespeare's Pronunciation, pp. 136-138。"

[6] 哀科女神（Echo），希腊神话中一山林女神，因太爱说话，被 Juno
变成为"回声"，非别人说话她不能出声，别人说什么她重复什么。
她恋 Narcissus，憔悴而死，只剩下了声音。

[7] 列拿狐故事中的猫，名 Tybert，故云。

[8] 决斗亦有法典，规定在何种情形之下才是与名誉有关，然后才可向
人挑衅决斗。此"第一理由""第二理由"即合法的向人挑战之理由。

[9] 原文 form 双关语，义为"椅子"或"式样"。

[10] 牛津本原文 bons 法文字，意为"好"。这是 Theobald 的改窜。四开本及对折本均作 bones，义为"骨头"。如依 bones 解，则可能系暗指当时流行的梅毒，下部溃烂者不宜于坐硬板凳。上文显示以说 Pardonnez-mois（法文"原谅我"）为时髦，此处改为 bons 似亦甚合理。

[11] 原文："Without his roe, like a dried herring." 所谓 roe 显然是与 Romeo 一字的第一音节有关，故一般以为此句之意义乃是说罗密欧颓唐憔悴的样子大异往常，像是一条去了鱼卵的干瘪的咸鱼。又有人认为 Romeo 去掉 Ro 便只剩了 meo（叹息自伤语）。

[12] 皮特拉克，Petrarch（1304—1374），意大利诗人，爱劳拉 Laura，作十四行诗多首，为英国伊利沙白时代诗人写作情诗的模范。

[13] 戴都（Dido），迦太基女王，据 Virgil 史诗，戴都遇 Aeneas，恋爱不遂，自戕而死，此处称之为"邋遢婆娘"dowdy，系取其"双声"。

[14] 克利欧佩特拉（Cleopatra），埃及女王，爱安东尼，兵败后自杀死。吉卜赛人来自埃及，故云。

[15] 海伦（Helen）的爱人是 Paris；希罗的爱人是 Leander。

[16] 提斯比 Thisbe 与 Pyramus 的恋爱故事，见莎氏之《仲夏夜梦》。莎氏时代以蓝眼为丑，灰眼为美。

[17] 原文 slip 双关语：（一）溜走；（二）伪币（包银的铜币）。故云"骗"。

[18] 原文 pink 在这几行里有数义：（一）极则；最高点（acme）；（二）石竹花；（三）刺孔；镂花。

[19] 原文 a broad goose 意义不明，Hardian Craig 注云："Possibly means that Mercutio is known far and wide as a goose."

[20] 棍子，原文 bauble，即 the Fool's sceptre，宫廷弄臣照例手持的一根杖。有双关的猥亵意义。

[21] 原文 to occupy the argument no longer，按 occupy 一字系双关语，

有"copulate"（交媾）的意思，参看《亨利四世》下篇二幕四景 160-162（Hosley）。

[22] 原文 Here's goodly gear！通常解为 Here's fine stuff！但何所指，颇有问题。一般以为系指乳母之来临，但亦有认为系指上述之戏谑的对话者，如 Sampson。第一对折本与四开本不同，是把此句放在"乳母及彼得上"之后，与"一条船，一条船"合为一句，可见此句是指乳母。

[23] 原文 So ho！是猎人在发现猎物时的呼声。故有下文："你发现什么了？"

[24] 原文 hare，意为"兔子"，但在俚语中意为"娼妓"。为表达此双关意义，勉强译为"野鸡"。

[25] 原文 Lady, lady, lady，是引自一首古歌谣 Chaste Susanna 的一节：

"A woman fair and virtuous:

Lady, lady,

Why should we not of her learn thus

To live godly？"

讽乳母为娼妓之意。

[26]Rosemary 迷迭香，代表相思之意。

[27]R 用卷舌音读，似狗之猰猰声，故云。

第 三 幕

第一景：维洛那。一广场

墨枯修、班孚留、侍者及仆人等上。

班孚留　　我请你，好墨枯修，我们回去吧。天气热，卡帕莱
　　　　　特家的人都出来了，如果我们遇到，不免一场恶斗。
　　　　　因为在这大热的天，脾气容易发作。

墨枯修　　你就像是那种人，走进酒店，把剑往桌上一拍，说：
　　　　　"愿上帝别令我需要你！"可是第二杯一下肚，他无
　　　　　缘无故地抽出剑来向酒保找麻烦了。

班孚留　　我像是这样的一个人吗？

墨枯修　　算啦，算啦，你的暴脾气不下于意大利的任何一个人。
　　　　　很容易被人激动得生气，也很容易气得受人激动。

班孚留　　被激动去做什么呢？

墨枯修	噫，如果有两个这样的人，很快地一个也剩不下，因为这一个会把那一个杀死的。你，唉，你会为了一个人的胡子比你多一根或少一根而争吵起来。你会不为别的原因，只为你的眼睛是榛色的，看见人家咬榛子，便会和人吵架。除了这样的眼睛之外，什么眼睛会发现得了吵架的理由呢？你的头里充满了争吵，就好像一只蛋里全是蛋黄蛋白一样，可是为了争吵的缘故，你的头脑已经搅得像是一只坏蛋那么昏乱了。一个人在街上咳嗽，你就和他吵架，只因他惊醒了你的阳光下睡觉的狗。你不是曾经和一个裁缝匠吵架，只因他在复活节之前穿起他的新的紧上衣吗？又和另外一个吵架，只因他用旧鞋带子系新鞋吗？你居然还教训我不要和人吵架！
班孚留	如果我是像你一样容易和人吵架，任何人都会随随便便地把我的性命的永久所有权购买过去。
墨枯修	永久所有权！啊，好糊涂的人！
班孚留	用我的脑袋起誓，卡帕莱特家的人来了。
墨枯修	用我的脚跟起誓，我满不在乎。

提拔特及其他上。

提拔特	紧跟着我，因为我要和他们理论。二位晚安！我要和你们随便哪一位说一句话。
墨枯修	只要和我们一个人说一句话吗？再加上一点什么吧，一句话之外再加上一拳吧。
提拔特	如果你们给我机会，先生，我很愿那么做的。

墨枯修	不给你机会你就不能找个机会吗?
提拔特	墨枯修,你是罗密欧的同道——
墨枯修	同道!什么!你把我们当作沿街卖唱的人吗?如果你把我们当作沿街卖唱的人,你只好听一听刺耳之音。这便是我的弦弓,这就是使你起舞的家伙。混账!沿街卖唱!
班孚留	这大众聚会的地方不便谈话,或是找个僻静的地方,或是冷静地理论,再不就干脆走开,在这里所有的眼睛都在看着我们呢。
墨枯修	人的眼睛就是为看的,让他们看。我绝不为了讨人欢喜而移动一步,我。

罗密欧上。

提拔特	好了,你且少安毋躁,先生。我的人来了。
墨枯修	但是我敢以性命打赌,他并不穿你们家的制服。哼,你若是领路到决斗场上去,他会追随你的。大少爷,在这意义之下你可以喊他为你的"人"。
提拔特	罗密欧,我对你的仇恨使我只能这样称呼你——你是一个坏蛋。
罗密欧	提拔特,我有爱你的理由,所以你这样称呼我,我也不动火。我不是坏蛋,所以再会吧,我看你是不了解我。
提拔特	小子,这不能弥缝你对我的伤害,所以转身拔剑吧。
罗密欧	我要声明我从来不曾伤害你,而且我爱你之深是你所不能想象的,除非你知道我所以爱你的缘故。所

以，好卡帕莱特，我对于你的姓氏和对于我自己的是一样的尊重，请不要动气。

墨枯修　　啊，好心平气和的卑鄙可耻的屈服！你那几招剑就把人吓倒了。〔拔剑〕提拔特，你这捉老鼠的，要不要走动走动？

提拔特　　你要对我怎么样？

墨枯修　　猫王，我只要你九条命中的一条，我是想要你那一条命。至于其他八条，如果你斗不过我，我也要痛打一顿。你还不把剑抽出鞘来？赶快，否则在你未拔出剑之前我的剑就砍到你的耳边了。

提拔特　　〔拔剑〕我奉陪便是。

罗密欧　　好墨枯修，收起你的剑。

墨枯修　　来吧，先生，请你刺过来。〔二人相斗〕

罗密欧　　拔剑，班孚留，打落他们的武器。你们二位，真太难为情，不要这样胡闹！提拔特、墨枯修，公爵曾明令禁止不准在维洛那街上斗殴。住手，提拔特！好墨枯修！〔提拔特及其同党下〕

墨枯修　　我受伤了。你们两家合该倒霉！我算是完了。他走了，一点伤都没有吗？

班孚留　　怎么！你受伤了？

墨枯修　　是的，是的，一点擦伤，一点擦伤。哼，也够受的了。我的小僮呢？去，小子，找个外科医生。〔僮下〕

罗密欧　　鼓起勇气，男子汉，这伤一定不会重。

墨枯修　　不，没有一口井深，也没有教堂大门宽，但是足够我受用的了。你明天再打听我，你会发现我已经在坟墓里了。我知道，我的尘缘已尽。你们两家可真该倒霉！岂有此理，一条狗、一头老鼠、一个小耗子、一只猫，会抓死一个人！一个说大话的、一个流氓、一个恶棍，只会根据书本子斗剑的家伙！你为什么活见鬼跑到我们两个中间？我是从你的胳膊底下受的伤。

罗密欧　　我是为好。

墨枯修　　扶我到什么人家去，班孚留，否则我要晕倒。你们两家真该倒霉！你们两家把我喂了蛆，我吃了苦头，而且是大苦头——你们这两家！〔墨枯修与班孚留下〕

罗密欧　　这位绅士、公爵的近亲、我的好朋友，为了我的缘故受了致命伤。我的名誉被提拔特的咒骂给玷污了，而且是做了我的亲戚刚刚一小时的提拔特。啊亲爱的朱丽叶！你的美貌使我变成为柔弱，软化了我的刚强之气！

　　　　　　班孚留又上。

班孚留　　啊罗密欧，罗密欧！勇敢的墨枯修死了。他的英灵已经升天，他厌弃尘世未免太早了。

罗密欧　　今天的噩运会要连续下去，
　　　　　这只是开始，还有悲惨的结局。

　　　　　　提拔特又上。

班孚留　　凶恶的提拔特又回来了。

罗密欧	还活着！胜利的样子！而墨枯修被杀死了！亲戚的情分，我顾不得了，现在让火眼的复仇之神来做我的向导吧！提拔特，你方才骂我为恶棍的话现在请你收回。因为墨枯修的灵魂尚未远离我们，等着你的灵魂去陪伴他。或是你，或是我，或是我们两个，一定要和他同去。
提拔特	可怜的孩子，你刚才和他一同在此地，你该陪他去。
罗密欧	由这个来决定。〔二人相斗：提拔特倒下〕
班孚留	罗密欧，走！走开！人民都惊起来了，提拔特已被杀死。不要站着发呆，你如果被捕，公爵会判你死刑。走吧！走开吧！逃走吧！
罗密欧	啊！我被命运所玩弄了。
班孚留	你为什么还耽搁？〔罗密欧下〕

人民等，及其他上。

民甲	杀死墨枯修的那个往哪个方向跑了？那杀人犯提拔特往哪方跑了？
班孚留	提拔特在那里躺着呢。
民甲	起来，先生，和我一同走。我以公爵的名义命令你，你要服从。

公爵在护卫下，蒙特鸠、卡帕莱特偕妻及其他等人上。

公爵	这场打斗肇事的凶手在哪里？
班孚留	公爵在上！这场凶杀的不幸， 我可以完全向您说明：

那边躺着的是罗密欧杀死的凶手，

那凶手杀死了你的亲戚墨枯修。

卡帕莱特夫人　提拔特，我的侄子！啊我的兄弟的儿子呀！

啊公爵！啊侄子！丈夫！我们家人流了血啦。

公爵您大公无私，我们的血不能白流，

让蒙特鸠家也流点血，为我们报仇。

啊侄儿呀，侄儿呀！

公爵　　　　班孚留，这场凶杀先动手的是哪一个？

班孚留　　　就是被罗密欧杀死的这个提拔特。

罗密欧，对他说话很客气，请他想想这场争执是何
等的无聊，并且特别提起不可招您生气。这一切，
都是低声下气和颜悦色地说的，外加屈膝打躬。可
是提拔特充耳不闻，一味地意气用事，举起剑来向
勇敢的墨枯修当胸刺去。墨枯修也动了火，狠命地
回击，以轻蔑的态度一手挡开了对方的杀手，一手
向提拔特反刺过去，而提拔特又巧妙地回敬过来。
罗密欧高声大叫："住手，朋友们！朋友们，散开！"
他的动作比说话快，他以敏捷的手法打落了两人的
凶器，跑到了两个人的中间。这时节提拔特就从他
的胳膊底下对准那强壮的墨枯修狠狠地致命地一刺，
然后提拔特就跑了。但是不久又回来找罗密欧，罗
密欧这时候刚刚起了复仇之心，于是像闪电一般打
斗起来。在我没能排解之前，那强壮的提拔特就被
杀死了。

他一倒下，罗密欧便转身逃去，

这是实情，否则请置我于死地。

卡帕莱特夫人　他是蒙特鸠家里的一位亲戚，

为了徇私，他说的话不是真的。

有二十来个人参加这次斗争，

二十人合起来害了一个人的命。

公爵，我请你要主张公道。

罗密欧杀了提拔特，你要把罗密欧杀掉。

公爵　　　　罗密欧杀了他，他杀了墨枯修，

他淌的血应该向谁去讨报酬？

蒙特鸠　　　罗密欧不负责，他是墨枯修的知己。

他错在没有依照法律的程序，

结果了提拔特。

公爵　　　　为了这桩罪行，

我把他立刻驱逐出境。

你们的仇恨牵连了我，

我的亲戚也在血泊中倒卧。

我要重重地惩罚你们，

让你们后悔不该令我受损。

请求与辩解，我是一概不听，

眼泪与哀求不能使我枉法徇情。

所以不必尝试，让罗密欧快走，

否则一经发现便是他死的时候。

把死尸抬去，听从我的命令，

宽恕凶手等于是鼓励杀人害命。〔同下〕

第二景：同上。卡帕莱特家花园

朱丽叶上。

朱丽叶　　你们这些火脚的骏马，快些奔到太阳的安息之处。像费哀顿[1]那样的一个驭者会鞭策你们到西方去，把昏暗的夜立刻带过来。张开你的紧密的幔帐吧，助人恋爱的夜！好让太阳闭上眼睛[2]，好让罗密欧跳入我的怀抱，没人议论并且没人看见！情人们可以在他们本身的光彩照耀之下颠鸾倒凤。如果爱情是盲目的，那么在夜里就更相宜了。来，庄严的夜，你这全身黑色装束的妇人，请你教导我如何在胜利的比赛中自甘失败，奉献出纯洁的童贞，用你的黑袍遮住我脸上的惊慌失措的血色。直等到这份矜持的爱，变得胆大起来，认为真正的恋爱的行为并不是可羞的事。来，夜！来，罗密欧！来，你这夜中的白昼！因为你会卧在黑夜的翅膀上，比乌鸦背上的新雪还要白。来，温柔的夜;来，可爱的黑脸的夜，把罗密欧给我。等他死的时候，把他拿去切碎成为小小的繁星，使得天空如此的美观，所有的世人都将爱夜，不再崇拜那照眼的太阳。啊！我买下了一座爱情的大厦，但尚未占有。虽然我已出卖，但尚未被人享受。这白昼好令人厌烦，像一个焦急的孩子在一个节日的前夜一样，有新衣而一时尚不能穿。啊！我的奶妈来了，乳母携绳索上。

　　她带来了消息，舌端只要提起罗密欧的名字便是奏着天堂的乐声。喔，奶妈，有什么消息？你拿着什么呢？是罗密欧叫你取来的绳索吗？

乳母　　是的，是的，是绳索。〔掷于地上〕

朱丽叶　　哎哟！是什么消息？你为什么绞你的手？

乳母　　啊不得了！他死了，他死了！我们完了，小姐，我们完了！可不得了，他去了，他被杀了，他死了！

朱丽叶　　上天能这样狠心吗？

乳母　　罗密欧能，虽然上天不能。啊！罗密欧，罗密欧！谁能想得到这样的事呢？罗密欧！

朱丽叶　　你是什么恶魔这样地折磨我？这样的折磨只该在黑暗的地狱里举行。罗密欧自杀了吗？你只要说声"是"，这一声"是"就比鸡头蛇的杀人的眼睛还要歹毒。如果有这样的一声"是"，或是他的两眼已闭使你不能不说"是"，那么我也不久于人世了。
如果他被杀，就说"是"，否则说"不"，
短短的一声就可决定我的祸或福。

乳母　　我看见了那伤口，我亲眼看见的。上帝保佑！就在他那宽大的胸口上，可怜的尸身，血污的可怜的尸身。惨白，白得像灰，沾满了血，到处是血块，我一看就昏倒了。

朱丽叶　　啊你碎了吧，我的心——可怜的破产者，立刻破碎吧！进监牢去，眼睛，永不见天日！

泥土之躯，回到泥土里去，就死去吧，

你和罗密欧一同睡上一个沉重的棺架！

乳母 啊提拔特，提拔特！我最好的朋友，啊彬彬有礼的
提拔特！诚实的君子！我为什么活着见到你死呢？

朱丽叶 这是什么风暴又这样逆着吹来？罗密欧被杀了，提
拔特也死了？我最亲爱的表哥，我最亲爱的丈夫？
那么，可怕的喇叭，宣布世界末日的到临吧！如果
他们两个死了，谁还能活得成？

乳母 提拔特去掉了，罗密欧被放逐了。罗密欧杀死了他，
被放逐了。

朱丽叶 啊上帝！罗密欧亲手使得提拔特流血了吗？

乳母 是的，是的，哎呀，实在是的。

朱丽叶 啊毒蛇一般的心肠，藏在花一般的脸下！恶龙住过
这样优美的洞府吗？美貌的狠心人！天使一般的魔
鬼！披着鸽子羽毛的乌鸦！狼一般饕餮的羔羊！有
最神圣外貌之可鄙的实质！与外表恰恰相反，一个
该下地狱的圣徒，一个体面的小人！啊，造物主！
你在地狱里干的什么好事，竟把一个恶魔的灵魂放
进这样漂亮的肉体的天堂里面？可曾有过这样的一
本书，内容如此恶劣而装潢如此考究？啊！这样堂
皇的宫殿里居然会住着欺骗。

乳母 男人都是不可靠，没有信用，没有诚心，全是无赖
的、虚伪的、欺骗的、背誓的。啊！我的佣人哪里
去了？快给我一点酒，这些苦恼、忧愁、悲哀使得
我衰老了。愿罗密欧遭受耻辱！

朱丽叶	起这种誓愿，你的舌头会要生疮！他不是生来受耻辱的，耻辱不敢踞在他的额上，因为那是适于世上称王的尊荣所占据的宝座。啊！我方才骂了他，我真是畜牲！
乳母	他把你的表哥杀死了，你还说他的好话吗？
朱丽叶	他是我的丈夫，我能说他的坏话吗？啊！我的可怜的夫君，给你做了三小时妻的我，把你的名誉割裂了，谁能再把它平复呢？但是，你这坏人，你为什么杀死我的表哥呢？表哥那坏人也可能杀死我的丈夫呀！回去，愚蠢的泪，回到你原来的泉源里去。你的泪珠应该献给悲哀，你如今误献给喜悦了。我的丈夫还在活着，可能被提拔特杀死的。提拔特是被杀死了，他本想要杀死我丈夫的。这都是喜事，我为什么要哭？有几个字，比提拔特的死讯还要坏，使我难过得要死，我真想忘记它。但是啊！它已闯入了我的记忆，好像罪犯心里无法忘怀罪行一般。"提拔特是死了，罗密欧是被放逐了！"这"放逐"，这"放逐"一语，等于是杀死了一万个提拔特。提拔特的死，是够悲惨的，如果仅此而止。如果祸不单行，必须要有别的惨事联袂而来，那么在她说"提拔特死了"之后为什么不接着说你的父亲或你的母亲或你的双亲，都可能引起普通的伤悼？但是提拔特之死紧跟着"罗密欧被放逐了！"，这样的一句等于是说父亲、母亲、提拔特、罗密欧、朱丽叶全被杀了，全死了。"罗密欧被放逐了！"这一

句话里面的杀伤的力量是无穷尽的、无限制的、不
可量衡的、没有边际的，没有字句可以充分表现那
种悲哀——我的父亲母亲呢，奶妈？

乳母　　　抚着提拔特的尸首号啕痛哭呢。你要去见他们吗？
　　　　　我领你去。

朱丽叶　　让他们用眼泪洗他的伤口吧。等他们的眼泪干了的
　　　　　时候，我的眼泪要留着为罗密欧的放逐而洒。把那
　　　　　些绳索拿起来吧。可怜的绳索，你和我都成为无用
　　　　　的了，因为罗密欧被放逐了。
　　　　　他使你作为通往我的床上的大路，
　　　　　但是我一直到死是个处女寡妇。
　　　　　来，绳子；来，奶妈。我要去上床。
　　　　　让死神，不是罗密欧，做我的新郎！

乳母　　　赶快回到你的房里去，我去找罗密欧来安慰你，我
　　　　　知道他在什么地方。
　　　　　听我说，你的罗密欧今晚会到此地来。
　　　　　我去找他，他是躲在劳伦斯的房里。

朱丽叶　　啊！把这指环给我的情郎，叫他来，
　　　　　叫他来做最后一次的别离。〔同下〕

第三景：同上。劳伦斯修道士的斋房

劳伦斯修道士上。

劳伦斯	罗密欧，出来！出来，你这倒霉的人！苦难看中了你的才具，你和灾祸结下了不解缘。

罗密欧上。

罗密欧	神父，什么消息？公爵是怎样判的？有什么我尚未认识的悲哀前来和我攀交？
劳伦斯	我的好孩子和苦难的朋友来往太多了，我来报告你公爵的判决。
罗密欧	公爵的判决不会轻于死刑吧？
劳伦斯	他口下留情，下了一个较温和的判决，不是死刑，是放逐。
罗密欧	哈！放逐！请慈悲些，说是"死刑"吧！因为流亡的面貌更可怕，甚于死亡，别说是"放逐"。
劳伦斯	你是从维洛那被驱逐出境了。别着急，因为世界是宽广的。
罗密欧	维洛那城墙以外便没有世界，只有炼狱、苦刑和地狱。从这里被放逐，便是从世界上被放逐，世界的流囚也就是死，那么"放逐"便是"死刑"的误称。称死刑为"放逐"，你简直是用一把金斧头砍掉我的头，还对这致命的一击而微笑。
劳伦斯	啊可怕的罪过！啊鲁莽的负恩！你的过失依法应该

处死，但是仁厚的公爵，对你偏袒，把法律放在一
边，把可怕的死刑改为放逐。这是极大的恩典，你
看不出。

罗密欧　这是酷刑，不是恩典。朱丽叶住在此地，此地便是
天堂。此地每个猫狗和小老鼠，每个不值什么的东
西，都是生活在天堂里，都可以瞻仰她，但是罗密
欧不能够。腐尸上的苍蝇都比罗密欧有权享更多的
尊荣、更高贵的位置、更多的殷勤取媚的机会。它
们可以抓住朱丽叶的玉手，可以从她的嘴唇偷取天
堂一般的幸福，那两片樱唇是如此地纯净贞洁，自
己上下交吻都好像是罪过，以至永远涨得绯红。苍
蝇可以做这些事，而我必须远走高飞。它们是自由
人，我是被放逐了的。而你还说流亡不算是死？你
没有调好的毒药，没有磨快的刀，没有任何迅速致
人于死的方法，无论其为如何卑鄙，而只能以"放
逐"二字来杀死我吗？"放逐！"啊修士！只有下
地狱的才使用这两个字，号叫之声跟随着这两个
字！你是一位有僧职的、听取忏悔的、赦免人罪的，
又是我的公开承认的朋友，怎么会忍心用"放逐"二
字来宰割我？

劳伦斯　你这糊涂疯子，听我说一句话。

罗密欧　啊！你又要说放逐的话了。

劳伦斯　我要给你一副盔甲，抗拒那两个字；你虽然是被放逐
了，我要给你一套哲学，那是困境中的甘乳，可以
安慰你。

罗密欧	还是"放逐"！不要说什么哲学。除非哲学能造出一个朱丽叶，搬运一座城，撤销公爵的判决。那便没有什么助益，没有什么用处，不要再说了。
劳伦斯	啊！现在我明白了，疯子是没有耳朵的。
罗密欧	聪明人没有眼睛，他们怎么会有耳朵呢？
劳伦斯	让我和你谈谈你的处境。
罗密欧	你不曾亲自感觉到的事你是无法谈的。如果你是和我一样年轻，朱丽叶是你的爱人，刚结婚一小时，把提拔特杀死了。像我这样地痴情，像我这样地被放逐，那么你就有的谈了。那时节你就会揪你自己的头发，倒在地上，像我现在这样，量一个未开掘的墓穴。〔内敲门声〕
劳伦斯	起来，有人敲门。好罗密欧，你藏起来。
罗密欧	我不；除非是伤心的呻吟太息，像雾一般，把我蒙蔽起来，让搜寻的人看不到我。〔敲门声〕
劳伦斯	听！他们敲得好急。是谁？罗密欧，起来；你会要被捕的。等一下！站起来，〔敲门声〕跑到我的书房去。就来！上帝哟！怎么这样任性！我来啦，我来啦，〔敲门声〕谁敲得这样急？你从哪里来的？你有什么事？
乳母	〔在内〕让我进来，你就知道我的使命了：我是朱丽叶小姐派来的。
劳伦斯	那么，欢迎。

乳母上。

乳母	啊神圣的修士！啊！告诉我，神圣的修士，我们的小姐的丈夫在哪里？罗密欧在哪里？
劳伦斯	在那边地上躺着呢，被他自己的眼泪给醉翻了。
乳母	啊！他和我家的小姐情形一样，和她完全一样！
劳伦斯	啊好悲惨的同样的命运！可怜的处境！她也正是这样地躺着，一阵痛哭一阵啜泣，一阵啜泣一阵痛哭。起来，起来，挺起来。如果你是个男子汉！为了朱丽叶，为了她，挺立起来！你为什么如此伤心？
罗密欧	奶妈！
乳母	哎呀姑爷！哎呀姑爷！好了，到头来都不免一死。
罗密欧	你刚才不是提起朱丽叶吗？她怎样了？我现在用她最亲近的人的血玷污了我们的燕尔新婚，她是不是把我看作为一个无情的凶手？她在哪里呢？她现在怎样？我的秘密的妻子对于我们这一笔勾销的爱可说些什么呢？
乳母	啊！她没说什么，先生，只是哭了又哭。时而倒在她的床上，时而跳起来，喊"提拔特"，然后又喊"罗密欧"，然后又倒下去。
罗密欧	好像那个名字，从枪口瞄准射了出来，把她射死了；恰似我这该死的手杀了她的表哥一般。啊！告诉我，修士，告诉我，我的名字住在这身体上哪一个下流的部分？告诉我，我好捣毁那个可恶的地方。〔拔剑〕
劳伦斯	放下那鲁莽的手，你是男子汉？看你那样子似乎是，你的泪却是女人气。你的狂暴的动作表示出一个畜

类的无理性的热狂，样子像男人的丑陋的女人，或
是又像男人又像女人的丑陋的畜类！你真使我诧异，
说实在话，我以为你不至于这样没有涵养。你杀死
提拔特了？你想杀死你自己吗？你想用万劫不复的
残酷手段对付自己来杀害那位与你相依为命的小姐
吗？你为什么要恨生不逢辰，怨天怨地？天地生辰
三者因缘际会而生了你，而你却想随意丢弃。呸，
呸！你辜负了你的仪表、你的爱情、你的理智，你
简直是像一个守财奴，有的是本钱而舍不得正用，
以增进你的仪表、爱情与理智。你的堂堂的仪表也
不过是个蜡像，没有男人的气魄。你的爱情，只是
些虚伪的誓言，适足以杀害那你曾发誓要爱护的情
人。你的理智，原是可以给你的仪表与爱情增光的，
可是在指引你的仪表与爱情的时候成了变态。恰似
一个笨拙的兵所携带的弹药瓶中的火药，你自己糊
涂给点燃了，你被你自己的武器炸断了肢体。怎
么！打起精神来，你这人。你的朱丽叶还活着，为
了她你刚才急得要死，在这一点上你应该觉得幸运
了。提拔特要杀死你，但是你杀死了提拔特，在这
一点上你也是幸运的。以死刑相威胁的法律，变成
了你的朋友，改成了放逐，在这一点上你又是幸运。
一连串的好运降在你的身上，幸福是穿着盛装向你
献媚。但是，你却像是一个没有教养的乖戾的女人，
对着你的好运和情人噘嘴。当心，当心，这样的人
是不得好死的。去，去找你的爱人，按照原来的约

定，爬进她的寝室，去安慰她。但是注意不要耽搁到夜间警卫都已布了岗，因为那时候你就无法逃到曼丘阿。你以后要住在那里，等着我们找到机会宣布你们的婚事，使两家重归于好，求公爵开恩特赦，然后以比你离去时的悲伤超过二百万倍的快乐心情叫你回来。你先走，奶妈，代我向小姐致意。叫她催全家的人早些安眠，他们遭遇这样严重的事故也容易早睡，罗密欧随后就到。

乳母　啊上帝！我可以整夜地留在这里听你的好教训，有学问可真是好。姑爷，我就去告诉小姐你就来。

罗密欧　就这样说吧，并且叫我的爱人准备责骂我。

乳母　先生，这是她叫我给你的一个指环，先生。你快点来，要赶快，因为时间不早了。〔下〕

罗密欧　这东西使我重新放下心来了！

劳伦斯　去吧，晚安。你的整个的处境就是这样，或是在警卫布岗之前就走，或是等到天亮化装离去。在曼丘阿且住下来，我会去找到你的佣人，他会随时把此地发生的好消息传达给你。让我握握你的手，很晚了。再会吧，晚安。

罗密欧　若非至高无上的欢乐招我前往，

　　　　这样匆匆和你告别可真令人神伤。

　　　　再会。〔同下〕

第四景：同上。卡帕莱特家中一室

卡帕莱特、卡帕莱特夫人及巴利斯上。

卡帕莱特　　　先生，适才发生了这样不幸的事故，我们没有时间
　　　　　　　劝导我们的女儿。您知道，她对她的表兄提拔特是
　　　　　　　甚为友爱的，我也是很喜欢那孩子。唉，我们有生
　　　　　　　即有死。现在很晚了，她今晚不会下楼了。说实话，
　　　　　　　若非您在这里，我一小时前就早已上床了。

巴利斯　　　　在这悲伤的时候也不便求婚。夫人，晚安，请代我
　　　　　　　向小姐致意。

卡帕莱特夫人　明天一早我就去探听她的意思，今晚她是关起门独
　　　　　　　自懊恼去了。

卡帕莱特　　　巴利斯伯爵，我愿大胆地奉献我的孩子的情爱。我
　　　　　　　想她是会完全听从我的，我毫不怀疑。夫人，你在
　　　　　　　睡前就先去看看她，把我的贤婿巴利斯这一番爱
　　　　　　　慕的意思告诉她。并且叫她，你听清楚，就在星期
　　　　　　　三——且慢，今天是星期几？

巴利斯　　　　星期一。

卡帕莱特　　　星期一！哼哼！那么星期三是太匆促了，订在星期
　　　　　　　四吧。在星期四，告诉她，她要和这位尊贵的爵士
　　　　　　　结婚。你来得及准备吧？你喜欢这样匆促吧？我们
　　　　　　　不要太铺张，请一两位朋友。因为，听我说，提拔
　　　　　　　特新近被害，他是我们的亲戚，如果我们大举庆祝，
　　　　　　　人家会以为我们没有把死者放在心上。所以我们请

上半打朋友，就算完事。你说星期四如何？

巴利斯　　我但愿星期四就是明天。

卡帕莱特　好，你去吧，那么就订在星期四了。你在睡前看看朱丽叶，让她在这结婚的吉期之前准备一下。再会，伯爵。掌灯到我寝室去，喂！天哪！是这样晚啦，再过一下就可以说早晨了。晚安！〔同下〕

第五景：同上。朱丽叶的寝室

罗密欧与朱丽叶上。

朱丽叶　　你一定要走吗？尚未快到天亮的时候，你听了刺耳的声音是夜莺，不是云雀，她每夜都在那棵石榴树上叫 [3]。相信我的话吧，爱人，那是夜莺。

罗密欧　　是云雀来报晓，不是夜莺。看，爱人，怀着恶意的晨光已经把那东方的碎云镶了花边，夜间的星火已经熄灭，欢乐的白昼已经轻轻地踏上云雾迷蒙的山巅。我一定要去逃生，否则留着等死。

朱丽叶　　那亮光不是白昼，我知道的，我。那是太阳吸起来的一颗流星，今夜为你照路的，好到曼丘阿去。所以再停留一会儿吧，不必急于要走。

罗密欧　　让我被捕，让我被处死。只消你愿意这样，我是很甘心的。我可以说那灰白色不是清晨的眼睛，只是月神脸上映出的惨淡的光，也可以说那不是在我们头上响彻云霄的云雀。

我愿停留，并不愿意离去。

来，死神，欢迎！朱丽叶要我这样的。

怎么？我的灵魂？我们谈谈，天未亮起来。

朱丽叶　　亮了，亮了：快离开此地，走，走开！

发出这样刺耳的锐音，唱得这样难听的，正是云雀。有人说云雀的歌喉宛转悦人，这一只却不然，它叫我们黯然离别。有人说云雀的眼睛一定是和癞蛤蟆交换过的[4]。啊！我现在愿意它们把声音也交换一下。

因为这声音把我们从拥抱中惊醒，

用晨歌催你离开此地，立刻就起程。

啊！现在走吧，天越来越亮。

罗密欧　　越来越亮，我们越来越悲伤。

乳母上。

乳母　　　小姐！

朱丽叶　　奶妈！

乳母　　　你的母亲到你的寝室来了：

天亮了，要小心，要注意。〔下〕

朱丽叶　　那么，窗户，让阳光进来，让生命出去。

罗密欧　　再会，再会！再吻一回，我就下去。〔走下〕

朱丽叶　　你就这样走了？我的丈夫、爱人、情侣！

　　　　　　你要随时随刻写信来 [5]，因为每一分钟将似漫长的
　　　　　　好多天。啊！这样计算，我将要变成很老，才能再
　　　　　　见我的罗密欧。

罗密欧　　　再会！
　　　　　　任何机会我都不会放弃
　　　　　　向你传达我的一番情意。

朱丽叶　　　啊！你想我们还能再见面吗？

罗密欧　　　我不怀疑，这一切的愁苦正好是我们来日甜蜜的
　　　　　　资料。

朱丽叶　　　啊上帝！我有不祥的预感，你现在站在下面，我看
　　　　　　着你好像是坟墓底上的一个死人。不是我的眼力不
　　　　　　佳，便是你的脸色苍白。

罗密欧　　　在我眼里你的脸色也是很难看，
　　　　　　叹息吸干了我们的血。再见！再见！〔下〕

朱丽叶　　　啊命运，命运！大家都说你反复无常，如果你是反
　　　　　　复无常，你为什么和以忠贞著名的人也常在一起
　　　　　　呢？我愿你反复无常，命运之神。那样你便可不把
　　　　　　他扣留过久，而把他放回来。

卡帕莱特夫人〔在内〕喂，小姐！你起来了吗？

朱丽叶　　　是谁在叫？是我的母亲吗？她这样晚还没有睡，还
　　　　　　是这样早就起来了呢？是什么非常的事使得她到这
　　　　　　里来？

　　　　　　卡帕莱特夫人上。

卡帕莱特夫人　噫，怎么了，朱丽叶！

朱丽叶　　　母亲，我不大舒服。

卡帕莱特夫人　还在为你的表兄之死而流泪吗？怎么？你想用眼泪
　　　　　　把他从坟里冲出来？如果你能，你也不能使他复活。
　　　　　　所以，不要哭了，一点点悲恸表示很多的友爱，但
　　　　　　是太多的悲恸证明你欠缺理性。

朱丽叶　　　还是让我为了这样伤心的损失而落泪吧。

卡帕莱特夫人　你只是为这损失而伤心，却哭不回来你的那个亲人。

朱丽叶　　　只因为这损失而伤心，我无法不哭我的那个亲人。

卡帕莱特夫人　好了，孩子，你不是为了他的死而哭得这样厉害，
　　　　　　是因为刺死他的那个恶棍还在活着，所以才这样
　　　　　　地哭。

朱丽叶　　　什么恶棍，母亲？

卡帕莱特夫人　就是那个恶棍，罗密欧。

朱丽叶　　　〔旁白〕恶棍与他，其距离不可以道里计。上帝饶
　　　　　　恕他！我是为了这个而痛哭，没有人像他那样令我
　　　　　　伤心。

卡帕莱特夫人　就是因为那险恶的凶手还在活着。

朱丽叶　　　是的，母亲，我伸手抓不到他。愿我能亲手为我的
　　　　　　表哥报仇！

卡帕莱特夫人　我们一定要报仇，你不需担心，所以不要哭了。这
　　　　　　个被放逐的恶棍现在住在曼丘阿，我要派人通知那
　　　　　　边的一个人，给他一种非常的剧毒，让他很快地和
　　　　　　提拔特做伴去。这样，我想你就可以心满意足了。

朱丽叶　　　说真的，对于罗密欧我是永远不会满足的，除非我
　　　　　　能看到他——死——我的心为了一个亲人烦恼得要

死。母亲，如果你能找到一个人带去一副毒药，我要亲手调制，好让罗密欧收到之后不久就安然睡去。啊！一提起他的名字我心里多么难过，恨不得就到他那里去，在这杀我表哥的人身上表示一番我是怎样地敬爱我的表哥。

卡帕莱特夫人　你预备好毒药，我就找这么一个人来。现在我有好消息告诉你，孩子。

朱丽叶　　　在这愁苦的时候有好消息，那太好了。是什么消息，我要请问？

卡帕莱特夫人　唉，唉，你真有一个细心体贴的父亲，孩子。他为了给你排愁解闷，给你选了一个急促的快乐的日子，是你想不到的，也是我料不到的。

朱丽叶　　　我的天哪，到底是什么日子，母亲？

卡帕莱特夫人　唉，我的孩子，下星期四一大早，那年轻漂亮的贵族绅士，巴利斯伯爵，将高高兴兴地在圣彼得教堂使你做一个快乐的新娘。

朱丽叶　　　哼，我指着圣彼得教堂和圣彼得本人发誓，他不能在那里使我做一个快乐的新娘。我不懂何以要如此仓促，想做丈夫的那个人尚未前来求婚，我何必急着要嫁。请你告诉父亲，我还不想嫁呢！如果想嫁，我要嫁给罗密欧，你知道我是恨他的，我决不嫁给巴利斯。这可真是新闻！

卡帕莱特夫人　你的父亲来了，你自己和他说去，看他听了你的话将怎么办。

卡帕莱特及乳母上。

卡帕莱特　　太阳落的时候，是有露水下降的。但是为了我的外甥的陨落，竟下起大雨来了。怎么啦！变成喷水泉了[6]，孩子？怎么！还在淌泪？永远流个不止吗？你的小小的身体，居然变成了一条船、一片海、一阵风。我说你的眼睛是海，因为总是有泪的潮汐涨落；你的身体是船，在那咸水洋上行驶；你的叹息就是风，风涛泪浪，交互激荡。除非是突然安静下来，会要把你那颠簸不定的身体摧毁了的。怎样了，太太！你把我的主张告诉她了吗？

卡帕莱特夫人　是的，但是她不肯，她谢谢你的好意。这傻孩子真是不如死掉！

卡帕莱特　　慢一点！我不大懂你的意思，我不大懂你的意思，太太。怎么！她不肯？她不感激我们？她不觉得荣耀？像她那样的蠢丫头，我们给她物色到这样体面的一位绅士做她的新郎，她还不觉得是福气吗？

朱丽叶　　你这样做，我不觉得荣耀。不过你这样做，我很感激。我不能以我所厌恶的为荣，但是一番好意，虽然引我厌恶，我亦不能不感激。

卡帕莱特　　这是什么话！这是什么话，和我顶起嘴来了！这成什么说话？"荣耀""我感激你""我不感激你"，又说什么"不引以为荣"。我的娇小姐，你，你用不着感激我，你也用不着对我说什么荣耀不荣耀的。只要把您的玉体保养得好好的，准备下星期四和巴利

斯到圣彼得教堂去，否则我就把你装在木笼里拖到
那里去。好不要脸，你这脸色发青的死鬼！好不要
脸，你这贱货！你这蜡黄脸的东西！

卡帕莱特夫人 嗨，嗨！怎么，你疯了吗？

朱丽叶 好父亲，我跪下来求你，请耐心听我说句话。

卡帕莱特 你该死，你这小贱人！不孝顺的东西！我告诉你
说，星期四到教堂去，否则永远不要见我的面。不
用说话，不用作答，不要对我回嘴，我的手指正在
发痒——太太，我们当初觉得福命太薄，上帝只给
了我们这一个孩子。现在我看出这一个也是太多了，
有这样的一个孩子实在是冤孽。好不要脸，贱货！

乳母 上帝保佑她！你这样骂她，老太爷，是你的不对。

卡帕莱特 为什么，明智的老太婆？闭上你的嘴，谨慎的女人，
和你的婆婆妈妈们去瞎聊天吧。

乳母 我没有说什么不对的话。

卡帕莱特 啊！再会吧。

乳母 不准人说话吗？

卡帕莱特 别说了，你这唠唠叨叨的蠢婆子。和老太婆喝酒的
时候再说你那些老话吧，我们在这里不需要听。

卡帕莱特夫人 你火气太大了。

卡帕莱特 圣餐的面包！可把我气疯了。每天每夜，每时每
季，时时刻刻，独自一人或与人同处，我一直担心
的便是给她找一个丈夫。现在总算找到了一位出身
高贵的绅士，有很多的产业、年轻、有很好的教
养，可以说是多才多艺，真不愧为天生造定的理想

的男子！而竟有这样无聊的哭哭啼啼的傻丫头、会
叫喊的傀儡，在走鸿运的时候，偏偏要说"我不想
结婚""我不能恋爱""我还太年轻""请您原谅我"。
但是，如果你不肯结婚，我可以原谅你。随便你到
什么地方去觅食，不要和我住在一起。考虑一下，
想想看，我向来不说笑话。星期四快要到了，把手
放在胸口上，仔细盘算一下。如果你是我的女儿，
我就把你嫁给我的朋友。如果你不是我的女儿，随
便你上吊、要饭、挨饿、倒毙在街上，与我无干。
因为我永远不会再认你的，我所有的财产也永远不
会让你分享。相信我的话，仔细想想，我决不反悔。
〔下〕

朱丽叶　　　　上天没有一点慈悲能彻底了解我的苦楚吗？啊，我
的好妈妈，不要丢弃我。把这婚事延缓一个月、一
个星期。如果你不肯，请把我的新婚的床安设在提
拔特睡着的幽暗的坟墓里吧。

卡帕莱特夫人　不要对我说，因为我没有话说。随便你怎样做，因
为我是不管你的了。〔下〕

朱丽叶　　　　啊上帝——啊奶妈！怎样阻止这件事呢？我的丈夫
尚在世间，我的盟誓已经到了上天。我如何能收回
我那盟誓，除非我的丈夫离开世间从天上送还给
我？安慰安慰我，替我出个主意。哎呀，哎呀！上
天竟对我这样的弱女子施展手段！你怎么说？你没
有一句使我高兴的话吗？给一点安慰吧，奶妈？

乳母　　　　　好，这就是安慰。罗密欧是被放逐了；什么赌我都敢

打，他绝不敢回来要求和你团聚。就是敢回来，也只能偷偷摸摸的。事已至此，我想你最好就嫁给这位伯爵。啊！他是一位很可爱的绅士，罗密欧和他比起来只好算是一块破抹布。小姐，就是一只鹰也没有像巴利斯那样绿、那样锐利、那样好看的眼睛。说句丧心的话，我以为你这第二次结婚是很幸运的，因为比第一次的好。就是不比他好，你的第一个丈夫是已经死了，和死也差不多，活在世上而你无法享用他。

朱丽叶 你说的是心里的话吗？

乳母 而且是灵魂里的话，否则让我的心和灵魂一齐受诅咒。

朱丽叶 阿门！

乳母 怎么？

朱丽叶 好，你已经给了我很大的安慰。进去，告诉我的母亲，就说我得罪了父亲，到劳伦斯的修道院去做忏悔请求赦罪去了。

乳母 我一定去说，这做得聪明。〔下〕

朱丽叶 老恶魔！啊最奸恶的魔鬼！你现在劝我背誓，用当初夸奖我的丈夫为无人能比的那只舌头现在来诋毁他，哪一个是比较大的罪过呢？去吧，顾问，从此我和你不是一条心了。

我去见修道士，看他有何办法？

如果无法可想，我还可以自杀。〔下〕

注 释

[1] 费哀顿（Phaethon），太阳神的儿子，获准驾车出游一日，狂奔马逸，几撞及地球，赖天帝朱匹特及时发一雷霆，始免肇大祸云。

[2] 原文"That runaway's eyes may wink."意义不明，但亦无修改原文之必要。可能的解释有二：（一）继续上文费哀顿的典故，此 runaway 指"太阳"或"夜"，（Yale 编者认系指"太阳"）；（二）Prof. Hales 以为此 runaway 指窥探别人恋爱之好管闲事者，且引 Spenser 诗句为旁证。

[3] 夜莺是雄鸟善鸣，但传统以为是雌鸟鸣。

[4] 蛤蟆的眼睛大而亮，云雀的眼睛小而丑，故俗谓蛤蟆与云雀必定换了眼睛。

[5] 原文"I must hear from thee every day in the hour."意义很明白，但字面费解。第一四开本之有趣的异文如下：

"I must heare from thee everie day in the hower: For in an hower there are many minutes, Minutes are dayes, so will I number them."似可解释"every day in the hour"一语。

[6] 原文 conduit 喷水泉之意，喷水泉常是作人体状。

第 四 幕

• • •　～～❦～～　• • •

第一景：维洛那。劳伦斯修道士的斋房

劳伦斯修道士与巴利斯上。

劳伦斯　　在星期四，先生？时间很仓促。

巴利斯　　我的岳父卡帕莱特要这样，他固然太性急，可是我
　　　　　也巴不得早一点举行。

劳伦斯　　你说你不知道小姐的意思，这事情办得不平稳，我
　　　　　不喜欢。

巴利斯　　为了提拔特的死，她哭得过度伤心，所以我对她不
　　　　　便多说爱慕的话，因为在一个流泪的家庭里爱神是
　　　　　无法露出笑脸来的。您知道，她父亲认为她这样悲
　　　　　伤过度是有危险的，一时计上心来，让我们匆促成
　　　　　婚，来堵塞她的眼泪的泛滥。她独自一人的时候容

易伤感，有个伴侣便可以排遣愁怀了，现在您明白
这仓促的缘故了吧。

劳伦斯　　〔旁白〕我希望我不知道为什么这婚事必须延缓。
看，先生，小姐到我斋房来了。

朱丽叶上。

巴利斯　　恰好遇到了，我的小姐，我的妻！

朱丽叶　　等我可以做你妻的时候，你可以这样说。

巴利斯　　爱人，到了星期四这是必然会成为事实的。

朱丽叶　　必然的事便无可避免。

劳伦斯　　这话不错。

巴利斯　　你是来向这位神父做忏悔的吗?

朱丽叶　　回答你这句话，便是向你忏悔了。

巴利斯　　别向他否认你爱我。

朱丽叶　　我愿向你承认我爱他。

巴利斯　　我相信你也愿意向我承认你爱我。

朱丽叶　　如果我这样承认，在你背后说比当你面说要更有
价值。

巴利斯　　可怜的人儿，你的脸被你的眼泪糟蹋得太厉害了。

朱丽叶　　眼泪没有得到多大的胜利，因为在眼泪祸害之前，
我的容貌也够丑陋的了。

巴利斯　　你这样说，比眼泪还更对不起你的脸。

朱丽叶　　这并非是诽谤，先生，这是事实，我这话是指着我
的脸说的。

巴利斯　　你的脸是属于我的，所以你是诽谤了它。

朱丽叶　　　也许是这样的，因为这脸确是不属于我自己。神父，
　　　　　　你现在有工夫吗，还是让我在晚祷[1]时来呢？

劳伦斯　　　我现在有工夫，忧愁的孩子。伯爵，我们必须请你
　　　　　　离开一下。

巴利斯　　　我怎么可以打搅你们的祈祷呢！朱丽叶，星期四一
　　　　　　清早我来接你。目前我告辞了，请收下这神圣的一
　　　　　　吻。〔下〕

朱丽叶　　　啊！关上门！你关了门之后，来陪我哭吧！没有希
　　　　　　望了，不能补救了，无可挽回了！

劳伦斯　　　啊！朱丽叶，我已经知道你的苦痛了，使得我费尽
　　　　　　了心机。我听说你在星期四必须和这位伯爵结婚，
　　　　　　而且无法拖延。

朱丽叶　　　神父，不要告诉我你已听说这件事，除非你能告诉
　　　　　　我如何可以避免。如果凭你的智慧想不出挽救的法
　　　　　　子，你只好承认我的决定是明智的，凭这把刀就可
　　　　　　以避免。上帝把我的心和罗密欧连在一起，你使我
　　　　　　们联起了手。这只手是你使它和罗密欧结合在一起
　　　　　　的，如果再去和另外一个人缔盟，或是我的忠贞的
　　　　　　心居然叛变投向另外的一个人，让这把刀砍断这只
　　　　　　手剜出这颗心。所以，由于你的多年的经验，给我
　　　　　　出一点主意。否则，请看，在我和我的苦难之间，
　　　　　　这把凶狠的刀便是仲裁人，来裁定你的经验才能所
　　　　　　不能光荣解决的问题。别这样久不说话，我情愿一
　　　　　　死，如果你说不出挽救的办法。

劳伦斯　　　且慢，孩子。我发现了一线希望，只是实行起来需

要激烈的手段，和我们所要避免的是一样的危险。
如果为了不和巴利斯伯爵结婚你肯决意自杀，那么
为了避免这番耻辱你既不惜一死，你也许情愿做和
死一回差不多的事。如果你敢，我就给你解救的
方法。

朱丽叶　　啊！要我嫁给巴利斯，还不如要我从那城门楼上跳
下去，在盗贼出没的路上行走。或是藏身在蛇豸丛
集的地方，把我和吼叫的熊群锁在一起。或是在夜
间把我关在一间堆积骨殖的房子里，狼藉满地的是
死人的哔哩哗啷响的骨头、腐臭的腿、掉了下巴的
焦黄的髑髅。或是要我走进一座新坟，把我藏在一
个死尸的殓衣里。这些都是我听起来就要发抖的事，
而我会毫无恐惧毫不迟疑地去做，只消能对我的爱
人做一个贞洁无瑕的妻子。

劳伦斯　　那么，不要急。回家去，做出快乐的样子，答应嫁
给巴利斯。明天是星期三，明天晚上你要一人独卧，
不要叫你的奶妈睡在你的寝室里。你上床之后便拿
出这个小瓶，服下这蒸馏过的药水。一股寒冷昏沉
之感即将透过你的周身血脉，全身脉搏无法继续活
动必将停止，体温呼吸均将不能证明你还活着，你
的嘴上颊上的红色必将褪为灰白。你的眼睑下垂，
像是死了瞑目一般，不再看到生命的光明。身上各
个部分，不能运用自如，将变成僵硬冰冷，像死人一
样。在这假死的状态当中你需要继续四十二小时[2]，
然后像从一场酣睡中醒来一般。等新郎清晨来唤你

起床的时候，你已经死在那里了。然后——按照我们的习俗——他们就要把你盛装起来，不加覆盖地放在尸架上，运到卡帕莱特历代祖先的古坟里去。同时，在你将醒之前，我写信给罗密欧告诉他我们的计划，他就会到此地来。他和我将守着你醒转，当晚罗密欧就可以把你带到曼丘阿去。这便可以救你，使你不受当前这场耻辱。如果你不起变化的念头，不生女人的恐惧，在实行时勇往直前。

朱丽叶　　　给我，给我！啊！不要对我说什么恐惧！

劳伦斯　　　拿好了，你去吧，要坚强起来，这决心必定要成功。我要派一个修道士赶快到曼丘阿给你丈夫送信去。

朱丽叶　　　爱啊，给我力量！有力量便可得救。再会，神父！

〔同下〕

第二景：同上。卡帕莱特家中大厅

卡帕莱特、卡帕莱特夫人、乳母及仆人等上。

卡帕莱特　　这单上写好姓名的客人都去邀请了来。〔仆下〕你去给我雇二十名能干的厨子。

仆乙　　　　决不会有一个坏的，您放心，因为我要试试他们会不会舐手指头。

卡帕莱特	你怎么可以这样试他们呢?
仆乙	我对您说吧,不会舐手指头的都是坏厨子,所以凡是不会舐手指头的我不要他来。
卡帕莱特	好,去吧。〔仆乙下〕这一回我们很难准备充分。什么!我的女儿到劳伦斯修道士那里去了?
乳母	是,正是。
卡帕莱特	好,也许他能对她有一点助益,真是一个愚蠢顽强的女孩子。
乳母	你看她忏悔完毕高高兴兴地回来了。

朱丽叶上。

卡帕莱特	怎么啦,我的倔强的孩子!你又浪荡到什么地方去了?
朱丽叶	因为我违抗了您和您的意旨,我去找个地方去忏悔认罪,并且劳伦斯还嘱咐我给您下跪求您饶恕。原谅我吧,我求您!从今以后我永远听您的话。
卡帕莱特	请伯爵来,把这情形告诉他,这一段婚姻我要改在明天早晨缔结起来。
朱丽叶	我在劳伦斯的斋堂遇到这位青年伯爵了。在不逾越礼法的范围的情形之下,我已对他表示了我的一番爱意。
卡帕莱特	哎,我很高兴!这很好,站起来吧,本应该如此。让我见见伯爵,对啦,我说,去请他过来。哎,上帝见证!这位可敬的修道士,我们全城的人都感激他。

朱丽叶　　　奶妈，你陪我到寝室去，帮我挑选你认为明天我该
　　　　　　穿戴的饰物，好不好?

卡帕莱特夫人　不，到星期四也不迟，有的是工夫。

卡帕莱特　　去，奶妈，和她去。我们明天就要到教堂去。〔朱丽
　　　　　　叶与乳母下〕

卡帕莱特夫人　我们恐怕准备不及，现在已经将近夜晚了。

卡帕莱特　　嘘！我来张罗，一切都会就绪，我敢担保。太太，
　　　　　　你到朱丽叶那里去，帮她打扮起来。我今夜不睡觉，
　　　　　　让我一个人在这里，这一遭由我做管家婆。什么，
　　　　　　喂！他们全都走了。好，我自己走到巴利斯伯爵那
　　　　　　里去，叫他准备明天的事。这倔强的孩子居然改邪
　　　　　　归正了，我心里好高兴。〔同下〕

第三景：同上。朱丽叶的闺房

　　　　　　朱丽叶与乳母上。

朱丽叶　　　是的，那些件衣服是最合适的。但是，奶妈，今晚
　　　　　　我请你不要陪我睡。因为我需要做好多祷告，乞求
　　　　　　上天让我的心情开朗，你晓得我的心里很别扭而且
　　　　　　充满了罪恶。

卡帕莱特夫人上。

卡帕莱特夫人　怎么！你们忙吗，啊？你们要不要我帮忙？

朱丽叶　　　　不，母亲，我们已经选出明天办事所必需的一切：现在请您让我一个人在此地吧，这一夜让奶妈陪着您熬夜吧；因为，我知道，这回事办得如此仓促，您一定十分地忙碌。

卡帕莱特夫人　晚安，上床去，休息休息吧，因为你需要休息。〔卡帕莱特夫人及乳母同下〕

朱丽叶　　　　明天见！天晓得我们什么时候才能再见。我有一种冷稀稀的恐惧之感刺穿周身的血脉，几乎要冻结我的生命的温暖，我要叫她们回来安慰我。奶妈！叫她来有什么用？我的凄惨的一景必须我独自扮演。来，药瓶。这药若是不灵可怎么办呢？那么明天早晨岂不是要结婚了吗？不，不，这个可以防止其实现，就放在这里吧。〔放下一匕首〕万一这真是毒药，那修道士狡猾地要我服下，置我于死，以免在这婚姻中使他大失体面。因为他已为我和罗密欧主持婚约在先，那可怎么办呢？我恐怕会是这样的，可是，我想，不至如此，因为他一向是公认的圣洁的人。我不可怀着这样坏的想法。如果我被放在坟墓里面，在罗密欧尚未来救我之前便醒了起来，那可怎么好？这一点好可怕！那时节我岂不要在地窟里窒息，里面不透一点新鲜空气，在我的罗密欧到来之前我岂不要活活地闷死？纵然不至于闷死，因

想到死亡和黑夜而生出来的恐怖再加上那地方的阴
森可怖，几百年来我的祖先的尸骨都堆积在那里；
刚刚掩埋的血淋淋的提拔特还躺在他的殓衣之下开
始腐烂；大家都说，在夜间几小时内，鬼魂都聚集
在那地方：哎呀，哎呀！我置身其间，如果醒得太
早，闻到那污秽的臭味，再加上听到那令人发狂的
好像从地里拔出一株曼陀罗^[3]似的凄厉的锐叫：啊！
如果我醒来，有这些可怖的东西环绕着我，我会不
会神经错乱，疯狂地舞动我的祖先的骨头，把伤残
的提拔特从尸衣里拖出来？并且在这样发疯的时候，
捡起一根老祖宗的骨头，像是一根棍棒，不顾一切
地把自己打得脑浆迸裂？啊，看！我好像看到我的
表哥的鬼魂正在寻找那用剑刺穿他的身体的罗密欧。
站住，提拔特，站住！罗密欧，我来了！我为你喝
下这个。〔她倒在幕后的她的床上^[4]〕

第四景：同上。卡帕莱特家中大厅

卡帕莱特夫人与乳母上。

卡帕莱特夫人　且慢，拿着这些把钥匙，再取一点香料来，奶妈。

乳母　　　　　点心房里要枣子和榅桲。

卡帕莱特上。

卡帕莱特	来，加紧，加紧，加紧！鸡叫过第二次了，熄火钟也打过了 [5]，现在是三点钟。照料一下烤肉饼，好安吉利卡 [6]，不要节省费用。
乳母	去，去，你这个婆婆妈妈的人。去，你睡觉去。真是的，你整夜不睡，明天要病倒啦。
卡帕莱特	不，一点也不会的，哼！从前为了一些比较不相干的事整夜不睡，从来不曾病过。
卡帕莱特夫人	是的，你年轻的时候是专门好和女人厮混的，但是现在我要注意不许你这样熬夜了。〔卡帕莱特夫人及乳母下〕
卡帕莱特	醋坛子，醋坛子！

三四个仆人携烤肉叉、木头、篮筐上。

喂，伙计，这是什么？

仆甲	这是送给厨师傅的东西，老爷，我也不知是什么。
卡帕莱特	赶快，赶快。〔仆甲下〕伙计，拿些干一点的木头来。喊彼得，他会告诉你木头在哪里。
仆乙	我有头脑，老爷，我会找到木头，用不着为这么一点事去麻烦彼得。〔下〕
卡帕莱特	哼，说得好，倒是个怪有趣的小杂种，哈！以后我就叫你为木头好了。真是的，天亮了，伯爵立刻就要带着乐队来到此地，因为他是这样说的。〔内奏乐声〕我听到他已经走近了。奶妈！太太！喂，哎！

我说，奶妈呀！

乳母上。

去喊醒朱丽叶，去把她打扮起来，我要去和伯爵谈谈。快，赶快，赶快，新郎已经来了。赶快，我说。
〔同下〕

第五景：同上。朱丽叶的寝室

乳母上。

乳母　　小姐！喂，小姐！朱丽叶！她一定是睡着了，她！哎，小羊儿！哎，小姐！呸，你这个懒丫头！哎，乖，我说！小姐！小亲亲！哎，新娘子！怎么！一声不响？现在你就睡你那一点点的觉吧，这是你一个星期内所能睡的觉。因为等到今天晚上，我敢说，伯爵决意不肯让你多睡。上帝饶恕我，天哪，真是的，她睡得好熟！我一定要叫醒她。小姐，小姐，小姐！对了，等伯爵亲自来到床边捉你，就会把你吓起来了。我还叫不醒你吗？怎么，装扮起来啦！穿好了衣服！又躺下去啦！我一定要叫醒你。小姐！小姐！小姐！哎哟！哎哟！救命！救命！小姐死啦！啊！我生来好命苦。拿一点酒来，喂！老爷，太太！

卡帕莱特夫人上。

卡帕莱特夫人 为什么这样吵闹？

乳母 啊好悲惨的一天！

卡帕莱特夫人 什么事？

乳母 看，看！啊好苦啊！

卡帕莱特夫人 哎呀，哎呀！我的孩子，我的唯一的生命，苏醒过来，睁开眼睛，否则我愿和你一同死去！救命，救命！喊人来救命吧。

卡帕莱特上。

卡帕莱特 好难为情！叫朱丽叶出来，她的丈夫已经来了。

乳母 她死啦，过去了，她死啦！哎呀好惨！

卡帕莱特夫人 好惨呀！她是死了！她是死了！她是死了！

卡帕莱特 哈！让我去看看她。哎呀，完了！她已经冷了，她的血液凝固了，她的四肢僵硬了，她早已断了气。死亡降在她的身上，就像是一阵非时的严霜突然降落在田间最美丽的花朵上面。

乳母 啊好难过！

卡帕莱特夫人 啊好悲惨！

卡帕莱特 死亡把她夺走，是要我哀号的，可是把我的舌头缚起，不准我说话。

劳伦斯修道士、巴利斯偕乐师等上。

劳伦斯 来，新娘子准备好到教堂了吗？

卡帕莱特 准备去，但是永远不复返了。啊贤婿！在你新婚的前一夜，死神已经和你的妻子睡在一起了。她躺在那里，像一朵鲜花似的被他摧残了。死神是我的女婿，死神是我的继承人。他已经娶了我的女儿，我愿意死，把一切留给他。生命、财产，一切属于死神！

巴利斯 难道我眼巴巴地盼到了今天早晨，竟把这样的景象给我瞧吗？

卡帕莱特夫人 倒霉的、不幸的、狼狈的、可恨的日子啊！时间在它的永恒的行旅中所能遇见的最悲惨的一刻！只是一个、可怜的一个、一个可怜的又可爱的孩子，我唯一的喜悦与慰藉，竟被残忍的死神给抓走了！

乳母 啊悲惨！啊悲惨、悲惨、悲惨的日子！最伤心的日子，最悲惨的日子，是我从来、从来所不曾见过的！啊这日子！啊这日子！啊这日子！啊这可恨的日子！从来没有见过这样凄惨的日子！啊悲惨的日子，啊悲惨的日子！

巴利斯 被欺骗了，被拆散了，被侮辱了，被轻蔑了，被杀害了！被你这最卑鄙的死神给欺骗了，被你这残忍的东西给打倒了！啊爱人！啊生命！不是生命了，是死了的爱人！

卡帕莱特 被轻蔑了，被伤害了，被忌恨了，被牺牲了，被宰割了！惨淡的时间啊，你为什么现在来毁坏我们的盛礼？啊孩子！啊孩子！是我的灵魂，不是我的孩子！你是死了！死了！哎呀，我的孩子死了，我的快乐也和我的孩子一齐埋葬了！

劳伦斯　　住声吧！太可羞啦！这样乱哭乱叫不能解决困难。这位漂亮的小姐原是上天和你共同享有的，现在由上天独享了，对小姐而言，这样更好一些。你所拥有的她的一部分，你不能使之免于死亡，而上天能使她的那一部分永生不朽。你所最希冀的无非是她的幸福的前途，她一旦生活美满，你也就如愿以偿了。那么你现在为什么要哭呢，看着她的地位高高地升起，超过云端，直到了天堂？你看她一死，便这样发狂，这样表示疼爱实在不能算是疼爱你的孩子。

结婚长寿算不得美满，

结婚早死才是良缘。

揩干你的眼泪，把你的迷迭香 [7] 放在这美丽的尸身上面。并且，按照习惯，把她盛装起来抬到教堂去。

虽然痴情使我们哀悼，

理性要对眼泪嘲笑。

卡帕莱特　　我们为喜庆准备的一切，全都改派为丧事的用场。我们的乐器作为愁惨的丧钟，我们的喜筵变成丧席，我们的吉庆的喜歌变成为沉闷的挽歌，我们的喜事的鲜花改作为下葬的装潢，一切都改变成相反的用途。

劳伦斯	先生，你进去吧。夫人，你也和他一起去吧。巴利斯爵士，你也走吧。每个人都准备送这美丽的死者到她的坟墓去。 上天已为你们的罪行而板起了脸， 不可再违背天意触怒上天。〔卡帕莱特、卡帕莱特夫人、巴利斯与修道士下〕
乐师甲	真是的，我们可以收起我们的笛子走了。
乳母	好弟兄们，哎！收起来吧，收起来吧。因为，你们知道了，这实在是一桩悲惨的事。〔下〕
乐师甲	是的，我敢说，这匣子 [8] 也可以修理一下了。

彼得上 [9]。

彼得	乐师们！啊！乐师们，奏起"心里的快乐，心里的快乐"。 啊！如果你们要我还能活下去，奏起"心里的快乐"。
乐师甲	为什么要奏"心里的快乐"呢？
彼得	啊！乐师们，因为我的心正在演奏"我的心充满悲哀 [10]"。 啊！给我奏一只快乐的悲歌，安慰安慰我。
乐师乙	我们才不奏悲歌呢，现在不是奏乐的时候。
彼得	你们不肯奏乐？
乐师等	不。
彼得	那么我就要痛痛快快地给你们一点报酬。
乐师甲	你给我们什么？

彼得	不是钱，老实说！是一场奚落，我要称你们为沿街卖唱的穷光蛋。
乐师甲	那么我就称你为伺候人的奴才。
彼得	那么我就把奴才的刀加在你的头上，我不能忍受侮辱。我要用刀在你的头上敲出一声 re，敲出一声 fa。你听见没有？
乐师甲	如果你把我们敲出一声 re，一声 fa，你是给我们作谱[11]。
乐师乙	请你，收起你的刀，拿出你的口才来[12]。
彼得	那么看我的口才吧！我要收起我的铁刀，用我的铁一般的机智来痛打你们一顿。像男子汉一般地回答我。 苦痛伤人心， 悲歌使人愁， 惟有音乐的银声—— 为什么要说"银声"？为什么要说"音乐的银声"？你怎么说，赛门羊肠？
乐师甲	噫，先生，因为银的声音很清脆。
彼得	好得很！你怎么说，修三弦？
乐师乙	我说"银声"，因为乐师们是为了银钱而奏乐的。
彼得	也好得很！你怎么说，哲姆斯撑柱？
乐师丙	老实说，我不知道怎么说。
彼得	啊！我请你原谅，你是唱歌的，我替你说吧。"音乐的银声"，因为乐师们演奏赚不到金子。 惟有音乐的银声

可以迅速解人忧。〔下〕

乐师甲　这个人是多么可恶！

乐师乙　该死的，坏蛋！来，我们进去。等送殡的客人到齐，
　　　　我们也吃他一顿。〔同下〕

注 释

[1] 原文 evening mass，按"弥撒"例须于晨间举行，除非翌日节目提
前如圣诞节之午夜弥撒。但在中古，弥撒有时亦于午后或晚间举行，
在十六世纪时虽加禁止，但在某些地于文艺复兴以后许久仍沿袭不
废。此处所谓"晚间弥撒"可能即系普通之"晚祷"。

[2] 耶鲁本注云："朱丽叶醋睡之时数，莎士比亚可能是从 Painter 的
小说中得来，小说中描述为'至少四十小时'。不过四十二小时之说
亦不可看得认真，因为如果让朱丽叶于星期四清晨醒转，四十二小时
嫌其过长，如果在星期五醒转则又嫌过短。此剧剧情的时间安排之最
满意的方案乃是把剧情之开始放在星期日早晨。卡帕莱特之宴会在星
期日晚间举行（一、四），罗密欧与朱丽叶之分离在星期一清晨（二、
一）。在星期一当天二人结婚（二、五），墨枯修与提拔特被杀（三、
一）。一对情人于星期一夜间幽会，星期二破晓时罗密欧起身赴曼丘
阿（三、五）。在星期二，朱丽叶在修士处取得毒药（四、一），
卡帕莱特热心地把星期四的婚期提前到星期三（四、二）。星期二晚（比
修道士的计划早一天）朱丽叶服下毒药（四、三），星期三早晨被发
现作死人状（四、四）。星期三傍晚巴尔萨泽以朱丽叶死讯通知罗密

欧（五、一），罗密欧当晚回到维洛那，于星期三午夜之后赶到墓中（五、三）。似此星期四清早药性即已终止，朱丽叶显然是睡了二十四个小时多一点。"

[3] 曼陀罗（mandrake），一种麻醉药草，其根分叉作人腿形，据云丛生于绞架之下，死者厉气所钟，拨时则厉叫，闻者发狂或死，故往往在根上系绳使狗扯之。

[4] 此幕系在舞台之前台与内台之间者，床设在内台，表示其为朱丽叶之寝室，幕拉上之后则前台即为卡帕莱特家中大厅（第四景）。

[5] 熄火钟（curfew）是在晚间，夏季九时，冬季八时，此处解谓熄火钟，似不恰。可能当时俗称"晨钟"亦为 curfew。

[6] 安吉利卡是谁? 是卡帕莱特夫人，也可能是乳母。前者的可能性较大。

[7] 迷迭香（rosemary），一种常青植物，表示"纪念"，适用于婚礼及葬礼。

[8] "匣子"（case）指装笛子的匣子，与乳母所谓的"一桩悲惨的事"（a pitiful case）有双关意义，无法译出。

[9] 第二四开本不是 Enter Peter，而是 Enter Will kempe，这一点是颇有意义的，因为这说明了当时扮演此一角色者为著名的喜剧演员 Kempe，并且也显示了第二四开本是剧团里实际使用的脚本。

[10] "心里的快乐""我的心充满悲哀"，均当时流行歌调。

[11] "作谱"与上一行的"听见"，俱是 note，双关语。

[12] 原文 Put out your wit。可以解作"拿出你的口才"，亦可解作"除灭你的口才"，双关语。乐师乙可能是说"除灭"，而彼得解作"拿出"。

第 五 幕

第一景：曼丘阿。一街道

罗密欧上。

罗密欧　　如果我可以信赖睡中所见的幻象，那么我的梦必是
　　　　预兆将有喜讯到来了。我心中的主宰很愉快地在宝座
　　　　上坐着，整天价有一种不习见的精神竟使我想到赏心
　　　　乐事，使得我飘飘然。我梦见我的爱人来，并且发现
　　　　我死了——真是怪梦，还准许死人思想——她吻我的
　　　　嘴唇，把生命吹了进去，于是我复活了，像南面王
　　　　一般得意扬扬。哎呀！爱情的影子便这样地饶有乐
　　　　趣，若是真的享有了爱情，该是何等甜蜜！

包尔萨泽着马靴上。

从维洛那来了消息！怎么样，包尔萨泽？你是不是给我带来了修道士的信？我的夫人好吗？我的父亲好吗？我的朱丽叶怎么样？我要再问一声，因为如果她是平安的，一切都不会坏。

包尔萨泽　那么她是平安的，一切都不会坏。她的身体长眠在卡帕莱特家的坟墓里，她的灵魂在与天使为伍。我亲见她下葬在她家族的墓穴里面，立刻骑马跑来报告。啊恕我带来这个噩耗，这是你派给我的职务，先生。

罗密欧　果真如此？那么命运，我再也不信仰你！你知道我的住处，给我拿墨水和纸来，并且雇两匹马，我今晚就要动身。

包尔萨泽　我请求你，先生，且镇定一下。你的脸色苍白慌张，心里一定盘算着什么危险的事。

罗密欧　嘘，你想错了。你去吧，照我吩咐的去做。你没有给我带来修道士的信吗？

包尔萨泽　没有，先生。

罗密欧　没关系，你去吧，去雇两匹马，我随后就来找你。

〔包尔萨泽下〕

好，朱丽叶，今晚我就要和你睡在一起了。想想看有什么办法，啊邪恶的念头！你好快地就进入了绝望人的心里。我想起一个卖药的人，他就住在附近，我最近看到他衣裳褴褛，皱着浓黑的两道眉，在那里拣药草。他面容削瘦，贫苦把他折磨成一把骨头了。他的冷清的店铺里挂着一只大龟、一条剥制的鳄鱼，还有其他的奇形怪状的鱼皮。他的架子上疏

疏落落地放着几只空盒子、绿瓦罐子、尿泡、发霉
的种子、剩余的包扎绳子，还有几块陈年的压成饼
的玫瑰花瓣，在那里装门面。看他这样穷苦，我私
下对自己说，如果一个人需要一点毒药，在曼丘阿
贩卖毒药是要处死刑的，可是这里有一个穷人会把
毒药卖给他的。啊！这个念头居然为我今天的需要
做了预兆，这个穷人一定会把毒药卖给我的。我记
得，就是这一栋房子。今天是假日，这穷汉的铺子
不开门。喂！药铺老板！

药店商人上。

药店商人　　谁这样大声叫？

罗密欧　　　请走过来，老板。我看你很穷，拿着吧，这是四十
　　　　　　只金币。给我一点点毒药，要药性快的，要让厌世
　　　　　　的人服下之后即散布周身血管立刻倒毙，其令人断
　　　　　　气死亡之快速要像是炮膛里的火药一经点燃便轰然
　　　　　　爆发一样。

药店商人　　这样的致命的毒药我有，但是曼丘阿的法律规定出
　　　　　　售者死。

罗密欧　　　你这样穷，这样苦，还怕死吗？你的脸上露出饿相，
　　　　　　你的眼睛里冒着穷气，你的背上披的是褴褛寒酸。
　　　　　　这世界对你并不友善，这世界的法律也对你没有好
　　　　　　处。这世界没有令你致富的法律，那么就不必受穷，
　　　　　　打破这法律，把这钱拿去吧。

药店商人　　是我的穷苦，不是我的本心，答应了你。

罗密欧	我的钱是付给你的穷苦的，不是付给你的心的。
药店商人	把这个放进任何液体里，喝下去。纵然你有二十个人的体力，也会立刻要你的命。
罗密欧	这是你的金子，这是害人心灵的更厉害的毒药，在这龌龊的世界里比你这不准贩卖的药物能杀害更多的人。是我把毒药卖给你了，你没有卖给我。再会，买一点食物，把你自己养胖一些吧。 来，兴奋剂而不是毒药，和我去 上朱丽叶的坟，在那里我要借重你。〔同下〕

第二景：维洛那。劳伦斯修道士的斋堂

约翰修道士上。

约翰	圣芳济修道士！师兄，喂！

劳伦斯修道士上。

劳伦斯	这是约翰修道士的声音。欢迎你从曼丘阿回来了，罗密欧怎么说？如果他有书面答复，把他的信给我。
约翰	我去找一个本派的赤脚师弟陪我上路[1]，他正在城里探视病人。好容易找到了他，本城的检疫人员以为我们两个是在一个患传染病疫的人家看病，便把

房门封锁[2]，不准我们出去。于是我的曼丘阿之行便受阻了。

劳伦斯　谁把我的信送给罗密欧了呢?

约翰　我无法送，信还在这里，我也无法把信送还给你，他们是这样地怕病疫传染。

劳伦斯　不幸的命运! 真糟透了，这封信并非等闲，内容是十分重要。若有延误，可能发生极大危险。约翰修道士，你去吧。给我找一根铁棍子，立刻送到我的房里。

约翰　师兄，我去给你取来。〔下〕

劳伦斯　现在我必须独自到坟墓去，三小时之内美丽的朱丽叶就要醒来，她一定要怪我没有把这些事情告诉罗密欧，但是我要再写信到曼丘阿去。

罗密欧未来之前留她在我房里居住!

可怜的活尸，竟关进死人的坟墓! 〔下〕

第三景：同上。坟地；其中有一墓窟属于卡帕莱特家

巴利斯及其僮携鲜花与火炬上。

巴利斯　把火炬给我，孩子。去，站在一边去。还是弄灭了吧，我不愿别人看见我。你到那些紫杉树下躺着去，

把你的耳朵附在空地上面。这块地到处挖的是坟，土质松动，如果有脚步声音你不会听不到的。那时你就吹口哨，表示你听到有人来了。把那些鲜花给我，照我吩咐的做，去吧。

僮　　〔旁白〕一个人在坟地里站着，我几乎有一点怕，但是我要去试一试。〔退〕

巴利斯　花一般的人，我用花撒在你床上，

惨啊！你的帐幕竟是石头与泥土——

我每晚用香水来洒你的床，

否则就用悲恸的眼泪来替补。

我为你举行的丧礼

便是夜夜来撒花哭泣。〔僮吹口哨〕

这孩子发出警告，有人来了。是什么该死的人在夜晚到这里来，干扰我这真情的吊祭？怎么！带着火炬——黑夜，请把我遮掩一下。〔退〕

罗密欧与包尔萨泽携火炬、锄头等上。

罗密欧　把那锄头和铁棍都交给我。且慢，把这封信拿去，一清早务必送给我的父亲。把火炬给我，我现在命令你，你可要当心你的小命，无论听见什么看见什么，必须站在一旁，不可干预我的行径。我为什么要进入这死者的寝室，一部分是想看看我的爱妻一面。主要是想从她的手指上取下一枚宝贵的指环，这指环我有重要的用途[3]。所以你要走开，你走吧。但是如果你好奇，胆敢回来窥探我还有什么别的行动，我对天发誓，我一定要把你撕成一块块的，把你的肢体抛在这饥饿的坟地上。这夜深的时分，和我的存心，都是凶野的，比饥饿的虎和汹涌的海更要蛮横无情。

包尔萨泽　我就走开，先生，不打搅你。

罗密欧　你必须这样才够朋友。这个你拿去，好好地过日子，一切顺利。再会，好孩子。

包尔萨泽　〔旁白〕虽然如此，我仍然要躲在附近。
　　　　　他的样子我怕，他的企图我不敢相信。〔退〕

罗密欧　你这可恨的胃，你这死亡的肚皮，你把尘世间最宝贵的人儿吞食了，我要这样地撬开你的腐臭的嘴巴，〔打开墓窟〕并且，一气之下，我索性再给你填进一些食物！

巴利斯　这是那个被放逐的骄傲的蒙特鸠家的人，他杀死了我的爱人的表兄，据说我那美丽的人儿因此悲伤而死。现在来到此地来伤害尸体，我要去捉他——〔上前〕停止你那邪恶的勾当，下贱的蒙特鸠，对于死人你还有仇恨吗？判过刑的恶汉，我逮捕你。乖乖的，和我走，你一定要死的。

罗密欧　我是一定要死的，所以我才到此地来。你是一个好好的人，不要激动一个亡命之徒。赶快走开，不要理我。想想这些个死人，你也该吓跑了。我请求你，年轻人，不要逼得我动火，再犯一桩罪过。啊！去吧！天啊，我爱你过于爱我自己，因为我到此地来是为戕害我自己的。

不要逗留，去，以后可以对人说，

是一个疯子忽发慈悲，令你逃脱。

巴利斯　　我拒绝你的请求，我要把你当作罪犯加以逮捕。

罗密欧　　你一定要激怒我吗？那么看剑吧，孩子！〔相斗〕

僮　　　　啊哟我的天，他们打起来了，我要喊巡夜的警官。

〔下〕

巴利斯　　〔倒下〕啊，我被杀死了——如果你是仁慈的，打开
　　　　　这坟墓，把我放在朱丽叶的身边吧。〔死〕

罗密欧　　老实说，我会这样做的。让我看看这个脸，墨枯修
　　　　　的亲戚，高贵的巴利斯伯爵！我的仆人说的是些什
　　　　　么话，那时候我们骑在马上，我心情激动，没有注
　　　　　意听他？我想他是说过巴利斯要娶朱丽叶，他不是
　　　　　这样说的吗？还是我这样的梦想？还是我急疯了，
　　　　　一听到他说起了朱丽叶便这样胡思乱想？啊！让我
　　　　　握你的手，你和我一样的是在不幸者之列，我要把
　　　　　你葬在一个辉煌的坟墓里。一个坟墓？啊，不是！
　　　　　是一个窗塔[4]，被害的青年人啊，因为朱丽叶在此
　　　　　长眠，她的美貌使得这个墓穴成为充满光明的欢宴
　　　　　的大厅了。死人，睡在那里吧，你被一个死人[5]给
　　　　　埋葬了。〔将巴利斯放进墓内〕人们在临死之际常常
　　　　　会觉得一阵高兴！伴护的人称之为回光返照。哎！
　　　　　我怎能说这是回光返照呢？啊我的爱人！我的妻！
　　　　　死神吸去了你的甜蜜的气息，但是没有力量去摧毁
　　　　　你的美貌，你没有被征服。在你的嘴唇上、双颊上，
　　　　　仍然可以看出美貌的红红的标帜，并未竖起死亡的

白旗。提拔特，你裹着血淋淋的殓衣躺在那里哪？啊！你年轻轻地被人杀害，我现在就用杀害你的那一只手去杀死你的敌人，此外我还能对你有什么更大的效劳之处呢？饶恕我，老弟！啊！亲爱的朱丽叶，你为什么还是这样美？难道要我相信，那空虚的死神也有爱意，那枯瘦可怖的怪物把你藏在这幽暗之处做他的情妇？生怕有这种事，我更要长久和你厮守，永不离开这昏暗的宫室。我就留在这里，与你的侍婢蛆虫为伍。啊！这里就是我的永远长眠之所，使我这厌世的身躯从此摆脱厄运的束缚。眼睛，看你的最后一眼吧！胳膊，做你最后一次拥抱吧！还有，嘴唇，啊你这呼吸的门户，用合法的一吻向垄断一切的死神去签订永恒的契约吧！来，苦口的领路人，来，怪味的向导！你这鲁莽的舵手，你现在就把这厌倦风涛的小舟冲上那粉碎一切的岩石吧！这一杯敬我的爱人！〔饮药〕好一个诚实无欺的卖药人！你的药力好快，我便这样地一吻而死。〔死〕

自墓地另一端，劳伦斯修道士携灯笼铁棍铲上。

劳伦斯　　　愿圣芳济保佑我！今夜我这一双老脚怎么在坟上跌了这么多回数！那边是谁？

包尔萨泽　　这里是一个朋友，并且是熟识你的一个人。

劳伦斯　　　祝福你！告诉我，好朋友，那是什么人的火炬，枉自照着蛆虫和缺眼的骷髅？据我看，那是在卡帕莱特家的坟窟里燃烧着的。

包尔萨泽　是的，神父。我的主人就在那边，他是你所喜爱的
　　　　一个人。

劳伦斯　是谁？

包尔萨泽　罗密欧。

劳伦斯　他来到此地多久了？

包尔萨泽　足有半小时。

劳伦斯　和我一同到坟里去。

包尔萨泽　我不敢，神父。我的主人不知道我没有走开，他曾
　　　　威胁着要置我于死，如果我停留窥探他的行动。

劳伦斯　那么你就别动，我一个人去。我心里有一点疑惧。
　　　　啊！我很担心怕发生了什么不幸的事。

包尔萨泽　我在这一棵紫杉树下睡着的时候，我梦见我的主人
　　　　和另外一个人打斗起来，我的主人把他杀死了[6]。

劳伦斯　〔前行〕罗密欧！哎呀，哎呀！这石头的墓窟入口处
　　　　沾染着的是什么人的血迹？在这安息的地方散放着
　　　　这些无主的血污的剑。这是什么意思？〔进入坟窟〕
　　　　罗密欧！啊面色惨白！还有谁？怎么！巴利斯也来
　　　　了？倒在血泊中？啊！是什么凶恶的时辰发生这样
　　　　悲惨的意外。小姐动弹了。〔朱丽叶醒起〕

朱丽叶　啊，令人喜慰的神父！我的丈夫在哪里？我记得很
　　　　清楚我应该是在什么地方，我现在就在那个地方。
　　　　我的罗密欧在哪里？〔内喧声〕

劳伦斯　我听见有人声。小姐，快从这死亡、疾疫、昏睡的
　　　　巢穴走出来，我们所不能抵抗的力量已经阻挠了我

　　　　　　们的计划。来，走吧。你的丈夫已经死在你的怀里，
　　　　　　巴利斯也死了。来，我会安排送你到尼姑庵里。有
　　　　　　话且不忙说，因为巡夜的警官来了。来，走，好朱
　　　　　　丽叶——〔喧声又起〕我不敢再停留了。

朱丽叶　　去，你尽管去，因为我不想走。〔劳伦斯修道士下〕
　　　　　　这是什么？一只杯子，紧握在我的忠实爱人的手
　　　　　　里？是毒药，我懂了，使得他年轻轻地就死去。啊
　　　　　　好贪舍的人！全喝干了，不留下一滴给我让我随你
　　　　　　而去！我要吻你的嘴唇，也许，在你唇边还沾着一
　　　　　　点毒药，让我于兴奋中中毒而亡。〔吻他〕你的嘴唇
　　　　　　还温暖呢？

巡甲　　　〔在内〕领路，孩子，往哪边走？

朱丽叶　　是的，有人声？那么我就要赶快。啊正好有一把短
　　　　　　刀！〔抓起罗密欧的短刀〕这就是你的刀鞘。〔自
　　　　　　戕〕你就在那里生锈，让我死吧。〔倒在罗密欧身上
　　　　　　死去〕

　　　　　　巡夜警吏偕巴利斯的僮仆上。

僮　　　　就是这个地方，就是火炬燃烧着的那边。

巡甲　　　地上有血，搜查这片墓地。你们几个人，去，发现
　　　　　　什么人，就逮捕。〔巡吏数人下〕好惨的景象！伯爵
　　　　　　被杀躺在此地，朱丽叶已经安葬在此两天了，而还
　　　　　　流着血，身体温暖，像是新死的。去，报告公爵，
　　　　　　赶快跑到卡帕莱特家去，喊起蒙特鸠家的人，再去
　　　　　　几个人搜查。〔巡吏又数人下〕我们看见这些惨死的

人躺在地上，但是若不详究细节无法发现这些惨事的真相。

巡吏数人带包尔萨泽上。

巡乙　　　这是罗密欧的仆人，我们在墓地里找到他的。
巡甲　　　把他看管起来，等公爵到这里来发落。

巡吏又数人带劳伦斯修道士上。

巡丙　　　这里有一个修道士，直发抖、叹气、哭泣。我们从他手里夺过这把锄头这把铲子，他刚好是从这墓地旁边走出。
巡甲　　　极大的嫌疑犯，把这修道士也看管起来。

公爵及随从等上。

公爵　　　这样早发生了什么事故，叫我不得睡早觉。

卡帕莱特、卡帕莱特夫人及其他上。

卡帕莱特　是什么事情，他们在外面这样锐叫？
卡帕莱特夫人　街上的人喊罗密欧，有些人喊朱丽叶，又些人喊巴利斯；都齐声吼叫向我们的坟地奔去。
公爵　　　出了什么可怕的事，这样震动我的耳朵？
巡甲　　　启禀主上，巴利斯伯爵被杀躺在这里，罗密欧也死了。还有朱丽叶，以前已经死了，现在还温暖，像是刚被杀害。

公爵	去搜查、寻找、调查这凶案是怎样发生的。
巡甲	这里有一位修道士，还有被害的罗密欧的一个仆人，都携带着能以打开墓穴的工具。
卡帕莱特	啊，天哪——啊我的妻！看我的女儿流了好多血哟！这把短刀插错了地方！你看，蒙特鸠的背上的刀鞘是空的——竟误插在我们的女儿的胸膛上了。
卡帕莱特夫人	哎呀！这死亡的景象就像是丧钟一般，召唤我这老年人进入坟墓。

蒙特鸠及其他上。

公爵	来，蒙特鸠。你是很早地起来，看你的儿子更早地倒下去。
蒙特鸠	哎呀！我的主上，我的妻夜里死了，为了我的儿子被放逐悲伤过度而死。还有什么别的灾祸来打击我这风烛残年。
公爵	看吧，你就会知道了。
蒙特鸠	啊你这没教养的孩子！这算是什么规矩，竟抢在你的父亲之前进入坟墓?
公爵	暂且闭起哀恸的嘴巴，等我澄清这些疑点，问明白这件事的原原本本。然后我要领导你们放声一哭，拼着一死领导你们报仇。目前且不要哀恸，面临不幸要力持镇定。把嫌疑人犯带过来。
劳伦斯	我是最大的嫌疑犯，其实我是没有犯罪的能力的，不过时间地点都对我不利，对于这凶杀的命案我的嫌疑最重罢了。我站在这里，我要控诉同时也要辩

	护，因为我谴责我自己，也原谅我自己。
公爵	那么立刻就说出你对此案所知道的一切。
劳伦斯	我要简单地说，因为我的短促的余生怕来不及述说一桩冗长的故事。罗密欧，死在那边，他是那朱丽叶的丈夫。她，死在那边，是那罗密欧的忠实的妻子。是我给他们主持婚礼的，他们秘密结婚的那一天就是提拔特的末日，他死于非命，刚结婚的新郎也就被放逐了。是为了他，不是为了提拔特，朱丽叶抑郁寡欢。你，为了解除她的忧困，把她许配给巴利斯伯爵，并且想要强迫她成婚。她于是求教于我，她神色张皇地要我想个办法使她免于再度结婚，否则她就要在我房里当场自杀。我是懂得医药的，于是给了她一种睡药。果然如我所料，这药发生作用，使得她像死了一般。同时我写信给罗密欧，叫他就在今天这悲惨的夜里赶到此地，帮助我把她从这借用的坟墓里接出来，那时节药性应该完竭了。但是给我送信的那位约翰修道士，遭遇了意外的阻隔，昨晚把原信带回。于是，按照预定的她该醒转的时刻，我独自前来把她从祖坟中接走，打算把她秘密地藏在我的斋房里，得便送到罗密欧那边去。但是，我来到的时候——在她苏醒的前几分钟——高贵的巴利斯和忠实的罗密欧都已死于非命横尸于此。她醒了，我请求她出去，耐心接受这上天注定的噩运。这时节忽闻喧声，把我从墓中惊走，她横起心来，不肯和我同走，看样子她是自杀了。这是

我所知的一切，这场婚姻，她的奶妈是知情的。这不幸的事件如果有一部分是由于我的疏误，请按最严厉的法律，在我寿终之前，把我的这条老命牺牲掉吧。

公爵　　　我一向认为你是一位有道之士。罗密欧的仆人在哪里？他有什么话说？

包尔萨泽　我把朱丽叶的死讯传达给我的主人，他便急速地从曼丘阿到此地来，到达这个坟地。他命令我一早把这封信送交他的父亲，进入坟窟的时候他威吓着要置我于死地，如果我不走开，由他一个人在那里。

公爵　　　把信给我，我要看看。喊叫巡夜警官的伯爵的僮仆在哪里？小子，你的主人在这里做了些什么事？

僮　　　　他带了鲜花来撒在他的爱人的坟上，令我站在一边去，我就走开了。不久，有一个人带着火炬来，把墓窟打开了。随后我的主人就拔剑和他相斗，我就跑走去喊巡更。

公爵　　　这封信证明这修道士所言非虚，诸如他们恋爱的经过，及她的死讯。他在信里写明，他是从一个贫苦的卖药人买到毒药，携带毒药到这坟里寻死，好和朱丽叶在一起长眠。这两家仇人在哪里——卡帕莱特！蒙特鸠！看看你们的仇恨得到了什么样的惩罚，天竟利用爱情来剥夺你们的幸福。我，对于你们的不睦也有疏于防范之处，也折损了一位亲眷，全部受到了惩罚。

卡帕莱特　啊蒙特鸠老兄！让我握你的手，这就是你给我的女儿的聘礼，我不能再多要求什么了。

蒙特鸠　　但是我可以再多给你一点，我要用纯金给她铸一座
　　　　　像，只消维洛那不更改它的名称，将没有一座像能
　　　　　像忠贞不二的朱丽叶的那座像那么富丽堂皇。

卡帕莱特　罗密欧的像也要同样富丽堂皇地竖立在他的妻子的
　　　　　旁边，对于我们的仇恨这真是微不足道的赎罪！

公爵　　　早晨带来了凄凉的和平，
　　　　　太阳也愁得不愿露脸。
　　　　　去吧，再谈谈这悲惨的情形，
　　　　　有些要开释，有些要究办 [7]。
　　　　　没有故事能令人黯然伤神，
　　　　　像朱丽叶与罗密欧这样动人。〔同下〕

注释

[1] 圣芳济派修道士外出时，照例要有另一修道士陪伴，不得单独外出。此派教规綦严，按照圣芳济（St. Francis of Assisi）手订教规，每一修道士均是赤足的托钵僧。

[2] 中古瘟疫给予人民极大恐怖。一经发现瘟疫，即将患者之家的门窗悉予封闭钉锁，以为隔绝。莎士比亚时代之伦敦亦复常常如是。

[3] 这是编造的口实，罗密欧并无此意。

[4] 窗塔（lanthorn 即 lantern）系建筑名词，大教堂或其他建筑物圆顶中间之开窗处，其目的是引光线射入，兹姑译为"窗塔"。Ely 教堂之

窗塔极为有名。此处所谓窗塔，喻光明所在之处。

[5]"一个死人"（a dead man）指罗密欧自己。行将就死之人，自称为死人，把形容词按照预期的提前使用，文法家称之为 prolepsis。

[6] 包尔萨泽未睡亦未梦，何以要作此谎言，可能是不欲违背主人之严命，故不愿直接吐露其所见所闻。

[7] 据小说，乳母因对秘密结婚知情不报被驱逐出境，罗密欧的仆人只是奉命行事无罪开释，卖药人被捕受刑讯被处绞刑。劳伦斯修道士获准退隐至维洛那郊外，于忏悔宁静中终其天年。

朱利阿斯·西撒

The Life and Death of Julius Caesar

序

《朱利阿斯·西撒》没有什么版本上的问题，因为它初刊于一六二三年的第一对折本，前此并无四开本行世。此剧剧名为 *The Tragedie of Julius Caesar*，但是在目录上则为 *The Life and Death of Julius Caesar*。此剧印刷上错误极少，为莎氏剧中版本最优良的几出之一。中译常作"该撒大将"或"恺撒大将"，兹照英文原音直译为"朱利阿斯·西撒"。

一 著作年代

此剧可能是作于一五九九年。证据有四：

一、一个德国医师 Thomas Platter 于一五九九年在英国旅行时有这样的一段日记："九月廿一日饭后，约二时，偕伴侣过河，于茅顶剧院中观朱利阿斯大帝之悲剧，至少有演员十五人，演技甚佳。"（转引自 E. K. Chambers: *The Elizabethan Stage*，II，364-365）这是唯一的外证。

二、John Weever 之 *The Mirror for Martyrs, or the Life and Death of Sir John Oldcastle* 刊于一六〇一年，但据作者自述作于前两年，内有如下之诗句：

> The many-headed multitude were drawn
>
> By Brutus, speech, that Caesar was ambitious.
>
> When eloquent Mark Antony had shown
>
> His virtues, who but Brutus then was vicious？

显系袭用莎氏此剧之辞句。

三、Ben Jonson 之 *Every Man out of His Humour* 有句云："Then coming to the pretty animal, as reason long since is fled to animals, you know." 显然是调侃莎氏剧中安东尼的演说中的名句：

> O judgment, thou art fled to brutish beasts
>
> And men have lost their reason！

我们知道他在一部札记 *Timber or Discovries*（遗著于一六四一年刊）里还批评过莎氏此剧，他说：

> "Many times he fell into those things which could not escape laughter, as when he said in the person of Caesar, one speaking to him: 'Caesar, thou dost me wrong.' He replied: 'Caesar never did wrong but with just cause.' and such like, which were ridiculous."

可是莎氏剧中此处辞句与所引述者略有出入，莎氏剧云："Know, Caesar doth not wrong, nor without cause Will he be satisfied." 可能是莎氏改动了不妥的原文，亦可能是 Jonson 听误。

除了上述四项证据之外，我们还可注意一五九八年九月刊行之 Francis Meres 的 *Palladis Tamia* 曾列举莎士比亚若干剧名，而并未包括《朱利阿斯·西撒》在内，可视为此剧当时尚不存在之一反证。

二　故事来源

西撒的故事可能在莎士比亚以前即以小说、诗歌或戏剧的形式而流行于世。例如，在一五八二年，就有一位 Dr.Richard Eedes 作 *Epilogus Caesaris Interfecti*，并曾在牛津大学上演。又如一五七九年刊的 Stephen Gosson 所作 *School of Abuse* 一书也提到关于西撒与庞沛的戏剧。无疑地，西撒的故事早已经人处理过，而且是莎士比亚所熟知的。

不过莎士比亚写《朱利阿斯·西撒》，其主要故事来源只有一个，那就是普鲁塔克的《希腊罗马名人列传》，此一古典杰作之原名如下：

The Lives of the Noble Grecians and Romanes, Compared together by that grave learned Philosopher and Historiographer, Plutarke of Chaeronea: Translated out of Greeke into French by Iames Amyot...and out of French into English, by Thomas North.

这一部传记的英译本刊于一五七九年。作者普鲁塔克生于纪元四十六年。书里包括四十六篇希腊罗马名人合传，大部分于篇末附简短之比较评论的文字。这些传记不是正式传记的体裁，常常缺乏正确的时间、地点与事实的记载，只好算是传记的或心理的研究。普鲁塔克假设读者早已知悉大部分的史实，他所致力的是人物描写。所以他搜集名言轶事，他认为一个人的真实性格往往在琐碎的言行中表现出来，比轰轰烈烈的攻城略地的大事更能表现得清楚。这样的传记正合于戏剧家的要求，因为传记本身注重人物性格描写，已经有了浓厚的戏剧意味。莎士比亚从普鲁塔克取得题材，有时甚至逐字逐句地袭取了普鲁塔克。

莎士比亚利用了普鲁塔克，但是他更进一步把故事编排得更紧凑生动，剧中最伟大的一景，安东尼发表演说煽动群众暴动的一景，可以说是莎士比亚的匠心独运。把布鲁特斯写成为一个斯多亚派哲学家，把凯西阿斯写成为一个伊比鸠派哲学家，这也是有趣而独创的写法。为了戏剧的必需，莎士比亚把西撒于纪元四十五年九月凯旋罗马至两年后第二次腓力比战役之间的史实大为简化。历史人物的戏剧，其中的主人翁通常总是在第五幕死去而结束全剧，但是莎氏此剧至第三幕而西撒被刺，此后两幕虽云有西撒的精神笼照，究是以布鲁特斯等的覆亡为主题，这也是莎士比亚融会普鲁塔克几篇传记的结果。伊利沙白时代的观众对于政治是有兴趣的，对于罗马的政潮起伏的经过尤其感觉兴趣。莎士比亚所编排的《朱利阿斯·西撒》正适合当时观众的要求。

三 舞台历史

前面提起过一五九九年九月二十一日此剧在环球剧院上演，有一个德国人的日记记载着，应是此剧最初的上演记录。我们所知道的一次上演是在一六一三年，在宫廷；再次是一六三六——一六三七年一月三十一日，在圣哲姆斯宫；再次是一六三八年十一月十三日，在斗鸡场。不过此剧之广受欢迎，并非上述几个稀稀落落的记录所能充分表示。

复辟后，此剧仍是常上演的几出莎士比亚戏剧之一，而且此剧是很少的几出莎士比亚戏剧之未受割裂改编者之一。十八世纪初，Robert Wilkes 饰安东尼，James Quin 饰布鲁特斯，均有优异之成绩。

Garrick 从未演过此剧，但是与他颉颃的 Spranger Barry 演安东尼却极为出色。一七五〇年间，Peg Woffington 数度扮演波西亚，不过此一角色不甚重要，以后著名女演员甚少饰演。至十九世纪，则所有重要演员无不在此剧中露面。Kemble 叔侄与 Young, Macready 与 Davenport, Wallack, Charles Kean, J. B. Booth, Samuel Phelps, Beerbohm Tree 都演出过此剧中的主要角色。在美国最显赫的演出是 Edwin Booth 与 Lawrence Barrett 在七十年代、八十年代、九十年代的登峰造极的双双的表演。

剧 中 人 物

朱利阿斯·西撒（Julius Caesar）

奥台维阿斯·西撒（Octavius Caesar）

马克·安东尼阿斯（Marcus Antonius）

马克斯·依米利阿斯·赖皮得斯

（M. Aemilius Lepidus）

} 朱利阿斯·西撒死后
之三执政。

西塞罗（Cicero）

婆布利阿斯（Publius）

朴皮利阿斯·利那（Popilius Lena）

} 元老。

马克斯·布鲁特斯（Marcus Brutus）

凯西阿斯（Cassius）

喀司客（Casca）

垂波尼阿斯（Trebonius）

赖盖利阿斯（Ligarius）

地舍斯·布鲁特斯（Decius Brutus）

麦台勒斯·西姆白（Metellus Cimber）

辛纳（Cinna）

} 谋害朱利阿斯·西撒者。

佛雷维阿斯（Flavius）与玛若勒斯（Marullus），二护民官。

阿提米都勒斯（Artemidorus），奈都斯之一学者。

一预言家。

辛纳，一诗人。

又一诗人。

刘西利阿斯（Lucilius）

蒂提尼阿斯（Titinius）

米赛拉（Messala） — 布鲁特斯与凯西阿斯的朋友们。

小卡图（Young Cato）

伏勒姆尼阿斯（Volumnius）

瓦洛（Varro），克赖特斯（Clitus），克劳底阿斯（Claudius），斯特雷图（Strato），陆舍斯（Lucius），达戴尼阿斯（Dardanius），布鲁特斯的仆人们。

品达鲁斯（Pindarus），凯西阿斯的仆人。

卡婆尼亚（Calpurnia），西撒之妻。

波西亚（Portia），布鲁特斯之妻。

元老们，市民们，守卫们，侍从们，及其他。

地 点

大部分在罗马；以后在萨地斯及腓力比附近。

第 一 幕

第一景：罗马。一街道

佛雷维阿斯、玛若勒斯及若干平民上。

佛雷维阿斯	走开！回家去，你们这些懒东西，回家去吧！这是放假的日子吗？怎么，你们做手工艺的人，难道还不知道，在工作的日子不该不带着本行的工具而在街上闲逛？你说，你是干哪一行生意的？
民甲	啊，先生，我是个木匠。
玛若勒斯	你的皮革围裙在哪里，还有你的尺呢？你穿起你的最好的一身衣服做什么？你呢，你是做哪一行生意的？
民乙	老实说，先生，若是和优秀的手艺人比较起来，我只是，您可以说，一个笨拙的匠人。

玛若勒斯	是哪一行生意? 直截地回答我。
民乙	我做的这一行生意,先生,我希望,是问心无愧的。老实讲,先生,我是修补破鞋底子的人。
玛若勒斯	到底是哪一行,你这个人? 你这个无聊的人,哪一行?
民乙	噫,我请求您,先生,别对我发脾气。不过,如果您的鞋底破了,我可以给您修补一下。
玛若勒斯	你说这话是什么意思? 修补我,你这大胆的家伙!
民乙	噫,先生,给你补鞋呀。
佛雷维阿斯	你是个鞋匠,是不是?
民乙	说实话,先生,我吃饭的家伙就只有一把锥子。买卖人的事情,以及女人的事情,我概不过问,我只知道使用这一把锥子。我是,先生,专治旧鞋的外科医生。它们到了危急的时候,我使它们复原。任何穿牛皮鞋的漂亮人物,他们的鞋子都是凭我的手艺制造的。
佛雷维阿斯	但是为什么你今天不在你的店里做工呢? 你为什么带着这些人在街上乱撞呢?
民乙	说实话,先生,为的是让他们磨破了鞋,我好多做一点生意。可是,说真的,先生,我们今天放假一日是为了瞻仰西撒并且庆祝他的凯旋[1]。
玛若勒斯	为什么要庆祝? 他征服了哪一个国家而带回了胜利? 可有什么俘虏系在他的战车上跟随他到罗马来? 你们这些石头木块,冥顽不灵的东西! 啊你们这些硬心肠的狠心的罗马人,你们不记得庞沛了

吗？好多次你们爬到城墙上、雉堞上，爬上楼台窗口，甚至爬上烟囱顶，怀里抱着婴儿，整天地耐心地坐在那里守着，看伟大的庞沛在罗马的街道上走过。你们一看到他的战车出现，你们不是就齐声大呼，使得泰伯河两岸的空穴发出了回声，河水也为之震颤了吗？你们今天穿起新衣服来啦？你们今天放假啦？你们今天为那踏着庞沛的血迹胜利归来的人在路上撒花？走开吧！跑回家去，跪下来祷告神明把惩罚忘恩负义而无可避免的一场瘟疫给停止吧。

佛雷维阿斯　去，去，各位同胞，为了这一场错误，把你们这种穷人集合起来。引他们到泰伯河畔，洒下你们的眼泪，等到最浅的水流吻上最高的堤岸。〔平民等下〕看，最下贱的人民也会受了感动，他们在羞愧中无言而退。你从那边走到大庙去[2]，我从这边走。如果你发现雕像上面挂了彩饰，就给扯下来。

玛若勒斯　我们可以这样做吗？你知道今天是卢帕克斯节[3]。

佛雷维阿斯　没有关系，雕像上不可以悬挂西撒的桂冠。我就要去，把民众从街上赶走，你看到有人聚集的地方也把他们驱散。西撒的翅膀上的羽毛渐丰，要赶快拔下来，让他不得高飞。否则他要翱翔到人们视线所不及的地方，使我们全都臣服惶恐。〔同下〕

第二景：同上。一广场

西撒于音乐声中率队游行上；安东尼阿斯准备参加竞走；
卡婆尼亚、波西亚、地舍斯、西撒、布鲁特斯、凯西阿
斯及喀司客；大队群众后随，其中有一预言者。

西撒　　　　卡婆尼亚！

喀司客　　　住声，喂！西撒说话啦。〔音乐停〕

西撒　　　　卡婆尼亚！

卡婆尼亚　　在这里，我的丈夫。

西撒　　　　安东尼阿斯跑的时候你要站在他的路线上。安东尼
　　　　　　阿斯！

安东尼阿斯　西撒，大人。

西撒　　　　你奔跑的时候，安东尼阿斯，可别忘记触碰卡婆尼
　　　　　　亚一下。因为我们的长辈都说，凡是不生育的女人，
　　　　　　在这圣赛中被触一下就可以解除不孕的邪灾。

安东尼阿斯　我一定记得，西撒说"做这件事"的时候，这件事
　　　　　　就必定照办不误。

西撒　　　　出发吧，不要忽略任何仪式。〔音乐〕

预言者　　　西撒！

西撒　　　　哈！谁在叫？

卡婆尼亚　　一切的声音停止，再肃静一下！〔音乐停〕

西撒　　　　人群中是谁在喊我？我听到一个声音，比一切的乐
　　　　　　声更尖锐，大喊"西撒"。说吧，西撒在听着。

预言者　　　当心三月十五日。

西撒	那是什么人？
布鲁特斯	一个预言家要你当心三月十五那一天。
西撒	把他带过来，让我看看他的脸。
凯西阿斯	伙计，从人群中走出来，见见西撒。
西撒	你现在对我有什么话说？你再说一遍。
预言者	当心三月十五日。
西撒	他是个做梦的人，我们不要理他，走吧。〔吹号角。除布鲁特斯与凯西阿斯外同下〕
凯西阿斯	你要去看赛跑吗？
布鲁特斯	我不去。
凯西阿斯	我请你去看。
布鲁特斯	我不喜欢闹着玩，我缺乏安东尼阿斯的那种活跃的精神。不要让我妨碍了你的雅兴，凯西阿斯，我告辞了。
凯西阿斯	布鲁特斯，我近来观察你。我从你的眼里看不到以前经常看到的温和友爱的样子，你对于亲近的朋友们过于冷漠疏远了。
布鲁特斯	凯西阿斯，不要误会。如果我的脸上罩了一层东西，我只是不愿把愁脸向人罢了。我近来为矛盾的感情所苦，有一些不能告人的想法，在行为上难免有些反常。不过我的好朋友们不必因此而难过——凯西阿斯，你就是我的好朋友们中的一个——也不必为了我的礼貌疏略而多事揣测，可怜的布鲁斯特只是因内心交战而忘了对别人应有的温存。
凯西阿斯	那么，布鲁特斯，我是误会了你的心情。因此误会，

我有好多极为重要的意见一直藏在心里没敢对你说。
告诉我，布鲁特斯，你能看见你自己的脸吗？

布鲁特斯　不能，凯西阿斯。因为眼睛看不见自己，必须要靠
别的东西反映。

凯西阿斯　确是如此。那实在是太可惜，布鲁特斯，你没有这
样的镜子把你的潜在美德反映出来给你看。我曾听
到，许多罗马的有名望的人——那天神一般的西撒
当然除外——谈起布鲁特斯，他们呻吟于这时代桎
梏之下，希望高贵的布鲁特斯不要视若无睹。

布鲁特斯　你要我做什么危险的事呀，凯西阿斯，这样地逼我
搜寻我内心根本没有的东西？

凯西阿斯　所以，好布鲁特斯，你听我道来。你既然不能像照
镜子似的清清楚楚地看到你自己，我便是你的镜子，
我要毫不夸张地把你自己尚未觉察的本来面目揭露
给你看。不要猜疑我，布鲁特斯。如果我是一个普
通的好讥笑人的人，或是惯用一些陈词滥调来应酬
每一新交；如果你知道我巴结人、拥抱人，然后又诋
毁人；如果你知道我和所有的贱民饮食征逐滥交朋友，
那么你可以把我认为是一个危险分子。〔喇叭奏花腔，
欢呼声〕

布鲁特斯　这欢呼是什么意思？我恐怕民众推举西撒做他们的
皇帝。

凯西阿斯　是的，你怕有这种事吗？那么我就可以认为你是不
赞成这件事的了。

布鲁特斯　我不赞成，凯西阿斯，但是我很敬爱他。你为什么

把我拖在这里这样久？你有什么事情要告诉我？如果是对公众有利的事，纵然一方面牵涉到荣誉，一方面牵涉到死，我也会无动于衷地同时加以考虑。我蒙天佑，爱荣誉过于怕死。

凯西阿斯　我知道你内怀美德，布鲁特斯，就如同我认识你的外貌一样。好，荣誉正是我所要谈的题目。你和别人对于人生如何看法我不知道，至于我自己，我觉得活着而畏惧一个与我一般无二的东西，真不如不活。我生来和西撒一样地自由，你也是一样。我们两个也都同样地吃东西，和他一般地忍受冬寒。有一次，是个阴雨刮风的天，汹涌的泰伯河水拍着两岸，西撒对我说道："你敢不敢，凯西阿斯，现在和我一同跳进这激流里去，泳到对岸？"他一言未竟，我穿着当时的一身衣服就跳下去了，叫他跟着我下去，他也真跟着下去了。波流怒吼，我们用强健的臂力去抗拒，以奋斗的精神破浪而前。但是在达到预定的地点之前，西撒大喊："救我，凯西阿斯，我要沉没了！"我就像我们的伟大的祖先伊尼阿斯把老安凯西斯扛在肩头逃出脱爱的火焰一般[4]，把疲惫的西撒救出了泰伯的激流。这个人现在变成为一个神了，凯西阿斯仍是一个可怜的凡夫，西撒若是偶然向他点点头，他就得弯腰鞠躬。他在西班牙的时候发过一次疟疾，我看见他在发作的时候抖得好厉害。的确是，这个神曾经发抖，他的怯懦的嘴唇失去了血色，一瞪起来使得世界震惊的眼睛也没有

　　　　光彩了。我听到他呻吟，是的，他那个舌头，当初
　　　　曾命令罗马人恭听他的议论，写在他们的记事簿里。
　　　　哎呀，现在喊叫起，"给我一点水喝，蒂提尼阿斯"，
　　　　像是一个生病的女孩子。天神哟，我真想不通，这
　　　　样体质虚弱的一个人居然会在茫茫人海之中脱颖而
　　　　出独占光荣的胜利。〔奏花腔，欢呼声〕

布鲁特斯　又是一阵欢呼！我相信这些喝彩的声音一定是因为
　　　　又有新的荣誉加在西撒身上了。

凯西阿斯　哎，你这个人，他已经像巨人一般横跨着这狭隘的
　　　　世界。我们这些渺小的人物只合在他的大腿底下跑
　　　　来跑去，探头探脑地给我们自己寻找没有光荣的坟
　　　　墓而已。人有时是可以做自己的命运的主宰，亲爱
　　　　的布鲁特斯，我们屈居人下，毛病不出在我们的宿
　　　　命，是出在我们自己。布鲁特斯与西撒，"西撒"这
　　　　个名字有什么特殊？为什么那个名字要比你的名字
　　　　更响亮？把两个名字写在一起，你的名字不比他的
　　　　差。读起来，一样地顺口；秤起来，一样地重。用
　　　　这两个名字拘魂召鬼，"布鲁特斯"与"西撒"同样
　　　　地立刻可以使幽灵出现。现在，我要指着一切的天
　　　　神发问，我们的这位西撒吃的是什么好东西，长得
　　　　这样伟大？时代哟，你受了耻辱！罗马哟，你的高
　　　　贵的血统绝种了！自从洪水以后，可曾有过一个时
　　　　代仅仅拥有一个有名望的人？在这以前，在什么时
　　　　代他们谈起罗马来能说这宽阔的城墙里面仅仅有一
　　　　个人[5]？现在的罗马可是真够宽绰的了，因为里面

只有一个人。啊！你和我都曾听见我们的祖上说过，当年有过一位布鲁特斯^[6]，他宁可容忍恶魔在罗马称孤道寡，也不愿有人来做皇帝。

布鲁特斯　你是爱我的，我一点也不怀疑。你要怂恿我做什么事，我也猜想到了。我对于这件事及当前局势的看法，我以后再说。目前，我善意地请求你，不要再说下去了。你已经说的话，我要考虑一下。你所要说的话，我愿耐心静听，并且找个适当的时间一面听你说一面我来答复这些重要的问题。在那时间没有到来以前，我的好朋友，仔细想一下。布鲁特斯宁愿是一个乡野的平民，也不愿在这时代可能加在我们身上的艰苦状态之下而自诩为罗马的嫡子。

凯西阿斯　我很荣幸。我的轻描淡写的几句话使得布鲁特斯冒出这么多的火。

布鲁特斯　游戏已毕，西撒回来了。

凯西阿斯　他们经过时，扯一下喀司客的衣袖，他会用他的尖酸的口吻告诉你今天发生的值得一说的事情。

西撒及其侍从等再上。

布鲁特斯　我就这么做。但是，你看，凯西阿斯，西撒的脸上泛着怒容，其余的人也都像是挨了主人责骂的仆从。卡婆尼亚的面色惨白，西塞罗的眼睛通红，好像是从前在议政堂里受到一些元老驳难时的那个样子。

凯西阿斯　喀司客会告诉我们究竟是怎么回事。

西撒　　　安东尼阿斯！

安东尼阿斯	西撒？
西撒	我愿在我左右的人都是肥胖的，头发梳得光光的，夜里睡得着觉的。那边的那个凯西阿斯面容削瘦，他想得太多了，这样的人是危险的。
安东尼阿斯	不要怕他，西撒，他不是危险分子。他是个高贵的罗马人，天性很好。
西撒	愿他胖一些才好！但是我并不怕他，如果我西撒也懂得害怕，我不知道闪避谁比闪避那个瘦瘦的凯西阿斯应该更快一些。他读过不少书，他观察敏锐，能看穿人的行为。他不像你似的，安东尼阿斯，他不爱听戏，他也不听音乐。他很少笑，笑起来好像是嘲笑自己，讥讽自己竟被什么东西给逗笑。像他这样的人，看到别人比他强，便心里永远不安，所以是很危险的。我是告诉你什么样的人可怕，并不是说我怕什么人，因为我永远是西撒。到我右手来，因为这一只耳朵是聋的，老实告诉我你以为他这人怎样。
喀司客	你扯我的衣服，你想和我说话吗？
布鲁特斯	是的，喀司客。告诉我今天发生了什么事，西撒的脸上那么严肃。
喀司客	噫，你不是和他在一起的吗？
布鲁特斯	那么我就不会问喀司客发生什么事了。
喀司客	哎，有人送他一顶皇冠。送上去之后，他用手背一推，这样的一推，就拒绝了，随后人民欢呼起来。
布鲁特斯	第二阵声音是做什么的？

喀司客	噫，也是为了这件事。
凯西阿斯	他们喊了三次，最后一次是为什么？
喀司客	哎，还是为了这个。
布鲁特斯	是否送上三次皇冠给他？
喀司客	是的，是送了三次，他拒绝了三次，一次比一次的谦逊。每次推开的时候，和我在一起的那些诚实的群众就欢呼起来。
凯西阿斯	谁给他献上皇冠的？
喀司客	噫，安东尼阿斯。
布鲁特斯	把那情形告诉我们，好喀司客。
喀司客	要我讲那经过的情形，还不如先把我绞死。那简直是滑稽戏，我没有注意看。我只看见安东尼阿斯献给他一顶皇冠，其实也不能算是皇冠，只是一顶这样的小帽圈。我已经讲过，他第一次拒绝了。可是，虽然如此，我觉得，他是很想接受的。然后他又献给他，他再度拒绝。但是，我觉得，他抚摸着它很有点不忍释手的样子。然后他第三次献上，他第三次拒绝。在拒绝的时候，民众欢呼，拍他们的龟裂的手掌，掷起他们的汗渍的睡帽，只为了西撒拒绝了皇冠而口喷大量的臭气，几乎把西撒窒息而死。他果然因此而晕厥昏倒了，至于我呢，我没敢笑，生怕一张嘴吸进臭气。
凯西阿斯	且慢，我请求你。怎么！西撒晕厥了吗？
喀司客	他在市场倒下去的，口吐白沫，不能言语。
布鲁特斯	这很可能，他有晕倒的毛病。

凯西阿斯	不，西撒没有这种毛病。你、我和正直的喀司客，才有倒下去的毛病哩。
喀司客	我不懂你这句话的意思，不过我确知西撒倒下去了。那些褴褛的群众，在他讨好的时候就鼓掌，在他不讨好的时候就嘘他，像在剧院里对付演员一般。这完全是实话，否则我不是一个诚实人。
布鲁特斯	他醒来的时候说了些什么？
喀司客	哼，他在倒下去之前，他看出群众为了他拒绝皇冠而高兴，他就扯开他的衬衣，伸出颈子请他们割。如果我是个生意人，如果我不听从他的话把他宰掉，我情愿和那一群流氓一齐下地狱。于是他晕倒了。他醒来的时候，他说如果他做错了什么事，说错了什么话，他希望大家原谅他有病。在我站着的地方有三四个女人喊道："哎呀！真是好人！"全心全意地原谅他了。但是这种人是不值得注意的，如果西撒杀死了她们的母亲，她们也会照样地原谅他。
布鲁特斯	以后，他就这样面容严肃地走开了？
喀司客	是的。
凯西阿斯	西塞罗没有说什么吗？
喀司客	说了，说了一句希腊话。
凯西阿斯	是什么意思？
喀司客	若让我告诉你，我只好扯谎，以后不敢见你的面了。懂他的话的那些人彼此相视而笑，摇摇头。以我而论，我是一字也听不懂。我可以再告诉你一些消息，玛若勒斯和佛雷维阿斯，因为扯去了西撒像上的彩

饰，被杀害了。再会吧。还有更多的荒唐事哩，如果我能记得起来。

凯西阿斯　你今晚可以和我一起吃饭吗，喀司客？

喀司客　　不，我已另有约会了。

凯西阿斯　那么你明天可以和我一同吃饭吗？

喀司客　　可以的，如果我还活着，你未改变主意，而且你的饭值得一吃。

凯西阿斯　好，我等候你了。

喀司客　　你等着吧。再会，二位。〔下〕

布鲁特斯　这个人变得多么偏呀！他上学的时候原是满机灵的。

凯西阿斯　现在让他执行冒险犯难的大事，他还是满机警的，虽然他摆出一副迟缓的样子。这份粗鲁正是他的机智的调味汁，使得人们有更好的胃口来消化他的言辞。

布鲁特斯　确实如此。我现在少陪了。明天，你如果愿意和我谈谈，我可以到府上去。否则，如果你愿意，到我家里来也行，我一定奉候。

凯西阿斯　我一定来，在我们会面以前，仔细想想我们国家的大事[7]。〔布鲁特斯下〕哎，布鲁特斯，你是高贵的。但是，我看出了，你的正直的品性可以被扭曲得走了样子。所以高贵的人应该永远和高贵的人交往，因为谁能够坚强到不受诱惑的地步？西撒很不喜欢我，但是他爱布鲁特斯。假使我现在是布鲁特斯，他是凯西阿斯，他便无法扭转我的心。我今天夜晚要把一些字条投进他的窗里，用不同的笔迹，作为

是不同的公民分别投进的，全都表示罗马对于他是
如何的敬重，暗含着提到西撒的野心。
以后西撒需要坐得更稳当一点，
我们要摇撼他，否则要受更大的苦难。〔下〕

第三景：同上。一街道

雷电交加。喀司客持剑自一方上，西塞罗从对方上。

西塞罗　　晚安，喀司客。你送西撒回家去了吗？你为什么直
　　　　　喘？为什么瞪着眼睛？

喀司客　　整个的大地像是一个根基不稳的东西一般动摇起来，
　　　　　你能无动于衷吗？啊西塞罗！我见过大风暴，狂风
　　　　　吹裂了多疖瘤的橡树。我也见过野心的大海，汹
　　　　　涌激荡、浪沫湍飞，要和凶恶的乌云比高。但是从
　　　　　没有见过今天夜晚这样的降火的风暴，不是天庭起
　　　　　了内讧，便是人间忤犯了神明，惹起他们的毁灭的
　　　　　打击。

西塞罗　　哎，你还看到什么更稀奇的事情了吗？

喀司客　　一个卑贱的奴隶——你见面会认识他的——举起了
　　　　　他的左手，冒着火焰在燃烧，像是二十把火炬捆
　　　　　在一起。但是他的手不觉得火灼，并未烧焦。还

有——我一直没有放下我的剑——在大庙对面我遇
见了一只狮子，它瞟了我一眼，气哼哼地走了过去，
并未伤害我。有一百个面无人色的女人吓得缩成一
团，发誓说看见了浑身是火的人在街上走来走去。
昨天大晌午的时候一只猫头鹰落在市场上，凄厉地
大叫。这些异兆同时发生，便不可以说"这都是很
自然的，理由是如此如此"。因为，我认为，这些乃
是对于本国的一种不祥之兆。

西塞罗　　　实在是，这年头也忒古怪。不过人们可以随意解释
　　　　　　一切的事情，完全不顾其本身的意义。西撒明天到
　　　　　　大庙去吗？

喀司客　　　他要去的，因为他让安东尼阿斯带话给你他明天要
　　　　　　到那里去的。

西塞罗　　　那么再会吧，喀司客，这样坏的天气不宜出行。

喀司客　　　再会，西塞罗。〔西塞罗下〕

　　　　　　凯西阿斯上。

凯西阿斯　　谁在那里？

喀司客　　　一个罗马人。

凯西阿斯　　听你的声音，是喀司客。

喀司客　　　你的耳朵真好。凯西阿斯，这是什么天气！

凯西阿斯　　对于诚实的人这是很愉快的一晚。

喀司客　　　谁见过上天这样地吓人？

凯西阿斯　　知道世间充满怪异的人们一定见过。讲到我自己，
　　　　　　我在街上已经跑了半天，把我自己交给了危险的黑

夜。喀司客，你看，就这样地敞开了衣服，对着雷霆袒露我的胸膛。分叉的青色的电闪好像是要劈开上天的胸脯，这时节我就挺身去迎受那一闪击。

喀司客 但是你为什么要这样和上天顶撞呢？天神发威惊吓世人的时候，我们应该恐惧战栗才对。

凯西阿斯 你真蠢，喀司客，你缺乏一个罗马人所应有生命的火花，否则你就是不肯使用。你面色苍白，两眼发直，你露出害怕的样子，你陷入惶惑之中，看着上天显示这种烦躁不耐的怪象。但是如果你想一想，为什么有这些电火，为什么有这些幽灵游窜，为什么这些鸟兽一反常态，为什么老年人、傻子们、孩子们都变得很精明[8]？为什么这一切事物都变移了本性原形，成为畸形怪状？那么，你就会发现这乃是上天示儆，故意作怪，对现在一般不正常的现象加以警告。现在我可以，喀司客，给你指出一个人，极像是今天这可怕的夜晚。他能打雷，他能闪电，他能刨开坟墓，他能在大庙里像一只狮子一般地吼叫。在肉体的活动方面他不见得比你我更强大，可是畸形发展，像这些异兆一般地可怕了。

喀司客 你说的是西撒？是不是，凯西阿斯？

凯西阿斯 他是谁倒没有关系，因为罗马人现在有筋肉四肢，和他们的祖先无异。但是，好惨！我们的父亲的心灵死了，我们是受我们的母亲的精神的支配。我们受制于人，忍受苦难，表示我们是女性化了。

喀司客 实在是，据说元老们明天想要拥立西撒做皇帝。除

了意大利本土之外，无论海上陆上他将到处戴起他
的皇冠。

凯西阿斯　　那么我知道我的这把短刀应该插在什么地方了，凯
西阿斯要把凯西阿斯从奴役中解放出来，在这一点
上，天神哟，你们使得弱者变为坚强；在这一点上，
天神哟，你们打败暴君。纵然是石堡铜墙，不透气
的牢房，挣不断的铁索，也无法禁锢精神的力量。
生命厌倦于世间的桎梏的时候，总不会缺乏解脱自
身的力量。如果我懂得这点道理，我要让全世界都
知道，我所忍受的这一份压迫我能随意摆脱。〔雷声
仍作〕

喀司客　　我也能，每一个奴隶的手里都操着解除奴役的力量。

凯西阿斯　　那么为什么西撒要做一个暴君呢？可怜的人！我知
道他是不愿做一只狼的，除非是他看出罗马人只是
绵羊。如果罗马人不是牝鹿，他就不会是狮子。想
急急燃起一把大火的人，必先点燃细小的稻草。罗
马只配做下贱的燃料来照耀西撒那样下流的东西，
那么罗马成了什么样的无用弃材！但是，悲哀呀！
你引我说出了什么话？我说这一番话，听者也许是
一个甘心做奴隶的人。那么我晓得，我一定要被究
办。不过我带着武器呢，我不怕任何危险。

喀司客　　你是在对喀司客说话，他不是一个露着笑脸出卖朋
友的人。好，我们握手，我们联合起来铲除这一切
不平，赴汤蹈火，绝不后人。

凯西阿斯　　一言为定。现在我告诉你，喀司客，我已经打动了

好几位罗马志士和我共同进行一件光荣而危险的巨
业。我知道这时候他们正在庞沛剧场的大门等我[9]，
因为现在这时候，这样可怕的夜晚，街上不会有人
走动。这天气和我们所要进行的工作，相貌颇为相
似，杀气腾腾，顶可怕的。

喀司客　　我们暂且躲避一下，有人匆匆地来了。

凯西阿斯　　是辛纳，我看他走路的样子就知道是他，他是我们
的同道。

　　　　　辛纳上。

辛纳，你这样匆忙到哪里去？

辛纳　　　找你。那是谁？麦台勒斯·西姆白？

凯西阿斯　　不是，是喀司客，是参加我们的计划的一个。是不
是大家在等我，辛纳？

辛纳　　　我很高兴。今天夜晚好可怕！我们有两三位同志看
到了奇怪的事。

凯西阿斯　　是不是大家在等？告诉我。

辛纳　　　是的，是在等你。啊凯西阿斯！如果你能说动高贵
的布鲁特斯参加我们的团体——

凯西阿斯　　你放心。好辛纳，你拿去这张纸条，把它放在布鲁
特斯一定会发现的司法长官的席上，把这一张掷进
他的窗户，这一张用蜡贴在老布鲁特斯的雕像上。
做完之后，到庞沛剧场的大门口，你会找到我们。
地舍斯·布鲁特斯和垂波尼阿斯是不是在那里？

辛纳　　　除了麦台勒斯·西姆白之外全在那里，他是到你家

里去找你。好，我要去了，照你所吩咐的去分投这些纸条。

凯西阿斯　　做完之后，就到庞沛剧院。〔辛纳下〕来，喀司客，你和我要在天亮以前到布鲁特斯家里去见他。他已经有四分之三属于我们了，再见他一面就可以把他整个争取过来。

喀司客　　啊！他在人民心里声望很高，我们做起来像是罪恶的事，一经他的支持，便像是点金术一般，变成美德善举。

凯西阿斯　　对于他，他的价值，以及我们对他的迫切需要，你都有明确的认识。我们走吧，现在已过了午夜。天亮之前我们要喊醒他，确实把握住他。〔同下〕

注　释

[1] 此处所谓之凯旋系指纪元前四十五年三月十七日西撒在西班牙门达之役（the battle of Munda）战胜庞沛诸子而言。过去罗马的胜利均指对外国的敌人之胜利而言，此乃第一个例外。莎士比亚为剧情紧凑起见，把此次凯旋改为纪元前四十四年的 Lupercalia（二月十五日）之同一天。

[2] 大庙（Capitol）是罗马国立的最大的庙宇，奉献给 Jupiter Optimus Maximus，位于 Saturnian or Tarpeian Hill 之巅。

[3] 卢帕克斯（Lupercus），古罗马的繁殖之神，每年二月十五日举行祭典，献祭品后有特选之壮男（Luperci）持羊皮鞭绕山狂奔，遇人辄鞭，

其人即可避免不育云。

[4] 伊尼阿斯（Aeneas）是脱爱大将，城被希腊人围攻十年，城破火起，伊尼阿斯背负其老父安凯西斯漂海逃亡，最后逃至意大利之 Latium，建 Lavinium 城，相传为罗马人之始祖。

[5] 对折本原文 walks 被 Rowe 改为 Walls，近代编本多从之，耶鲁本编者 Mason 以为原文较佳，指罗马之宽广公路而言，如 Via Sacra, Via Appia, Via Flamina 等，即罗马城市之"举隅法"的称谓，改为"城墙"反嫌平淡。

[6]Lucius Junius Brutus 为了报复 Sextus Tarquinius 对于 Lucretia 所施之暴行，激起罗马民众驱逐 Tarquins 家族，帝制推翻后，被推为第一任执政。

[7] 原文 think of the world，罗马人认为"罗马"等于是"世界"。

[8] 对折本原文"Why Old men, Fooles, and Children calculate."有些近代编本改 fools 为 fool 作动词解，殊无必要。老年人糊涂的多，精明的少。牛津本遵原文未改动，是也。

[9]Pumpey's porch 指庞沛剧场的一个大门，此剧场为庞沛于纪元前五十五年建，为罗马第一座石建的剧场，可容四万人，在若干大门之一的入口外立有庞沛像。据普鲁塔克所载，西撒被害处即在此剧场，而非大庙（the Capitol）也。

第 二 幕

第一景：罗马。布鲁特斯的花园

布鲁特斯上。

布鲁特斯　　喂，陆舍斯！喂！看星辰的运行，我猜不出离天亮还有多么久。陆舍斯，我说！我但愿也能像他这样熟睡而挨骂。还要我等多久，陆舍斯，还要多久！醒来吧，我说！喂，陆舍斯！

陆舍斯上。

陆舍斯　　你在喊吗，主人？

布鲁特斯　　给我书房里点起一支蜡烛，陆舍斯。点好之后，到这里来叫我。

陆舍斯　　我就去，主人。〔下〕

布鲁特斯　　只有叫他死，此外别无办法。至于我自己，我对他并无私怨，只是为了公共的利益。他想要戴起皇冠，他的性格因此将有如何的变化，倒是个问题。晴天的时候蝮蛇才出来，走路要当心。给他戴上皇冠——那还了得！那就是给他加上一根毒刺，那么他就可以随意地用以伤人。有权势的人，在权威与慈悲心分离的时候便要为非作恶。西撒这个人，老实说，我不知道在什么时候感情比理智更能支配过他。但是普通经验告诉我们，谦卑乃是初步野心的阶梯，想往上爬的人都要用它。但是一旦爬到了最高层，便要把阶梯丢到脑后，仰望云霄，不肯回顾他所攀缘过的低层了。西撒也会是这样，那么，唯恐他会这样，要防止他。按照他现在的这种样子，我们没有充分理由反对他，所以要用这样的看法。他现在的地位，一经扩大，会走到如此这般的极端。所以要把他当作一只蛇卵看待，孵了出来，便本性地要害人，趁他还在壳里就要杀死他。

陆舍斯又上。

陆舍斯　　　你书房的蜡烛点好了，先生。在窗间寻找打火石，我发现了这张纸，这样封着的，我确知我睡觉去的时候它没有在那里。

布鲁特斯　　你再去睡吧，天还没有亮呢。孩子，明天不是三月十五日吗？

陆舍斯　　　我不知道，先生。

布鲁特斯　看看日历，回来告诉我。

陆舍斯　　我去，先生。〔下〕

布鲁特斯　空中闪过的流星倒是满亮的，我可以在星光下看信。〔打开信〕"布鲁特斯，你在睡觉，醒起看看你自己。难道罗马就……说话呀，动手呀，纠正呀！布鲁特斯，你是在睡觉，醒来吧！"这样的煽惑的信常常被掷进来，被我捡起了。"难道罗马就……"我只好把这话这样地补起来：难道罗马就处于一个人的威势之下吗？什么，罗马？我的祖先曾把塔尔昆从罗马街道上赶走，当他被称为王的时候。"说话呀，动手呀，纠正呀！"是不是他们请求我说话、动手？啊罗马！我对你许下诺言，如果有纠正的行动随后发生，你所要求于我的，布鲁特斯一定全部做到。

陆舍斯又上。

陆舍斯　　先生，三月已经过了十四天了 [1]。〔内敲门声〕

布鲁特斯　好。开门去，有人敲门。〔陆舍斯下〕自从凯西阿斯最初激励我反对西撒，我就没有睡过觉。一件大事自初起动机至见诸行动，其间一段时间真像是一个幻境，或一场恶梦。灵魂与肉体在进行磋商，整个的人就像是一个小小的国家起了叛变一般的陷于瘫痪了。

陆舍斯又上。

陆舍斯　　先生，是您的妹夫凯西阿斯在门口，他想见您 [2]。

布鲁特斯	他一个人来的?
陆舍斯	不，还有好几个人和他在一起。
布鲁特斯	你认识他们?
陆舍斯	不，他们的帽子盖着耳朵[3]，脸一半被大衣遮起，我无法辨识他们的面貌。
布鲁特斯	让他们进来吧。〔陆舍斯下〕他们都是我们一党的。啊阴谋! 黑夜是罪恶横行无忌的时候，你还害羞不敢暴露你的凶险的面目吗? 啊! 那么在白昼你在什么地方可以找到一个够幽暗的窟穴来隐藏你的丑恶的相貌呢? 不须寻找，阴谋，就藏在微笑与和蔼里面好了。因为如果你用你的本来面目出来行走，即使是阴间也不够黑暗来遮掩你不被人窥破。

党徒等、凯西阿斯、喀司客、地舍斯、辛纳、麦台勒斯·西姆白及垂波尼阿斯上。

凯西阿斯	我想我们是太冒昧了。早安，布鲁特斯，我们惊扰你了吧?
布鲁特斯	我一直到现在都没有躺下，整夜未睡。和你一起来的这些人我都认识吗?
凯西阿斯	是的，每一个你都认识，这里没有一个不敬重你的。每一个人都愿你能重视自己，就像每一个高贵的罗马人那样地重视你。这一位是垂波尼阿斯。
布鲁特斯	欢迎他到这里来。
凯西阿斯	这一位，地舍斯·布鲁特斯。
布鲁特斯	也欢迎他来。

凯西阿斯	这一位，喀司客；这一位，辛纳；还有这一位，麦台勒斯·西姆白。
布鲁特斯	全都欢迎，有什么烦心的事使得你们夜晚不得安眠？
凯西阿斯	我可否和你说句话？〔布鲁特斯与凯西阿斯耳语〕
地舍斯	这边是东方，天是否从这边亮起？
喀司客	不是。
辛纳	啊！对不起，先生，是从这边亮起，云端露出的那些灰色线条就是曙色的前驱了。
喀司客	你必须承认你们两个都错了。这一边，我的剑指着的这一边，是日出的地方。是很偏南，因为现在是开春不久。再过两个月，太阳便要从偏北的地方高高升起吐露他的火焰。正东方是在这一边，就是大庙这边。
布鲁特斯	我要和诸位握手，一个一个的来。
凯西阿斯	我们来宣誓表示决心。
布鲁特斯	不，不要宣誓。如果大家的憔悴的面孔、我们的心灵的苦痛、当前的腐败的情形——如果这些动机还嫌脆弱，那么不如及早散伙，各自回到床上去睡懒觉。让趾高气扬的暴政去一意孤行吧，直到每一个人按照命运一个个地倒下去。但是如果这些动机可以使懦夫动火，使女人的柔弱的心肠变硬，我相信是可以的。那么，诸位同胞，我们除了我们自己的堂堂的义愤之外还需要什么刺激来鼓励我们进行救国呢？罗马人忠诚可靠，一言既出，决无反悔，还需要什么别的约束呢？彼此推诚相与，事必有成；否

则同归于尽，还需要什么别的誓约呢？祭司们、儒夫们和险诈的人们、老朽的行尸走肉，以及自甘屈辱的可怜虫，给这些人举行宣誓礼吧。这种人不能得人信任，做不光明的事，需要宣誓。但是不要沾污了我们的坚决的义举，也不要诬蔑了我们的心地之忠贞，以为我们这个举动还需要什么誓约。其实一个罗马人口出诺言之后，如有丝毫违反，那么他所拥有的并且引以自傲的每一滴血都不能算是纯粹的罗马人的血。

凯西阿斯　　西塞罗怎么样？我们要不要试探他一下？我想他会坚决地在我们这一面。

喀司客　　我们不可遗漏了他。

辛纳　　不，绝不可以。

麦台勒斯　　啊！我们要他加入，因为他的白发会使我们受到尊敬，令人同情我们的行动。大家会说我们的举动曾经他的指点，我们的少年莽撞之处一点也不会暴露出来，完全被他的老成持重的精神所掩蔽。

布鲁特斯　　啊！不要提他，我们不可以对他说。因为别人开始的事，他是从来不肯附和的。

凯西阿斯　　那么就把他除外。

喀司客　　他确实是不合适。

地舍斯　　除了西撒一人之外别的人都不动吗？

凯西阿斯　　地舍斯，你问得好。我觉得马克·安东尼阿斯那样的受西撒的宠爱，不该让他在西撒死后独存，我们会发现他是一个足智多谋的人。你要晓得，以他的权势，如果他运用起来，可能大事扩张到危及我们全体。为防止此种事态，让安东尼阿斯和西撒一同死吧。

布鲁特斯 我们的举动好像是太残忍了一些，凯耶斯·凯西阿斯，斩了头还要砍四肢，好像是一怒杀人而余恨未消，因为安东尼阿斯不过是西撒的一肢。我们要做献祭者，不要做屠夫，凯耶斯。我们全都是起来反抗西撒的精神，人的精神里是没有血的。啊！但愿我们能够捉捕西撒的精神而无需肢解西撒。但是，哎呀！西撒一定要因此而流血的。好朋友们，我们要勇敢地杀掉他，但不是愤怒的。我们把他切割成为献给神明的祭品，不是宰割一具尸体拿去喂狗。我们的心要像是狡诈的主人们，激起他们的仆人们做出暴行，事后再做出谴责他们的样子。这样便可使人看出，我们的行动乃是出于不得已，而不是由于嫉恨。在一般人心目中，我们将被称为扫除恶势力的志士，而不是凶手。至于马克·安东尼阿斯，不必考虑他。因为西撒的头被砍掉之后，他不见得能比西撒的一条胳膊更有作为。

凯西阿斯 但是我还是不放心他，因为他对西撒有深厚的感情——

布鲁特斯 哎呀！好凯西阿斯，不用顾虑他。如果他爱西撒，他所能做的也不过是他自己哀毁憔悴以至于为西撒而死。他能做到这地步也就难为他了，因为他是喜欢游玩纵乐广交朋友的。

垂波尼阿斯 不用怕他，不必把他处死。因为他会活下去，而且以后会把这事当作笑谈。〔钟鸣〕[4]

布鲁特斯	住声！数钟声。
凯西阿斯	钟敲了三下。
垂波尼阿斯	到分手的时候了。
凯西阿斯	不过今天西撒是否出来还是疑问，因为他最近变得很迷信，关于幻想、梦兆、占卜之类他的看法和从前大不相同了。很可能的，这些明显的凶兆，今晚的异常的恐怖现象，以及卜者的劝告，可能使他今天不到大庙去。
地舍斯	不必担心这个，如果他做这样的决定，我可以让他改变主意。因为他爱听人说起犀牛可能被树所害，熊可能被镜子所害，象可能被阱所害，狮子可能被网所害，而人被谄媚之徒所害。我对他说他最厌恶谄媚之徒，他就说他确是厌恶，那时节他是受到了最恶毒的谄媚。让我去试试我的手段，我能扭转他的脾气，引他到大庙去。
凯西阿斯	不，我们全要去到那里接他。
布鲁特斯	八点钟。是不是最迟八点？
辛纳	那是最迟了，不可误时。
麦台勒斯	凯耶斯·赖盖利阿斯很恨西撒，因他说庞沛的好话而受过他的谴责，我很奇怪你们没有提起他。
布鲁特斯	现在，好麦台勒斯，顺路去约他：他对我很好，我给过他好处；邀他来，我会劝他入伙。
凯西阿斯	天已经亮了，我们要告辞，布鲁特斯。朋友们，你们各自散去吧。但是别忘记你们所说的话，并且要表示出你们是真正的罗马人。

布鲁特斯	诸位朋友，露出愉快的样子。不要把重重的心事放在脸上，要仿效我们罗马的演员们，坚定不懈地装模作样。各位再会了。〔除布鲁特斯外同下〕孩子！陆舍斯！又熟睡了？ 没有关系，享受蜜一般的甜蜜而沉重的睡眠吧。你没有尘劳杂念在脑子里唤起的幻影和烦恼，所以你睡得熟。

波西亚上。

波西亚	布鲁特斯，我的丈夫！
布鲁特斯	波西亚，你这是什么意思？你为什么现在起来？你身体虚弱，早晨受寒对你的健康是很不好的。
波西亚	对你的健康也是不好的。布鲁特斯，你好狠心地偷偷地离开了我的床。昨晚吃晚饭的时候你突然起立，绕室彷徨，沉思叹气，两臂这样交叉着。我问你有什么事，你用不和蔼的脸色瞪我。我再追问你，你于是搔头，不耐烦地顿足。我坚持要问，你坚不作答，只是愠怒着摆一摆手要我走开。我就走开了，生怕再刺激你那已经很不安定的情绪，希望那只是一时心绪欠佳，有时谁也不能免的。可是这使得你不吃饭、不说话、不睡觉，如果这能影响你的外形和影响你的内心一样，我会不认识你了，布鲁特斯。我的亲爱的丈夫，把你苦恼的缘由告诉我。
布鲁特斯	我健康不佳，如此而已。
波西亚	布鲁特斯是聪明的，如果他健康不佳，他会知道如何恢复他的健康。

布鲁特斯　　　唉，我是知道的。好波西亚，睡觉去。

波西亚　　　　布鲁特斯生病，难道敞着衣裳走路，吸进清晨潮湿
　　　　　　　的瘴雾，就能治病吗？什么！布鲁特斯生病，还会
　　　　　　　溜出温暖的床，甘冒夜间的毒气，让风湿不洁的空
　　　　　　　气加重他的病症吗？不，我的布鲁特斯，你害的是
　　　　　　　心里的病，以我的地位，我应该有权利知道的。我
　　　　　　　跪下来，凭我曾经受过赞扬的美貌，你的所有的爱
　　　　　　　情的誓言，以及使我们结为一体的伟大的婚约，我
　　　　　　　要求你把你为什么抑郁不乐的原因、今夜来找你的
　　　　　　　是些什么人，统统告诉我。我即是你自己，我即是
　　　　　　　你的一半。因为有六七个刚才来到这里，在黑暗中
　　　　　　　还遮着脸。

布鲁特斯　　　不要下跪，温柔的波西亚。

波西亚　　　　如果你是温柔的布鲁特斯，我也无需下跪了。告诉
　　　　　　　我，布鲁特斯，在婚书之内是否明白规定我不可以
　　　　　　　知道与你有关的秘密？我是你自己的一部分，但是
　　　　　　　是否也好像有范围或限制，只是陪你吃饭，伴你睡
　　　　　　　眠，有时和你谈谈话？我是否只能住在你的幸福的
　　　　　　　边缘上吗？ 如果只是这样的话，波西亚是布鲁特斯
　　　　　　　的娼妇，不是他的妻。

布鲁特斯　　　你是我的忠实可敬的妻，对于我就像是涌入我的悲
　　　　　　　哀的心头的红血一般的珍贵。

波西亚　　　　如果这是真的，那么我就该知道这秘密。我承认我
　　　　　　　是一个女人，但是，同时是布鲁特斯娶去为妻的女
　　　　　　　人。我承认我是一个女人，但是，同时也是一个名

门的女人，卡图的女儿。我有这样的丈夫，这样的父亲，你还以为我不比一般女性要坚强些吗？把你的秘密告诉我，我不会泄露。我曾为我的坚忍做过强烈的试验，在我的大腿上这里刺过一刀，我能安然承受那个反而不能承受我的丈夫的秘密吗？

布鲁特斯　啊天神呀！使我无愧于这一个高贵的妻子吧。〔内敲门声〕听，听！有人敲门。波西亚，你先进去，随后我心中的秘密就要由你来分享。我要向你解释我心中盘算的一切的事情，和使我愁眉苦脸的一切根由。赶快离开我。〔波西亚下〕陆舍斯，谁在敲门？

陆舍斯偕赖盖利阿斯又上。

陆舍斯　这里有一位病人要见你。

布鲁特斯　必是麦台勒斯提起的那位凯耶斯·赖盖利阿斯了。孩子，你走开。凯耶斯·赖盖利阿斯！怎么样？

赖盖利阿斯　一个虚弱的病人向你道早安。

布鲁特斯　啊！勇敢的凯耶斯，你竟选择这样的一个时间生病。真希望你没生病。

赖盖利阿斯　如果布鲁特斯正在进行一桩称得起是光荣的事业，我就没有病。

布鲁特斯　我正在进行这样的一桩事，赖盖利阿斯，不知你有没有健康的耳朵来听。

赖盖利阿斯　对着罗马人所崇拜的一切神明，我现在抛弃我的疾病。罗马的灵魂哟！光荣的祖先所生出来的英勇的儿郎！你就像是一个魔术师，唤起了我的奄奄待毙

的精神。现在你吩咐我奔走，我就可以应付各种险

阻，并且克服困难。要我做什么？

布鲁特斯　　一件可以使病人霍然而愈的事。

赖盖利阿斯　是不是有些健康的人，我们要动手叫他变得不舒服？

布鲁特斯　　那我们是一定要做的。究竟是什么事，我的凯耶斯，

在我们前去向那个人动手的时候，我会在路上告诉

你的。

赖盖利阿斯　你动身吧，我将带着一颗新燃起的心来跟随你，去

做我还不知道是什么的事。不过是布鲁特斯领导我

去做的，这就够了。

布鲁特斯　　那么跟我去。〔同下〕

第二景：同上。西撒的家

雷电交加。西撒披便袍上。

西撒　　　　今夜晚天上地下都不安宁，卡婆尼亚在睡中惊叫了

三次："救命，喂！他们谋杀西撒！"里面有人吗？

一仆上。

仆　　　　　老爷！

西撒　　　　去叫祭司们立刻去献祭，并且报告我他们对于吉凶

如何推论。

仆　　　　我就去，老爷。〔下〕

卡婆尼亚上。

卡婆尼亚　你这是什么意思，西撒？你想出去吗？你今天不准
　　　　离开家里。

西撒　　　西撒要出去，威胁我的那些东西只是在我背后张狂，
　　　　一见西撒的面他们就销声匿迹。

卡婆尼亚　西撒，我向来不理会朕兆，可是现在却使我害怕了。
　　　　里面有个人，除了我们听说和看到的以外，还讲到
　　　　守夜的人所见到的极其可怕的景象。一只母狮子在
　　　　街上生产；坟墓裂开，把死人放了出来；凶猛的火亮
　　　　的武士的在云端打斗，还列成了阵式，把血滴在大
　　　　庙之上；战争的声音在空中动荡，战马嘶鸣，垂死的
　　　　人们在呻吟，鬼魂在街上啾啾厉叫。啊西撒！这都
　　　　是不常见的事，我真害怕。

西撒　　　如果是天神要实现的事，如何可以避免？西撒还是
　　　　要出去；因为这些预兆是对全世界的人，不是对西撒
　　　　一个人显示的。

卡婆尼亚　乞丐死的时候，不会有彗星见；君王驾崩，才由上天
　　　　亲自来宣告。

西撒　　　懦夫在死以前早已死过好多次：勇敢的人只尝试一次
　　　　死亡。我所听到的这一切怪事，我觉得最可惊异的
　　　　乃是大家这样害怕；因为死是必然的结局，要来的时
　　　　候就一定会来。

仆又上。

占卜的人怎样说?

仆   他们劝你今日不要出门。他们掏出牺牲的肠子之后,在胸腔里找不到心脏。

西撒   天神如此安排是要羞辱懦夫,西撒如果因为恐惧而躲在家里,他便是一条没有心脏的牲畜。不,西撒决不躲避。危险很有自知之明,他知道西撒比他更危险。我们两个是同一天生出来的两头狮子,我是大一点的较凶猛的那一头,西撒一定要出去。

卡婆尼亚   哎呀!我的丈夫,你的聪明被你的自信所销毁了。今天不要出去,就算是我害怕,留你在家里,不是你害怕。我们可以派马克·安东尼阿斯到元老院去,说你今天不舒服,我跪下来求你听我的话。

西撒   叫马克·安东尼阿斯说我不舒服吧,为满足你的怪僻的想法,我就留在家里。

地舍斯上。

地舍斯·布鲁特斯来了,就让他去告诉他们。

地舍斯   西撒,诸事顺遂!早安,尊贵的西撒,我来接你到元老院去。

西撒   你来得正是时候,请代我向元老们致意,告诉他们我今天不去了。不能来,是假的。不敢来,更是假的。是我不愿今天来,就这样告诉他们,地舍斯。

卡婆尼亚   就说他病了。

西撒	西撒可以叫人带一句谎话去吗？我连年征讨，无远弗届，难道怕把真话告诉那些白胡子老头儿？地舍斯，去告诉他们西撒不愿来。
地舍斯	最强有力的西撒，让我知道你的一些理由，否则我这样告诉他们，将被讪笑。
西撒	我不愿意就是我的理由。我不愿意去，对于元老们这一句话就够了。为了使你私人满意，我可以告诉你，因为我和你有交情。我的妻卡婆尼亚留我在家里，她昨夜梦到我的雕像，像是一个有一百个喷水孔的喷泉一般，淌着鲜血，好多壮健的罗马人笑着前来血里洗手。她以为这情形是不祥之兆，将有灾难到来，于是跪着求我今天不要出去。
地舍斯	这个梦完全解释错了，这乃是吉利的梦。你的雕像从好多水管里喷血，又有好多罗马人笑着来洗手，这表示伟大的罗马将从你身上吸取复兴的血液，许多显要人物都来蘸一点血作为纪念作为光荣[5]，卡婆尼亚的梦是这个意思。
西撒	你这样解释倒是很好。
地舍斯	我还有话要说，你听了之后，就会觉得我的解释确是不错，现在我告诉你吧。元老院已经决定今天送给伟大的西撒一顶皇冠，如果你通知他们你今天不去，他们可能改变主张。并且，这很容易引起人们的讥笑，因为一定有人要说"元老院休会吧，等西撒的妻做好一些的梦的时候再开会吧"。如果西撒藏躲起来，他们会不会低声说："看！西撒害怕了？"

请原谅我，西撒。因为我对于你的行动甚为关切，所以不能不告诉你这一番话，我的感情支配了我的理性。

西撒　　　现在你的疑虑显得多么愚蠢，卡婆尼亚！我很惭愧竟听从了你的话。把袍子给我，我要去。

婆布利阿斯、布鲁特斯、赖盖利阿斯、麦台勒斯、喀司客、垂波尼阿斯与辛纳上。

看婆布利阿斯接我来了。

婆布利阿斯　早安，西撒。

西撒　　　欢迎，婆布利阿斯。怎么！布鲁特斯，你也这样早就出来了？早安，喀司客。凯耶斯·赖盖利阿斯，你那一场疟疾害得你好瘦，我可从没有和你这样作对过。现在几点钟了？

布鲁特斯　西撒，已敲过八点了。

西撒　　　我谢谢你们，实在太辛苦太客气了。

安东尼阿斯上。

看！经常整夜狂欢的安东尼阿斯也起来了。早安，安东尼阿斯。

安东尼阿斯　敬候最高贵的西撒。

西撒　　　叫他们在里面准备，我不该让他们这样等候。啊！辛纳！啊！麦台勒斯！怎么，垂波尼阿斯！我有一个钟头的话要对你谈，记住你今天要来看我。离我近些，免得我忘了你。

垂波尼阿斯　西撒，我遵命——〔旁白〕我会离得你很近，你的
　　　　　　　朋友们将要希望我站远些哩。

西撒　　　　好朋友们，请进，和我喝杯酒，我们要像朋友一样
　　　　　　立刻一同前去。

布鲁特斯　　〔旁白〕啊西撒，布鲁特斯想起来心里很难过，相像
　　　　　　的东西并不一定就是同样的东西呀。〔同下〕

第三景：　同上。大庙附近一街道

阿提米都勒斯读信上。

阿提米都勒斯　"西撒，当心布鲁特斯；注意凯西阿斯；勿走近喀司
　　　　　　客；看着辛纳；莫信任垂波尼阿斯；好好地窥察麦台
　　　　　　勒斯·西姆白；地舍斯·布鲁特斯对你并无好感；你
　　　　　　曾经冤枉过凯耶斯·赖盖利阿斯。这些人只有一条
　　　　　　心，那就是对付西撒。如果你不是长生不死的，要
　　　　　　提高警觉：自恃安全会引起阴谋叛变。愿天神保佑
　　　　　　你！爱护你的一个人，阿提米都勒斯上。"我就站在
　　　　　　这里等西撒走过，像一个请愿者似的把这个交给他。
　　　　　　我心里很难过，好人逃不出嫉妒的陷害。
　　　　　　如果你读一读这信，西撒，你尚可活命：
　　　　　　否则，命运之神要与叛徒们联盟。〔下〕

第四景：同上。同一街道之另一部分，布鲁特斯家门前

波西亚与陆舍斯上。

波西亚　　　孩子，我请你跑到元老院去;不要耽误时间对我回话，要立刻就去。你为什么不动?

陆舍斯　　　我要知道你要我做什么，夫人。

波西亚　　　在我告诉你应做什么事之前，我愿你已经到了那里，而且已经回来了。啊坚定! 你要坚强地和我站在一起，在我的心口之间堆起一座大山。我有一颗男人的心，一副女人的力量。女人们保守秘密是多难啊! 你还守在这里不动?

陆舍斯　　　夫人，你要我做什么? 跑到大庙去，就没有别的事吗? 然后就回来，没有别的事吗?

波西亚　　　有的，孩子，给我带回话来，老爷是否脸色很好，因为他是抱着病去的。并且注意看看西撒做了什么事，有什么请愿的人围绕着他。听，孩子! 那是什么声音?

陆舍斯　　　我没有听到什么，夫人。

波西亚　　　请你仔细听，我听到人声嘈杂，好像是暴动，被风从大庙那边吹过来。

陆舍斯　　　说实话，夫人，我没听到。

预言者上。

波西亚	走过来，朋友，你从哪里来？
预言者	从我自己家里来，夫人。
波西亚	现在几点钟了？
预言者	大约九点了，夫人。
波西亚	西撒还没有到大庙去吗？
预言者	夫人，还没有。我去找个位置站着，看他经过到大庙去。
波西亚	你对西撒有所请求，是不是？
预言者	是的，夫人。如果西撒愿意为他自己的利益而肯听我的话，我将请求他注意他自己的安全。
波西亚	噫，你知道有人想害他吗？
预言者	我不知道谁要害他，可是我怕有事体可能发生。再会。这里街道很窄，紧跟随西撒的那群元老们、官长们，以及普通请愿的人们，会把一个软弱的人挤死。我要找一个较为空旷的地方，等西撒来的时候和他说话。〔下〕
波西亚	我必须进去。哎呀！女人的心是多么弱的一个东西。啊布鲁特斯！愿上天保佑你事业成功。这孩子一定听见我说的话了。布鲁特斯有一请求，西撒不肯答应他。啊！我要昏倒。快跑，陆舍斯，替我问候我的丈夫。就说我很愉快，然后再回来，把他对你说的话告诉我。〔分别下〕

注 释

[1] 对折本原文是 fifteen，Theobald 改为"十四"，近代本多从之。Rolfe 编本依原文，谓"罗马习惯应为'十五'"，但不知莎士比亚是否知悉耳。

[2] 凯西阿斯之妻为布鲁特斯之妹 Junia。

[3] 罗马人通常不戴帽子，在乡间或旅行时有时戴宽边呢帽（petasus）。莎士比亚此处所描写者可能是当时英国人之边缘低垂的帽子。

[4] 罗马没有能鸣的钟，只有"漏"（clepsydrae = water-clocks），显然是"时代错误"。

[5] 原文 for tinctures, stains, relics, and cognizance. 显指从前的一种习惯，以手巾浸入殉道者的血中，视为珍贵的纪念品而收藏之。但如此解释，无异证实其梦为凶，当非言者之本意。按 tincture 与 cognizance 可能是"勋章学"术言，莎士比亚此语可能是双关，故译为"以为纪念以为光荣"，兼顾二义。

第 三 幕

第一景：罗马。大庙前；元老院在上面开会

一群民众；其中有阿提米都勒斯及预言者。奏花腔。西
撒、布鲁特斯、凯西阿斯、喀司客、地舍斯、麦台勒斯、
垂波尼阿斯、辛纳、安东尼阿斯、赖皮得斯、朴皮利阿
斯、婆布利阿斯及其他上。

西撒	〔向预言者〕三月十五已经到了。
预言者	是的，西撒，可是还没有过去。
阿提米都勒斯	您好，西撒！读这个字条。
地舍斯	垂波尼阿斯希望你有功夫的时候读一下他这个小小的请求。
阿提米都勒斯	西撒，先读我的，因为我的请求与西撒个人有更密切的关系。读它，伟大的西撒。

西撒	与我个人有关的要留在最后读。
阿提米都勒斯	不要拖延，西撒，立刻读它。
西撒	怎么！这家伙疯了？
婆布利阿斯	伙计，让开。
西撒	什么！你们在街上就做起请求来了？到大庙去。
	〔西撒走向元老院，其他诸人跟随着。元老们全体 起立〕
朴皮利阿斯	我希望你们今天的举动能成功。
凯西阿斯	什么举动，朴皮利阿斯？
朴皮利阿斯	再会。〔走向西撒〕
布鲁特斯	朴皮利阿斯·利那说什么？
凯西阿斯	他希望我们今天的举动能成功。我恐怕我们的计划 已经泄露出去了。
布鲁特斯	看，他走问西撒那边去了，注意他。
凯西阿斯	喀司客，要快下手，因为我们恐怕要受阻碍。布鲁 特斯怎么办？如果这事泄露，凯西阿斯或西撒总有 一个今天不能回家，因为我要自杀的。
布鲁特斯	凯西阿斯，要镇定，朴皮利阿斯·利那并未说起我 们的计划。因为，你看，他笑了，西撒也未变色。
凯西阿斯	垂波尼阿斯会把握时机的。因为，你看，布鲁特斯， 他把马克·安东尼阿斯拉开了。
	〔安东尼阿斯与垂波尼阿斯下。西撒与元老们就座〕
地舍斯	麦台勒斯·西姆白在哪里？让他去，立刻向西撒呈 上他的请求书。
布鲁特斯	他准备好了，我们走近些去支应他。

辛纳	喀司客，你是首先动手的。
喀司客	我们都准备好了？现在有什么委曲的事，要西撒和元老们来加以补救？
麦台勒斯	最高贵、最伟大、最强有力的西撒，麦台勒斯·西姆白谨以愚衷倾诉于尊座之前——
	〔跪下〕
西撒	我必须阻止你，西姆白。这样的卑躬屈节的礼貌也许可以使得一般的人生起骄念，于是像儿戏一般的收回原先的成命。不要糊涂，不要以为西撒的血能被软化愚人的那种东西所消融而变质。我说的是甜言蜜语、打躬屈膝、下贱的摇尾乞怜的谄媚。你的兄弟被判驱逐出境，如果你为了他而下跪求情，我要把你当作一只狗而踢开。要晓得，西撒从不冤枉人，除非有正当理由他也不肯改变主张的。
麦台勒斯	这里有没有比我更高贵的声音，在西撒听来更悦耳的声音，为我的被逐的弟弟请求赦免？
布鲁特斯	我吻你的手，可是并非献媚，西撒。请你准许婆布利阿斯·西姆白立刻恢复自由。
西撒	怎么，布鲁特斯！
凯西阿斯	宽恕吧，西撒！西撒，宽恕吧！凯西阿斯深深地匍匐在你的脚下，请求你给婆布利阿斯·西姆白以自由。
西撒	如果我是你这样的人，我就会大受感动。如果我能用哀求的方法去打动人，我也就会被哀求所动。但是我是像北斗星一般地坚定，其稳定不移的精神在

天庭上是无与伦比的。天上布满了无数的闪烁的星光，全都是火，全都冒光，但是其中只有一个坚定不动。在人世间，亦复如是。世上有好多的人，人都是血肉之躯，都是有理解力的。但是我所知道的人当中只有一个坚守立场，决不动摇。这个人就是我，现在我就可以证明，我坚决主张西姆白应被放逐，我也坚决维持原案让他不得回国。

辛纳　　　啊西撒——

西撒　　　走开！你想只手擎起奥林帕斯山！

地舍斯　　伟大的西撒——

西撒　　　布鲁特斯下跪不也是枉然吗？

喀司客　　让我的手替我说话吧！〔众刺西撒〕

西撒　　　你也参加，布鲁特斯？那么倒下去吧，西撒！〔死〕

辛纳　　　自由！解放！暴政已经死亡了！跑去，公告，到街上去喊叫。

凯西阿斯　去几个人到公共讲台上，喊叫"自由、解放、恢复自由权"！

布鲁特斯　人民和元老们，不要惊慌，不要跑。站住，野心人已经偿了他的债。

喀司客　　到公共讲台上去，布鲁特斯。

地舍斯　　凯西阿斯也去。

布鲁特斯　婆布利阿斯哪里去了？

辛纳　　　在这里，被这场变乱吓呆了。

麦台勒斯　大家要紧紧地站在一起，否则西撒的一些朋友也许——

布鲁特斯　　　不要说这样的话。婆布利阿斯，你安心，我们无意伤
　　　　　　　害你或其他罗马人。把这话告诉他们，婆布利阿斯。

凯西阿斯　　　离开我们，婆布利阿斯，否则人民向我们冲过来可
　　　　　　　能连累到你老人家。

布鲁特斯　　　走开吧，我们敢作敢当，不要连累别人。

　　　　　　　垂波尼阿斯又上。

凯西阿斯　　　安东尼阿斯在哪里？

垂波尼阿斯　　惊慌中逃到他家里去了。男人、女人、小孩都瞪着
　　　　　　　眼睛呼号奔走，好像是到了世界末日。

布鲁特斯　　　命运，我们愿意知道你的意旨。我们知道，我们不
　　　　　　　免一死。只是什么时候死、能拖延多久，这是大家
　　　　　　　所关心的。

喀司客　　　　噫，少活二十年，即是少怕死二十年。

布鲁特斯　　　照你那么说，那么死是一件好事。我们把西撒的怕
　　　　　　　死的时间缩短，我们应该是西撒的朋友了。蹲下来，
　　　　　　　罗马的人们。蹲下来，让我们把手浸在西撒的血里，
　　　　　　　一直浸到臂肘，并且用他的血涂我们的剑。然后我
　　　　　　　们出发，走到市场去。高举我们的血红的武器，齐
　　　　　　　声高喊："和平、解放、自由！"

凯西阿斯　　　那么，蹲下来，浸吧。在多少年代以后，我们的这
　　　　　　　个壮烈的一幕将要在尚未产生的国度里用我们所不
　　　　　　　懂的文字语言而一再表演！

布鲁特斯　　　现在躺在庞沛像座旁边的西撒，不过是一堆泥土，
　　　　　　　将来在表演中要流多少次的血哟！

凯西阿斯　　表演多少次，我们这一群人就将有多少次被称为为
　　　　　　国家争自由的人。

地舍斯　　　怎样！我们出发吧？

凯西阿斯　　是的，每个人都要去。布鲁特斯在前面领导，我们
　　　　　　鼓起罗马人最大的勇气追随他。

　　　　　　一仆上。

布鲁特斯　　且慢！谁来了？是安东尼阿斯那边的一个人。

仆　　　　　布鲁特斯，我的主人叫我这样向你下跪；马克·安东
　　　　　　尼阿斯叫我这样拜倒；他教我匍匐之后这样说：布鲁
　　　　　　特斯是高贵、聪明、勇敢、诚实；西撒是强大、勇猛、
　　　　　　忠诚、仁爱；要我说我爱布鲁特斯，并且敬重他；并
　　　　　　且说我畏惧西撒，敬重他，并且爱他。如果布鲁特
　　　　　　斯肯担保安东尼阿斯的安全，准他前来见他，听取
　　　　　　西撒何以应该处死的理由，马克·安东尼阿斯将不
　　　　　　会像爱活的布鲁特斯那样的去爱死的西撒；愿以全部
　　　　　　的忠诚，冒着未可逆料的艰险，追随于布鲁特斯之
　　　　　　后。我的主人安东尼阿斯这样说。

布鲁特斯　　你的主人是一位聪明而勇敢的罗马人，我一向这样
　　　　　　看待他。告诉他，如果他愿到此地来，他会得到满
　　　　　　意的解释；并且我以名誉为誓，他可以安全回去。

仆　　　　　我立刻就叫他来。〔下〕

布鲁特斯　　我知道我们会得到他的友谊的。

凯西阿斯　　但愿我们能够，但是我心里对他很是恐惧，我的疑
　　　　　　虑一向是很准确地会成为事实。

安东尼阿斯又上。

布鲁特斯　　安东尼阿斯来了。欢迎，马克·安东尼阿斯。

安东尼阿斯　啊伟大的西撒！你这样低贱地倒卧着？你所有的征讨、光荣、凯旋、胜利品，都缩成这样小小的一堆了？永别了。诸位，我不知道你们意欲何为，还有谁必须流血，还有谁必须剪除？如果是我自己，那么在西撒死的时候死，是再好不过。死在别人的剑上没有死在你们的剑上一半好，因为你们的剑上已经染了世界上最高贵的血。我请求你们，如果你们对我有仇恨，现在趁你们的血手还冒着热气，就逞一时之快吧。纵然活到一千岁，我也不能像现在这样地甘心死去。没有一个地点更使我满意，没有别的死法比死在西撒身旁、死在你们这几位当代英豪的手里更能使我满意。

布鲁特斯　　啊安东尼阿斯，不要向我们求死。现在我们好像是很凶恶，你看我们的手和我们所做出来的事当然会以为我们是很凶恶。但是你看到的只是我们的手和这些手所做出来的血腥的勾当，你没有看见我们的心。心是慈悲的，对于罗马一般人所受的压迫实在心怀不忍——恰似大火吞食小火，于是为了忧国忧民也就顾不得小仁小义——这才对西撒做下了这桩事。至于你呢，对于你我们的剑锋是钝的，马克·安东尼阿斯，我们的胳膊，有伤害人的力量[1]，可是我们的心充满了友爱，现在以全副的热情、善意、与尊敬来欢迎你。

凯西阿斯　　在重新分配官职的时候，你的意见将和任何别人一
　　　　　　样地有力。

布鲁特斯　　只是要暂且安心，等我们安抚惊惶失措的群众以后，
　　　　　　我们就会对你说明，既然我在动手刺他的时候我还
　　　　　　是敬爱西撒的，究竟为什么我要采取这样的行动。

安东尼阿斯　我不怀疑你们的智慧。每一位把他的血污的手给
　　　　　　我。首先，马克斯·布鲁特斯，我愿和你握手。次
　　　　　　一个，凯耶斯·凯西阿斯，我握你的手。现在，地
　　　　　　舍斯·布鲁特斯，你的手。现在你的手，麦台勒斯。
　　　　　　你的，辛纳。我的勇敢的喀司客，你的。虽然是最
　　　　　　后一位，并非是友谊最少，你的，好垂波尼阿斯。
　　　　　　诸位先生——哎呀，我说什么呢？我的名誉现在是
　　　　　　很不稳当，你们一定以为我不是好人，不是懦夫便
　　　　　　是谄媚者，二者必居其一。我爱你，西撒，啊！那
　　　　　　是真的！那么，如果你的幽灵现在能看到我们，看到
　　　　　　你的安东尼阿斯就在你的尸首面前巴结敌人、握敌人
　　　　　　的血腥的手，高贵的人哟，你心里悲伤恐怕比死还难
　　　　　　过吧？纵然我的眼睛和你的伤口一般多，流泪和你淌
　　　　　　血一般快，那也总比跟你的敌人做朋友要好得多。饶
　　　　　　恕我，朱利阿斯！你就是在这个地方受困的，勇敢的
　　　　　　鹿。你就是在这个地方倒下去的，追逐你的猎人们现
　　　　　　在站在这个地方，带着屠杀你的标帜，因杀害你而弄得
　　　　　　一身猩红。啊世界！对于这只鹿你就是森林。这个，老
　　　　　　实说，啊世界！就是你的心 [2]。你躺在这里，多么像

是一只鹿，被许多位公子王孙所射杀了！

凯西阿斯　　听安东尼阿斯说的话——

安东尼阿斯　请原谅我，凯耶斯·凯西阿斯。即使是西撒的敌人也会说这样的话，由一个朋友来说，总算是一点也不过火。

凯西阿斯　　我并不怪你这样地称赞西撒，不过你打算怎样和我们建立关系？你愿意让我们把你当作一个朋友呢，还是我们干我们的，不靠你？

安东尼阿斯　所以我和你们握手啦，可是一看西撒的尸体又把话说得离了题。我是你们大家的朋友，我爱你们大家，希望你们把理由讲给我听，为什么西撒是危险人物。

布鲁特斯　　若没有理由，这就是野蛮的屠杀了。我们的理由是经过充分考虑的，纵然你，安东尼阿斯，是西撒的儿子，你也会满意的。

安东尼阿斯　我所要求的也不过如此。我还要请求准许我把他的尸体移往市场，让我在讲台上以朋友的身份在葬仪中说几句话。

布鲁特斯　　你可以，马克·安东尼阿斯。

凯西阿斯　　布鲁特斯，和你说句话。〔向布鲁特斯旁白〕你太冒失了，不可答应安东尼阿斯在葬仪中说话，你知道他所说的话可能怎样激动民众呢？

布鲁特斯　　请原谅我，我自己要先登上讲台，解释我们杀死西撒的理由。我要声明安东尼阿斯所要说的话是经过我们准许的，并且我们愿意让西撒享有一切的适当的合法的仪礼。这对于我们是利多于弊的。

凯西阿斯	我不知道将要发生什么后果，我不喜欢这样做。
布鲁特斯	马克·安东尼阿斯，过来，把西撒的尸体拿走。你在葬礼中演说不可指责我们，但是你可以说一切赞美西撒的话，并且要说你这样做是得到我们准许的，否则你就根本不准参加这次葬礼，并且你要到我现在去的那个讲台等我讲完你再说话。
安东尼阿斯	就这样办，我也没有更多的要求。
布鲁特斯	那么把尸体准备好，跟我们来。〔除安东尼阿斯外众下〕
安东尼阿斯	啊！饶恕我，你这一堆湔血的泥土，我竟对这些凶手柔弱温和，你是有史以来最高贵的人物的遗骸。洒溅这宝贵血液的凶手真是罪该万死！你的创伤，像是哑口无言的嘴巴，张着鲜红的嘴唇，乞求我的喉舌代为发言，我现在就面对着你的创伤作一番预言。人们的肢体就要遭受祸殃，意大利各处将要爆发激烈的内乱和凶猛的纷争，流血与毁灭将成为习见之事，可怕的景象成为惯常，以至于做母亲的看到她们的婴儿被战争的毒手所肢解只是微微地一笑置之。因习于残酷的行为，所有的慈悲心均将灭绝。西撒的冤魂不散，到处寻求报复，由刚从地狱出来的报仇女神哀谛陪在身边，将要在这国土里用帝王的口吻喊叫"杀！杀！"并且任由兵燹战火摧残一切[3]。这一桩罪行，将要和有待掩埋的无数的尸首一起在地面上冒出臭味。

一仆上。

你是伺候奥台维阿斯·西撒的，是不是？

仆 是的，马克·安东尼阿斯。

安东尼阿斯 西撒曾写信请他到罗马来。

仆 他收到他的信了，正在途中，并且要我亲口对你
说——〔见尸体〕啊西撒——

安东尼阿斯 你的内心充满了悲哀，走到一边去哭吧。情感是传
染的，因为我的眼睛，一看到你的泪珠盈睫，也开
始觉得湿润了。你的主人是否来了？

仆 他今晚在离罗马七里的地方歇脚。

安东尼阿斯 赶快回去，告诉他这里发生了什么事。这是一个一
片哀伤的罗马，一个危险的罗马，对于奥台维阿斯
还不是一个安全的罗马 [4]。快去把这话告诉他。但
是，且等一下，在我还没有把这尸首搬到市场以前
你不可以回去。在那地方，我要在演说的时候测验
一下民众对于这些凶恶的人所做的残忍的事作何感
想，根据他们的反应你可以对奥台维阿斯谈谈这里
的状况。帮我一把手。〔搬西撒尸体同下〕

第二景：同上。广场

布鲁特斯、凯西阿斯及一群民众上。

民众	我们要满意的解释,让我们得到满意的解释。
布鲁特斯	那么跟我来,听我说,朋友们。凯西阿斯,你到另外一条街上去,把民众分为两部分。愿意听我演说的,留在这里;愿意跟随凯西阿斯的,跟他去。我们要公开宣布西撒的致死的原因。
民甲	我愿听布鲁特斯讲话。
民乙	我愿听凯西阿斯;我们听过他们讲的话之后,把他们所说的理由比较一下。
	〔凯西阿斯带一些民众下;布鲁特斯登上讲台〕
民丙	高贵的布鲁特斯上台了,肃静!
布鲁特斯	请耐心听我说完。

罗马人民、同胞们、朋友们!请听我讲一讲我的道理。请勿吵闹,以便能听到我的话。请为了我的荣誉而信任我,请重视我的荣誉以便能对我能加以信任。运用你们的智慧来裁判我,提高你们的警觉以便做较佳的裁判。如果在这集会当中,有谁是西撒的好朋友,我要对他讲,布鲁特斯对他的友谊并不比他少些。如果那位朋友要问,为什么布鲁特斯起来反抗西撒?我的回答是:并非是我爱西撒少些,而是我爱罗马更多些。你们宁愿西撒活着,大家做奴隶死;而不愿西撒死,大家做自由人活着吗?西撒爱我,我为他哭;他幸运,我为他欢欣;他勇敢,我尊崇他。但是,他野心勃勃,我杀了他。为了他的友爱,有热泪;为了他的幸运,有喜悦;为了他的勇敢,有尊崇;为了他的野心,只有死。谁是那样的低贱

而甘愿为奴？如果有，请说话，因为我开罪的是他。谁是这样的野蛮而不愿为罗马人？如果有，请说话，因为我开罪的是他。谁是这样的卑鄙而不爱他的国家？如果有，请说话，因为我开罪的是他。我暂停，等候你们的回答。

民众　　没有人，布鲁特斯，没有人。

布鲁特斯　那么我没有开罪任何人。我对西撒所做的事，并不比你们所将对付我的更过分些。他的死亡的经过，已经记录在卷，存在神庙里。他本身应有的光荣，并未加以贬损，他致死的罪过也并未加以夸张。〔安东尼阿斯及其他搬西撒尸体上〕

他的尸体搬来了，由马克·安东尼阿斯陪护着。他并没有参预对他的杀害，可是将要由于他的一死而得到利益，在政府里获得一个位置。事实上你们哪一位不得到一点好处呢？我临去之前还有这样一句话：我既然为了罗马的利益而杀死了我的最好的朋友，将来我的国家需要我死的时候，我就用这一把刀子结束我的生命。

民众　　你要活下去，布鲁特斯！活下去！活下去！

民甲　　欢送他回家去。

民乙　　给他造一座塑像，和他的祖先的塑像列在一起。

民丙　　让他代替西撒的位置。

民丁　　我们要拥护布鲁特斯，因为他具有西撒的优点。

民甲　　我们要欢呼着送他回家去。

布鲁特斯　同胞们——

民乙	肃静！不要作声！布鲁特斯说话了。
民甲	肃静，喂！
布鲁特斯	同胞们，让我独自离去，我请求你们留在这里和安东尼阿斯在一起。向西撒的遗体致敬，听听安东尼阿斯赞美西撒的演说，这演说是我们准许他发表的。我请求你们，除了我之外一个人都不要走，听完安东尼阿斯的演说再走。〔下〕
民甲	不要走，喂！我们听听马克·安东尼阿斯。
民丙	让他登上讲台，我们要听听他。高贵的安东尼阿斯，上去。
安东尼阿斯	多承布鲁特斯的好意，我很感激大家。〔走上〕
民丁	他说布鲁特斯什么话？
民丙	他说，多承布鲁特斯的好意，他很感激我们。
民丁	他最好是别在这里说布鲁特斯的坏话。
民甲	这西撒是一个专横的独夫。
民丙	哼，一点也不错。我们走运，罗马能够除掉了他。
民乙	肃静！我们听听安东尼阿斯有什么说的。
安东尼阿斯	你们诸位高贵的罗马人——
民众	肃静，喂！让我们听他说。
安东尼阿斯	朋友们、罗马公民、同胞们，请听我言。我是来埋葬西撒的，不是来称赞他的。人之为恶，在死后不能被人遗忘；人之为善，则常随同骸骨被埋在地下。所以西撒有什么好处也不必提了。高贵的布鲁特斯已经告诉你们西撒野心勃勃，果真如此，那是严重的错误，西撒已经严重地付了代价。今天，在布鲁

　　特斯及其他诸位准许之下——因为布鲁特斯是一位
尊贵的人，所以他们也当然都是尊贵的人——我来
到此地在西撒的葬礼中演说。他是我的朋友，对我
忠实而公正，但是布鲁特斯说他野心勃勃，而布鲁
特斯是个尊贵的人。他曾带许多俘虏到罗马来，其
赎款充实了我们的国库，在这一点上西撒可像是野
心勃勃吗？穷苦的人哭的时候，西撒为之流泪，野
心应该是较硬些的东西做成的。但是布鲁特斯说他
是野心勃勃，而布鲁特斯是个尊贵的人。你们全都
看过在"卢帕克斯节"那一天我三次献给他一顶王
冕，他三次拒绝接受。这是野心吗？但是布鲁特斯
说他野心勃勃，而当然他是一个尊贵的人。我不是
要说布鲁特斯所说的不对，我只是来此说出我所知
道的事。你们全都曾经爱戴过他，不是毫无理由的。
那么，有什么理由令你们不为他悲伤呢？啊，判断
力哟！你已经奔到畜牲群里去了，人类已经失却他
们的理性。请原谅我，我的心是在那棺材里陪着西
撒呢，我必须停下来，等它回来。

民甲　　我觉得他说的话也颇有道理。

民乙　　如果你把这件事加以公正的考虑，西撒是受了很大
的冤枉。

民丙　　是冤枉吗，诸位？我恐怕会有一个更坏的人来代
替他。

民丁　　你们听到他说的话了吗？他不愿接受王冕，所以他
的确不是野心勃勃。

民甲	如果他真没有野心，有人要接受严重的后果。
民乙	可怜的人！他的两眼哭得像火一般红。
民丙	在罗马没有一个比安东尼阿斯更高贵的人。
民丁	现在听他说，他又开始说话了。
安东尼阿斯	就在昨天，西撒的一句话可以抵抗住全世界。现在他躺在那里，无论多么卑贱的人也不肯向他致敬了。啊诸位！如果我有意激动你们的心情，起来叛变作乱，我对不起布鲁特斯，也对不起凯西阿斯。你们知道他们全都是尊贵的人，我不肯做对不起他们的事。我宁愿对不起死者，对不起我自己，对不起你们，我也不愿对不起这样尊贵的人。这里有一张羊皮纸，上面盖了西撒的印章。是我在他的寝室里找到的，是他的遗嘱。一般人民若是听到了这遗嘱的内容——对不起，我不打算宣读——他们会要去吻西撒的伤口，把他们的手绢浸在他的神圣的血液里，甚至要乞讨他的一根头发作纪念品。将来在命终的时候，还会在遗嘱里提到它，给子孙作为宝贵的遗产。
民丁	我们要听听他的遗嘱，宣读它，马克·安东尼阿斯。
民众	遗嘱！遗嘱！我们要听西撒的遗嘱。
安东尼阿斯	不要着急，朋友们。我实在不可以读给你们听，不应该让你们知道西撒是如何地爱你们。你们不是木石，你们都是有血性的人，一听了西撒的遗嘱，必定会激动你们，使得你们发狂。最好你们不知道你们是他的遗产继承人，如果你们知道了，啊！不知

	要有什么样的后果。
民丁	宣读遗嘱！我们要听，安东尼阿斯。你必须把遗嘱，西撒的遗嘱，读给我们听。
安东尼阿斯	你们能不能别着急？你们能不能等一下？我一时失言，竟把这件事透露了给你们。我恐怕对不起用刀杀死西撒的那些高贵的人，我真是怕对不起他们。
民丁	他们是叛徒，什么高贵的人！
民众	遗嘱！遗嘱！
民乙	他们是恶汉、凶手！遗嘱，读遗嘱！
安东尼阿斯	那么你们是强迫我宣读遗嘱了？那么你们来环绕着西撒的尸体，我要把这立遗嘱的人给你们看看。我可以下来了吗？你们准许我吗？
民众	下来。
民乙	走下来。〔安东尼阿斯走下〕
民丙	我们准许你。
民丁	站一个圆圈，环绕起来。
民甲	离灵床远一些站着，离尸体远一些站着。
民乙	给安东尼阿斯让出地方来，最高贵的安东尼阿斯。
安东尼阿斯	别这样挤着我，站开一些。
民众	向后面站！让开！后退！
安东尼阿斯	如果你们有眼泪，现在准备流吧。你们都认识这件袍子，我记得西撒第一次穿上这件袍子，那是在一个夏天的晚上，在他的帐篷里，他战胜奈维爱人的那一天[5]。看！凯西阿斯的刀就是从这里戳进去的，看凶狠的喀司客弄了多么大的一个裂缝，大家爱戴

的布鲁特斯是从这个地方戳进去的。他拔出那把凶恶的刀子的时候，你们看西撒的血是怎样地跟着流了出来，就好像是急急地窜出门外，看看究竟是不是布鲁特斯来下这样的毒手。因为布鲁特斯，你们知道，乃是西撒的护身天使。啊天神！你们来判断西撒爱他是多么深。这是令他最伤心的一击，因为高贵的西撒一看到他也来戳刺，这忘恩负义的行为比叛徒们的武器还要锋锐，使得他完全不支了。于是他的伟大的心碎了，袍子蒙着脸，伟大的西撒倒下去了，就倒在庞沛像座下面，一直在那里流着血。啊，我的同胞们，那是多么严重的一个损失。凶恶的叛变在我们头上如此猖狂，便等于是你、我、大家，一同遭受毁灭。啊！现在你们哭了，我看出你们感觉到慈悲心的刺激了，这是慈悲的眼泪。好心肠的人们，怎么，刚看到西撒的袍子受了创伤就哭起来了？你们看看这个，这才是他自己，被叛徒们伤害得这个样子。

民甲　　啊好悲惨的景象！

民乙　　啊高贵的西撒！

民丙　　啊好伤心的一天。

民丁　　啊叛徒！恶汉！

民甲　　啊最残忍的场面！

民乙　　我们要报仇！

民众　　报仇——去呀——找他们去——放火啊！火——
　　　　杀——砍！不准一个叛徒活着。

安东尼阿斯	等一下，同胞们！
民甲	肃静！听高贵的安东尼阿斯说话。
民乙	我们要听他说话，我们要追随他，我们要为他效死。
安东尼阿斯	好朋友们，亲爱的朋友们，不要让我把你们激动以至于突然发作暴动的怒潮。干下这桩事的人，他们都是很高贵的。他们究竟有什么私人怨隙，哎呀，我不知道，竟使得他们干出这桩事。他们是聪明而公正的，一定会对你们讲出一番道理。朋友们，我来此不是为要争取你们的同情。我不是雄辩家，布鲁特斯才是。你们都晓得我只是一个坦白粗率的人，我爱我的朋友。准我为他公开演说的那几位，他们也完全晓得我是这样的一个人。因为我没有智巧、不善措词、没有特长，也不会摆姿势，也没有口才，根本不会演说，所以不可能激动大家的情绪。我只是有话直说，我告诉你们的都是你们自己晓得的，我把亲爱的西撒的伤口给你们看了。那些可怜的不会说话的嘴巴，我要它们替我说话。但是如果我是布鲁特斯，布鲁特斯是安东尼阿斯，那么就会有一个安东尼阿斯煽动你们的情绪，在西撒的每一伤口里安放一根舌头，把罗马的石头都会激起暴动。
民众	我们要暴动。
民甲	我们去烧掉布鲁特斯的房子。
民丙	去呀，那么！来，去找那些阴谋的叛逆。
安东尼阿斯	但是听我说，同胞们，先听我说。
民众	肃静，喂——听安东尼阿斯说话——最高贵的安东

尼阿斯。

安东尼阿斯　　喂，朋友们，你们不知道你们要去做的是什么事。西撒究竟做了些什么值得你们这样的爱戴？哎呀，你们不知道，我一定要告诉你们，你们忘了我所说的遗嘱。

民众　　　　一点也不错。遗嘱！我们等着听那遗嘱。

安东尼阿斯　　遗嘱就在这里，盖有西撒的印章。他赠给每一罗马公民七十五块银币[6]。

民乙　　　　顶高贵的西撒！我们要为他的死而报仇。

民丙　　　　啊尊贵的西撒！

安东尼阿斯　　请耐心听我说。

民众　　　　肃静，喂！

安东尼阿斯　　此外，他还把泰伯河那一边[7]他所有的园林、私人的亭舍、新栽的花苑，一律赠给你们。

他把这些产业送给你们，并给你们的子孙永久为业，供你们大家享用，在里面漫游散心。

他真不愧为一位西撒！什么时候再找到这样的一个？

民甲　　　　永远找不到，永远找不到！来，走啊！走啊！我们要找个僻静的地方把他的尸体火化，然后用火把焚毁那些叛徒的住宅。举起尸体来。

民乙　　　　去取火。

民丙　　　　拆毁板凳。

民丁　　　　拆毁坐椅，窗户，任何东西。〔公民等抬尸体下〕

安东尼阿斯　　现在让它发作吧：策略，你已经发动了，由你怎么样去发展吧！

一仆上。

怎么样，伙计！

仆　　　　先生，奥台维阿斯已经到了罗马。

安东尼阿斯　他在哪里？

仆　　　　他和赖皮得斯在西撒家里。

安东尼阿斯　我立刻到那里去见他。正想他，他就来了。命运之
　　　　　神现在很高兴，在这种心情之下会答应我们任何祈
　　　　　求的。

仆　　　　我听见他说布鲁特斯与凯西阿斯像疯子似的逃出罗
　　　　　马城门了。

安东尼阿斯　大概是他们已经知道民众的态度被我如何地煽动了，
　　　　　带我去见奥台维阿斯。〔同下〕

第三景：同上。一街道

诗人辛纳上。

辛纳　　　我昨夜做梦和西撒一起饮宴，不吉的事情盘踞在我
　　　　　的心头，我真不想到户外去，但是不知怎样又被引
　　　　　出来了。

民众上。

民甲 你姓什么？

民乙 你到哪里去？

民丙 你家住哪里？

民丁 你是已婚，还是独身？

民乙 直截了当地答复每一个人。

民甲 对，要说得简单。

民丁 对，要说得明白。

民丙 对，最好是要说得真实。

辛纳 我姓什么？我到哪里去？我家住哪里？我是已婚，还是独身？那么，那么，我就直截了当地、简单地、明白地、真实地来答复各位吧。明白的说，我是一个独身者。

民乙 这等于是说，结婚的人都是糊涂的人，我想你得要挨我一拳。说下去，照直说。

辛纳 照直说，我是要去参加西撒的葬礼。

民甲 朋友的身份还是敌人的身份？

辛纳 朋友的身份。

民乙 这个问题算是直截了当地回答了。

民丁 关于你的住处，简单说。

辛纳 简单说，我住在神庙附近。

民丙 你的尊姓大名，说实话。

辛纳 说实话，我的姓名是辛纳。

民乙 把他撕成碎片，他是叛徒。

辛纳 我是诗人辛纳，我是诗人辛纳。

民丁 为了他的那些坏诗也要撕碎他，为了他的那些坏诗

	也要撕碎他！
辛纳	我不是叛徒辛纳。
民乙	那没有关系，他的姓是辛纳。从他心里把他的姓挖出来，就可以放他走。
民丙	撕碎他，撕碎他！来，火把，喂！火把！到布鲁特斯家去，到凯西阿斯家去！全烧掉他们。一些人到地舍斯家去，一些人到喀司客家去，一些人到赖盖利阿斯家去。去呀！走！〔同下〕

注释

[1] 原文 Our arms, in strength of malice 颇费解，近代编者提出许多修正。Yale 本编者的意见很动听，他说 in strength 是 instranged 之误，此字之意义为 estranged, far removed, deprived, etc. 但 instranged 一字在排字者的眼里耳里都可能是陌生的，故误为 in strength 云云。牛津本未改动，勉强意亦可通。

[2]hart（鹿）与 heart（心）二字音同，双关语。

[3] 原文 dogs of war 想系比喻的说法，泛指"战火、杀伤、饥馑"而言，言战争肆虐有如猎犬之一旦被纵之肆无拘束也。

[4] 双关语，Rome 与 room 从前读法一样，"安全的罗马"即"安全的地方"。

[5]奈维爱人（ the Nervii ）是 Gallia Belgica（ 比利时 ）之一凶悍好战的民族，纪元前五十七年被西撒于 Sambre 河之役战败，遭大屠杀。奈维爱人作

奇袭，赖西撒个人之英勇始得转危为安。普鲁塔克的传记中有精彩的记述。罗马曾大规模地祝捷。西撒所著 *Gallic War,* II，XV - XXVII有详细记载。

[6] 原文 drachmas 系一种希腊银币，值现代货币若干已无法精确折合，据耶鲁本编辑人Mason 估计此项赠予之购买力约合每人一百金圆以上。

[7] 原文 on this side Tiber "在泰伯河的这一边"，按西撒的园林与安东尼阿斯演说的所在隔着一条泰伯河，应该说是"在泰伯河那一边"语气才对。莎氏大概是遵从普鲁塔克的译本过于忠实，致有此误，因从英法文译者（Amyot 与 North）的观点说"在这一边"是不错的，而从安东尼阿斯口里讲应该是"在那一边"也。

第 四 幕

第一景：罗马。安东尼阿斯家中一室

安东尼阿斯、奥台维阿斯与赖皮得斯围桌坐。

安东尼阿斯	这些个人必须处死，他们的名字都已经记下来了。
奥台维阿斯	你的弟弟也必须死，你同意，赖皮得斯?
赖皮得斯	我同意。
奥台维阿斯	把他记下来，安东尼阿斯。
赖皮得斯	但是有一个条件，你的妹妹的儿子普伯利阿斯也不得活[1]，马克·安东尼阿斯。
安东尼阿斯	他不得活，看，我打一个黑点要他的命。但是，赖皮得斯，你到西撒家里去，把那遗嘱取来，我们好决定如何减少遗嘱上的几笔支付。
赖皮得斯	怎么! 我回头到这里来找你们吗?

奥台维阿斯　或是这里，或是在神庙。〔赖皮得斯下〕

安东尼阿斯　这是一个庸庸碌碌的人，只合派出去跑跑腿。三分天下，他占其中之一，他配吗?

奥台维阿斯　你方才认为他配，在议定黑名单的时候，你征询他的意见，谁应该被处死。

安东尼阿斯　奥台维阿斯，我的年纪比你大些。虽然为了分谤起见，我们要把这些光荣加在他的身上，他只能像驴子驮金一般在这重担之下呻吟流汗，不是被牵着就是被赶着，全由我们来指挥。把我们的财物驮到我们所愿意的地点之后我们就取下他的负载，挥之使去，就像是一头卸了负载的驴，由它摇摆着耳朵到空地上去吃草。

奥台维阿斯　你可以照着你的意思去做，不过他是一个有经验的而且勇敢的战士。

安东尼阿斯　我的马也是如此，奥台维阿斯。并且为了它能征惯战的缘故，我给它很多的粮草。我教这畜牲如何作战、如何转向、如何止步、如何向前驰骤，它的躯体的动作完全受我内心的控制。在相当范围之内，赖皮得斯也不过是如此而已。他必须加以指导、训练、驱使向前进。一个缺乏主动的家伙，他只是吃些别人的残羹剩饭，模仿别人 [2]。别人习久生厌的事物，他当作新鲜玩艺，提起他来只好把他当作一项工具。现在，奥台维阿斯，听我说一些重大的事情吧。布鲁特斯与凯西阿斯正在招兵买马，我们必须立刻调兵迎战。所以我们必须联盟，集合最知心的朋友们，运用我们最大的力量。我们立刻去开会，商量一下怎样揭破对方的阴谋，怎样沉着应付公开的危机。

奥台维阿斯　我们就这样办，因为我们是被系在桩上了，许多敌人环绕着我们狂吠[3]。有些个在微笑，我恐怕他们心里藏着千千万万的诡计。〔同下〕

第二景：萨地斯附近营地。布鲁特斯帐篷前

布鲁特斯、刘西利阿斯、陆舍斯及士兵等上；蒂提尼阿斯与品达鲁斯自对面上。

布鲁特斯　站住，喂！

刘西利阿斯　口令，喂！站住。

布鲁特斯　什么事，刘西利阿斯！凯西阿斯快到了吗？

刘西利阿斯　他就要到了，品达鲁斯奉他的主人之命向你致敬。〔品达鲁斯呈上书信给布鲁特斯〕

布鲁特斯　好客气的一封信，你的主人，品达鲁斯，可变得厉害。也许是由于佣人不当，令我感觉有些事真是不该那样做。不过，如果他就要来到，我一定要当面问个明白。

品达鲁斯　我相信我的高贵的主人一定不失他的本色，忠实而

正直。

布鲁特斯	我不怀疑他。我问你一句话，刘西利阿斯。告诉我，他是怎样接待你的。
刘西利阿斯	很有礼貌，很有敬意。但是不似从前那样亲昵，说话也不似从前那样坦白友善。
布鲁特斯	这正是一个热烈的朋友变得冷漠的样子。永远要注意，刘西利阿斯，友情开始衰落的时候，总是要使出矜持的礼貌。真情相交，是不需要任何矫饰的。但是不诚恳的人，像不羁的烈马，作出跃跃欲试的样子。可是等到真正需要接受鞭策一效驰驱的时候，他们就垂头丧气，像是虚有其表的驽马，禁不起考验。他的队伍开过来了吗？
刘西利阿斯	他们打算今晚驻扎在萨地斯。大部分，全部的骑兵，是跟凯西阿斯一起来。
布鲁特斯	听！他来到了。〔内轻柔步伐声〕轻步过去迎接他。

凯西阿斯及士兵等上。

凯西阿斯	站住，喂！
布鲁特斯	站住，喂！挨个地说出口令来。
兵甲	站往！
兵乙	站往！
兵丙	站往！
凯西阿斯	最高贵的弟兄，你对不起我。
布鲁特斯	天神来裁判我！我可曾对不起我的敌人？如果没有过，我怎能对不起我的弟兄呢？

凯西阿斯	布鲁特斯，你这样的镇静的外表正是隐藏着对不起人的事，你做这种事的时候——
布鲁特斯	凯西阿斯，你且忍耐一下，慢慢地述说你的愤慨，我知道你的脾气。我们的队伍都在此地，他们只可看到我们和衷共济，我们不可当着他们争吵。让他们走开，然后到我的帐篷里，凯西阿斯，细说你的不平，我会安心静听的。
凯西阿斯	品达鲁斯，命令我们的将领带着他们的部队离开这地方远一些。
布鲁特斯	刘西利阿斯，你也同样地做。在我们会议完毕以前不许任何人到我们的帐篷里来，让陆舍斯和蒂提尼阿斯守着门。〔同下〕

第三景：布鲁特斯帐篷内

布鲁特斯与凯西阿斯上。

凯西阿斯	在这一桩事上你对不起我，陆舍斯·派拉在这里接受了萨丁尼亚人的贿赂，你治了他的罪，羞辱了他。我因为认识他，写信为他说项，而你置之不理。
布鲁特斯	你为这样的事情写信，你对不起你自己。
凯西阿斯	在现在这样的时候，不该对于每一桩小小的罪行都

加以谴责。

布鲁特斯	我告诉你吧,凯西阿斯,你自己有一个发痒的手掌,也很受大家的痛恨哩,你为了金钱把职位卖给不称职的人。
凯西阿斯	我有发痒的手掌!你知道这是布鲁特斯说这句话,否则,天神作见证,这句话便是你所说的最后一句话。
布鲁特斯	这贪污的行为有凯西阿斯的名字掩护着,所以刑罚也只好缩起头来。
凯西阿斯	刑罚!
布鲁特斯	要记住三月,要记住三月十五日,那伟大的朱利阿斯不是为公理而流血了吗?刺杀他的人当中,有哪一个恶汉不是为了公理而伤害他?什么!我们打倒了全世界首屈一指的人物,只是因为他拥护一般强盗。难道我们现在可以染指贿赂,只为了这样一把金钱就出卖我们的广大无边的荣誉吗?我宁可做一只吠月的狗,也不愿做这样的一个罗马人。
凯西阿斯	布鲁特斯,不要对我狂吠,我不能忍受。你忘形了,这样地攻击我。我是一个军人,我,比你经验多,在安排人事方面比你精明得多。
布鲁特斯	呸!你不是这样的,凯西阿斯。
凯西阿斯	我是。
布鲁特斯	我说你不是。
凯西阿斯	不要再逼我,我会忘形的。请注意你的安全,不要再刺激我。

布鲁特斯	走开，无耻的人！
凯西阿斯	你可以这样对我？
布鲁特斯	听我说，因为我要说，我必须在你暴怒之下让步吗？一个疯子一瞪眼，我就害怕吗？
凯西阿斯	啊天神！天神！我必须忍受这一切吗？
布鲁特斯	这一切！咦，还不只此哩，发脾气吧，会把你的骄傲的心气炸了。让你的奴才们看看你能发多大的脾气，让你的奴隶们发抖。我必须躲避你的气头吗？我必须观察你的颜色吗？我必须站在这里向你的暴躁的脾气低头吗？天神在上，你纵然气破肚皮，你也只好慢慢消受你自己的脾脏的毒液。因为，从今天起，你一发脾气，我就拿你开心，把你取笑。
凯西阿斯	闹到这个地步了？
布鲁特斯	你说你是比我优秀的军人，就算是这样，用事实证明你的夸口，我会十分高兴的。至于我自己，我是很愿意向比我优秀的人学习。
凯西阿斯	你是到处冤枉我，你冤枉我了，布鲁特斯。我说我是一个年纪大一点的军人，不是较优秀的，我可说"较优秀的"了吗？
布鲁特斯	你就是说了，我也不在乎。
凯西阿斯	西撒活着的时候，他不敢这样招惹我。
布鲁特斯	别说啦，别说啦！你也不敢这样地激动他。
凯西阿斯	我不敢！
布鲁特斯	不敢。
凯西阿斯	什么！不敢激动他！

布鲁特斯　　要你的命你也不敢。

凯西阿斯　　不要过分信任我对你的友谊，我会做出我将抱憾
　　　　　　的事。

布鲁特斯　　你已经做了你应该抱憾的事。你的威吓，凯西阿斯，
　　　　　　吓不倒人。因为我有正义护身，威吓只能像微风拂
　　　　　　面，我不介意。我曾派人向你通融一笔款项，而你
　　　　　　拒绝了我，因为我无法用卑鄙的手段敛财。天哪，
　　　　　　我宁可用我的心脏来铸钱币，滴我的血液做银钱，
　　　　　　也不肯用欺诈的手段从农人的粗手掌里挖出他们的
　　　　　　臭铜钱。我确曾派人向你借钱以便支付军饷，而你
　　　　　　拒绝了我。这像是凯西阿斯做的事吗？我会这样地
　　　　　　答复凯耶斯·凯西阿斯吗？若是有一天马克斯·布
　　　　　　鲁特斯变得那样贪婪，以至于锁起他的臭铜钱不准
　　　　　　他的朋友使用。那么，天神哟，准备用你的雷霆把
　　　　　　他击成粉碎吧！

凯西阿斯　　我没有拒绝过你。

布鲁特斯　　你拒绝了。

凯西阿斯　　我没有，给我带回话去的那个人是个混蛋。布鲁特
　　　　　　斯使我太伤心了。一个朋友应该容忍他的朋友的弱
　　　　　　点，但是布鲁特斯把我的弱点格外夸大。

布鲁特斯　　我并没有，除非是到了你对我放肆的时候。

凯西阿斯　　你不体贴我。

布鲁特斯　　我不喜欢你的毛病。

凯西阿斯　　一只友善的眼睛永远看不见这样的毛病。

布鲁特斯　　谄佞的人的眼睛才看不见，虽然那些毛病大得像是

奥林帕斯山。

凯西阿斯　　来呀，安东尼阿斯，还有年轻的奥台维阿斯。来呀，你们向凯西阿斯一个人身上报复吧，因为凯西阿斯已经厌倦人世了。被他爱的人所厌恨，被他的弟兄所侮辱，像一个奴隶似的受申斥。他的毛病全都被人觉察了，被人记载下来了，被人仔细研究了，被人背诵得烂熟以至于当面数我的罪状。啊！我可以把我的心从眼里哭出来。这是我的刀，这是我的祖露的胸口。其中有一颗比普露多的宝库[4]还要值钱的心，比金子还要宝贵。如果你是一个堂堂的罗马人，就把它挖出去吧。我拒绝给你金钱，愿把我的心给你。戳吧，就像戳西撒那样。因为，我知道，你在最恨他的时候，你爱他也远胜过于你爱凯西阿斯。

布鲁特斯　　收起你的刀，脾气由你发，你可以任性发作。随便你怎么做，一切有失体统的行为只当作是一时的乖戾之气。啊凯西阿斯！和你共事的乃是一只羔羊，天性易怒，像是燧石可以发火一般。用力一敲，立刻冒出火花，可是很快地又冷静了。

凯西阿斯　　凯西阿斯为恶劣情绪所困扰的时候，只该成为布鲁特斯开心取笑的资料吗？

布鲁特斯　　我说那话的时候也是情绪恶劣。

凯西阿斯　　你这样地认错吗？把你的手给我。

布鲁特斯　　还有我的心。

凯西阿斯　　啊布鲁特斯！

布鲁特斯	怎么啦？
凯西阿斯	我的母亲给了我暴躁的脾气，有时竟致忘形，难道我们的交情不够深，你不能容忍我吗？
布鲁特斯	可以的，凯西阿斯。从今以后，你对你的布鲁特斯发脾气的时候，他就认为那是你的母亲在骂人，不理会你。〔内喧哗声〕
诗人	〔内〕让我进去会见将军，他们之间有嫌隙，不可令他们两个单独在一起。
刘西利阿斯	〔内〕你不可以去见他们。
诗人	〔内〕除了死，谁也拦不住我。

诗人上，刘西利阿斯、蒂提尼阿斯与陆舍斯随上。

凯西阿斯	怎么，什么事？
诗人	惭愧呀，你们二位将军！你们是何居心？ 你们二位应该相亲相爱，做好朋友。 我敢说，我比你们多活了几个年头。
凯西阿斯	哈，哈！这个无礼的人所吟的诗句多么蹩脚！
布鲁特斯	去你的，小子！傲慢的人，走开！
凯西阿斯	不用和他生气，布鲁特斯，他就是这个样子。
布鲁特斯	我可以容忍他的乖僻，如果他能把握适当的时间。 现在战争的时候，要哼歪诗的人做什么？伙伴，走开！
凯西阿斯	去，去！滚开。〔诗人下〕
布鲁特斯	刘西利阿斯和蒂提尼阿斯，传令众将官，准备今晚安营下寨。

凯西阿斯	你们带了米赛拉一起立刻回来见我们。〔刘西利阿斯与蒂提尼阿斯同下〕
布鲁特斯	陆舍斯，来一杯酒！〔陆舍斯下〕
凯西阿斯	我没想到你生这样大的气。
布鲁特斯	啊凯西阿斯！我为了许多烦恼事而心里难过。
凯西阿斯	偶然遭遇不幸便不能自持，那便是你不善运用你的哲学头脑。
布鲁特斯	没有人能比我更善于忍受悲苦，波西亚死了。
凯西阿斯	哈！波西亚！
布鲁特斯	她死了。
凯西阿斯	刚才我刺激了你，你居然没有杀了我？啊难堪的刺心的损失！是什么病？
布鲁特斯	离别之后为我担心，并且年轻的奥台维阿斯和马克·安东尼阿斯声势浩大也使得她忧虑——因为这消息和她的死讯是同时来的——她听到这消息就神经错乱了，乘侍从不在跟前的时候她吞下了炽红的煤炭。
凯西阿斯	这样死的？
布鲁特斯	就是这样死的。
凯西阿斯	啊永生的神哟！

陆舍斯携酒与蜡烛上。

布鲁特斯	不要再谈起她。给我一杯酒。我把所有的乖戾之气都沉埋在这酒里。〔饮酒〕
凯西阿斯	我也渴望着能干上这样的一杯。斟酒，陆舍斯，斟

得满满的让它溢出酒杯。我痛饮布鲁特斯的友爱，永远不嫌太多。〔饮酒〕

布鲁特斯　进来，蒂提尼阿斯。〔陆舍斯下〕

蒂提尼阿斯偕米赛拉又上。

欢迎，好米赛拉。现在我们围紧这根蜡烛坐着，讨论我们的紧要的事情。

凯西阿斯　波西亚，你去了吗？

布鲁特斯　别再说了，我请求你。米赛拉，我收到了一些信，据说年轻的奥台维阿斯和马克·安东尼阿斯以强大兵力向我们侵来，正在向腓力比迅速进军。

米赛拉　我也接到了内容相同的信。

布鲁特斯　还有什么别的消息？

米赛拉　奥台维阿斯、安东尼阿斯和赖皮得斯颁布了军事戒严法，杀死了一百名元老。

布鲁特斯　在这一点上我们的信不甚一致，我的信里说有七十名元老在他们的戒严法之下被杀，西塞罗是其中之一。

凯西阿斯　西塞罗是其中之一！

米赛拉　西塞罗是死了，而且是根据那戒严法而死的。你得到尊夫人的信了吗？

布鲁特斯　没有，米赛拉。

米赛拉　你收到的信里也没有关于她的话吗？

布鲁特斯　没有，米赛拉。

米赛拉　我觉得这就怪了。

布鲁特斯　你为什么要问？你的信里有关于她的话么？

米赛拉	没有，将军。
布鲁特斯	你是个罗马人，要对我说实话。
米赛拉	那么，要像个罗马人来听取我说的实话吧。她确实地死了，而且死得奇怪。
布鲁特斯	那么，永别了，波西亚。我们都不免一死，米赛拉。想想她总有一天要死，我现在也就有力量承受这个打击了。
米赛拉	伟大的人物就应该这样承当惨重的损失。
凯西阿斯	在理论上我可以和你一样地力持镇定，可是我的内心还是无法承受这样的打击。
布鲁特斯	好了，谈我们活人的事情吧。我们立刻向腓力比进军，你以为如何？
凯西阿斯	我认为不好。
布鲁特斯	你的理由呢？
凯西阿斯	是这样的，最好是让敌人来找我们。让他耗费军需，士兵疲惫，对自己先行不利。而我们以逸待劳，正好养精蓄锐。
布鲁特斯	好的理由必须在更好的理由面前让步。在腓力比和此地之间的人民对我们并无好感，他们很勉强地供应我们的需索。敌人行军经过他们，把他们裹胁起来，一定人数剧增，声势壮盛。如果我们到腓力比和他们对敌，把这些人民留在我们背后，即可防止他们取得此种优势。
凯西阿斯	听我说，好兄弟。
布鲁特斯	请原谅。还有一件事你要注意，我们已经使我们的

朋友们尽了最大力量，我们的军团有充足的兵员，我们的时机已经成熟。敌人每天都在扩张，我们已经达到巅峰状态，有渐趋衰弱之势。人生于世，也有潮汐涨落，把握住涨潮的时机，便可导致成功。失去良机，一生的航程必定触礁搁浅，终身颠沛。我们现在正漂浮在满潮的海上，我们必须顺流前进，否则将要一败涂地。

凯西阿斯　那么，你既这样坚决主张，就这么办吧！我们自己也要去，到腓力比和他们相会。

布鲁特斯　我们只顾谈话，不知不觉已到深夜，身体渐感不支，必须小睡片刻。还有别的话说吗？

凯西阿斯　没有了。晚安。明天清早我们就要起来，动身前去。

布鲁特斯　陆舍斯！

陆舍斯又上。

我的睡衣。〔陆舍斯下〕再会，好米赛拉。晚安，蒂提尼阿斯。高贵的、高贵的凯西阿斯，晚安，好好地睡。

凯西阿斯　啊我的亲爱的兄弟！今晚有一个不吉利的开始，我们两个心里不可再有这样的裂痕！不可以，布鲁特斯。

布鲁特斯　我们和好如初了。

凯西阿斯　┐
布鲁特斯　├夜安，将军。
蒂提尼阿斯┘

夜安，老兄。

夜安，布鲁斯特大人。

米赛拉

布鲁特斯　　再会，诸位。〔凯西阿斯、蒂提尼阿斯与米赛拉下〕

陆舍斯取睡衣又上。

把睡衣给我。你的乐器在哪里？

陆舍斯　　就在这帐篷里。

布鲁特斯　　怎么！你说话有瞌睡的声音？可怜的孩子，我不怪
你，你缺了睡眠。叫克劳底阿斯和我的别的仆人来，
我要他们在我的帐篷里的座垫上睡。

陆舍斯　　瓦洛！克劳底阿斯！

瓦洛与克劳底阿斯上。

瓦洛　　主人喊吗？

布鲁特斯　　我请你们到我帐篷里来睡，我可能随时把你们叫醒，
有事情派你们到我的弟兄凯西阿斯那里去。

瓦洛　　我们愿意在这里站着伺候您。

布鲁特斯　　我不愿意你们这样，躺下去，你们二位，也许我不
派你们出去。看，陆舍斯，我到处找的那本书在这里
呢，我放在睡衣口袋里了。〔瓦洛与克劳底阿斯躺下〕

陆舍斯　　我就知道您没有把那本书交给我。

布鲁特斯　　原谅我，好孩子，我记性不好。你能不能睁开你的
睡眼在你的乐器上弹奏一两个调子？

陆舍斯　　可以的，主人，如果您喜欢听。

布鲁特斯　　我喜欢听，孩子。我麻烦你太多，不过你总是听话的。

陆舍斯　　　这是我的义务，先生。

布鲁特斯　　我不该令你尽义务而超过你的力量，我知道年轻力
　　　　　　壮的人需要睡眠。

陆舍斯　　　我已经睡过了，主人。

布鲁特斯　　那太好了，随后你还可再睡，我不会耽搁你太久。
　　　　　　如果我能活下去，我要好好待你。〔音乐，一支歌〕
　　　　　　这是一个睡眠的调子。啊令人麻木的睡魔哟！我的
　　　　　　孩子给你奏乐，你把你的沉重的魔杖加在他的身上了
　　　　　　吗[5]？好孩子，晚安，我不再打扰你的安眠。你的头
　　　　　　只要向前打一瞌睡，你就会摔碎了你的乐器。我把
　　　　　　你的乐器拿开吧，好孩子，晚安。我看看，我看看，
　　　　　　我在停止读的时候不是把书页折了一个角吗[6]？我
　　　　　　想，就在这里。

　　　　　　西撒的鬼魂上。

　　　　　　这烛光好黯淡！哈！谁来了？我想许是我的眼睛有
　　　　　　点毛病，所以看到这可怕的鬼物。它冲着我来了。
　　　　　　你可是真实的东西吗？你可是什么神祇、什么天使、
　　　　　　什么魔鬼，使得我浑身发冷、毛发倒竖？对我说你
　　　　　　是什么东西。

鬼魂　　　　我是你的随身的厉鬼，布鲁特斯。

布鲁特斯　　你为什么来？

鬼魂　　　　来告诉你，你将要在腓力比见到我。

布鲁特斯　　好，那么我将在腓力比再看到你？

鬼魂　　　　对了，在腓力比。

布鲁特斯	噢，那么我就在腓力比再见你好了。〔鬼消逝〕我刚鼓起勇气，你又消逝了。厉鬼，我愿和你多谈几句。孩子，陆舍斯！瓦洛！克劳底阿斯！诸位，醒起啊！克劳底阿斯！
陆舍斯	这琴弦没有调好。
布鲁特斯	他还在想着他的乐器呢。陆舍斯，醒醒！
陆舍斯	主人！
布鲁特斯	你是不是由于做梦，陆舍斯，而这样大叫？
陆舍斯	我不知道我曾大叫。
布鲁特斯	是的，你是大叫了。你看见什么了？
陆舍斯	没看见什么。
布鲁特斯	再去睡吧，陆舍斯。喂，克劳底阿斯！你这家伙！醒醒呀！
瓦洛	主人。
克劳底阿斯	主人！
布鲁特斯	你们在睡眠中为什么这样叫喊？
瓦洛	我们叫喊了吗？
克劳底阿斯	
布鲁特斯	是的，你们看见什么了？
瓦洛	没有，我没有看见什么。
克劳底阿斯	我也没看见什么。
布鲁特斯	去，代我向我的弟兄凯西阿斯致意。让他早些带队出发，我们随后就去。
瓦洛	

遵命，主人。〔同下〕

克劳底阿斯

注释

[1] 此处莎士比亚显然有误。据普鲁塔克，此处被牺牲的是 Lucius Caesar，乃安东尼阿斯的舅父，安东尼阿斯乃是"他的妹妹的儿子"。

[2] 牛津本原文 one that feeds On abject orts, and imitations，第一对折本作 one that feeds On objects, arts, and imitations，牛津本是根据 Theobald 的篡改，近代编本多从之，意义较顺。但耶鲁本则保持第一对折本原文。

[3] 指伊利沙白时代盛行的熊戏，"环球剧院"附近即有"熊园"，以铁链系熊于桩，纵狗咬之为乐。

[4] 普鲁多 Pluto，希腊神话中之财富之神。

[5] 以魔杖加在人的身上，喻使人沉沉欲睡。警吏之手杖，象征权威，以杖加诸人身，表示依法逮捕。故借为譬喻。

[6] 显然是时代错误一例。罗马时的书是分卷的，根本没有页。

第 五 幕

第一景：腓力比平原

奥台维阿斯、安东尼阿斯及其部队上。

奥台维阿斯　现在，安东尼阿斯，我们的希望实现了。你曾说敌
人不会下来，一定坚守山地。事实不是这样，他们
的队伍已经逼近，他们意欲在我们尚未向他们挑战
之前先要求我们在腓力比作一决战。

安东尼阿斯　嘘！我明白他们的心理，我知道他们为什么这样做。
其实他们并不是愿意到这个地方来[1]，居然气势汹
汹地从山上下来，乃是故作惊人之状，令我们认为
他们是勇气十足的，不过事实不是如此。

一使者上。

使者	请准备，二位将军。敌人已经浩浩荡荡地开过来了，悬出了血红的挑战的信号[2]，需要立刻准备应付。
安东尼阿斯	奥台维阿斯，率领你的队伍在平坦的战场上从左手方默默地推进。
奥台维阿斯	我要在右手方，你占左手方。
安东尼阿斯	在这紧要关头为什么还和我闹意气?
奥台维阿斯	我不是和你闹意气，我愿意这样做[3]。〔行军曲〕

鼓声。布鲁特斯、凯西阿斯率队上；刘西利阿斯、蒂提尼阿斯、米赛拉及其他上。

布鲁特斯	他们停止了，想要和我们谈判。
凯西阿斯	站往别动，蒂提尼阿斯，我们必须走过去讲话。
奥台维阿斯	马克·安东尼阿斯，我们要不要下令进攻?
安东尼阿斯	不，西撒，我们要等他们进攻再予以还击。走过去，他们的将领要和我们谈话。
奥台维阿斯	在下令之前不要动。
布鲁特斯	先礼后兵，是不是这样，同胞们?
奥台维阿斯	我们不像你们那样地喜欢废话。
布鲁特斯	好话总比恶打好些，奥台维阿斯。
安东尼阿斯	你在恶打的时候，布鲁特斯，你说的也是好话。你看看你在西撒心上戳的洞，你嘴里却喊的是："万岁! 西撒万岁!"
凯西阿斯	安东尼阿斯，还没有人领教过您的剑法。至于您的谈吐，可以说是把亥不拉的蜂蜜都偷光了[4]。
安东尼阿斯	没有把蜜蜂刺都偷光吧。

布鲁特斯	啊，对了，而且把声音也都偷光了。因为你偷到蜜蜂的嗡嗡叫，安东尼阿斯，所以你在刺人之前很聪明地先说一番威吓的话。
安东尼阿斯	坏人！你们的凶刀在西撒的肉体里互相磕碰的乱戳乱刺的时候，倒是一声也没有响。你们像猴子似的龇着牙齿，像狗似的摇尾乞怜，像奴隶似的弯腰鞠躬，吻着西撒的脚。这时候那该死的喀司客，像一条恶狗似的，从背后向西撒的颈上一刺。啊你们这群诌媚之徒！
凯西阿斯	诌媚之徒！现在，布鲁特斯，感谢你自己吧。如果当初听凯西阿斯的话，此人今天就不会这样的信口雌黄。
奥台维阿斯	好了，好了，谈我们的争端吧。如果辩论使我们流汗水，武力解决就会要使我们淌血水了。看，我对叛徒们拔出了剑，你们想想什么时候这剑才能再入鞘？永远不能，除非西撒所受的三十三处创伤彻底得到报复[5]，或是另一个西撒再倒在叛徒们的乱刀之下。
布鲁特斯	西撒，你不会死在叛徒们的手里，除非你自己带来了一群叛徒。
奥台维阿斯	我希望如此，我命中注定不会死在布鲁特斯的剑下。
布鲁特斯	啊！如果你是你们家族中最高贵的一个，年轻人，你不能找到更光荣的死法。
凯西阿斯	一个不明事理的孩子，根本不配受这样的荣誉，外带着是一个流连歌舞酗酒作乐的家伙。

安东尼阿斯　凯西阿斯老毛病依然不改!

奥台维阿斯　来,安东尼阿斯,走吧!叛徒,我们当面向你挑战。如果今天你敢应战,到战场上来。如果不敢,等你有胆量的时候再说。〔奥台维阿斯、安东尼阿斯及其部队同下〕

凯西阿斯　现在,风吹吧,浪涌吧,船漂荡吧!暴风雨已经来了,一切听天由命。

布鲁特斯　喂!刘西利阿斯!听着,我和你说句话。

刘西利阿斯　有何吩咐?〔布鲁特斯与刘西利阿斯在一旁对话〕

凯西阿斯　米赛拉!

米赛拉　将军有何吩咐?

凯西阿斯　米赛拉,今天是我的生日,凯西阿斯就是在这一天生的。伸过你的手来,米赛拉。你可以为我作证,我是和当年的庞沛一样,并非情甘愿意,而是被迫把我们的自由孤注一掷在这一场战斗上面。你知道我是坚决信仰伊比鸠和他的主张的 [6],现在我改变意见了,有一点相信吉凶的预兆。从萨地斯来的时候,有两只大鹰落在我们的前锋的旗子上面,它们一直落在那里,从我们的士兵手里吞食食物,陪着我们到了腓力比。今天早晨它们飞走了,代替他们的是一群乌鸦鸢鹰,在我们头上盘旋,向下窥视我们,好像我们是奄奄待毙的猎物一般。它们的阴影像是一顶极不祥的华盖,笼罩着我们的自趋灭亡的军队。

米赛拉　不要这样相信。

凯西阿斯	我只是有一点点相信，因为我是个乐观的人，我能坚决地应付一切危机。
布鲁特斯	就是这样办，刘西利阿斯。
凯西阿斯	哦，最高贵的布鲁特斯，今天但愿天神保佑，好让我们共享太平厮守到老！不过世事纷纭尚未底定，我们要研讨可能发生的最恶劣的情况。如果我们战败，这便是我们最后一次交谈了，那时节你预备怎么办？
布鲁特斯	当然根据我那一套哲学行事，按照我那一套哲学我曾谴责卡图的自杀行为。我不知为什么，我总觉得为了恐怕某一事件发生，便提前结束自己的性命，是怯懦卑鄙的事。我要坚忍自持，准备接受主宰人世的天上神祇的安排。
凯西阿斯	那么，如果我们这次战败，你情愿被人牵着在罗马街道上游行？
布鲁特斯	不，凯西阿斯，不。你这高贵的罗马人，不要以为布鲁特斯会有一天被缚着到罗马去，他的心胸是太高傲了。不过三月十五日开始的工作今天必须要完成，我们能否再见我也不知道。所以我们现在就永诀吧，永久地，永久地，再会了，凯西阿斯！如果我们能再见面，我们将要笑逐开！否则，这次诀别也正是时候。
凯西阿斯	永久地，永久地，再会了，布鲁特斯！如果我们能再见，我们真要笑逐颜开。否则，这次诀别也实在正是时候。

布鲁特斯　　那么，前进吧。啊！但愿在今天的任务未完毕之前
　　　　　　就先知道它的结果，不过今天的任务总会完毕的，
　　　　　　那么到时候就知道了。来呀！喂！走吧！〔同下〕

第二景：同上。战场

号角声。布鲁特斯与米赛拉上。

布鲁特斯　　骑马，骑马，米赛拉，骑马，把这些文件送到那一
　　　　　　边的部队。〔号角大鸣〕叫他们立刻进攻，因为我看
　　　　　　出奥台维阿斯的那一翼并无斗志，猛然进攻就可以
　　　　　　把他们击溃。骑马去，骑马去，米赛拉，让他们全力
　　　　　　出击。〔同下〕

第三景：战场另一部分

号角声。凯西阿斯与蒂提尼阿斯上。

凯西阿斯　　啊！看，蒂提尼阿斯，看，那些混蛋都逃了。我自

己变成了我自己部下的敌人了，我自己的掌旗的兵
先向后逃，我斩了他，把旗子拿了过来。

蒂提尼阿斯　啊凯西阿斯！布鲁特斯的攻击令下得太早了，他对
奥台维阿斯略占优势，便过分地得意。他的士兵忙
着掠夺财物，我们便完全被安东尼阿斯给包围了。

品达鲁斯上。

品达鲁斯　再逃远一些，将军，再逃远一些。马克·安东尼阿
斯已经侵入了你的营地，所以，逃吧，高贵的凯西
阿斯，再逃远一些。

凯西阿斯　这座山已经够远了。看，看，蒂提尼阿斯，我看见
起火的地方是不是我的营地？

蒂提尼阿斯　是的，将军。

凯西阿斯　蒂提尼阿斯，如果你是爱护我的，你骑上我的马，
催它飞奔。跑到那些队伍那边，然后再回来，好让
我确知那些队伍是友军还是敌人。

蒂提尼阿斯　我立刻就回来。〔下〕

凯西阿斯　去，品达鲁斯，到那座山上再爬高一些。我的目力
总是有一点迷糊，望着蒂提尼阿斯，告诉我在战场
上看到些什么。〔品达鲁斯上山〕今天是我开始呼吸
的日子，时间又转回来了，哪一天开始，就在哪一
天结束，我的生命已经跑完了一个圆圈。伙计，有
什么消息？

品达鲁斯　〔在上〕啊将军！

凯西阿斯　什么消息？

品达鲁斯	蒂提尼阿斯被一群骑兵包围了，他们向他冲了过去。可是他还是向前驰去，现在他们几乎要接触到他了。哎呀，蒂提尼阿斯！现在有些个下马了，啊！他也下马了，他被捕了。〔欢呼声〕听！他们高兴得叫起来了。
凯西阿斯	下来，不用再看了。啊！我真是懦夫，苟且偷生，看着我的好朋友在我面前被捕！ 〔品达鲁斯下来〕 你过来，伙计。我是在巴济亚把你俘虏来的，我当时饶了你的性命，曾令你宣誓，以后无论叫你做什么事，你必须照办。现在，你就遵守你的誓约吧。现在你是自由人了，用这把宝刀，这把曾经刺穿西撒腑脏的宝刀，来戳穿我的胸膛。不用等着答话，过来，拿着刀柄。我蒙住脸的时候，像现在这样蒙住，你就动刀吧。西撒，你的仇已经报了，就是用杀死你的那同一把刀。〔死〕
品达鲁斯	好了，我自由了。如果我敢按照自己的意旨做，我现在还不得自由。啊凯西阿斯，品达鲁斯要远离这个国家，跑到罗马人永远注意不到他的地方去。〔下〕

蒂提尼阿斯与米赛拉又上。

米赛拉	这是互有胜负的局面，蒂提尼阿斯。因为奥台维阿斯被高贵的布鲁特斯的军队打败了，而凯西阿斯的队伍又被安东尼阿斯打败了。

蒂提尼阿斯	这消息可以给凯西阿斯很大的安慰。
米赛拉	你在什么地方离开他的?
蒂提尼阿斯	就在这座山上,他和他的奴仆在一起,十分地沮丧。
米赛拉	躺在地上的不是他吗?
蒂提尼阿斯	看他躺着的样子不像是个活人。哎呀,我的心!
米赛拉	是不是他?
蒂提尼阿斯	不,当初是他,米赛拉,但是现在凯西阿斯已经不在了。啊落日!就像你今晚在一片红光里下坠一样,凯西阿斯的白昼也在一片血光里下坠了;罗马的太阳下坠了。我们的白昼消逝了,阴云、湿露、危险都要一齐来,我们的事业完了。担心我的任务的后果,使得他做了这样的事。
米赛拉	担心任务的后果使得他做了这样的事。啊可恨的错误,你真是忧郁的产儿!你为什么对于人们的轻信的头脑显示出虚伪的幻象?啊错误!一经受孕,你就从来没有顺利生产过,总是要把你的生身的母亲害死。
蒂提尼阿斯	什么,品达鲁斯!你在哪里呢,品达鲁斯?
米赛拉	找他,蒂提尼阿斯,我现在去见高贵的布鲁特斯,把这个消息刺入他的耳里。我可以说,刺入。因为有关这个惨况的消息,对于布鲁特斯的耳朵,是和浸毒的刀箭一样地不受欢迎。
蒂提尼阿斯	你快去,米赛拉,我同时去寻找品达鲁斯。〔米赛拉下〕你为什么派我出去,英勇的凯西阿斯?我不是遇到你的友军了吗?他们不是把这胜利的花冠放在

我的头上，让我转交给你吗！你没有听到他们的欢呼声吗？哎呀！你把一切都误会了。但是，你接受吧，把这花冠放在你的头上；是你的布鲁特斯教我给你的，我要按照他的话去做，布鲁特斯，你快来，看我如何地敬爱凯耶斯·凯西阿斯。

允许我！神：这是一个罗马人的本分。

来，凯西阿斯的剑，刺入蒂提尼阿斯的心。〔自杀死〕

号角声。米赛拉偕布鲁特斯、小卡图、斯特雷图、伏勒姆尼阿斯及刘西利阿斯上。

布鲁特斯	在哪里，在哪里，米赛拉，他的尸首在哪里？
米赛拉	看，在那里，蒂提尼阿斯正在哀悼。
布鲁特斯	蒂提尼阿斯的脸是仰着的。
卡图	他死啦。
布鲁特斯	啊朱利阿斯·西撒！你还是很有力量！你的灵魂不灭，使得我们的剑刺入我们自己的胸膛。〔号角低鸣〕
卡图	勇敢的蒂提尼阿斯！你看他给死的凯西阿斯戴上花冠了没有？
布鲁特斯	世上还有像他们这样的两个罗马人活着吗？罗马的最后的英雄，你安眠吧！罗马不可能再产生能和你匹敌的人物。朋友们，你们看我对这位死者流泪，其实我应该流更多的泪——我会找到时间来哭你，凯西阿斯，我会找到时间来哭你——那么，大家来，把他的尸体送到扎索斯[7]。他的葬礼不可在我们军营

中举行，否则会影响军心。刘西利阿斯，来；来，小
卡图——我们到战场上去。雷比欧和佛雷维阿斯 [8]，
下令我们的军队前进——

三点钟了，罗马人，趁夜晚尚未来临，

我们要再战一场，试试我们的命运 [9]。〔同下〕

第四景：战场另一部分

号角声。双方队伍交战上，随后布鲁特斯、小卡图、刘
西利阿斯及其他上。

布鲁特斯　　同胞们，哎！不要垂头丧气！

卡图　　　　哪一个贱货敢不振作？谁愿和我去？我要在战场上宣布
我的姓氏。呔！我是马克斯·卡图的儿子、暴君的敌
人、爱国的志士！我是马克斯·卡图的儿子，呔 [10]！

布鲁特斯　　我是布鲁特斯，马克斯·布鲁特斯就是我。布鲁特
斯，爱国的志士，认明我是布鲁特斯！

　　　　　　〔冲击敌人下。卡图被击败倒下死〕

刘西利阿斯　年轻而高贵的卡图，你被击倒了？唉，现在你是和
蒂提尼阿斯一般勇敢地死去了，你应享受光荣，不
愧为卡图的儿子。

兵甲　　　　投降，否则你就是死。

刘西利阿斯　只有让我立刻死我才肯投降，这里有一笔钱，请你
　　　　　　立刻把我杀死。〔奉钱〕杀死布鲁特斯，能杀死他也
　　　　　　算是你的光荣。

兵甲　　　　我们不肯。一位高贵的俘虏。

兵乙　　　　让路！喂！告诉安东尼阿斯，布鲁特斯已经被捉
　　　　　　到了。

兵甲　　　　我去报告这消息，将军来了。

　　　　　　安东尼阿斯上。

　　　　　　布鲁特斯被捉到了，将军。

安东尼阿斯　他在哪里？

刘西利阿斯　他是安全的，安东尼阿斯，布鲁特斯是很够安全的。
　　　　　　我敢向你担保，没有一个敌人可以活捉高贵的布鲁
　　　　　　特斯，天神保佑他，不叫他受这耻辱！你找到他的
　　　　　　时候，不论是死是活，他总会保持他的尊严，合于
　　　　　　布鲁特斯的身份。

安东尼阿斯　这不是布鲁特斯，朋友。不过，我可以告诉你，这
　　　　　　个俘虏也是蛮有价值的。把这个人捉起来，要好好
　　　　　　待他。我宁愿要这样的人做我的朋友，不愿他们做
　　　　　　我的敌人。前进，看看布鲁特斯是活着还是死了。
　　　　　　把一切发生的事情，到奥台维阿斯的帐篷里向我们
　　　　　　报告。〔同下〕

第五景：战场另一部分

布鲁特斯、达戴尼阿斯、克赖特斯、斯特雷图与伏勒姆尼阿斯上。

布鲁特斯	来，可怜的剩余的几位朋友，在这岩石上休息一下吧。
克赖特斯	斯塔提利阿斯举起了他的火炬[11]，但是，将军，他没有回来。他不是被捉就是被杀了。
布鲁特斯	你坐下，克赖特斯。杀成了口号，变成了时髦的行为。你听我说，克赖特斯。
	〔附耳细语〕
克赖特斯	什么，我，将军？不，那决不可以。
布鲁特斯	那么就别作声！不要说它。
克赖特斯	我宁可杀死我自己。
布鲁特斯	你听我说，达戴尼阿斯。〔附耳细语〕
达戴尼阿斯	我可以做这样的事吗？
克赖特斯	啊达戴尼阿斯！
达戴尼阿斯	啊克赖特斯！
克赖特斯	布鲁特斯要求你做什么坏事？
达戴尼阿斯	杀死他，克赖特斯。看，他在沉思。
克赖特斯	这位高贵的人内心充满了悲哀，从眼睛里都泛滥出来了。
布鲁特斯	走过来，好伏勒姆尼阿斯，听我说句话。
伏勒姆尼阿斯	您要说什么？

布鲁特斯	唉，就是这事，伏勒姆尼阿斯。西撒的鬼魂夜里在我面前出现了两次，一次在萨地斯，这回是在昨夜腓力比战场上。我知道我的死期已近。
伏勒姆尼阿斯	不会的，将军。
布鲁特斯	不，我知道一定不免，伏勒姆尼阿斯。你可以看得出大势已去，伏勒姆尼阿斯。我们的敌人已经把我们逼到一个陷坑，与其等着让他们把我们推下去，不如我们自己跳下去。好伏勒姆尼阿斯。你记得我们俩当初一起上学。看在我们老朋友的交情的分上，我请求你，你拿着我的剑柄，让我冲上去。
伏勒姆尼阿斯	这不是朋友做的事，将军。〔号角声仍大作〕
克赖特斯	逃呀，逃呀，将军！不可再在此地耽搁了。
布鲁特斯	我向你告辞了，还有你，还有你，伏勒姆尼阿斯。斯特雷图你这一晌一直在睡，也向你告辞了，斯特雷图。同胞们，我心里很高兴，我一生当中，还没有一个人不是对我忠心耿耿。今日我虽败犹荣，比奥台维阿斯和马克·安东尼阿斯在这一场卑鄙的胜利中所得到的光荣还要多些。我立刻向你们告辞了；布鲁特斯差不多已经述说完了他的一生的历史：黑夜遮住了我的眼睛；我的这把骨头，辛辛苦苦地熬到了今天，也要休息一下了。〔号角声。内喊叫："逃！逃！逃！"〕
克赖特斯	逃呀！将军，逃。
布鲁特斯	快走！我就跟着去。〔克赖特斯、达戴尼阿斯与伏勒姆尼阿斯下〕我请你，斯特雷图，留在你的主人的

身边。你是一个值得人敬重的人，你一生颇有几分义气，那么你拿着我的剑，等我冲上去的时候你转过你的脸去。你肯不，斯特雷图？

斯特雷图　　请先让我和您握手，永别了，主人。

布鲁特斯　　永别了，好斯特雷图。——〔他冲上他的剑〕
　　　　　　西撒，你现在可以瞑目长眠，
　　　　　　我杀你没有一半这样的心甘情愿。〔死〕

　　　　　　号角声。退军号。奥台维阿斯、安东尼阿斯、米赛拉、
　　　　　　刘西利阿斯及队伍上。

奥台维阿斯　那是谁的仆人？

米赛拉　　　我的主上的仆人。斯特雷图，你的主人在哪里？

斯特雷图　　他已经解脱了你现在所受的束缚，米赛拉。战胜者只能为他举行火化，因为只有布鲁特斯能战胜他自己，任何别人不能有杀死他的光荣。

刘西利阿斯　布鲁特斯应当如此。多谢你，布鲁特斯，你证实了刘西利阿斯所言不虚。

奥台维阿斯　凡是曾经向布鲁特斯效力的，我一律收用。伙计，你愿意为我服务吗？

斯特雷图　　可以，如果米赛拉肯把我推荐给你。

奥台维阿斯　你推荐一下吧，好米赛拉。

米赛拉　　　我的主上是怎样死的，斯特雷图？

斯特雷图　　我举着剑，他冲了上去。

米赛拉　　　奥台维阿斯，那么你就留用这个人吧，他已经对我的主上尽了最后的义务。

安东尼阿斯　这真是最高贵的罗马人，除了他一人之外，所有的
　　　　　　叛徒都是由于嫉妒而害死西撒。只有他，由于诚恳
　　　　　　的动机，为了大众的利益，才加入了他们的组织。
　　　　　　他一生温文有礼，秉有稳健的气质，造物者可以站
　　　　　　起来向全世界宣布："这是个大丈夫！"
奥台维阿斯　我们要按照他的人品给他应得的待遇，包括一切的
　　　　　　敬礼和殡葬的仪式。
　　　　　　今晚把他的尸骨放进我的帐篷，
　　　　　　让他享受一个军人应有的光荣。
　　　　　　传令全军休息，我们也该离去，
　　　　　　分享这快乐的日子的荣誉。〔同下〕

注　释

[1] 原文 they could be content to visit other places；费解。G. B. Harrison
注为 they would prefer to be anywhere but here，似甚圆到，故从之。

[2] 根据普鲁塔克，这信号乃是 an arming scarlet coat。（Deighton 注 =
a coat worn as an armour and indicating by its colour the bloody nature of
the strife. ）

[3] "我愿意这样做"，做什么？ Deighton 注："我坚持要担任右翼。"Rolfe
认为 Cross 系双关语，言我不闹意气，我愿听你的话，从右手 cross over
到左手去。观下文奥台维阿斯之对于安东尼阿斯的依顺，此项解释似
亦可通。

[4] 亥不拉 Hybla，西西里一古城，以蜂蜜著名。或云系西拉鸠斯附近一山。

[5] 据普鲁塔克，西撒的创伤是二十三处，不是三十三处。

[6] 伊比鸠，Epicurus，希腊哲学家，生于纪元前三四一——二七〇年间，曾对其弟子宣称，如有天神存在，天神对人类并不感觉兴趣，故人类应该不重视一切迷信。（Harrison 注）

[7] 扎索斯，Thassos，爱琴海中一小岛，近腓力比。

[8] 雷比欧，Labeo，未见列入剧中人名表。系罗马法学家，为布鲁特斯部下。佛雷维阿斯，不是第一幕第一景出现的那个护民官，是另一同名的人。

[9] 据史实，这第二度腓力比之战是在二十日后。

[10] 大卡图是西撒的对头，在非洲 Utica 战败自杀，世称为 Cato Uticensis。

[11] 斯塔提利阿斯 Statilius 是布鲁特斯派往敌营探访虚实的一个人，相约如平安抵达敌营即高攀火把为号，然后急速归来。事见普鲁塔克的《布鲁特斯传》。

哈 姆 雷 特

The Tragedy of Hamlet

序

一 故事来源

十三世纪初萨克梭·格玛提克斯著《丹麦史》(Saxo Grammaticus : "*Historia Danica*")，这书的卷三卷四便是哈姆雷特（Amlethus）的故事。这简陋故事的内容与莎士比亚所作，微有出入，但大致仿佛。一五七〇年，法人贝尔佛莱（Francois de Belle - Forest Comingeois）译萨克梭所述哈姆雷特故事为法文编入其所著《惨史》("*Histoires Tragiques*")卷五。《惨史》在法国行销数版，但哈姆雷特故事至一六〇八年始有英译本，译者为托玛士帕维尔（Thomas Pavier），自《惨史》中摘译而成《哈姆雷特之历史》("*The Hystorie of Hamblet*")。但在此英译本以前，哈姆雷特的故事似早已出现于英国舞台之上。一五八九年似已有哈姆雷特之故事上演，因是年印在格林的曼那风（Green: *Menaphon*）卷首之那施（Thomas Nash）的一封公开信提起了这样的一出戏。在一五九四年汉士娄（Henslowe）又于六月九日的日记上记载着这样的一出戏。此最早之《哈姆雷特》一剧，今已佚，亦不知其谁人之作（或疑为 Kyd 作品），而莎士比亚曾受此剧之暗示与影响，则无疑义。

一七八一年有德文本《哈姆雷特》印行，系根据一七一〇年之手抄本而印行者，标题为 "*Der Bestrafte Brudermord oder Prinz Hamlet aus Daennemark*"。此德文本似即是十七世纪初年英国演员在德国献艺时所用之脚本，而考其内容，则又似是英国已佚之最早的《哈姆雷特》的德译本。此德译本内容粗陋，殊无足取，当系莎士比亚的《哈姆雷特》以前之作品。

二　著作年代

莎士比亚的《哈姆雷特》的著作期，最早不能过一五九八年，最晚不能过一六二〇年七月。一般考证的结果，认定是大约作于一六〇一至一六〇二年间。

密尔士《智慧的宝藏》（Meres: *Palladis Tamia*）印行于一五九八年，曾列举当时莎士比亚名剧十二种，而哈姆雷特不在内。故断定最早不能过一五九八年。

《哈姆雷特》最初见于书业公会登记簿（The Stationers Registers）是在一六〇二年，虽未标明作者名姓，但注明是宫内大臣保护下之剧团所用之剧本，故指莎氏所作无疑。此最初登记之《哈姆雷特》于一六〇三年出版，印有莎士比亚之名，即所谓"第一版四开本"，亦即莎氏之初稿。故断定最晚不能过一六〇二年。

更就内部证据而论，亦可断定哈姆雷特之年代。《哈姆雷特》中常提起西撒大将，关于鬼神迷信之事，以及复仇之观念，二剧颇多相通之点，故《哈姆雷特》必紧接在《西撒大将》之后而成，而《西撒大将》确作于一六〇〇至一六〇一年间。再哈姆雷特攻击童

伶之时尚，而童伶之得势确始于一六〇〇年与一六〇一年之间。莎
士比亚所隶属之官内大臣剧团，于一六〇一年在宫廷失宠，或有
《哈姆雷特》中所捕写之游行献艺之举，亦正未可知。再就作风考
察，亦与上文所拟定之年期恰合。故断定此剧大约作于一六〇一至
一六〇二年间。

三 版本历史

最早《哈姆雷特》是一六〇三年的"第一版四开本"。
一六〇四年又刊印了"第二版四开本"，在标题页上注明："按照真
确善本重印，较旧版增加几乎一倍。"这两种四开本的相互的关系，
颇引起一般考据家的纷争。第一版四开本只及第二版之半，并且内
容支离凌乱，与第二版颇有歧异之处，对于哈姆雷特的性格描写部
分亦较粗陋不全。但主要的故事结构，第一版四开本是都具备了，
第二版四开本于想象部分则大事增加，故前后二本，优劣显然。

两种版本何以有如许的差异呢？

第一版显然的是"盗印本"，必是用速记法在剧院随听随记的，
所以舛误甚多。但考其舛误的性质，又不像全是由听觉上的错误而
来，有些地方明白的是抄写人的笔误。所以仅仅说第一版是"盗印
本"，并不能完全解释两种版本的异文的根由，就内容论，有些琐
细的情节以及人名等等，两种本子都有出入的地方。这可以证明第
一版四开本与第二版四开本干脆的是代表两种底稿。第一版诚然是
盗印的，但第二版并非仅仅改正第一版的错误。第二版乃是莎士比
亚就初稿大加增润的改稿。所以第一版是初稿，第二版是定稿。初

稿在许多情节上与传说的哈姆雷特故事很是接近，所以初稿是莎士比亚按照已佚的哈姆雷特旧剧改编而成，亦未可知，因为我们知道莎士比亚常常是改编旧剧的。有人疑心第一版根本不是莎士比亚的手笔，这在未得满意的证据之前，殊无置信之必要。

自"第二版四开本"刊行以后，《哈姆雷特》大受欢迎，新版陆续刊行，内容则大致无变动，仅字之拼法逐渐革新。一六〇五年之"第三版四开本"完全是重印第二版。"第四版四开本"刊于一六一一年。"第五版四开本"无年代，显系重印本。"第六版四开本"刊于一六三七年，系第五版之重印，以后仍有许多四开本之刊行，现今统称之为"演员四开本"。

"第一版对折本"刊于一六二三年，是为莎士比亚作品第一次刊之全集。《哈姆雷特》占该本第一五二至二八〇页。对折本之剧文中，有约八十五乃至九十八行之数，为"第二版四开本"所无者，但亦有二百一十八行见于"第二版四开本"，而为对折本所无者。此外无何差异，大概经二十年舞台上之经验，剧本难免不有增删之处。"第二版四开本"为诗人莎士比亚之作品，对折本则舞台经理莎士比亚之作品，前者较多文学意味，后者更合舞台需要。在校对方面，对折本较四开本为精审。

第二版对折本刊于一六三二年，改正第一版之误植。第三版刊于一六六三年，并一六六四年；第四版刊于一六八五年。内容均仍旧。

四开本之《哈姆雷特》均不分幕分景，对折本仅分至第二幕第二景为止。至一七〇九，桂冠诗人罗氏 Rowe 编莎士比亚全集出版，始将全剧分幕分景，添注演员之上场下场，及许多必要之"舞台指导"，并剧中人物表。

四　舞台历史

《哈姆雷特》一起始就是很受观众欢迎的一出戏，在"第一版四开本"的标题页上就标明了常常上演的地方不仅是伦敦，还有剑桥、牛津及其他各处。李查·白贝芝是第一个善演"哈姆雷特"的名伶。据说，莎士比亚自己还演过这出戏里的鬼。"复辟时代"最伟大的莎士比亚演员白特顿（Betterton）亦以演"哈姆雷特"著称。一七四二年伟大的演员加立克（Garrick）开始演"哈姆雷特"，直到一七七六年从剧院退休时止，独擅绝技，一时无两。加立克所用的《哈姆雷特》脚本，是经过他自己删改的，今已不存。一七八三年著名的坎布尔（J. P. Kemble）开始演"哈姆雷特"，态度娴雅，歌德誉之为"最好的哈姆雷特"。一八一四年济恩（E. Kean）继起，热情流露，另为一派之表现，影响及于 Macready, Fletcher, Edwin Booth, Henry Irving 诸名家。

五　哈姆雷特问题

《哈姆雷特》在戏台上是一出很动人的戏，在伊丽沙白时代如此，在现代仍然如此。观众大概都感觉这戏的伟大，虽然名人对这伟大的解释是很不同。但是把《哈姆雷特》当作文学作品而精细加以研究的人，便要发现《哈姆雷特》在情节上在描写上颇有矛盾缺漏的地方。例如，照剧中文字推算，《哈姆雷特》该是三十岁，他的母亲该在五十岁左右了，而仍有乱伦之行，毋乃不伦？哈姆雷特之爱奥菲里阿在父死之后不久，亦殊不近情理。何瑞修为哈姆雷特之契友，何以到丹麦参加殡丧，差不多过了一个月才与哈姆雷特相晤？何瑞修较哈姆雷特年长，且曾熟悉丹麦老王生前之事，何以又似非丹麦土著，竟不知丹麦宫廷纵酒之风？何瑞修究竟是丹麦人呢，还仅是威登堡的一个学生呢？哈姆雷特的母亲，对于谋杀国王的事情，是否参加呢？哈姆雷特对于奥菲里阿的爱情是否真的？如是真的，何以忽然又不爱她？更何以对她言谈那样粗暴？在第一幕中鬼是人人都看见的，在第三幕又何以哈姆雷特看见而王后看不见？派哈姆雷特赴英格兰，原是国王秘计，何以哈姆雷特似已知情，并知有秘信？如已知情，何以国王告以使命之时，又有惊异之状？如其惊异系属佯做，但彼究何以预知有吉罗二人伴行？秘信尚未写，何以知有秘信？哈姆雷特之疯，是真疯，是假疯，还是半真半假？如系真疯，何以不似真疯？如系假疯，何以必须假疯？哈姆雷特的性格，是英勇，还是忧郁？是果决，还是迟懦？既欲为父报仇，何不径杀新王？何以延至四月之久，始于无可奈何之中与彼偕亡？凡此种种问题，有的我们可以设法代莎士比亚答解，有的直无从解释。其中比较的最成为问题的是最后一个。为什么哈姆雷特不立刻报仇？这是"哈姆雷特问题"的核心。

哈姆雷特见鬼的时候，天气正在严寒，奥菲里阿埋葬的时候，花草正在繁茂，这其间至少要有四个月的光景。为什么哈姆雷特要忍耐这四个月？若说哈姆雷特在事实上没有杀国王的机会，这理由殊为薄弱，因为哈姆雷特可以佩剑出入宫廷，国王并无戒备，要下手是随时可能的。事实上国王祷告的时候，哈姆雷特本想下手而又饶了他，后来杀普娄尼阿斯也是误认作国王杀的。所以哈姆雷特之不早下手，非事实上的困难，而必是另有深藏的原因在。

歌德在 *Wilhelm Meisters Lehrjahre* IV iii - viii V iv - xi 说："据我看，

莎士比亚的原意是想要在这戏里表现出一桩大事放在一个不适于施行的人身上所发生的效果。据我看全戏便是在这观点下创作的。一棵大树栽在一个值钱的瓶子里，而这瓶只合插进几枝鲜花：树根膨胀，瓶可就碎了。"歌德把哈姆雷特看作一位公子，不是一位英雄，报仇的事他不配干，所以迁延不决。这解释似乎太简单。

科律己在他的莎士比亚讲演札记里说："哈姆雷特是勇敢不怕死的；但他因多感而犹豫，因多虑而延迟，因决心的果断而消失了行动的力量。"科律己是遵从施莱格耳的学说，以哈姆雷特为一思想特别发达的人，所以行动特别迟缓，但是报仇的事有什么可思索顾虑的呢？

乌里契（Ulrici: *Shakespeares dramatische Kunst* 英译本二一八页）说："虽然国王的确有杀兄之罪，但照基督教的意义讲来，不经审判而自己动手杀他仍然是件罪恶。所以在哈姆雷特心里我们可以看出基督教徒与自然人的斗争……。"他蓦地提出基督教的问题，却又是一种新鲜的解释。

维德尔（Karl Werde: *Vorlesungen über Shakespeares Hamlet*）最有力量的驳斥歌德的学说。他在第四七页说："悲剧的复仇必须要有惩罚，惩罚必须要有公理，公理必须要令世界周知，所以，哈姆雷特的目标不是王冠，其首要义务亦不是杀死国王；他的事业乃是公正地惩罚杀父的凶手，虽然这些凶手在世人心目中毫无嫌疑，他并且还要把自己处分之合理令丹麦民众认为满意。"哈姆雷特所以不杀国王者，正欲留其活口，以为异日迫其招供服罪之余地，这解释对于剧中情节似乎顾虑周到，较歌德一派的主观见解略胜一筹了。但是戏文自始至终并没有说哈姆雷特要设法向民众证实国王之罪或设法执付有司；不特此也，哈姆雷特始终是口口声声地说要自已动手报仇。这情形维德尔又何以解释？

伯拉德莱教授（A. C. Bradley）在《莎士比亚的悲剧》第三讲里采取一种心理的观点，认为哈姆雷特是有"忧郁症"，对于人生及人生中一切均抱厌恶悲观之态度，所以任何事都不能迅速敏捷地去处置。这是最新的一种解释。这或者也许是比较最满意的解释。

无论怎样解释，"哈姆雷特问题"至今仍然不能消灭，因为戏文中缺憾太多，所以问题总是存在的。我以为这些问题不必定要解决。剧情的缺憾，就由它成为缺憾。莎士比亚在艺术上的缺撼，我们原没有必须设法弥补的。莎士比亚写《哈姆雷特》原不是一气写成的，写成后原不曾想印出来给人推敲，因为不是一气写成的，所以第一版四开本和第二版四开本便是两个样子。初稿中的哈姆雷特便接近传统故事中的哈姆雷特，亦接近 Kyd 一派"流血悲剧""复仇悲剧"中的英雄。莎士比亚改稿之后，哈姆雷特的面目大变，不是一个单纯的英雄，而是一个多思想的少年了。这改稿之间，难免不有顾此失彼和前后不贯之处，所以"哈姆雷特问题"也许正是大半由于改稿而起，亦未可知。定稿之后，在舞台上一试成功，观众并不能发现漏洞，莎士比亚自然也就满意，哪有闲情逸致再咀嚼剧情上的琐节。所以哈姆雷特之有问题，莎士比亚自己或许从不曾发觉。后人聚讼，岂非徒然？心理分析学派且以哈姆雷特为"儿的婆斯错综"之一例，益为荒谬！"哈姆雷特问题"还是交给考据家去研究，以哈姆雷特为文艺而加以研究者，只须知其问题所在便可，固无需必先解答哈姆雷特之谜始足以言欣赏。（G. F. Bradby: *The Problems of Hamlet 1928.* 提出问题所在，并试说明问题之所由来，亦不主强为解释，立论最精辟。）

剧 中 人 物

克劳底阿斯（Claudius），丹麦王。

哈姆雷特（Hamlet），故王之子，今王之侄。

浮廷布拉斯（Fortinbras），瑙威亲王。

普娄尼阿斯（Polonius），御前大臣。

何瑞修（Horatio），哈姆雷特之友。

赖尔蒂新（Laertes），普娄尼阿斯之子。

浮尔蒂曼德（Voltimand）

考内里乌斯（Cornelius）

罗珊克兰兹（Rosencrantz）　　　　朝臣。

吉尔丹斯坦（Guildenstern）

奥斯利克（Osric）

一绅士。

一僧人。

马赛勒斯（Marcells）

百那都（Bernardo）　　卫兵官。

佛兰西斯科（Fracisco），卫兵。

雷那尔度（Reynaldo），普娄尼阿斯之仆。

演员数名。

乡下人两名，掘墓穴者。

一军官。

英国使臣数人。

葛楚德（Gertrude），丹麦王后，哈姆雷特之母。

奥菲里阿（Ophelia），普娄尼阿斯之女。

贵族、贵妇、军官、兵士、水手、信差及其他侍从人等。
哈姆雷特之父的鬼。

地 点

哀而新诺。

第 一 幕

第一景：哀而新诺，堡前高台

佛兰西斯科值班站岗。百那都向他走来。

百那都　　　　那是谁呀？

佛兰西斯科　　呔，回答我吧！站住，报上名来。

百那都　　　　君王万岁！

佛兰西斯科　　百那都？

百那都　　　　是他。

佛兰西斯科　　你来的时候很准。

百那都　　　　刚打十二点，你睡去吧，佛兰西斯科。

佛兰西斯科　　多谢你来换班，这儿很冷，我心里怪难受的。

百那都　　　　你站岗的期间还安静吧？

佛兰西斯科　　一只老鼠都没有闹。

百那都	那么，再见吧。你若是遇见我的同班的伙伴何瑞修和马赛勒斯，叫他们快点来。
佛兰西斯科	我好像是听见他们来了——站住，嘻！那是谁呀？

何瑞修及马赛勒斯上。

何瑞修	本国的友人。
马赛勒斯	丹麦王的臣民。
佛兰西斯科	祝你们晚安。
马赛勒斯	啊，再会吧，忠实的卫士，谁接了你的班？
佛兰西斯科	百那都替我了。祝你们晚安。〔下〕
马赛勒斯	喂！百那都！
百那都	喂——怎么，那是何瑞修吗？
何瑞修	有点像他。[1]
百那都	欢迎，何瑞修。欢迎，马赛勒斯。
马赛勒斯	怎么，这东西今夜又出现了吗？
百那都	我还没有看见什么。
马赛勒斯	这可怕的东西，我们亲眼见过两次了，何瑞修却不肯相信，说是我们的幻想。所以我特意请他来陪着我们守望，若是鬼物再来，他可以证实我们的眼睛没有错，并且可以和他谈谈。
何瑞修	得了吧，得了吧。鬼不会再出现。
百那都	坐一会儿吧，你不信我们接连两夜看见的故事，让我们再说一遍给你听吧。
何瑞修	好，我们坐下来，我们听百那都说说这件事。
百那都	就在昨天夜晚，当那绕着北斗西行的那颗星，正在

照耀着现在发亮的天边，马赛勒斯和我两个，钟敲了一下——

马赛勒斯　静，快别说话。看，又从那边来了。

鬼上。

百那都　那样子，和死去的国王一般。

马赛勒斯　你是读书人[2]，你和他说话，何瑞修。

百那都　他不是很像国王吗？你看看，何瑞修。

何瑞修　像极啦，使得我又害怕又惊奇。

百那都　他要人和他说话。

马赛勒斯　你问问他，何瑞修。

何瑞修　你是什么东西，敢擅自在这昏夜出现，并且妄穿丹麦先王曾经穿过的威武堂皇的军装？我命令你，说！

马赛勒斯　他恼啦。

百那都　看，他大踏步地走了！

何瑞修　站住！说话，说话，我命令你，说话！〔鬼下〕

马赛勒斯　他走了，他不回答你。

百那都　现在怎样，何瑞修！你直哆嗦，脸也白了，这可不仅是幻想了吧？你以为怎么样？

何瑞修　我当着上帝说吧，若没有我亲眼看见的证据，我是不能相信这件事。

马赛勒斯　是不是像国王？

何瑞修　就如同你和你自己一样地像。他当初和野心的瑙威王斗争的时候就穿的是这样一副盔甲。他当初议和发怒把乘橇的波兰人[3]打在冰上的时候，他也曾露出这样的一副怒容。怪事。

马赛勒斯　　这样已经有两次了，在这深更半夜的时候，耀武扬威地在我们守望的地方走过。

何瑞修　　　我虽然不能十分确定地说，但从大致看来，这一定是我们国家的一种不祥之兆。

马赛勒斯　　好，坐下来，你们谁知道的请告诉我，为什么我们国民要夜夜的这样严重地伺守提防？为什么这样天天地铸造铜炮，还从外国购办军火？为什么强征造船工匠，星期日也不停工？究竟有什么大祸临头，要这样不分星夜地挥汗彷徨，谁能告诉我？

何瑞修　　　我能，至少大家都这样传说。你们知道，方才还显示圣容的先王，当他在世的时候，瑙威王浮廷布拉斯一时好胜，要和他决斗。我们的英勇的哈姆雷特——我们这半边世界谁不钦仰他的威名——把浮廷布拉斯杀死。事前他曾按照战法[4]订下一纸契约，情愿将他所有的领土连同性命一齐让给胜利者。我们的先王也曾以同样的领土做赌，如其浮廷布拉斯打胜，领土便由他承受。但是结果就根据这契约上的条款，他的领土都输给哈姆雷特了。如今呢，先生，浮廷布拉斯的儿子，血气方刚，在瑙威边疆啸聚了一群亡命之徒，每日酬以三餐，鼓动他们大胆妄为。他的用意——我们的朝廷早已明白——无非是想用强硬手段和威胁的条款恢复他父亲丧失了的领土。我想这就是，我们积极准备之主要的动机、我们严重警戒的根由、全国匆忙纷扰之主要的原因了。

百那都　我想一定就是这个缘故。几次战争均由先王而起，
　　　　　所以在我们守望时候来的那个不祥之物，全身戎装，
　　　　　并且酷似先王，前后情形正好吻合。

何瑞修　这不过是令人心眼烦恼的一粒纤尘。罗马帝国全盛
　　　　　时代，在伟大的西撒殁亡之前不久，墓棺尽空，裹
　　　　　着殓衣的死尸在罗马市街啾啾哀鸣。星辰带了火焰
　　　　　的尾巴和血腥的露珠，太阳黯淡无光，操纵海水的
　　　　　月亮也像到了世界末日一般的陷缺憔悴[5]。如今天
　　　　　地也许正是同样地昭示我们的邦人，预告我们灾祲
　　　　　将至，有如命运的先驱和变故的序幕。

　　　　　鬼又上。

　　　　　小声些，看！喏，他又从那里来了！我要照直地走
　　　　　过去，不怕他魇住我——站住，你这虚幻的东西！
　　　　　你若是能作声，或是会说话，你和我说。你若是要
　　　　　我替你做点什么事，使你安眠，在我也算是功德，
　　　　　你和我说。你若是知道你的国家有什么因预知而或
　　　　　可避免的命运，啊，你说！或是你生前勒索暴敛的
　　　　　财宝埋在地下，所以，如俗人传说，你死后还出来
　　　　　逡巡呵护，〔鸡鸣〕你说呀！站住，说！拦住他，马
　　　　　赛勒斯。

马赛勒斯　我可以用戟打他吗？

何瑞修　打，假如他不站住。

百那都　他在这里！

马赛勒斯　　他走了！〔鬼下〕他的样子很威严，我们以暴力相加，这是我们的错。他是和空气一样，受不了伤的，我们空打一阵倒是无礼了。

百那都　　　他刚要说话，恰巧又鸡叫。

何瑞修　　　随后他就慌张起来，好像是罪犯奉到可怕的传唤一般。我听说，报晓的鸡，他的尖锐的喉音可以惊醒白昼的神，并且水火土气的各方游魂一听见他的警告也就都急忙地各奔原居，方才的鬼物证明了这话不错。

马赛勒斯　　鸡一叫他就消灭。还有人说，在庆祝救主诞辰的节候，鸡是整夜地叫个不休。所以他们说没有鬼敢出现，那几夜是平安的，流星不降灾祸，妖灵也不害人，巫觋也不能施展符咒，真是神圣慈悲的时候。

何瑞修　　　我也这样听说过，有一部分我也相信。可是你们看，披着红袍的曙光，踏着那高远的东山的露珠走过来了。我们散班吧，依我说，我们把今夜看见的事告诉哈姆雷特。因为我敢说，鬼对我们哑口无言，对他或者有话。为了交情与责任，我们都有告诉他的必要，你们赞成不？

马赛勒斯　　我请求，我们就去告诉他吧，并且我知道今天早晨到哪里去找他最便当。〔众下〕

第二景：堡内大厅

奏乐。王、后、哈姆雷特、普娄尼阿斯、赖尔蒂斯、浮
尔蒂曼德、考内里乌斯、贵族们及待从等上。

王　　　　虽然我的亲兄哈姆雷特崩驾不久，记忆犹新，我应
该深为怆悼，全国臣民亦宜有同悲。但是，理性与
情感冲突，我不能不勉强节哀，于怀念亡兄的时
候，不忘珍重朕躬的意思。 所以我从前的嫂子，如
今的王后，这承继王位的女人，我现在把她娶作妻
子，这实在不能算是一件十分完美的喜事。一只眼
喜气洋洋，一只眼泪水汪汪，像是殡葬时享受欢乐，
也像是结婚时奏唱悼歌，真是悲喜交集，难分轻重。
关于这件事我也不曾拒绝你们随时进的忠言劝告，
我多谢大家。现在且说，你们大家谅已知悉，小浮
廷布拉斯轻视朕躬，以为我的亲兄暴亡，国家必定
瓦解，认为有机可乘，于是屡次遣使前来罗唣，要
我让还当初他父亲依据法律的约束而丧失给我英勇
先兄的领土。关于他，不必再多说。现在讲我自己
的事，我这次召集会议只为了一件事。我写下一封
信给瑙威国王，他是小浮廷布拉斯的叔父，屡病在
床，他并不知道他侄子的用意，我请他阻止他再有
骚扰，因为所征税饷所募兵丁差不多完全是出自他
的臣民。现在我派你，好考内里乌斯，还有你，浮
尔蒂曼德，做给老瑙威王送信的使者。但是文书范

围以外的事，却不许你们擅自和他商议。珍重吧，
这事要火速办理。

考内里乌斯⌐

　　　　 ⌐陛下吩咐，敢不尽忠。

浮尔蒂曼德⌐

王　　　　我相信你们，珍重了。〔考内里乌斯及浮尔蒂曼
　　　　　德下〕

　　　　　现在，赖尔蒂斯，你可有什么事吗？你曾向我请求
　　　　　过什么事，是什么事来的，赖尔蒂斯？有道理的话，
　　　　　你自管向丹麦王说，你绝不会白说的。你要求什么，
　　　　　赖尔蒂斯？什么是假如你不要求我便不给你的呢？
　　　　　头和心的亲近，手和口的相助，都不比丹麦王和你
　　　　　的父亲之间的关系更密切。你要什么，赖尔蒂斯？

赖尔蒂斯　陛下，我请求准我回到法国去。虽然是我自愿由法
　　　　　国回到丹麦参与陛下加冕盛典以尽臣职，但是如今
　　　　　臣职已尽，又想遄返法国，请求陛下恩准。

王　　　　你曾得到你父亲的允许了吗——普娄尼阿斯，你意
　　　　　下如何？

普娄尼阿斯　陛下，他竭力地请求，终于夺去了我的迟迟不给的
　　　　　允诺，我算是勉强依了他。我请求陛下，准他去吧。

王　　　　珍重你的青春吧，赖尔蒂斯。时间是你的，你自由
　　　　　地善自遣用吧——现在，我的侄子哈姆雷特，也是
　　　　　我的儿子——

哈姆雷特　〔旁白〕比侄子是亲些，可是还算不得儿子[6]。

王　　　　怎么，你脸上还是罩着一层愁云？

哈姆雷特	不是的，陛下，我受的阳光太多了[7]。
后	哈姆雷特好孩子，抛去你那一层昏黯的气色，对丹麦王表示一点和气。别竟垂着眼皮在尘土里面去寻你的高贵的父亲。你要知道这是一件平常事，有生即有死，经过尘世以达于永恒。
哈姆雷特	对了，母亲，是很平常。
后	既然这样，为什么你对这件事又觉得好像是有点特别呢？
哈姆雷特	好像？母亲！不，简直的是，我不知道什么好像。好母亲，不仅我这一袭墨色的长袍，照例的一套深黑的丧服，用力地长呼短叹，眼里不断地流泪，面上沮丧的样子，以及一切悲哀的表示——不仅这些能真正地表示我的内心悲哀，这些才真正地可以说是"好像"，因为这是人人可以假扮出来的举动。但是我心里有非外表所能宣泄的悲哀，这些，不过是悲哀地装点服饰罢了。
王	哈姆雷特，你为你的父亲尽心守孝，这原是你天性笃厚的地方，很是可取。但是你要知道，你的父亲也曾死过父亲，那死了的父亲又曾死过他的父亲。做后人的自然应该在相当期内居丧守礼，以全孝道。但若固执的哀毁，那便是拘泥了。那岂是男子汉的哀伤？这只是表示出拂逆天意、心地不坚、缺乏耐性和愚蠢幼稚的了解。我们既知道这是一件不可挽救的事，并且是和吾人五官接触的事物一般的平凡，我们又何必偏偏作对不释于怀呢？嘻！这对于上天，

对于死者，对于亲人，都是罪过，对于理性也是讲
不过去的，因为丧父是极平常的一件事，自古至今，
无不认为这是"无可如何"。我劝你把这无益的悲哀
抛到地下去，还是认我作你的父亲吧。让天下周知，
你是我的王位最嫡近的继承者，并且我对你的挚爱
丝毫不减于慈父对于他的亲儿子。你想要回威呑堡
的学校 [8]，这可大不合我的意思。我愿你，决心留
在此地，使我眼前欢娱，做我主要朝臣、亲侄儿、
亲儿子。

后　　　哈姆雷特，你别令你母亲枉费了一番的祷望。我劝
　　　　你，留下伴着我，别上威呑堡去了。

哈姆雷特　母亲，我尽量服从你就是。

王　　　唉，这才是亲爱精诚的回答，和我们一起住在丹麦
　　　　吧——夫人，来，哈姆雷特和顺自然的遵从，使我
　　　　心里很是喜欢。所以丹麦王今天要痛饮三杯，还要
　　　　燃放巨炮，昭告云霄，上天也要响应地下的雷声，
　　　　给国王的宴乐欢呼致贺哩——走吧。

　　　　〔乐奏，除哈姆雷特外全体下〕

哈姆雷特　啊，我愿这太，太，坚固的肉体消溶分解而成露
　　　　水！或是上天不曾订那教规禁止自杀 [9]！啊，上帝
　　　　呀，上帝呀！这世界上的事情，由我看来何以如此
　　　　地厌倦、陈旧、淡薄、无益！一切卑鄙！简直是一
　　　　座蔓草未芟的花园，到处是蓬蒿荆棘，居然弄到这
　　　　个地步！死了才两个月！不，还不到两个月。那样
　　　　贤明的一位国王，比起现在这个，恰似太阳神和羊

怪之比。他又那样爱我的母亲，甚至不准天风太重地吹上她的脸。天哪地哪！我一定要回忆吗？唉，她当初一心一意地依傍着他，好像是食物越放在眼前食欲越增进似的。然而，在一个月内——我别想这件事了吧——脆弱，你的名字就叫作女人——不过一个月！她送我父亲的尸首入葬的时候，像是奈欧璧[10]一般哭得成个泪人儿，她那天穿的鞋子现在还没有旧——何以她，竟至于——啊上帝呀！一只没有理性的畜类怕也要哀伤得久些——她竟嫁给了我的叔父，他是我父亲的兄弟，但是毫不和我父亲相像，如我之不与赫鸠里斯[11]相像一般。才一月之内？顶虚伪的眼泪还没有在她哭痛的眼上停止留下红痕，她居然改嫁。啊，好奸狠的速度，好敏捷地奔赴乱奸的席上！这不是好事，也不能发生好结果——但是我只好伤心，因为我一定要沉默！

何瑞修、马赛勒斯与百那都上。

何瑞修	殿下好！
哈姆雷特	我看你康健，我很喜欢。是何瑞修啊，我太健忘了。
何瑞修	正是的，殿下，并且永远是你的忠仆。
哈姆雷特	你是我的好朋友，我和你换个称呼吧。你为什么事离开威吞堡，何瑞修——马赛勒斯？
马赛勒斯	殿下——
哈姆雷特	我很喜欢见到你——〔向百那都〕晚安，先生——说实话你为什么离开威吞堡呢？

何瑞修　　　想逃学罢了，殿下。

哈姆雷特　　你的敌人这样说，我都不愿意听。你自己说你的坏
　　　　　　话，我更不能听信了，我知道你不是好逃学的人。
　　　　　　但是你到哀而新诺有什么事呢？在你走前我们可以
　　　　　　叫你纵酒。

何瑞修　　　殿下，我是来吊祭你的父丧。

哈姆雷特　　我求你，别讥笑我，好同学。我想你是来参观我母
　　　　　　亲的婚礼来了。

何瑞修　　　实在是，殿下，这事接连得很紧。

哈姆雷特　　节俭，节俭，何瑞修！丧事上用的冷烤肉正好搬在
　　　　　　结婚筵席上，我宁愿在天上遇见顶刻毒的仇人，我
　　　　　　也不愿看那天的那种情形，何瑞修！我的父亲——
　　　　　　我仿佛看见我的父亲。

何瑞修　　　啊，在哪里，殿下？

哈姆雷特　　在我的心眼里，何瑞修。

何瑞修　　　我见过他一次，他是贤明的君王。

哈姆雷特　　从各方面看来，他不愧为大丈夫，我再也寻不出能
　　　　　　和他比拟的人。

何瑞修　　　殿下，我昨天夜晚看见他了。

哈姆雷特　　看见？谁？

何瑞修　　　殿下，你的父王。

哈姆雷特　　我的父王！

何瑞修　　　暂且别慌，你先用心听我把这怪事说给你听，这几
　　　　　　位是见证。

哈姆雷特　　上帝怜见，你快讲给我听。

何瑞修	这两位，马赛勒斯和百那都，接连着两次在深更半夜守卫的时候撞着这件怪事。一个鬼影，像你的父亲，从头至脚全身披挂，忽在面前出现，威严地慢慢地在他们身旁走过。在他们的惊吓的目光之前逡巡了三次，相距不过一杖之遥。他们吓得像是化成了一块软冻子，哑巴般站着一言未发。他们在恐慌中偷偷地把这件事告诉了我，第三夜我便陪他们去守夜。果然那鬼物出现，那时间和形状完全和他们所说的一字不差。我见过你父亲，和这两只手似的，一模一样。
哈姆雷特	这是什么地方？
马赛勒斯	殿下，就是在我们守望的台上。
哈姆雷特	你没有和他说话吗？
何瑞修	殿下，我说了，但是他不回答我。有一回他仿佛抬起了头，有所动作，像是要说话。恰巧晨鸡高叫，他立刻退缩，无影无踪地急速遁去。
哈姆雷特	这很怪。
何瑞修	殿下，这事十分确实，我们觉得我们在责任上有告诉你的必要。
哈姆雷特	是的，是的，诸位，但这事使我很忧虑。今天晚上你们守夜吗？
马赛勒斯 百那都	我们守夜，殿下。
哈姆雷特	穿着盔甲，你们说的？

马赛勒斯 百那都	是穿着盔甲，殿下。
哈姆雷特	从头至脚？
马赛勒斯 百那都	殿下，是从头至脚。
哈姆雷特	那么你们便看不见他的脸。
何瑞修	啊看见的，殿下，他的盔的前面是揭开的。
哈姆雷特	怎么，他是皱眉的样子吗？
何瑞修	是愁容，不是怒容。
哈姆雷特	苍白，还是绯红？
何瑞修	不，很苍白。
哈姆雷特	瞪着眼盯看你了吗？
何瑞修	盯着没动。
哈姆雷特	我若是在场就好了。
何瑞修	那你一定要惊讶不置。
哈姆雷特	那也许，也许，他停留得久吗？
何瑞修	在用相当速度可以数到一百那样长久。
马赛勒斯 百那都	比那还长久些，长久些。
何瑞修	我见的那次不过那样久。
哈姆雷特	他的胡须是灰白色的？不是？
何瑞修	和我在他生前所见的一样，是黑里掺杂银的颜色。

哈姆雷特	今夜我去守望，也许他又出现。
何瑞修	我敢说他一定出现。
哈姆雷特	假如他是我的高贵的父亲的模样，我就和他说话。虽然地狱吼叫着不许我开口，我也不管。我求你们诸位，如其这件事你们一向守着秘密，请你们继续地不要泄露。无论今晚再发生什么事，大家只可理会，不可说出口。我要报答你们的厚爱，那么再会吧。在守望台上，十一点至十二点之间，我来会你们。
全体	这是我们对殿下的责任。
哈姆雷特	那是你们的情谊，如同我对你们的情谊一样，再会了。〔除哈姆雷特外全下〕 我的父亲的鬼穿着武装！大事不好了！我疑心这里面有什么不法的暴行，真愿夜晚快到！ 我的心灵，你等着吧，罪行必将败露， 用大地遮盖也不能掩尽天下人的耳目。

第三景：普娄尼阿斯家中一室

赖尔蒂斯与奥菲里阿上。

赖尔蒂斯	我的行李都搬上船了，再会吧，妹妹。有顺风便船

的时候，别净贪睡，给我来封信。

奥菲里阿　这你也疑心吗？

赖尔蒂斯　至于哈姆雷特和他献的小殷勤，只可当作是一时的高兴，逢场作戏。这只是早春时节的一朵紫罗兰：开得早，可是不能长；气味香，可是不能久，色香只可供一刹那的玩赏，如此而已。

奥菲里阿　不过如此吗？

赖尔蒂斯　不妨作如此想，因为凡是能生长的东西，不仅是筋肉体格在长大，在躯体生长的时候其心灵的内在作用也随着增长。或者他现在是真爱你，现在他的心地是纯洁的，并无虚伪沾污。但是，你得要顾虑，他的身份是很重的，他的意志不能完全自主，因为他自己不能摆脱他的身份。他不像平民似的自由选择，因为他的选择关系全国的安危，所以他的选择便不能不受他所统治的臣民舆论的限制。所以他若是说他爱你，你只可相信他在身份所许的范围之内可以实践他的话，而他行事是决不能违反丹麦民意的。那么你衡量一下你的名誉将要受多么大的损失，假如你太轻易地听信他的甜言蜜语，一往情深，甚至被他胡缠不过，开放了你的贞洁的宝藏。要有戒心，奥菲里阿，要有戒心，我亲爱的妹妹。你要躲在你的情感的后方，免得受情欲的攻击与危险。一个顶规矩的姑娘，只要对着月亮显示了她的美丽，便算是极放肆了。美德的化身都难逃毁谤的中伤，阳春的宠儿往往在含苞未放的时候被虫蛀蚀，人在

　　　　　　朝露未干的青春也是最易感受传染的恶疾。

　　　　　　要谨慎，小心翼翼才最安全。

　　　　　　青春无需挑逗，自己就会叛变。

奥菲里阿　　这一番教训的力量，我要永留不忘，作为我的心灵
　　　　　　的呵护。但是我的好哥哥，你可别像那缺德的牧师
　　　　　　一般，指示给我上天堂去的一条峻险荆棘的途径。
　　　　　　而他自己却像一个放纵轻狂的荒唐少年，踏上五光
　　　　　　十色的蔷薇之路，不顾他自己的言论。

赖尔蒂斯　　啊，不必替我担心了。我耽搁太久了。我的父亲
　　　　　　来了。

　　　　普娄尼阿斯上。

　　　　　　两次的祝福便是加倍的恩惠，看这情形是要做第二
　　　　　　次的告辞了。

普娄尼阿斯　还在这里，赖尔蒂斯，上船吧，上船吧，岂有此
　　　　　　理！风在船帆的肩头上坐着，就等你了。对了，我
　　　　　　祝福你！我还有几句格言你要切记。〔手抚赖尔蒂斯
　　　　　　头上〕你有什么思想不要说出口，不合时宜的愿想
　　　　　　更不可见诸实行。要和气，不要俗。经过试验的益
　　　　　　友，你要用钢箍把他抱紧在你的灵魂上。别滥结新
　　　　　　交，逢人握手，以致把手掌磨粗。留神不可和人争
　　　　　　吵，但是既已争吵，就要闹下去，令对方知道你的
　　　　　　厉害。人人的话你都要倾耳去听，但是自己不可多
　　　　　　开口。接受人人的意见，但是要保留自己的主张。
　　　　　　以你的钱囊的能力为度，衣服要穿得讲究，但是也

不可过于奇怪。要阔气，不要俗艳，因为衣服常能表现人格，法兰西的上流人物是最讲究这穿衣一道的。别向人借钱，也别借钱给人。因为借钱给人常常失掉了钱还失掉朋友，而向人借钱适足挫钝俭德的锋芒。最要紧的是这一句：不要自欺，然后你就自然而然地如夜之继日一般不致欺人了。再会吧，我的祝福可使这几句话深刻在你的心上！

赖尔蒂斯	我拜辞了。
普娄尼阿斯	时候就要到了，去吧，你的听差在等着你呢。
赖尔蒂斯	再会了，奥菲里阿，好好记住我方才对你说的话。
奥菲里阿	已经锁在我的记忆里了，钥匙还要交给你自己保存着。
赖尔蒂斯	再会吧。
普娄尼阿斯	奥菲里阿，他对你说的是什么话？
奥菲里阿	关于哈姆雷特太子的事。
普娄尼阿斯	对，真想得周到。我听说，他最近常常找你私会，并且你也很慷慨随便地接见他。如其真是这样——因为我所听说的是这样，我不能不加小心——我得要告诉你，你简直是还不十分了解你自己的身份。你要知道你是我的女儿，你又是体面的小姐。你们两个中间有什么事？实话说给我听。
奥菲里阿	他，父亲，他最近屡次向我表示爱情。
普娄尼阿斯	爱情！呸！你说话真像是一个幼稚的小姑娘，还没有经历过这种危险的境遇。你相信他对你所谓的表示吗？

奥菲里阿　　我不知道如何想法才是。

普娄尼阿斯　好，我告诉你吧。你要知道你是一个小孩子，你把不能兑现的表示当作了现金，你要自重一点吧。否则——我也不必再勉强多费话——你要在我眼前变成一个令人讪笑的大傻瓜！

奥菲里阿　　父亲，他向我殷勤求爱的时候，倒是很大方的样子。

普娄尼阿斯　噫，你只可当作是逢场作戏。算了吧，算了吧。

奥菲里阿　　并且，父亲，他还起了几乎所有的神圣的誓，证实他的话。

普娄尼阿斯　噫，不过是捉木鸡的网。我很知道，热血沸腾的时候，人的心是怎样豪爽地把海誓山盟送到舌尖。这种情焰，女儿啊，光多热少，正在海誓山盟的时候，也许就光热俱灭，你切不可认作是真火。从今以后要少抛头露面，不要轻易和人谈话，要比议和谈判还要难得些。至于哈姆雷特太子，你不可全信他，因为他年纪轻，并且他自由驰骤的范围也比你来得大。干脆说吧，奥菲里阿，别信他的盟誓。盟誓像是龟鸨，看上去也是衣冠楚楚，实在是引人作恶。仁义道德的谈吐，只是为诱惑的便利而已。干脆明说吧，从今以后，我不准你浪费一刻的光阴去和哈姆雷特太子谈话。你好生留神，我嘱咐你，你去吧。

奥菲里阿　　父亲，我听话就是了。〔同下〕

第四景：高台

哈姆雷特、何瑞修与马赛勒斯上。

哈姆雷特	凉气刺人，好冷。
何瑞修	凉气真是剪刺似的。
哈姆雷特	现在什么时候了？
何瑞修	我想还不到十二点吧。
马赛勒斯	不，打过了。
何瑞修	真的？我没有听见，那么快要到鬼照常出现的时候了。〔内军号声，炮响〕 这是什么意思，殿下？
哈姆雷特	国王正在作长夜之饮，举杯庆祝，狂舞助兴。他喝下满满的一杯莱茵美酒的时候，铜鼓喇叭就驴鸣一般颂扬他干杯的豪举。
何瑞修	这是本地的风俗吗？
哈姆雷特	唉，可不是吗？我虽然生长在此地，一切都习惯，但是这种风俗，我却以为革除比遵守还体面些。这样昏头昏脑酗酒作乐，使得我们被东西各国讥笑指责。他们叫我们作醉鬼，还比我们作猪，伤害我们的名声。我们的功业虽是丰伟，但被这种恶习剥去了名誉的精髓。譬如个人，也是如此，由于某种脾气天生的畸形发展，常常冲破理性的藩篱——这是生成如此的，当然不能怪罪他本人——或是由于某种太不合普通情形的习惯，都能使得他的性情有点

什么缺憾。这样的人，身上带了一种缺憾的标记，这缺憾也许是天生的或是命中注定的，那么他的德行无论是如何神圣般地纯洁，无论是如何穷极人力地优美，但在一般批评起来，仍是要受你那某一项缺憾的连累祸害。一点点的瑕疵[12]，可以使全部的美质都受到耻辱。

鬼上。

何瑞修　　　看，殿下，他来了！

哈姆雷特　　仁慈的天使保护我们——我不管你是遇救的阴魂还是被惩的魔鬼，不管你带着天堂的气息还是地狱的阴风，不管你的来意是善是恶，你来得形迹可疑。我要对你说句话，我叫你哈姆雷特，父，王！丹麦王，啊，你回答我！别令我在暗中闷得要涨裂，告诉我为什么你的遵礼成殓的圣体，要挣破了尸衣。为什么我们看着你安安稳稳葬进去的坟墓，又张开他的大理石的大嘴，把你吐出来。这是什么意思，你一个死尸，披挂全身甲胄，重来在这月光朦胧之下，使得夜色愁惨，使得我们这一群天性愚蠢的人心旌摇战地思索着我们所不能了解的事？快说，这是为什么？为什么缘故？你要我们怎么样？〔鬼向哈姆雷特招手〕

何瑞修　　　他招手要你跟他去，像是有什么话要单对你说。

马赛勒斯　　看，他多么客气的样子招你到较远的地方去，可别跟他去。

何瑞修	不可以，决不可以。
哈姆雷特	他不说话，我还是跟他去吧。
何瑞修	别去，殿下。
哈姆雷特	怎么，有什么可怕的？我不以为我的性命有一根针那样值钱，至于我的灵魂，那是和他一般地不灭，他能加害什么吗？他又在招我去，我要跟他去。
何瑞修	殿下，万一他引诱你走向水边去，或是下临大海的悬崖绝顶，变出别的狰狞的形状，吓得你失了理性，发了疯狂，那便如何是好？想想看，单是那个地方，下望是千寻的大海，听着下面狂涛怒吼。纵然没有别的动机，也会要使得人起轻生的念头[13]。
哈姆雷特	他还是在招我——去吧，我跟你去。
马赛勒斯	你不能去，殿下。
哈姆雷特	松手！
何瑞修	要镇定些，你是一定不能去的。
哈姆雷特	我的命运在那里喊叫，使得我身上每一根微细的血管变成奈米亚的狮子[14]的筋一般地硬。还在叫我——别拉着我，先生们。〔挣扎而出〕皇天在上，谁来拦阻我，我使他变鬼。我说，走开——走吧，我跟你去。〔鬼与哈姆雷特下〕
何瑞修	他是神经错乱不顾一切了。
马赛勒斯	我们跟着他吧，我们不该听从他。
何瑞修	跟去——不知这要闹出什么结果。
马赛勒斯	丹麦国是有了什么坏事。
何瑞修	听天吧。

马赛勒斯　　　别呀，我们跟他去。〔众下〕

第五景：高台之另一部

鬼与哈姆雷特上。

哈姆雷特　　你要领我到哪里去？你说，我不愿再前进了。

鬼　　　　　听我说。

哈姆雷特　　我听。

鬼　　　　　我必须投身到惨痛的硫磺火焰里去的时候差不多快
　　　　　　要到了[15]。

哈姆雷特　　唉呀，可怜的鬼！

鬼　　　　　不用怜悯我，只消诚心听我告诉你的话。

哈姆雷特　　说吧，我是在准备着听。

鬼　　　　　那么你听了之后，可要为我报仇呀。

哈姆雷特　　什么？

鬼　　　　　我是你的父亲的鬼，我好命苦，夜间要在外边游行，
　　　　　　白天就要关在火焰里面受罪，一直要到把我阳间的
　　　　　　罪孽烧净为止。若非我被禁止宣布狱中的秘密，我
　　　　　　不妨讲给你听听，顶轻描淡写的几句话就可以使你
　　　　　　的灵魂迸裂，使你的青春之血凝冻，使你的两只眼
　　　　　　睛像星球一般脱离了眶子，使你的编结的发辫松散，

一根根地竖立起来，像激怒的豪猪的刺似的。但是这种惨劫不能泄露给你们血肉的耳朵听。听，听，啊，听！假如你真曾爱过你的父亲——

哈姆雷特　啊上帝呀！

鬼　　　　你要为他的顶悖人道伤天理的被杀报仇。

哈姆雷特　被杀？

鬼　　　　杀人的事，往好里讲，都是有悖人道的。但是我之被杀，最悖人道、最奇特、最伤天理。

哈姆雷特　快令我知道，我好插上和默想爱念一般迅速的翅膀飞去报仇。

鬼　　　　我知道你跃跃欲试，你听了这一番话若还无动于衷，你简直是比迷魂河畔安安稳稳生根的肥草还要迟钝些[16]。现在，哈姆雷特，听我说。据他们宣布，我是在果园里面睡觉时被毒蛇螫死的，于是全丹麦的人都被这捏造的死报给蒙蔽了。但是要知道，你这高贵的青年啊，螫死你父亲性命的那条毒蛇现在还戴上了他的王冕呢。

哈姆雷特　啊我的先见之明呀[17]！我的叔父？

鬼　　　　唉，就是那乱伦通奸的畜类，他有的是蛊惑的机智和奸佞的才干——具有这样引诱力的机智才干真是好阴险啊——竟把我的最貌若坚贞的王后引动了心去满足他的可耻的兽欲！啊哈姆雷特，这是何等的失节！我对她的爱情是和结婚时我向她发的誓约一般地庄严，而她竟被诱得悖了我去嫁给那个才能远不及我的坏蛋！但是至贞是不移的，虽然淫欲作变天神的形状来诱惑她。至于淫妇，虽与神明婚媾，在天床上恣意寻欢也要感觉厌倦，还是要到腐臭的堆里去取乐。但是，小声些！我闻见朝气上升，我简单说吧。我有午睡的习惯，我那天正在园里睡熟的时候，你的叔叔偷偷地走来，拿着一瓶可恨的毒汁，把这毒汁倒在我的耳朵里。这毒药极不利人的血液，如水银一般极快地侵入周身血管的门径。新鲜的清血猛然间就像牛乳里滴了醋酸一般地凝冻起来，这毒药就这样地凝住了我的血。我的滑溜溜的身体立刻就遍发疹疱，顶像是生癞一般，浑身是醒龃的斑疱。于是我在睡中就这样被我亲兄弟的手一把抓去了我的性命、我的王冕、我的王后。我罪孽深重的一生，没行餐礼，没行忏悔，没有涂油，就算是断绝了。我的账没有结，就戴着满头的罪庚去到上帝面前清算。啊，惨！啊，惨！惨极了！你若是有骨肉之情，不可隐忍，不可叫丹麦王的宫寝变作淫烝秽乱的卧榻。但是，不管你怎样进行这事，不可坏了你的心术，也不可存心侵犯你的母亲。她自有天谴，自有良心上的榛棘去刺她螫她。你立刻去吧！萤火虫的微光渐渐变得黯淡，是清晨快要到了。保重，保重，保重！别忘记我。〔下〕

哈姆雷特　　啊一切天上的神祇哟！啊地哟！还有什么？我还要向地狱喊叫吗？啊，呸！镇定，镇定。我的心，我的筋肉，你别立刻老朽，你要坚硬地支持我。别忘记你？唉，你这可怜的鬼，只要我这昏乱的脑海里有记忆的位置。别忘记你？唉，我将从记忆的心板上擦去青春时代所见所闻之一切琐细无聊的纪录、一切书上的格言、一切的虚文、一切过去的印象。单单把你的吩咐保留在我的脑里的书卷里，不搀杂任何轻微的事情。是的，天哪！啊顶险毒的妇人！啊坏人，坏人，含笑的可恨的坏人！我该写在我的记事簿里[18]，一个人可以笑，笑，而是坏人。至少我可说在丹麦是如此——〔写〕是了，叔父，我记住你了——现在记下我的警语："保重，保重，别忘了我。"我发过誓了。

| 何瑞修 | 〔内〕殿下，殿下。 |
| 马赛勒斯 | |

马赛勒斯　〔内〕哈姆雷特殿下。

何瑞修　〔内〕上天保佑他！

哈姆雷特　就这样吧！

何瑞修　〔内〕唏喽，喝，喝，殿下！

哈姆雷特　唏喽，喝，喝，伙计！来呀，鸟儿，来呀[19]。

何瑞修与马赛勒斯上。

马赛勒斯　怎么样了，我的尊贵的殿下？

何瑞修　有什么消息，殿下？

哈姆雷特　啊，好怪！

何瑞修　好殿下，告诉我们。

哈姆雷特　不，怕你们要说出去。

何瑞修	殿下，我决不说，皇天在上。
马赛勒斯	我也不说，殿下。
哈姆雷特	那么，你们猜怎么样？人心哪里料得到？但是你们要守秘密呀！
何瑞修 马赛勒斯	皇天在上，殿下。
哈姆雷特	全丹麦的坏人，没有一个不是奸恶的匪人。
何瑞修	殿下，这点道理用不着要鬼从坟墓里出来告诉我们。
哈姆雷特	对，有理，你说得对。那么，我们不必再多费话，我们握手告别吧。你们去做你们的事，因为人都各有各的事。至于我自己呢，你们知道吧，我是要去做祈祷。
何瑞修	这不过是些不着边际的遁词，殿下。
哈姆雷特	我很抱歉我的话对不住你，很是抱歉。真的，十分抱歉。
何瑞修	这没有什么对不住，殿下。
哈姆雷特	有，圣帕特立克在上，是有点对不住你，何瑞修，并且是很对不住。讲到刚才这里的那个鬼影，那的的确确是鬼，我可以告诉你们。至于你们想知道我和鬼谈话的经过，我看你们还是忍耐别问为妙。那么，好朋友，你们既是朋友、学者、军人，请准我小小的一件要求。
何瑞修	是什么，殿下？我们一定遵命。
哈姆雷特	永远不要泄露今夜所看见的事。

何瑞修	
	殿下，我们永不。
马赛勒斯	

哈姆雷特	不行，你们还得发誓。
何瑞修	殿下，我发誓不说。
马赛勒斯	殿下，我也发誓不说。
哈姆雷特	按着我这宝剑立誓。
马赛勒斯	殿下，我们已经发过誓了。
哈姆雷特	不行，要按着我这宝剑。
鬼	〔在下〕发誓[20]。
哈姆雷特	呵，哈，伙计！你也这样说吗？是你在那里吗，老实人[21]——来吧，你们听见地窖里的这家伙都说话了，发誓吧。
何瑞修	你提出誓词来，殿下。
哈姆雷特	永远别提起你们所看见的这件事，按着我的宝剑发誓。
鬼	〔在下〕发誓。
哈姆雷特	到处都有你？那么我们换个地方——这边来，先生们，你们手扶着我的宝剑，永远不要提起你们所听见的这件事，按着我的宝剑发誓。
鬼	〔在下〕发誓。
哈姆雷特	说得好，老田鼠！钻土没有这样快吧？真是一员好工兵——我们再换个地方，好朋友们。
何瑞修	啊，这事可真怪了！
哈姆雷特	所以把这事当作生客欢迎，不必盘问了。何瑞修，宇宙间无奇不有，不是你的哲学全能梦想得到的。

　　　　　　但是来吧，现在和方才一样的立誓，以后无论我的
　　　　　　举动有什么怪样，以后我或者不得不做出一些怪诞
　　　　　　的神气，你们若是看见我这样，上帝保佑你们。你
　　　　　　们决不可这样把胳臂一盘，或是把头摇着，或是说
　　　　　　出什么可疑的话，例如"哎，哎，我们知道的"，或
　　　　　　是"只消我们愿意，我们就能知道"，或是"只要我
　　　　　　们愿意说"，或是"若是不妨说，自然有人能解释"，
　　　　　　或是这种模棱两可的表示，显得你们知道我的什么
　　　　　　心事。千万不可这样，上帝慈悲，在你们顶疑难的
　　　　　　时候帮助你们。

鬼　　　　　〔在下〕发誓。

哈姆雷特　　安息吧，安息吧，被扰的阴魂——〔何瑞修马赛勒斯
　　　　　　吻哈姆雷特之十字剑柄毕〕好了，朋友们，我以满腔
　　　　　　热情披沥于两君之前。像哈姆雷特这样的一个庸人，
　　　　　　只要上帝愿意，他一定尽量地要向你们表示情爱。我
　　　　　　们一道走吧，我求你们，永远用手指按住嘴唇[22]。这
　　　　　　时代是全盘错乱——啊可恨的冤孽，我生不辰，竟要
　　　　　　我来纠正——喂，来吧，我们一道走。〔众下〕

注　释

[1] 原文"A piece of him"直译应作"是他的一部分"，有许多的批评
家以为这句含有哲学的意味，意谓此"一部分"系指肉体以别于灵魂。

我以为这近乎曲解，不如当作一句平常的俏皮话解。

[2] 驱邪之符咒例用拉丁文，故非读书人不办。

[3] "乘橇的波兰人"原文（据对折本）是"sledded pollax"。意义不甚明白。可解作"带锤的长柄战斧"，E. K. Chambers 即主此说。今采 Malone 诸氏学说，酌改如今译。

[4] "战法"原文 law and heraldry 应视为一种"重言法"（hendiadys），作 heraldic law 解。如解作"民法与战法"二物，嫌赘。

[5] 参看《朱利阿斯·西撒》第一幕第三景。

[6] 哈姆雷特的第一句话就是"旁白"，并且就包涵一个双关语，是可注意的。此语显然是接上文而言，意谓不仅是族侄（因彼已为继父）然终非同一血统，故云。Malone, Steevens 诸氏所解，俱不恰。

[7] 约翰孙引证俗语："出天堂，晒太阳"（Out of heaven's blessing into the warm sun）云云，谓由良好境遇踏入较劣之环境，哈姆雷特此处所谓"受阳光太多"或即指此。sun 与 son 音相似，或亦有双关意，译文但求通顺，其内蕴之意义须于言外求之，因原文即晦涩难解也。

[8] 威吞堡大学创立于一五〇二年，此处引用自然是"时代错误"。

[9] 禁自杀的条文不见圣经，除《十诫》中之第六诫；此处或系泛指一般自然宗教言。

[10]Niobe 乃希腊神话 Tantalus 之女，尝自夸所生子女多于 Leto。Apollo 与 Artemis 乃杀其子女。Zeus 并使 Niobe 变为严石，至夏季则流泪不止。

[11]Hercules，男性美之代表。

[12] "一点点的瑕疵……"之原文乃全剧中最晦涩不明的一点。佛奈斯新集注有六页多的注释，依然没有定论。剑桥本编者指陈此句各家窜改多至四十种异文。原文"A dram of eale"至少可以有三种解释：

（一）"一小杯鳝汁酒"；

（二）"一点点的谴责"；

（三）"一点点的罪过"。

译文采取的是第三项解释，eale = e'il = evil。"第二版四开本"第二幕第二景第六二七行之 devil 排作 deale，是最有力的一个旁证。关于这一句近代编本大概都依第二版四开为准，大意很明显，字句间仍有不可通处。of a doubt 可能是 often dout 之误。自第十七至三十八行一大段，第一对折本缺，可能是因为哲姆斯一世之后系丹麦公主之故。

[13]Hunter 如是解："吾人登临高处，往往有纵身下跃之念，此处即暗指此种情形。"

[14] 原文 Nemean Lion 乃希腊神话中赫鸠里斯所杀怪兽之一。

[15] 指鸡鸣时鬼须回狱中受苦。

[16]Lethe，希腊神话阴府中河流之一，饮之则忘生前之事。其河畔之草喻为最浑噩无知之物。

[17] 参阅第一幕第二景最后三行。

[18]"记事簿"原文 tables 系石板或牙板，叠成书形，上有扣钩。板上或系涂蜡，以有锐尖之物刻划其上。

[19]"唏喽，喝，喝"乃鹰师唤鹰飞降时之呼声。

[20] 自此处起至此景终点，殊拙劣不雅，想系为博当时剧场中下级观众之一笑。但也许不是莎氏手笔，也许莎氏剧的蓝本中的一段而莎氏未予删裁者。

[21]"true-penny"，戏呼乡人之刻薄语。

[22] 缄默之意。

第 二 幕

第一景：普娄尼阿斯家中一室

普娄尼阿斯与雷那尔度上。

普娄尼阿斯	把这点钱和这几封信交给他，雷那尔度。
雷那尔度	遵命。
普娄尼阿斯	你在会见他之前，雷那尔度，最妙是先去设法打听打听他的品行如何。
雷那尔度	主人，我是想这样做的。
普娄尼阿斯	真的，那好极了，好极了。要注意，先打听在巴黎有些什么丹麦人，他们的生活如何，姓甚名谁？有什么财产，住在哪里？和什么样人来往，挥霍多少钱财？这样旁敲侧击地问去，如果他们知道我的儿子，那么便比直截了当地盘问人家所得的结果较为

真确了。你要装出不很深知我的儿子的样子，只可这样说"我认识他的父亲和他的朋友，也略微认识他一点"。你明白了吧，雷那尔度？

雷那尔度　我很明白了，主人。

普娄尼阿斯　你可以说"略微认识他一点，但是不大熟识。如其我说的就是他，他这人可是很放肆，并且最嗜好什么什么"。你可随便捏造一些谰言，可是也别说得太过火以至伤害他的名誉。要留神这一点，只可说些少年最容易犯的荒唐放肆及其他寻常难免的过错。

雷那尔度　例如赌博。

普娄尼阿斯　对啦，或是纵酒、比剑、赌咒、吵架、宿娼，这都不妨说。

雷那尔度　主人，这可要伤害他的名誉。

普娄尼阿斯　一定不会，你说的时候可以留点分寸。别再多造他什么谣言，别说他天天地眠花宿柳，这不是我的本意。你要善为措词，把他的过错要说得像是因豪放而沾染的恶习，是烈火一般的脾气的偶然暴发，是血气方刚的普通现象。

雷那尔度　但是，请问我的主人——

普娄尼阿斯　为什么要这样做？

雷那尔度　对了，我倒要知道。

普娄尼阿斯　哼，我的用意是这样的，并且我觉得这是合理的计策。你把这些轻微的过错加在我儿身上，只当作是一件东西稍受了一点什么磨伤一般，这要注意，你便可开始盘问那和你谈话的人。如其他真在上述的罪恶场中见过你所加罪的少年，他一定会和你表示同意地说出这样的话。"好先生"，或许这样称呼，或许"朋友"，或许"绅士"，按照各国各人而异的称呼法。

雷那尔度   一点不错，主人。

普娄尼阿斯   那么，他称呼之后——他就——我要说什么来的？咄，我是刚要说点什么话，我刚才说到哪里？

雷那尔度   说到"和你同意的说"，说"朋友或是这样的称呼"和"绅士"。

普娄尼阿斯   说到"和你同意的说"，啊，对啦！他一定和你这样说："我认识这位先生，昨天我还看见他，或是前天，或是某一天，和某一个人，或某一个人。果然如你所说，他在那在那里打球吵架。"或是说"我看见他走进一个做生意的人家"，那便是娼家了，或其他诸如此类的话。现在你看明白了吧，你的假设的钓饵得到了真实的鲤鱼。我们有眼光智慧的人，就是喜欢用这样旁敲侧击之法，迂回地达到我们的目的。所以，你要用我方才讲授的计策去打听我的儿子。你懂我的意思了吧？

雷那尔度   主人，我懂了。

普娄尼阿斯   上帝保佑你，祝你平安。

雷那尔度   主人万福！

普娄尼阿斯   你自己也要从旁考察他的趋向。

雷那尔度   遵命。

普娄尼阿斯   让他上紧学习他的音乐。

雷那尔度　　　是，主人。

普娄尼阿斯　　一路平安！〔雷那尔度下〕

　　　　　　　奥菲里阿上。

　　　　　　　怎么啦，奥菲里阿，什么事呀？

奥菲里阿　　　啊，父亲，父亲，吓煞我了！

普娄尼阿斯　　你怕的是什么？

奥菲里阿　　　父亲啊，我正在闺房里缝纫的时候，哈姆雷特太子，
　　　　　　　里衫没扣，帽子也没戴，袜子也脏了，吊带也没有
　　　　　　　系，像脚镣一般堆在踝骨上。他的脸和衬衫一样的
　　　　　　　白，他的膝盖互相敲着。脸上一副的可怜相，好像
　　　　　　　从地狱里放出来说可怕的事似的，他来到我的面前。

普娄尼阿斯　　因为爱你而发疯了吧？

奥菲里阿　　　父亲，我不晓得。但是我真怕。

普娄尼阿斯　　他说什么了？

奥菲里阿　　　他拉住我的手腕，紧紧地握着。然后向后退到把他
　　　　　　　的胳臂扯直了，另一只手这样的遮着眉头，盯着我
　　　　　　　的脸，好像要给我画像似的。他这样停着好久，最
　　　　　　　后他轻轻摇动一下我的胳臂，把头上下地摇动三次，
　　　　　　　叹了一口深长可怜的大气，好像是要迸碎他的胸骨
　　　　　　　完结他的性命似的。随后，他就放手去了。他的头
　　　　　　　转着向肩后望，像是没用眼睛向前走路。一直走出
　　　　　　　了门，他都没有用眼睛，他的眼睛的光芒一直地注
　　　　　　　射在我身上。

普娄尼阿斯　　来，随我来，我要去寻国王。这就是情狂，猛烈

的性质适足以毁灭爱情，引导意志去干拼命的勾
当，和世上任何热烈情绪一样，常常能够损伤性灵。
我很抱憾——怎么，你最近向他说了什么难堪的
话吗？

奥菲里阿　　我没有，父亲，但是我依照你的吩咐确曾拒绝他的
来信，并且拒绝他来亲近。

普娄尼阿斯　这就是使他发疯的缘故啊。我很抱歉，我没有用较
好的注意与判断来观察他。我原是怕他对你仅是玩
弄，存心要害你，但是我的多心真是该死！老年人
做事疑心太多，和年轻人做事思虑太少，真是同样
的误事。来，我们见国王去，这事必要宣扬。如果
稳秘起来，会要引起更大的悲伤，还不如把这段情
事宣布，顶多招他一场厌恨罢了[1]。来。〔众下〕

第二景：堡中一室

乐奏。王、后、罗珊克兰兹、吉尔丹斯坦及侍从等上。

王　　　　　罗珊克兰兹，吉尔丹斯坦，我欢迎你们！我早就想
见你们，现在又有用你们的地方，所以急速把你们
唤来。哈姆雷特的变态，你们必有所闻。我说是变
态，因为他的内心和外表都和从前判若两人。他这

样地精神恍惚，除了因为他的父亲死以外，我想不出别的缘故。你们从小就是和他一起长大的，熟悉他的性情脾气，所以我求你们两位暂在我宫里小住。可以陪伴着引他开心，并且遇有机会还可随时刺探他可有什么我所不知的致病之由，探到病因之后我才好设法挽救。

后　　　两位先生，他常常谈起你们，我敢说世界上再没有谁比你们两位和他更意气相投。如蒙高谊肯在宫里和我们盘桓几天，助成我们的愿望，那么两位这一番惠临，实在可感，必有合于国王身份的酬谢答报两位。

罗珊克兰兹　两陛下统驭臣众，自可随意命令，无需请求了。

吉尔丹斯坦　我们两个都愿服从，情愿为陛下效命，听从驱使。

王　　　多谢，罗珊克兰兹，吉尔丹斯坦。

后　　　多谢，吉尔丹斯坦，罗珊克兰兹。

　　　　我求你们立刻就去看看我那神志大变的儿子——你们去几个人，领这两位先生到哈姆雷特那里去。

吉尔丹斯坦　愿上天保佑，使我们这次出面和设施都对他愉快而有益！

后　　　是，阿门！〔罗珊克兰兹、吉尔丹斯坦及数侍从下〕

普娄尼阿斯上。

普娄尼阿斯　陛下，到瑙威去的使臣欢天喜地地回来了。

王　　　你永远是报喜信的人。

普娄尼阿斯　是吗，陛下？圣上可以相信，我对上帝及陛下尽忠，

和保持我自己的灵魂一般。我自信我已经探得哈姆
雷特太子发疯的真缘故了，否则便是我的头脑没能
像往常那样的百发百中。

王　　　　　啊，说出来，我很想听。

普娄尼阿斯　先召见使臣吧，我的消息留作宴会的水果 [2]。

王　　　　　你亲身迎接他们进来吧——〔普娄尼阿斯下〕

我亲爱的葛楚德，他说他已找到你的儿子的古怪脾
气的根源了。

后　　　　　我恐怕还是那个主要原因——他父亲的死，和我们
太急速地结婚。

王　　　　　好吧，我们要仔细问问他。

普娄尼阿斯偕浮尔蒂曼德、考内里乌斯上。

欢迎得很，我的好朋友们！喂，浮尔蒂曼德，我的
兄弟瑙威王有何答复？

浮尔蒂曼德　有顶善意的答复。我们初次遇见之后，他就下令制
止他侄儿募兵，他原以为这是抵抗波兰的准备，后
来详加调查，他才知道这真是做侵犯陛下用的。他
因老病无能，竟被左右蒙蔽，颇为震怒，便下令停
止浮廷布拉斯的活动。他伏首认罪，被瑙威王一顿
申斥，他便在叔父面前宣誓，再不敢兴动干戈侵犯
陛下。老瑙威王喜不自胜，赐他岁费三千克郎，并
且令他统帅已经招募的兵丁讨伐波兰。还有一封文
书在此，〔呈上文书一纸〕请求陛下准许他的军队从
境内假道远征，至于军队的通过和便利，所有条款

都在文书里面载明了。

王　　　　我很满意，等有工夫的时候我再细看，熟加考虑，再回答他。你们劳苦有功，殊堪嘉奖，现在你们先去休憩，夜晚我们一同宴会。欢迎你们回国！〔浮尔蒂曼德和考内里乌斯下〕

普娄尼阿斯　这事结束得很顺利——王后在上，如今我们若是讨论君权应该如何，臣职应该如何，何以昼是昼，夜是夜，光阴是光明，这简直就是浪费昼夜光阴。简练是智慧的灵魂，繁冗便成了骈枝外饰，所以我要力求简约。太子是疯了，我说是疯。因为，除疯以外别无他情，这不就是真疯的定义吗？这可不必多说。

后　　　　多些事实，少些卖弄。

普娄尼阿斯　陛下，我赌咒我一点也没有卖弄。他是疯了，这是真的。这真是可怜，可怜这是真，这话又有点无聊。好，别说了，我决不卖弄。那么我们就算他是疯了，现在成为问题的便是我们如何找出这现象的原因。或是说，这病象的原因，因为这病象一定是有原因的。于是这便成为问题，而问题便是如此。请想想看。我有一个女儿——现在她还是我的——她激于孝心和服从之义，请注意，把这个交给我了。请陛下来揣测一下。〔读〕

“谨呈我的灵魂的偶像，天仙般顶美艳的奥菲里阿。”——这字样不好，是个粗俗的字样。“美艳”是个粗俗的字样，但是你们请听下去。下文是这样的：

"敬以下列芜词投送到她的莹白的酥胸里",云云。

后　　　　　这是哈姆雷特写给她的吗？

普娄尼阿斯　陛下请稍等一下，我就要从实奉闻。〔读〕

　　　　　　"你可怀疑星是火，

　　　　　　你可怀疑太阳会动？

　　　　　　怀疑真理变成谎，

　　　　　　但永莫怀疑我的情。

　　　　　　啊亲爱的奥菲里阿，我不善诗词。我没有把我的怨
　　　　　　慕发为诗句的艺术，但是我顶爱你，啊爱极了，请
　　　　　　信我。敬祝平安。

　　　　　　最亲爱的女郎，只消这躯体属于他一天，他便永远
　　　　　　是属于你的。哈姆雷特。"

　　　　　　我的女儿很恭顺地把这信交给我了，并且，他随时
　　　　　　随地所说的情话，我的女儿也一齐告诉我了。

王　　　　　你的女儿对他的爱情是如何接受的呢？

普娄尼阿斯　你以为我是怎样的一个人？

王　　　　　一个忠实正直的人。

普娄尼阿斯　我很愿做到这样。但是当我看出这段热烈的情事正
　　　　　　在飞扬的时候——老实说吧，我的女儿没告诉我之
　　　　　　前我就发觉了——假如我竟知情不报[3]，或是装聋
　　　　　　作哑，或是冷眼旁观，那么两位陛下，将作如何感
　　　　　　想？我决不能这样做，我立刻就着手，我把小女喊
　　　　　　来正告她说："哈姆雷特殿下是一位王子，非你所能
　　　　　　高攀，所以这事万不可行。"随后我就训诫她，叫
　　　　　　她不得到他常去的地方，不许接见他的信使，不准

领受他的礼物。她果然遵守我的劝告。于是，简而言之，他便被拒，始而郁郁不乐，随后就饮食不进，随后就夜不成眠，随后就形容枯槁，随后就精神恍惚。于是渐渐地以至于如今这样疯狂，我们都为之痛惜。

王　　　　你以为是为这个缘故吗？

后　　　　也许是，很有这种可能。

普娄尼阿斯　我既肯定地说"这事是如此"，而事实证明偏不如此，这样的情形可曾有过吗？如曾有过，我倒很想知道哩。

王　　　　以我所知，是没有过的。

普娄尼阿斯　〔指着他的头和肩〕如其我说的不对，请把这个从这里取下去。只要有线索可寻，真相虽然藏在地球中心，我也能探求出来。

王　　　　我们何妨设法再试探试探呢？

普娄尼阿斯　陛下知道，他常常在这大厅穿堂里作好几个钟头的散步。

后　　　　他是这样的，诚然是。

普娄尼阿斯　在这时候我把小女放出来和他相会，我和陛下躲在墙幔后面，看他们怎样会面。假如他不爱她，并且并不发疯，我再不敢襄赞国事，请准我回家去做农夫。

王　　　　我们试试看。

后　　　　看我那可怜的孩子愁眉不展地看着书来了。

普娄尼阿斯　快走，我请两位陛下都快走开，我就要招呼他——

〔王，后及侍从等下〕

哈姆雷特读着书上。

啊恕罪恕罪，哈姆雷特殿下可好啊？

哈姆雷特　　好，上帝慈悲。

普娄尼阿斯　殿下，你认识我吗？

哈姆雷特　　很熟识，你是一个鱼贩子[4]。

普娄尼阿斯　我可不是，殿下。

哈姆雷特　　那么我愿意你是一个这样诚实的人。

普娄尼阿斯　诚实？

哈姆雷特　　对了，先生。像这样的世界，诚实的人，一万人里顶多挑出一个来。

普娄尼阿斯　是很不错，殿下。

哈姆雷特　　假如太阳能令死狗身上生蛆，因为他是一块可吻的臭肉——你有一个女儿吗[5]？

普娄尼阿斯　我有，殿下。

哈姆雷特　　那么可别叫她在太阳底下走路，受胎固然是福气，但是别教你的女儿受胎[6]——朋友，留神点吧。

普娄尼阿斯　你这话从何说起？〔旁白〕还念念不忘我的女儿，初见面时可又不认识我。他说我是一个鱼贩子，他的相思病害得很深了。我年轻的时候也曾饱尝相思之苦，和他这样正相仿佛。我再和他谈谈看——你读什么呢，殿下？

哈姆雷特　　字，字，字。

普娄尼阿斯　讲的是什么问题，殿下？

哈姆雷特　　谁闹什么问题了^[7]？

普娄尼阿斯　我的意思是说，你读的东西里面讲的是什么问题，
　　　　　　殿下。

哈姆雷特　　一些毁谤的谣言，先生。这个善讽刺的坏人，他说，
　　　　　　老年人有灰色的胡子，脸是皱的，眼里流出浓液的
　　　　　　琥珀和桃树的胶汁，智慧是非常缺乏，两腿是非常
　　　　　　软弱。这一切话，先生，我虽然十分相信，但我觉
　　　　　　得这样直写下来，未免太失体统。至于你老先生若
　　　　　　是能像螃蟹似的向后退着走，还能和我同样的年纪。

普娄尼阿斯　〔旁白〕这虽是疯，说话却有条理——到里面来避风
　　　　　　吧^[8]，殿下？

哈姆雷特　　到我的坟墓里去？

普娄尼阿斯　真的，那倒也是避风的所在——〔旁白〕他的回答
　　　　　　有时候是何等地巧妙啊！疯人偏能谈言微中，往往
　　　　　　不是理性清白的人所能容易说出来的，我要离开他，
　　　　　　立刻去设法使我的女儿和他相会——殿下，我敬请，
　　　　　　恕我少陪了。

哈姆雷特　　先生，你不能再向我请求什么我所更愿给的东西。
　　　　　　除了我的性命，除了我的性命，除了我的性命。

普娄尼阿斯　敬祝平安，殿下。

哈姆雷特　　这个唠叨讨厌的老东西！

　　　　　罗珊克兰兹与吉尔丹斯坦上。

普娄尼阿斯　你们要找哈姆雷特太子；他就在那里。

罗珊克兰兹　〔向普娄尼阿斯〕上帝保佑你，先生！〔普娄尼阿

斯下〕

吉尔丹斯坦	尊贵的殿下！
罗珊克兰兹	亲爱的殿下！
哈姆雷特	我的好朋友！你好吗，吉尔丹斯坦——啊，还有罗珊克兰兹？好朋友，你们两位都好吗？
罗珊克兰兹	我们不过是庸人，一切还都平常。
吉尔丹斯坦	我们倒还快乐，可是也不太快乐，我们不是幸运之神的帽上的顶结。
哈姆雷特	可也不是她的鞋？
罗珊克兰兹	那倒也不是，殿下。
哈姆雷特	那么你们是住在她的腰部一带，或是正在她的身体的中部？
吉尔丹斯坦	对了，我们就是她的私处。
哈姆雷特	幸运之神的私处？啊，一点不错，她本是一个娼妇。有什么新闻吗？
罗珊克兰兹	没有，殿下，只是据说这世界变忠厚了。
哈姆雷特	那么世界末日快到了，不过你的新闻不见得真确。我有一件事要特别问你们，你们在幸运之神的掌下惹了什么祸事以致被她发落到这监牢里来？
吉尔丹斯坦	监牢，殿下？
哈姆雷特	丹麦便是一个监牢。
罗珊克兰兹	那么这世界也便是一个监牢。
哈姆雷特	是很宽绰的一个，里而有许多的囚室、监守所和幽狱，丹麦是其中最坏的之一。
罗珊克兰兹	我们不以为然，殿下。

哈姆雷特	那么，这对你们便不成问题。世间本无善恶，全凭个人怎样想法而定，丹麦对于我却是监牢。
罗珊克兰兹	那么，该是殿下雄心勃勃，嫌丹麦太狭隘了，所以才像是监牢。
哈姆雷特	啊上帝哟，我若不做那一场噩梦，我即便是被关在胡桃核里，我也可自命为一个拥有广土的帝王。
吉尔丹斯坦	那梦便是雄心，因为雄心的本质只是梦的幻影而已。
哈姆雷特	梦本身即是幻影。
罗珊克兰兹	真是的，我以为雄心是极空虚的东西，不过是幻影的幻影。
哈姆雷特	那么，只有最无雄心的乞丐才算得是真实，最雄心勃勃的帝王英雄只能算是乞丐的影子。我们到宫里去吧？我真的莫名其妙。

罗珊克兰兹
吉尔丹斯坦 ── 我们敬谨伺候。

哈姆雷特	万无此理，我不能把你们当作我的侍从一类。我老实和你们说吧，我已经被侍候得难过透了。但是，我们老朋友不妨直说，你们到哀而新诺倒是为了什么事？
罗珊克兰兹	来拜见你，殿下，没有别的事。
哈姆雷特	我是一个乞丐，就是道谢的力量都贫乏得很，但是我还得谢谢你们。可是我亲爱的朋友们，我这一声道谢，并不值半便士，你们不是被请来的吗？是你们本心要来的吗？是自动的来访吗？你们说吧，不

必骗我。说呀，说呀。喂，说呀。

吉尔丹斯坦　你叫我们说什么呀，殿下？

哈姆雷特　随便你们说什么，只要对题。你们是被请来的，你们的脸上已经露出了愧色，你们的手段还不够高明，没有能遮盖得好。我知道是王后请你们来的。

罗珊克兰兹　为了什么目的呢，殿下。

哈姆雷特　这正是我要请教两位的。但是，请看在我们的友谊上面，我们是总角之交，我们的敬爱是始终不渝的，我们的交情不是善辩之士所能再说得亲切些的。因此我要请求你们，直对我说吧，你们究竟是被请来的不是？

罗珊克兰兹　〔向吉尔丹斯坦旁白〕你怎么说？

哈姆雷特　〔旁白〕我明白你们的意思了——你们若爱我，就不必躲闪了。

吉尔丹斯坦　殿下，我们是被请来的。

哈姆雷特　我告诉你们是怎么回事吧，我先说出来，免得你们自己把实话吐出。这样一来，你们对两陛下所应严守的秘密也不至损及毫毛。我近来——但是不知道为什么缘故——失了我的一切乐趣，放弃了一切平常做事的习惯。并且我的心境变得如此地枯寂，以至于这大好的土地，在我看来，也只像一块荒凉的海角。这顶优美的天空的华盖，你看，这璀璨高悬的昊空，这镶嵌金光之雄浑的天幕——唉，由我看来仅是一团混浊的毒氛。人是何等巧妙的一件天工！理性何等地高贵！智能何等地广大！仪容举止

是何等地匀称可爱！行动是多么像天使！悟性是多
么像神明！真是世界之美，万物之灵！但是，由我
看来，这尘垢的精华又算得什么？人不能使我欢喜，
不能，女人也不能，虽然你笑容可掬的似乎是以
为能。

罗珊克兰兹　殿下，我心里并无这样的念头。

哈姆雷特　那么我说"人不能使我欢喜"，你为什么笑呢？

罗珊克兰兹　因为我在想，殿下，假如人不能使你发生乐趣，恐
　　　　　怕唱戏的演员更难得你的一顾了。我们在路上赶过
　　　　　了一队演员，他们随后就到，来供奉殿下。

哈姆雷特　扮演国王的演员是要受欢迎的，我要向他陛下致敬。
　　　　　冒险的骑士要尽量用他的剑和盾，情人要有报酬的
　　　　　长呼短叹，脾气古怪的角色要心平气和的终场。丑
　　　　　角要使那些最容易发笑的人笑[9]，扮女角的流畅地
　　　　　诉说她的心事，否则宁可令戏词错了板眼。他们是
　　　　　哪一个剧团？

罗珊克兰兹　就是你常赏识的城里的剧团。

哈姆雷特　他们为什么出来卖艺呢？在城里不是更可名利双
　　　　　收吗？

罗珊克兰兹　我想他们在城里停演是因为最近剧界情形大变的
　　　　　缘故。

哈姆雷特　现在他们还和我在城里时一样地负盛名吗？他们还
　　　　　能叫座吗？

罗珊克兰兹　不，他们远不如前了。

哈姆雷特　何以如此呢？他们的技艺荒疏了。

罗珊克兰兹	不是，他们和从前一样地努力。但是，先生，有一窝的雏鹰般的小孩子，尖声锐叫，最受热狂的欢迎。现在这些童伶成了时尚，并且如此地辱骂普通剧团——他们这样称呼——以至于许多佩剑的绅士怕受文人笔下的讥嘲，都裹足不前了。
哈姆雷特	怎么，他们是小孩子？谁主持他们的事？他们得多少钱？他们不能歌唱之后就不再做这一行生意了吗？将来他们自己也要变成成年的演员——这是一定不免的，假如他们的境遇仍旧不佳——那时节不要怨恨他们当初的编剧家使得他们现在自打嘴巴吗？
罗珊克兰兹	真的，双方闹得很起劲。国人又从旁推波助澜，不以为怪。有过一阵，编剧家若不和演员作对，那剧本简直没人出钱收买。
哈姆雷特	能有这样的事吗？
吉尔丹斯坦	啊，为这事真枉费了不少心机。
哈姆雷特	是童伶胜利了吗？
罗珊克兰兹	可不是吗，殿下，"肩负地球的赫鸠里斯 [10] 都失败了"。
哈姆雷特	这不足为奇，我的叔父做了丹麦国王了，当初我父亲在时鄙夷他的人，现在都争出二十、四十以至五十德卡，购买他的一幅小小的画像。哲学若能探索一下，这里面必有一点出乎人情的道理。〔内喇叭鸣声〕
吉尔丹斯坦	演员来了。

哈姆雷特　　先生们，我欢迎你们来到哀而新诺。握手，来，形
　　　　　　式上的礼节是欢迎中所不可少的。让我这样地欢迎
　　　　　　你们，否则我对演员所不能不表示的殷勤招待要比
　　　　　　你们的礼貌还要周到了。我欢迎你们，我的叔父婶
　　　　　　母却想错了。

吉尔丹斯坦　什么错了，亲爱的殿下？

哈姆雷特　　只在西北角的偏北方我有点疯。风自南来的时候，
　　　　　　我辨得清什么是苍鹰，什么是白鹭[11]。

　　　　　　普娄尼阿斯上。

普娄尼阿斯　诸位请了！

哈姆雷特　　你来听，吉尔丹斯坦——你也来听——一个人用一
　　　　　　个耳朵来听，你们看那个大婴孩还没有离开襁褓哩。

罗珊克兰兹　他或许是返老还童吧，因为人都说，老年人是第二
　　　　　　次做孩子。

哈姆雷特　　我预言他必是来告诉我演员的事，你们记住——你
　　　　　　说得不错，先生。在礼拜一早晨，诚然是如此[12]。

普娄尼阿斯　殿下，我有新闻奉告。

哈姆雷特　　殿下，我有新闻奉告。当初罗舍斯在罗马做演员的
　　　　　　时候[13]——

普娄尼阿斯　演员已来到这里了，殿下。

哈姆雷特　　别说了，别说了。

普娄尼阿斯　我敢以名誉为誓——

哈姆雷特　　那么演员都是骑着驴来的吧——

普娄尼阿斯　他们是世界上最好的演员，能演悲剧、喜剧、历史

剧、牧歌剧、牧歌的喜剧、历史的牧歌剧、悲剧的
历史剧、悲剧的喜剧的历史的牧歌剧。不分场面的
戏，或不限地点的戏剧，无一不通，无一不晓。森
尼卡[14]的作品不嫌太沉重，帕劳特斯[15]的作品也
不嫌太轻浮。无论按照规律的作品，或者自由创制
的作品，这一剧团都是当今一时无双。

哈姆雷特　　啊耶弗他，以色列的士师啊，你有这样的宝藏[16]！

普娄尼阿斯　他有什么宝物呀，殿下？

哈姆雷特　　怎么，
　　　　　　"他仅有一个美貌的女儿，
　　　　　　他爱她如掌上的明珠[17]。"

普娄尼阿斯　〔旁白〕还是想我的女儿。

哈姆雷特　　我说错了吗，老耶弗他？

普娄尼阿斯　你如叫我作耶弗他，殿下，那么我便有一个女儿爱
　　　　　　似掌珠。

哈姆雷特　　不，这不是下文。

普娄尼阿斯　那么下文如何呢，殿下。

哈姆雷特　　怎么，
　　　　　　"命中注定的事，上帝知道，"
　　　　　　下文你大概知道了，
　　　　　　"终于闹出势所必至的变故，"——
　　　　　　这首圣歌的第一节可以使你再多知道一点。但是，
　　　　　　看，他们来打断我的话头——

　　　　　　四五个演员上。

诸位老板，我欢迎你们，欢迎全体。大家都很康健，我很欣慰。欢迎欢迎，好朋友们——啊，我的老朋友！我和你分别之后，你的脸上已留了一团的胡须，你是到丹麦来想和我捋须吗[18]——怎么，我的年轻的女郎！比上次我见你的时候长高了，离天又近了一高跟鞋的样子[19]。要祷告上帝，你的喉音可别像废金币似的在中间发生裂痕[20]——众位老板，我欢迎你们大家。我们也学学法国的放鹰的人，无论见了什么都不放过。我们立刻就来一段戏词来听听吧，来，让我们领教领教你的妙技。来，要一段激昂慷慨的戏词。

第一演员　哪一段戏词，殿下？

哈姆雷特　有一段戏词我听你说过，但是从没演过，纵然演过也不过一次。因为我记得那出戏不能使一般大众满意，对于一般人是腌鱼子[21]。但是据我看，或是据比我对于这问题更有权威的人看来，这确是一出很好的戏，穿插得很好，并且文笔也简单而巧妙。我记得有一个人说过，这戏的文字不带香料而意味自浓，词句间也没有令作者犯矫饰的地方。认为这是纯正的写法，平稳而甜蜜，比起外表妖艳的作风要美得多了。我最爱里面的一段话，那便是绮尼阿斯对戴多说的那段[22]，尤其是他讲起浦爱阿姆被杀的那一节。假如你还记得，由这一行说起。我想想看，我想想看。

"狰狞的皮鲁斯[23]，像是希卡尼亚的猛虎[24]，"——

不是这样，是从"皮鲁斯"说起的。

"狰狞的皮鲁斯——他的两臂和他的心肝是一样的黑，卧在那匹凶马的肚里，恰似漆黑一团的昏夜——现在他的黝黑可怖的颜色又涂上了一层更愁惨的纹章。他从头至脚是一片的猩红，吓煞人地染着多少父母子女的血迹。通衢大火把血迹烤成一块块的黏糊，还把一片残酷败事的光亮借给杀人的凶手。于是恶魔般的皮鲁斯，被忿怒和火焰烘烧着，浑身染着凝冻的血块，瞪着一双红宝石似的眼睛，就寻找浦爱阿姆那个老头子去了。"

你接着说下去。

普娄尼阿斯　当着上帝说，殿下你真说得不坏，抑扬顿挫，都很适宜。

第一演员　"立刻就寻到他了，他正和希腊人挣扎着，他的那把古剑不听他的胳臂的使唤，劈下去再也提不起来。浦爱阿姆不是对手，皮鲁斯便逼杀过去，杀得性起，一刀没有砍中，但是这把凶刀飕的一响却把失魄的老翁吓倒。没有知觉的特洛爱似乎是也感觉了这一击，喷着火焰的殿宇坍塌下来，哗啦的一声崩裂把皮鲁斯的耳朵震聋了。看哪！他的那把刀，刚要向浦爱阿姆的白头砍下，现在好像钉在半空。皮鲁斯像是图画中的猛将一般站立着，举着刀要砍又不砍的在那里发呆。但是暴风雨将到之前，天空往往是一阵的沉寂，密云不流，狂风不语，大地和死一般的静，不久便是震裂天空的一声霹雳。所以皮鲁斯宁静一下之后，敌忾愈发激愤了，鲜血淋漓的宝刀照直地砍在浦爱阿姆头上，当初独眼巨神挥起铁锤给马尔斯链护身金甲[25]，都没有这一击来得凶恶。去，去，命运之神啊，你是娼妇！你们一切的神祇啊，请你们开会集议，剥夺她一切的威权。敲碎她的"法轮"的辐辋，把那圆毂从天山上滚到恶魔的地狱里去！"

普娄尼阿斯　这可扯得太长了

哈姆雷特　这可以随同你的胡须一齐到理发店去剪一下——请说下去吧，他只要下流的歌舞，或是淫荡的故事，否则他就要睡觉。说下去，说赫鸠巴[26]的故事吧。

第一演员　"但是无论谁，啊，凡是曾见过那位蒙头的王后——"

哈姆雷特　"蒙头的王后"？

普娄尼阿斯　这很好，"蒙头的王后"，很好。

第一演员　"赤着脚跑来跑去，用哭瞎眼睛的泪水浇着火焰。原来戴着冠冕的头如今裹着一块破布，她的因生育过多而松弛的腰身，围上了一块仓忙抓到的绒毡。凡是曾见过这惨状的人，都要鼓着浸在毒液里的舌头来宣告命运之神大逆不道。当她亲见皮鲁斯残忍的用刀割裂她丈夫的肢体的时候，她立刻号啕大叫起来，假如那时节天神鉴临——除非人间俗事完全不能感动天神——那情景恐怕也要使得上天流泪，神祇悲怆。"

普娄尼阿斯　你看，他的脸上变色没有，眼里流泪没有——请你别说了吧。

哈姆雷特　　好吧，其余的我以后再请你唱——阁下，可否请你给这班演员好好地安排个住处？你听见没有，要好好地款待他们，因为他们正是当代的简史，社会的提要。你宁可死后得一个唾骂的墓铭，别在生前受他们的一顿奚落。

普娄尼阿斯　殿下，我必按照他们应得的待遇去款待他们。

哈姆雷特　　啊哟哟，你这个人，还要再好一点的款待！你若是按照各人的本分决定你的待遇，谁能逃得了一顿鞭子抽？你要按照你自己的身份体面去待他们，他们越不配受，越表明你的宽宏大量。领他们进去。

普娄尼阿斯　来，诸位。

哈姆雷特　　跟他去，朋友们，明天我要请你们演戏。〔除第一演员外，普娄尼阿斯引所有的演员下〕

　　　　　——你听见没有，老朋友，你能演《冈杂苦的被杀》吗[27]？

第一演员　　能的，殿下。

哈姆雷特　　明天晚上就演这戏。我若是在必要时写下一段十二行至十六行的演词插在戏里，你可能背诵得来吗[28]？

第一演员　　能的，殿下。

哈姆雷特　　很好。跟那位大臣去，千万不可戏弄他。〔第一演员下。〕

　　　　　——我的好朋友们，我晚上再和你们相会。两位远道来临，非常欢迎。

罗珊克兰兹　殿下请了。

哈姆雷特　　唔，上帝保佑你们！〔罗珊克兰兹与吉尔丹斯坦下〕——现在可剩我一个人了。啊我竟是这样一个恶棍、蠢汉！方才在此地的那个演员，不过是叙述一段故事，扮演热情的幻梦，居然能把自己的灵魂注入他想象中的人物。因了灵魂的作用他的满脸变色，眼里含泪，神色怆惶，声音呜咽，他的全部的动作都和他所扮演的人物吻合，这不是很可怪吗？并且完全是无所为而为！为了赫鸠巴？赫鸠巴对他有什么关系，他对赫鸠巴又有什么关系，要他来哭她？假如他心里蕴着我所感觉的一腔悲愤，他将要怎样呢？他会要把舞台淹在眼泪里，用可怖的呼号震裂大家的耳朵，使有罪的人惊狂，使清白的人畏惧，使不知情的人惶惑，使得一般人为之目瞪耳呆。但是我呢，只是一个迟钝糊涂的蠢汉，醉生梦死的对于我的责任漠不关心，一言都不能发。不，一个国王的性命及一切身外之物都被奸贼消灭了，我还是莫敢谁何。我是一个懦者吧？谁叫我作小人，谁剖开我的脑盖？谁薅掉我的胡须喷在我脸上？谁牵我的鼻子？谁骂我是根深蒂固的说谎的人？谁要这样地对待我？嗐！天哪，我都得承受，因为我不能不承认我长了一对鸽子肝，里面没有胆汁，受了欺侮也不觉得苦。否则等不到如今，我就把这奸贼的尸肉喂肥了天空的鸢鹰，那凶恶淫秽的奸贼！残忍、阴险、淫邪、乱伦的奸贼！啊，报仇哟！怎么，我真是一条蠢驴！慈父被人杀害，我这个为人子者，受了天地的鼓励要去为父报仇，如今竟像娼妇似的

空言泄愤，像村妇贱奴似的破口咒骂，这未免太勇
敢了！啊，呸！呸！我的脑筋，快快兴起！哼，我
曾听说，罪人看戏，受了巧妙的剧情的感触，便能
良心发现，立刻把罪状表现。因为杀人的事，虽然
不自招供，而终于要由最神秘的机关吐露出来。我
叫这班演员在我叔父面前扮演一出和我父亲被杀相
仿佛的戏，我留心察看他的脸色，我立刻就能探到
他的痛处。只消他稍觉惊惶，我就知道我应如何进
行了。我所见的鬼魂也许是个恶魔，恶魔原是能变
作和善的形状的。对了，也许是因为我太柔弱郁结，
这样的人最易被鬼所乘，所以他来诱惑我去遭劫难。
我要有比这更确切的证据。
演戏是唯一的手段，
把国王的内心来刺探。〔下〕

注释

[1] 原文此句甚拗。今从 Clarendon Press Edition 的解释，大意为："隐
秘起来，则惹起较多的悲伤；宣布出去，则惹起王及后之恨。"普娄
尼阿斯权衡自身之利害，仍主宣布，故云。

[2] 西餐，饭后或另室进水果，余兴之意。

[3] 原文直译应作"即如我竟装作为一张书桌或是一个记事簿"，大概
就是"收藏秘密而不外泄"的意思。

[4] 此乃哈姆雷特佯狂故作此语，并无深意。德国的评论家竟造出许多望文生义的解释，科律己也受德国派的影响发为臆说："意乃谓，你是被派来钓我的秘密"云云。

[5] 意甚明显，谓死狗尚可受太阳的眷爱，媾合生蛆，你的女儿岂不更易与人通奸？故下半句陡转到"你有女儿吗"云云。

[6] 原文 Conception 是双关语，"怀孕"或"想"之意。

[7] 原文 matter 是双关语，"事端"或"争端"之高。

[8]Deighton 注："Out of the air = out into the air"不知何据？

[9] 原文 "The clown shall make those laugh whose lungs are tickle o'the sere" 殊费解。据 Nicholson（"Notes and Queries" July 22, 1871）谓：sere 应解作火枪机关上之扳机 sear，喻人之易笑者之一触即发。此说近是。肺为司笑之器官，是旧日见解。

[10] 指 Globe Theatre 之商标言。商标作巨人负荷地球状。

[11] 原文 hawk 与 handsaw 二字意义不清，hawk 可作"鹰"解，亦可作为 Hack 之异文，解作"锄头"。hand saw 原意为一种"小锯"，但假如是 heronshaw 之误植，则是"白鹭"之意。但就全句大意看，译为"苍鹰""白鹭"，或不算错，盖哈姆雷特自谓尚不全疯，头脑中未疯之处依然有辨别是非之力也。

[12] 故意乱此语，以免启人之疑。

[13]Roscius，罗马著名演员。

[14]Seneca，罗马悲剧作家。

[15]Plautus，罗马喜剧作家。

[16] 见《旧约·士师记》第十一章第三十至第四十节。耶弗他乃以色列十二士师之一，出征亚门人时许愿神前，如获胜归来，即以由家门先出迎接者献为燔祭。先迎者乃其独生女，乃以女献。

[17] 采自以耶弗他及其女为题材之歌谣，十八世纪之 Percy 所编古诗拾零亦收此歌一篇。

[18] 原文 to beard 挑衅意。

[19] 女角由童子扮演，故着高底鞋以增高。

[20] 指童伶倒嗓时沙沙之音。金币上有圆线，线内有元首之像，金币如有裂痕侵入线内，则不能行使。故以为喻。

[21]caviare 系俄人喜食之腌鳝鱼卵，未惯食者恒不喜之。

[22]Marlowe 与 Nash 曾有《迦太基女王戴多》一剧（一五九四年印行），莎士比亚或许有意要竞胜，故植入这样一段剧辞。然就全剧看，此段甚为牵强，且文字过于浮夸，故也许是模拟讽刺的意思。但科律己又谓："有人以为这是讽刺，此说殊不值一笑。这一段作为史诗看，是很美妙的。"大概德国的施莱格尔的解释较为近情，他说，"剧中剧"的文字自然是要写得与别处不同一些。

[23] 皮鲁斯（Pyrrhus）乃 Achilles 之子，匿于木马腹中英雄之一，赚入特洛爱后，启关放希腊军队入城屠杀。特洛爱老王浦爱阿姆（Priam）死之。

[24]Hyrcania，古波斯国地，产虎。

[25] 独眼巨神（Cyclops）乃 Vulcan 助手，专司制链甲胄。马尔斯（Mars），战神。

[26] 赫鸠巴（Hecuba），浦爱阿姆之后。

[27] "The Murder of Conzago" 乃指一五三八年，意大利之一凶杀案，案情与莎士比亚所述稍异。参看第三幕注 [12]。

[28] 这十几行在下文里什么地方，是一个问题。（参看一八七四年之新莎士比亚学会会刊）

第 三 幕

第一景：堡中一室

王、后、普娄尼阿斯、奥菲里阿、罗珊克兰兹与吉尔丹
斯坦上。

王	用迂回盘问的方法，你们还是探不出他为什么现出心慌意乱的样子，疯癫暴躁，闹得迄无宁日？
罗珊克兰兹	他承认他自己觉得有点神经错乱，但为什么缘故，他却总不肯说。
吉尔丹斯坦	他也不大愿受盘问，我们设法引他吐出实话的时候，他便说一阵疯话来规避。
后	他接待你们还好吧？
罗珊克兰兹	顶有礼貌的。
吉尔丹斯坦	但是态度上颇为勉强。

罗珊克兰兹	他说话很吝啬，可是我们问起他来，他的回答却是很慷慨的。
后	你们没有试着引他做什么消遣吗?
罗珊克兰兹	我们在路上恰巧遇到了一班演员，我们把这事告诉了他，他听了之后似是很高兴。演员已来到宫里，大概已奉令就在今晚为太子演戏。
普娄尼阿斯	这是顶确实的，他还求我来恭请两位陛下去听听看看那段东西呢!
王	我很高兴去，他肯这样散闷，我很是安慰——请二位再去怂恿他提起兴致去作乐吧。
罗珊克兰兹	遵命，陛下。〔罗珊克兰兹与吉尔丹斯坦下〕
王	亲爱的葛楚德，你也去吧。因为我已秘密地邀哈姆雷特到此地来，令他像是偶然地和奥菲里阿相会。她的父亲和我便是一对密探，藏躲起来，我们看见他而不被他看见，便可自由审察他们见面的情形，看他的举动就可知道失恋究竟是否他苦恼的根由。
后	我听你的话——至于你呢，奥菲里阿，我但愿你的贤美是哈姆雷特发狂的原因。所以我希望你能以你的美德再引他恢复常态，那便是你们两个的荣幸了。
奥菲里阿	陛下，我深愿能够这样。〔后下〕
普娄尼阿斯	奥菲里阿，你走到这边来——陛下，有请，我们藏起来吧。〔向奥菲里阿〕读着这本书[1]，做出读这书的样子，便可使人不疑你为什么独自在此了。在这一点上我们常受指责——事实上也常证明不诬——我们有信仰的表情，虔敬的行动，而内心却藏着恶

魔的化身。

王　　　　啊，这话真是一点也不错。〔旁白〕这句话使我良心上受多么厉害的一下打击啊！涂抹过的娼妇的脸，比起那一层脂粉固然是丑，然而不见得比我的行为比起我的粉饰的言词更来得丑。啊好重的负担！

普娄尼阿斯　我听见他来了，我们快藏进去，陛下。〔王与普娄尼阿斯下〕

哈姆雷特上。

哈姆雷特　死后还是存在，还是不存在[2]——这是问题。究竟要忍受这强暴的命运的矢石，还是要拔剑和这滔天的恨事拼命相斗，才是英雄气概呢？死——长眠——如此而已。合眼一睡，若是就能完结心头的苦痛和肉体承受的万千惊扰——那真是我们要去虔求地愿望。死——长眠——长眠吗！也许做梦哩！唉，阻碍就在此了。我们捐弃尘世之后，在死睡当中会做些什么梦，这却不可不假思索。苦痛的生活所以能有这样长的寿命，也就是这样的动机所致。否则在短刀一挥就可完结性命的时候，谁还甘心忍受这时代的鞭挞讥嘲、高压者的横暴、骄傲者的菲薄、失恋的悲哀、法律的延宕、官吏的骄纵，以及一切凡夫俗子所能加给善人的欺凌？谁愿意背着负担，在厌倦的生活之下呻吟喘汗，若不是因为对于死后的恐惧——死乃是旅客一去不返的未经发现的异乡——令人心志迷惑，使得我宁可忍受现有的苦痛，而不敢轻易尝试那不可知的苦痛。所以"自觉的意识"使得我们都变成了懦夫，所以敢作敢为的血性被思前想后的顾虑害得变成了灰色，惊天动地的大事业也往往因此而中途旁逸，壮志全消了。小声些！美貌的奥菲里阿——仙女，你在祈祷里别忘了代我忏悔。

奥菲里阿　殿下这些天来身体可好？

哈姆雷特　多谢小姐关注。很好，很好，很好。

奥菲里阿　殿下，我存有你的许多赠品，早就想奉还，现在我求你收下吧。

哈姆雷特　不，我不，我从没有给过你什么。

奥菲里阿　我尊荣的殿下，我清清楚楚记得是你给的。并且给的时候还有一套的甜言蜜语，使得礼物格外贵重。如今香气既消，请你拿回去吧。赠者薄情，便使自尊的人觉得重礼变为菲仪。这就是，殿下。

哈姆雷特　哈，哈！你是贞洁吗？

奥菲里阿　什么！

哈姆雷特　你美吗？

奥菲里阿　殿下是何用意？

哈姆雷特　我的意思是，如其你是贞洁而美貌，你的贞洁必不可和你的美貌交接？

奥菲里阿　殿下，美貌还能有比贞洁更好的交接的朋友吗？

哈姆雷特　有，真有的。因为美貌使贞洁变为奸淫，比美貌被贞洁熏陶得同化，要容易多了。在从前这是一句似是而非的话，现在已经证实了，我曾经爱过你。

奥菲里阿	真是的，殿下，你曾使我也这样相信。
哈姆雷特	你不该相信我，美德永远接不到我们的旧树干上去，接上去也脱不了本来的气质，我没有真爱过你。
奥菲里阿	那么是我格外地误会。
哈姆雷特	到尼姑庵去吧，何必蕃滋孽种？我自己也还是一个相当的纯洁的人，但是有些事我还咒骂自己，怨我父母不该生我。我是很骄傲的，有仇必报，雄心勃勃。我随时可以做出许多想不出名字的、料不到样子的、来不及实行的罪过事。像我这样的人为什么还匍匐于天地之间？我们是彻底的坏蛋，全是，你一个也别信。你到尼姑庵去。你的父亲在哪里呢？
奥菲里阿	在家里，殿下。
哈姆雷特	那么给他关上门吧，好让他把傻事都留着在自己家里去干。再会了。
奥菲里阿	〔旁白〕啊，救他哟，亲爱的天哪！
哈姆雷特	假如你终归要嫁人，我把这几句咒骂赠你做妆奁。任凭你冰一样的坚贞，雪一样的纯洁，你还是逃不了辱骂，到尼姑庵去吧，再会了。你如其必须要嫁，嫁一个傻子，因为聪明人很知道你会把他们糟蹋成一个什么样的怪物[3]。到尼姑庵去，去，并且要快去。再会吧。
奥菲里阿	〔旁白〕啊，天神哟，挽救他！
哈姆雷特	我常听说你们女人都擦粉抹胭，上帝给你们一张脸，你们自己还要另造一张。你们走起路来是扭扭捏捏的，说起话来是娇声娇气的，你们给上帝的造物滥

起诨名，还把放荡诿为无知。算了吧，我不要再多说了，都把我气疯了。我说，我们不可再有结婚的事了。已经结婚的人，除掉一个人[4]之外，都还可以活下去，其余未婚的人就都保持原状吧。到尼姑庵去。

奥菲里阿　啊，何等高贵的天才竟这般地毁了！有廷臣的仪表，有学者的舌锋，有勇士的剑芒。全国属望的后起之秀、风流的宝镜、礼貌的典型、群伦瞻仰的对象，完全地、完全地毁了！我是最苦命的一个女子，曾吸取他的音乐般誓言中的蜜，如今竟看着这聪明绝顶的头脑像是悦耳的金钟忽然哑不成声。这一朵盛开的青春之花，有世间无比的姿态，竟被一阵疯狂给凋残了。啊，我好福薄，我看过了从前我所看见的之后，还要看现在我所看见的这些！

王与普娄尼阿斯重上。

王　恋爱吗？看他的情感没有倾向这一方，他说的话固然有点缺乏伦次，但也不像是疯。他的心里一定有点什么事，藏在忧郁底下孵着，一旦孵出雏儿咬破了壳，那可有点危险。为预防起见我不能不这样地断然处置，派他立刻到英格兰去催讨拖欠的贡税。或许异乡的山水风物能排遣他胸中的郁结，耳目一新，也许就能顿改故态。你以为如何？

普娄尼阿斯　此计甚妙，但是我还以为他的哀痛的缘故是由失恋而起。现在怎样，奥菲里阿！你不必告诉我们哈姆雷特说了什么，我们都听到了。陛下，这事就请圣旨裁夺吧。但是，陛下如认为可行，最好在演剧之后令他的母后单独地求他表示他悲哀的根由，令她直截了当地问他。如蒙陛下允许，我可窃听他们的会话。假如她仍然探不到他的秘密，再派他到英格兰去，或者竟把他监禁在一个陛下认为适宜的地方。

王　　　　　我们就这么办理。

地位重要的人发疯，不能不注意。〔众下〕

第二景：堡中大厅

哈姆雷特与演员二三人上。

哈姆雷特　　我请你，要照我方才读给你听的那样地去背那一段戏词，要从舌端轻轻地吐出。你若是像你们一般演员似的高吟朗诵，那我还不如请街上传报的人来读呢。也别把手这样地乱舞，要态度雍容。越是在情感的急流、暴雨或旋风中间，越要节制平和，这才能免掉火气。啊，我一听到暴躁的戴假头发的朋友把剧中的一段深情扯得烂碎，使得一般只能赏识喧哗跳浪的站立的观客[5]把耳朵震裂，我真为之痛心疾首。这种做得比凶神特马冈还凶、比暴君赫洛德[6]

还暴的人，我愿抽他一顿鞭子。请你不要如此。

第一演员　殿下只管放心。

哈姆雷特　可也别太松懈，自己要揣摩轻重。动作对于语言，语言对于动作，都要恰到好处。要特别留神这一点：不可超越人性的中和之道，因为做得太过火便失了演戏的本旨。自古至今，演戏的目的不过是好像把一面镜子举起来映照人性[7]，使得美德显示她的本相，丑态露出她的原形，时代的形形色色一齐呈现在我们眼前。若形容得过火，或是描摹得不足，虽然可以令门外汉发笑，却要使明眼人为之唏嘘了。你要承认，这一个明眼人的判断比起全场其余的顾客的批评有更重的分量哩。啊，我曾见过一班别人绝口称赞的演员演戏。我不是说句亵渎的话，他们的口齿简直不像是信基督教的人的口齿，他们的台步不像是基督教人，也不像是异教人，简直整个的不像人。那一派的奔腾咆哮，使我想到他们大概是上帝手下的徒弟们造的，没有造好，所以是这样讨厌地略具人形。

第一演员　我希望我们是已经颇多地改良了，殿下。

哈姆雷特　啊，要整个地改良。演丑角的人除了脚本规定的以外不要再多说，因为他们有的只顾自寻开心，引得一大部分愚蠢的观众发笑，而那时候剧中正有些必须严重考虑的问题。这是顶讨厌的事，表示出这丑角之顶可怜的愚妄，你们准备去吧——〔演员下〕

普娄尼阿斯、罗珊克兰兹与吉尔丹斯坦上。

怎么样了，先生，国王也愿来看戏吗？

普娄尼阿斯　还有王后呢，立刻就来。

哈姆雷特　催那班演员赶快——〔普娄尼阿斯下〕
请你们两位也去帮着催催他们吧？

罗珊克兰兹┐

　　　　　├遵命，殿下。〔罗珊克兰兹与吉尔丹斯坦下〕

吉尔丹斯坦┘

哈姆雷特　喂！何瑞修！

何瑞修上。

何瑞修　亲爱的殿下，我来听吩咐。

哈姆雷特　何瑞修，你是我所交接的最公正的一个人。

何瑞修　啊，亲爱的殿下——

哈姆雷特　不，别以为我在恭维你。你是除了一团豪兴之外任
何靠以穿衣吃饭的进款都没有的人，我何所求于你？
为什么穷人该受恭维呢？不，让甜蜜的舌头去舔那
无味的虚荣，易屈的膝头向着由谄媚可以得利的地
方去下跪吧。你听见没有？自从我的灵魂能够自主，
有知人之明，便选中了你。因为你这人能够在含辛
茹苦之际，泰然自若。无论来了命运的打击或是奖
励，你是同样地欣然接受。理性与感情调剂得这样
匀称，不是命运之神的手指所能任意吹弄的筚篥，
这样的人真是幸福啊。给我一个不做情感的奴隶的

人，我便把他藏在心里，不，心窝里，像我对你这样。话说得太多些了。今天夜里要在国王前演戏，其中有一场和我告诉过你的我父亲死时情景有点仿佛。我请你，当你看见这一场上演的时候，你要聚精会神观察我的叔父。假如戏里面的一段词不能使他的隐情流露，那么我们见的必是魔鬼，我的想象是像乌尔堪的打铁铺一样地脏。你留神看他，我也把眼睛盯着他的脸，事后我们再把个人的观察汇合起来看看他倒是变色没有。

何瑞修　　　好吧，殿下。假如在演戏的时候他有一瞬间逃出我的侦查，我愿受罚。

哈姆雷特　　他们看戏来了，我得要装疯，你自己找个地方去。

　　　　　　奏丹麦的进行曲。喇叭响。王、后、普娄尼阿斯、奥菲里阿、罗珊克兰兹、吉尔丹斯坦及其他侍驾的贵族，并带火炬的卫兵上。

王　　　　　我的侄儿哈姆雷特的饮食起居可都好吗？

哈姆雷特　　很好，真的，吃的是蜥蜴的糖食[8]。我吃的是空气，被空话塞饱了，你喂阉鸡也不能这样吧。

王　　　　　我完全不明白你的回答，哈姆雷特，这些话和我毫无关系。

哈姆雷特　　是的，现在也和我毫无关系了——〔向普娄尼阿斯〕老先生，你说你在学校演过戏？

普娄尼阿斯　我是演过的，殿下，并且还是著名的一个好演员。

哈姆雷特　　你扮演过什么？

普娄尼阿斯　我扮朱利阿斯·西撒，我被杀在大庙里，是布鲁特斯杀我的。

哈姆雷特　他真是太鲁莽，竟屠杀这样又大又妙的一只牛犊[9]——演员预备好了吗？

罗珊克兰兹　好了，殿下，静候殿下吩咐。

后　这边来，我亲爱的哈姆雷特，坐我旁边。

哈姆雷特　不，好母亲，这边有吸力更大的磁石。

普娄尼阿斯　〔向王旁白〕啊，哈！你听见没有。

哈姆雷特　小姐，我可以躺在你的大腿裆里去吗？

奥菲里阿　不，殿下。

哈姆雷特　我的意思是说，把我的头放在你的大腿上面？

奥菲里阿　好，殿下。

哈姆雷特　你以为我撒野吗？

奥菲里阿　我不以为什么，殿下。

哈姆雷特　那倒是妙想天开，躺到小姐的两条大腿中间。

奥菲里阿　什么是妙想天开，殿下？

哈姆雷特　没什么。

奥菲里阿　你很高兴呀，殿下。

哈姆雷特　谁。我？

奥菲里阿　是呀，殿下。

哈姆雷特　啊上帝，我是最会作乐的人。一个人除了作乐还做什么呢？你看，我母亲多么高兴的样子，我父亲死了才不过两个钟头。

奥菲里阿　不，过了两回两个月了，殿下。

哈姆雷特　这样久了？不，那么，让鬼去穿黑衣裳吧，我要穿一件貂皮袍了。啊天哪！两月前死的，怎么还不忘？
那么，大人物死后，有令人怀念半年的希望了。但
是，他也得建筑几座礼拜堂才成，否则像"五月节"
里的木马似的他还是要被人忘记。你记得挽木马的
那句歌吧："哎哟！哎哟！木马被人忘记喽[10]。"

木笛声。哑剧登场。

一王一后上，状甚亲昵，互相拥抱。后跪，作求王
之状。王扶后起，垂头吻其颈，偃卧花坡上。后俟其
熟睡，离去。旋来一人，脱王冠，吻之，倾毒药于
王耳，即下。后归，见王已死，作大恸状。下毒者偕
二三人至，似与后同作悲痛状。尸体移去。下毒者以
馈赠向后求爱，后初若拒却，但终受其爱[11]。〔众下〕

奥菲里阿	殿下，这是什么意思？
哈姆雷特	这是阴谋陷害，这就是恶作剧的意思。
奥菲里阿	大概这一幕哑剧就是宣告正戏的情节的吧？

读序诗者上。

哈姆雷特	这人就会告诉我们，至少演员不能瞒人，他们总要全说出来。
奥菲里阿	他会告诉我们那场表演的意义吗？
哈姆雷特	当然，你向他表演出任何把戏，他都能解释。只要你不怕羞表演得出来，他就不怕羞说得出意义来。
奥菲里阿	你太轻薄，你太轻薄，我要看戏了。

序诗

"今天悲剧上演,

谬承诸位赏脸,

还求海量包涵,

耐性把戏听完。"〔下〕

哈姆雷特　　这是序诗,还是戒指上的诗铭。

奥菲里阿　　太短了,殿下。

哈姆雷特　　和女人的爱情一样。

二演员扮王、后上。

扮王者　　"自从两心相爱慕,月老缔良缘

一丝红线把我俩的手儿牵,

太阳的车子,绕着咸海大地的边,

到如今足足跑了三十个圈。

十二打的月儿,用她借来的光亮,

也有十二个三十次照在这个世界上。"

扮后者　　"但愿我们的恩爱消灭之前,还能

计算这样多的太阳月亮的路程!

可是你近来面上带病容,

兴致比起从前大不相同,

我很为了你担忧。虽说我担忧,

陛下呀,你却不必因此也发愁。

女人的恐惧和爱情原是一般,

不是一点都没有,便是都趋了极端。

我是怎样的爱,你早就了然于心,

因为我情意浓，所以也恐惧得深。

爱到极时，最小的忧虑变成恐惧，

恐惧得厉害，那正是滋长的情意。"

扮王者　　"爱妻，我怕不久就要和你诀别，

我的躯体停了作用，精力已经竭蹶。

你且独自在这世界快活几年，

享受你的尊荣，也许再遇良缘，

你也无妨再醮——"

扮后者　　"啊别说下去！

这样的爱情简直是我良心的叛逆。

我若改嫁，让我生生世世地受苦。

杀亲夫的人才肯嫁第二个丈夫。"

哈姆雷特　〔旁白〕苦也，苦也！

扮后者　　"第二次出嫁的动机，

不是为了爱，是为了利。

第二个丈夫抱我到床上吻，

何异重伤我那死去了的人。"

扮王者　　"我相信你现在的心口是一样，

可是我们往往破坏自己的主张。

意志这东西，本是记忆的奴隶。

生的时候很猛，衰弱也很易。

像是黏在枝头的没熟的果，

熟了之后不用摇晃就会落。

自己许的愿，像是自欠自的钱，

总是不实践，总是不记得还。

一时热情激荡，下了什么决心，

等到热情退了，志愿也跟着消沉。

猛烈的悲喜适足消灭它的本身，

同时也消灭了它自己下的决心。

最欢天喜地的人，也能悲伤得顶惨怛，

悲变喜，喜变悲，这其间只消一点点的小事变。

世态无常，所以那是毫无足奇，

我们的爱情也随着命运去转移。

是爱情引导命运，还是命运引导爱情，

这是一个问题，正等着我们来证明。

伟人失势，你看，亲信立刻都飞走。

贫士得志，他的敌人也来认朋友。

直到如今，爱情总算是陪着幸运。

因为不穷乏的人永远少不了友人，

穷了的时候和人讲友谊，

友谊翻脸把你当仇敌。

但是，回到我原来的论旨，

意志和命运常是背道而驰。

我们的计划永远被颠覆，

主张是我们的，结果凭天数。

所以你说你决定不嫁第二个人，

等你丈夫死了，你就要变了心。"

扮后者　　"我若是一旦守了寡，再去做人妻，

让我生生世世地永远不得安居！

地不给我粮食，天不给我光亮！

黑夜不得安眠，白昼不得跳浪！

我的信任和希冀都变成绝望！

生活和狱里修行的隐士一样，

让一切令人扫兴的艰难阻碍，

来折磨我的好事，把它破坏！"

哈姆雷特　她若是背了誓言可怎么好！

扮王者　"誓起得很重了。爱人，你先离开我。我的精神倦
了，我想小睡片刻，借便消这永昼。"〔睡〕

扮后者　"愿你安眠，

不幸的事永远不要来到我俩中间！"〔下〕

哈姆雷特　母亲，你以为这戏如何？

后　我觉得，那女人申辩得太多了些。

哈姆雷特　啊，但是她要守信的。

王　你听过这戏的情节吗？里面没有什么罪过的事吧？

哈姆雷特　没有，没有。他们只是闹着玩，下毒药也是闹着玩，
决没有真正犯罪的事。

王　这出戏名字叫什么？

哈姆雷特　捕鼠机。怎么？不过是比喻地说，这戏表演的是维
也那的一段暗杀案[12]。那个王的名字叫冈杂古，他
的妻，巴帕蒂斯塔。你立刻就知道了，很阴险的一
件事。不过这有什么要紧？陛下，以及我们良心无愧
的人们，看了也没有关系。背上磨伤的马才战栗[13]，
我们的肩头并没有伤——

陆西安诺斯上。

	这人叫陆西安诺斯，王的侄儿。
奥菲里阿	殿下，你真赛过戏里的"唱歌队[14]"。
哈姆雷特	假如我看见傀儡人在调戏，我能把情话说给你的情人听。
奥菲里阿	你说话好尖，殿下，你好尖。
哈姆雷特	够令你痛得呻吟一阵。
奥菲里阿	更好了，更坏了。
哈姆雷特	你嫁丈夫也就是这样——说话吧，害人的东西、麻子，收起你那丑脸，开始说吧。快来呀，聒聒叫的乌鸦喊着要复仇。
陆西安诺斯	"心肠狠，手脚稳，毒药灵，时间好。 没有人看见，真是机缘巧。 你这午夜采来的毒草所熬成的浆， 被恶魔三次咒萎三次传瘟的臭药汤， 快快施展你的魔术和可怕的药性， 来夺取这一条活泼的生命。"〔注毒药于睡者耳内〕
哈姆雷特	他在花园里把他毒杀了，好谋他的财产。他的名字叫冈杂古，这是一段实事，用很优美的意大利文写的。你立刻就可以看见，凶手如何地得到冈杂古的妻的爱。
奥菲里阿	国王站起来了！
哈姆雷特	怎么，被空枪吓着了！
后	陛下觉得怎么样？
普娄尼阿斯	戏停演吧。
王	拿火烛来，回去。

侍众	火烛，火烛，火烛！〔除哈姆雷特与何瑞修，众下〕
哈姆雷特	"唉，让那负伤的鹿去垂泪，
	没受伤的鹿去游嬉。
	因为有的醒着，有的睡，
	世界就这样地逝去。"
	先生，我能编得出这样的戏，头上再戴些羽毛，镂花的鞋子上再带着蔷薇的花饰——假如我此后的命运愈变愈坏——我在唱戏的班子里也能算得是一个股东吧 [15]？
何瑞修	算你半股。
哈姆雷特	我得算一整股。
	"你知道吧，啊亲爱的达门 [16]，
	这凌乱的国家原是
	天神的领土。如今的国君
	是个道地的，道地的——孔雀。"
何瑞修	你大可以押上韵呀 [17]。
哈姆雷特	啊好何瑞修，我真愿出一千镑钱去买那鬼的一番话。你看出没有？
何瑞修	看得很清楚，殿下，
哈姆雷特	是在谈到下毒的时候吧？
何瑞修	我很清楚地看出了他。
哈姆雷特	啊，哈！来，弄点音乐！来，拿管箫——
	"国王若是不爱这出喜剧，
	那么也许就是——他不欢喜。"
	来，弄点音乐！

　　　　　　　　罗珊克兰兹与吉尔丹斯坦上。

吉尔丹斯坦　　殿下，请准我一言奉告。

哈姆雷特　　　先生尽管说。

吉尔丹斯坦　　国王啊，殿下——

哈姆雷特　　　王，先生，他怎么了？

吉尔丹斯坦　　王回到寝室，非常地暴躁。

哈姆雷特　　　是酒醉吧，先生？

吉尔丹斯坦　　不是的，殿下，是发怒。

哈姆雷特　　　你应该把这事通知他的医生才对，若要我去下药洗
　　　　　　　刷，更要使他发怒了。

吉尔丹斯坦　　殿下，说正经话，别瞎扯乱道地撒野。

哈姆雷特　　　我很驯顺，先生，请说吧。

吉尔丹斯坦　　王后，你的母亲，心里很是难过，派我前来见你。

哈姆雷特　　　盛意可感。

吉尔丹斯坦　　你别这么说，殿下，你这种客气是不大适宜。假如
　　　　　　　你能给我合理的回答，我就把你的母亲的意旨传达
　　　　　　　给你听，否则请恕我告辞回去便了。

哈姆雷特　　　我不能，先生。

吉尔丹斯坦　　什么，殿下？

哈姆雷特　　　我不能给你合理的回答，我的脑筋有病了。但是，
　　　　　　　先生，我所能回答的，我必尽力答你便是。或是说，
　　　　　　　奉答我的母亲便是。所以不必多费话，请你直说吧。
　　　　　　　我的母亲，你说——

罗珊克兰兹　　她是这样说的，你的行为使得她颇为诧异。

哈姆雷特　　　啊好古怪的儿子，能这样的使一个母亲诧异！但是
　　　　　　　紧跟着她的诧异，有没有下文呢？请告诉我。

罗珊克兰兹　　她愿你在睡前到她的寝室一谈。

哈姆雷特　　　她就是十回做我的母亲，我也要服从她。你还有什
　　　　　　　么事和我说吗？

罗珊克兰兹　　殿下，你曾经爱过我。

哈姆雷特　　　现在我还是照样地爱你呀，我敢以手为誓。

罗珊克兰兹　　殿下，你为什么郁郁不乐？假如你不向你的朋友一
　　　　　　　吐愁思，你实在是自寻苦恼。

哈姆雷特　　　先生，我不能升发。

罗珊克兰兹　　哪有这样的事，国王不是亲口向你说丹麦王位是由
　　　　　　　你继承吗？

哈姆雷特　　　是的，先生，但是"青草正在长[18]"——这句谚语
　　　　　　　有些太陈腐——

　　　　　　　演员携管箫上。

　　　　　　　啊，管箫！拿一只来我看看——请你走过来一步——
　　　　　　　请问你为什么这样地想占上风，好像要赶我自投罗
　　　　　　　网似的[19]？

吉尔丹斯坦　　啊，殿下，如其我的使命太鲁莽，我对你的敬爱也
　　　　　　　是太深，顾不得仪节了。

哈姆雷特　　　我不大懂你的意思，你吹箫不？

吉尔丹斯坦　　殿下，我不会吹。

哈姆雷特　　　我请你。

吉尔丹斯坦　　真的，我不能。

哈姆雷特	我请求你。
吉尔丹斯坦	我从来没有摸过这东西，殿下。
哈姆雷特	这和说谎一般地容易，用手指按着这些洞，用口吹气，就生出顶流畅的音乐了。你看，这就是按出来的音阶。
吉尔丹斯坦	但是我奏不出和谐的调子，我没有这样的本事。
哈姆雷特	嘿，你看看，你把我当作一个怎样没价值的东西！你原来是想戏弄我，你以为你知道我的音阶，你想挖出我的神秘的心，你想把我的音区里由最低的音到最高的音都试遍了。我这小小的乐器倒是有不少的音乐，很优美的声音，但是你却还不能使它响。哼，你以为我比箫容易玩弄吗？随你叫我做什么乐器，你虽然可以撩拨，但你却不能玩弄我——

普娄尼阿斯上。

上帝祝福你，先生！

普娄尼阿斯	殿下，王后要和你说话，请立刻去。
哈姆雷特	你看见那朵云吗，形状几乎像一只骆驼？
普娄尼阿斯	可不是，真像一只骆驼。
哈姆雷特	我觉得像是一只黄鼠狼。
普娄尼阿斯	那个背是像一只黄鼠狼。
哈姆雷特	或是像一条鲸鱼吧？
普娄尼阿斯	很像一条鲸鱼。
哈姆雷特	那么我等一下就去见我的母亲——〔旁白〕他们愚弄我到极点了——我等一下就来。

| 普娄尼阿斯 | 我就这样去说。〔普娄尼阿斯下〕 |
| 哈姆雷特 | 〔等一下〕说起来倒是容易的——你们去吧，朋友们。〔除哈姆雷特众下〕 |

现在正是鬼怪横行的午夜，坟墓张开大口，地狱向这世界喷着毒氛的时候。现在我可能喝热血，做那不敢见天日的惨行了。且慢，现在我是去见我的母亲。啊心哪，别失了骨肉之情。莫让尼罗[20]的心灵钻进我的胸膛，我可以残酷，但是不可没有骨肉之情。我向她说刀子般的话，但是不动刀，在这时候我是不能心口如一了。

我无论怎样痛骂她的丑行，

若把语言见诸实行，灵鬼啊，你永毋答应！〔下〕

第三景：堡中之一室

王、罗珊克兰兹、吉尔丹斯坦上。

| 王 | 我不欢喜他，并且由他这样疯闹下去于我们也不利。所以你们准备去，我随后就下令委任你们和他一同到英格兰去。为我的国王的地位着想，也不能容忍由他的疯狂随时可以产生的这样近身的危险。 |
| 吉尔丹斯坦 | 我们就去准备，陛下要为那无数的赖陛下而生存的 |

臣庶谋安全，这忧虑真是顶神圣顶审慎的了。

罗珊克兰兹　每个人都是要竭尽心力去避免伤损，但是万民生命所寄托的人，可要知道珍摄。身为至尊决不能一死了事，他像是漩涡一般，要把附近的一切都卷进去。又像是高山绝顶的巨轮，大辐上附带着成千成万的小东西，一旦颠覆下来，细小的附属的东西也要同归于尽。从来国王独自叹气没有不引起万众呻吟的。

王　　　　　请你们去准备立刻启程，现在这太无拘束的可怕的人，我就要加以镣铐了。

罗珊克兰兹┐
　　　　　├我们赶快就去准备。〔罗珊克兰兹与吉尔丹斯坦下〕
吉尔丹斯坦┘

普娄尼阿斯上。

普娄尼阿斯　陛下，他到他的母亲的寝室去了。我去躲在墙幕后面听他们谈话的经过，我担保她必能逼问出他的真情。并且，陛下说过，说得很对，除了一个母亲之外应该另外有人去从旁偷听，因为母子间骨肉之情能使他们吐露真情。叩别了，主上，陛下睡前我再来进谒，尽情禀告。

王　　　　　多劳你了。〔普娄尼阿斯下〕
　　　　　　啊，我的罪恶的秽气上通于天了。这是天地间最初受诅咒的头一件事，谋杀亲兄！我不能祷告，虽然我想祷告的心是和意志一般地强，我的强大的意向被我的更强大的罪孽所战败了。我像是同时要做两件事的人，犹豫着不知先做哪一件好，结果全耽误了。这该诅咒的手，纵然再沾厚一层我哥哥的血，天堂上就没有那么多的雨把它冲洗得雪一样的白吗？上天慈悲不来照射在罪恶的脸上，又有什么用处呢？祷告有两层的力量，预先防止我们失足，或失足后得到矜宥，此外更有什么意义？那么我还是要向上天企望，我的罪恶是已经过去的了。但是，啊，怎样的祷告才能合我的事呢？"饶恕我的卑污的杀人罪？"这是不能的，因为我由暗杀而得来的东西我至今仍未放弃，我的王冠，我的野心，我的王后。一个人保留着由罪恶得来的东西，还能得到宽宥吗？在这腐败的世界里，镀金的罪恶的手可以排挤正义，因为往往由罪恶得来的利益，便可划出一份去贿买法律。但在天上可不是这样，天上没有闪躲的事，一切行为只有按实情宣示出来，我们自己都要被迫得和我们的罪恶当面对证。怎样好呢？还有什么办法呢？试试忏悔能有什么效用。忏悔有什么不能的呢？只是我不能忏悔，又有何用？啊好狼狈的情形！啊死一样黑的心胸！啊被胶黏住的灵魂，越挣扎着要逃，越动弹不得！救我呀，天使！我试试吧！顽强的膝盖，弯下去，铁线编成的心，像新生婴孩的筋肉一般地软吧！一切都可好了。〔退后跪下〕

哈姆雷特上。

哈姆雷特　他正在祷告，我现在恰好可以下手了。我现在就下手，这样他就可以去上天，这样我也报仇了。这事还得考量，一个恶汉杀了我的父亲，我是我父亲的独子，因此就把这个恶汉送上天。啊，这简直像是受他雇来干的事，不是报仇。我父亲被他杀的时候，正是在饱食之后，一切的罪恶还都像是五月里的花朵那样盛开着。他最后一篇功过的账，除了上天谁知道？不过据我们常情推测，这篇账算下来于他大大不利。那么，我如今乘他正在洗心赎罪并且最宜于受死的时候把他杀死，这能算是报仇了吗？不！收起来吧，刀，你等着更残狠的机会吧。当他醉卧的时候，或发怒的时候，或在床上淫乐的时候。赌博的时候，咒骂的时候，或在做什么不带超度意味的事的时候。那时候打倒他，让他的脚跟朝天一踢，他的灵魂就要堕入幽暗地狱里去，永世不得翻身。

我的母亲在等着和我见面，

这剂药只能延长你的几天残喘。〔下〕

国王起立前行。

王　我的话飞上去了，我的心思还在下边，

没有真心的空话永远上不了天。〔下〕

第四景：王后的寝室

后与普娄尼阿斯上。

普娄尼阿斯　他立刻就来。你要痛痛快快地责问他，告诉他，他的疯狂是太放纵得令人难堪了，并且你已经回护他，给他屏蔽了不少的怨怒。我就躲在这里。请你直截了当地问问他。

哈姆雷特　〔在内〕母亲，母亲，母亲！

后　我准依你就是，不必担心。快藏起来，我听见他来了。〔普娄尼阿斯躲在墙幔后面〕

哈姆雷特上。

哈姆雷特　母亲，有什么事？

后　哈姆雷特，你很得罪了你的父亲。

哈姆雷特　母亲，你很得罪了我的父亲。

后　来，来，你又拿些胡话回答我。

哈姆雷特　去，去，你又拿些坏话盘问我。

后　怎样了，哈姆雷特？

哈姆雷特　倒是怎么回事呀？

后　你忘记我是谁了吗？

哈姆雷特　没有，我敢以十字架为誓，没有忘记你。你是王后，你的丈夫的兄弟的妻，并且是——但愿不是——我的母亲。

后　不说了吧，那么，我去叫能和你说话的人来问你。

哈姆雷特	来，来，你坐下。你别动，你等我给你立起一面镜子，你照照你的心肝，才能让你走。
后	你要怎么样？你可是要杀我吗？救命，救命，啊！
普娄尼阿斯	〔幔后〕什么，啊！救命，救命，救命！
哈姆雷特	〔拔剑〕怎么！一只老鼠？要你死，赌一元钱，准要你死！〔向幔幕刺人〕
普娄尼阿斯	〔幔后〕哦，我被杀了！〔倒下身死〕
后	哎呀，你干下了什么事？
哈姆雷特	我不知道，那是国王吗？
后	啊，这是何等鲁莽凶狠的事体？
哈姆雷特	凶狠的事体吗！好母亲，这和杀死一个国王然后又嫁给他的弟弟倒是几乎一样地坏。
后	杀死一个国王？
哈姆雷特	对啦，是我说的——

揭起墙幔发现普娄尼阿斯。

你这个卑鄙乱闯的蠢材，再会吧！我把你当作是你的上司，你认命吧，你该要明白好管闲事是危险的了——你不用那样绞手。别作声！坐下来，让我来绞你的心。假如你的心是用可以刺穿的材料做的，假如恶习还没有把你的心变成铁石，以至于抵御情感的渗入，那么，我就要来绞一绞你的心。

后	我做了什么事，你敢于鼓弄唇舌，这样狂慢地对我说话？
哈姆雷特	你做的那桩事啊，把廉耻的羞晕弄得暧昧，把美德

变成虚伪，取下了纯洁恋爱的头额上的一朵玫瑰，而打上了一颗烙印的脓包[21]。把婚姻的盟约，弄得像赌徒的咒誓一般虚诈。唉，你干的好事，使得婚约的躯壳失了灵魂，使得宗教的仪辞成了一片胡言乱语，上天都要为你红了脸。是呀，就是这坚硬广大的土地，看见你做出来的事，也要像是到了世界末日一般，露出愁眉苦脸。

后　　　唉，我倒是干了什么事，先要这样打雷似的吼叫一顿？

哈姆雷特　来看，看看这张画像，再看看这张，这是两个兄弟的肖像。你看看这一位眉宇之间何等地光辉，有海皮里昂[22]的鬈发，头额简直是甫父的，眼睛像是马尔士的，露出震慑的威严。那姿势，就像是使神梅鸠里刚刚降落在吻着天的山顶上。这真是各种丰姿的总和，美貌男子的模型，所有的天神似乎都在他身上盖了印为这一个人做担保一般。这人便曾经是你的丈夫。你再看着这个，这是你现今的丈夫，像是一枝霉烂的麦穗，把他的健康的哥哥都害得凋萎了。你有眼睛吗？怎能放弃那好好的青山不吃，要到这泥溷里面去大嚼呢？哈！你有眼睛吗？你不能说这是恋爱，因为到了你这样的年纪，亢强的血气已经驯服了，已经衰微了，该受理性的节制。如今你舍彼而就此，这算得什么理性？感觉你当然是有的，否则你便不能有情欲，但是你的感觉必是麻木了。因为疯狂都不至于错到这个地步，无论疯得多

么厉害，对于这样优劣悬殊的二者之间总该保有几
分的选择力吧。是什么鬼物这样地在捉迷藏中骗害
你？你有眼而无触觉，或有触觉而无视觉，或有耳
而无手或眼，或一概没有而只有嗅觉，或五官中只
有一官略有残余，也不能愚蠢至此。啊可耻！你的
廉耻安在？造反的恶魔呀，如其你能钻到老妇的骨
髓里面去作乱，那么对于火焰般的青年，贞操只好
算作蜡要在那火焰里熔化了吧。既然寒霜都可以呼
呼地燃烧起来，理性都可以做情欲的龟鸨，那么青
春情不自禁的时候，更不必讲什么廉耻了。

后　　哦哈姆雷特，别再多说了。你已使得我的眼睛转到
我的灵魂深处，我已看出上面染着洗刷不掉的污点。

哈姆雷特　这怕什么，只消在油渍汗臭的床上度日，在淫秽里
面熏蒸着，倚在那肮脏的猪栏上蜜语做爱——

后　　啊，别再和我多说了，你的话像刀似的刺入我的耳
朵。别说了，好哈姆雷特！

哈姆雷特　是凶手，也是恶徒，不及你前夫二百分之一的蠢奴。
国王中的小丑，窃国的贼人，偷取架上的王冠，放
在自己的袋里！

后　　别说啦！

哈姆雷特　一个身披五彩斑衣的国王[23]——

鬼上。

天神哟，救我，飞着遮护我——尊驾意欲何为[24]？

后　　哎呀他疯了！

哈姆雷特　　你是不是来谴责你的延迟不决的儿子，虚度了光阴，冷淡了热情，耽误了你的急迫严命？啊，你说！

鬼　　　　　别忘记了。我这次来只为的是磨砺你的几乎变钝的意志。但是，你看，你的母亲很是惶恐。啊，去调处她的挣扎着的心灵。身体最弱的人，良心的作用最强。哈姆雷特，你去和她说话。

哈姆雷特　　你怎么样了，太太？

后　　　　　哎，你怎样了，竟向空中看着，对着飘渺的空气说话？你的眼里光芒四射，你的平卧着的头发，像兵士从睡中惊醒一般，仿佛突然有了生命，一根根竖立起来。哦我的好儿子，在你的精神错乱的烈焰上快洒上些冷静的耐性。你看什么呢？

哈姆雷特　　看他，看他！你看，他脸上多么苍白！他的样子，再加上他的冤情，木石都要为之感动——你别望着我，否则你的可怜相会要转变了我的坚决的意志，我该干的事怕也要失了本色！或者眼泪代替了血。

后　　　　　你这话是对谁说的？

哈姆雷特　　你不看见那里有什么吗？

后　　　　　什么也看不见，但凡有的，我都看见了。

哈姆雷特　　你也不听见什么吗？

后　　　　　除了我们俩说话，什么也没听见。

哈姆雷特　　怎么，你看那里！看，他偷偷地走了！是我的父亲，穿着他生时的服装！看，他走了，这会儿出大门了！〔鬼下〕

后　　　　　这不过是你脑海里的幻象，错乱的神经最擅长于这样空虚地撰造。

哈姆雷特　　"神经错乱？"我的脉搏，和你的一样，很温和地敲着板眼，奏着稳健的音乐。我所说的并不是疯话，你不妨试验我能再重复地说一遍，疯子怕就说不出了。母亲，为求上天的慈悲起见，请你不要在你的心灵上涂抹自慰的膏油，以为你没有错，只是我说疯话。这只能在疮疤上面敷上一层皮膜，臭恶的脓水在里面溃烂，暗中地蔓延。快对上天认错，忏悔已往，避免未来，别在野草上面再施肥料，使得更加芜乱。请饶恕我的善意，在这肥喘的年头，善行还得向罪恶求饶，唉，还得屈膝地恳求准其给他好处哩。

后　　　　　啊哈姆雷特，你把我的心撕成两半了。

哈姆雷特　　啊，抛掉那坏的一半，留下那一半去过较纯洁的生活。再会了，可别再上我的叔父的床。假如你没有贞操，也要做出有的样子。习惯，那怪物，能吞食我们所有的良心，诚然是恶习的魔王，但是也能做美德的天使，能使优良的行为也同样地有一套容易穿上身的习惯的衣裳。今晚忍一下，下回节制就容易些，再下回更容易些。因为习惯见乎能转变人的本性，或是使恶魔人据称王，或是把恶魔痛打驱逐。再说一遍，晚安。等到你愿意受福的时候，我再求你祝福我——对于这位大臣，〔指普娄尼阿斯〕我很抱歉。但是既然天意如此，罚我杀他，罚他被我杀死，我只好做上天的仆人和刽子手。我来收起他的尸身，我杀死人完全由我担当——那么，再会吧。

我说话必须严厉，才能对她有益，

更严厉的手段还在后头呢。

还有一句话，母亲。

后　　　　叫我怎么样做呢？

哈姆雷特　当然不是做我叫你做的事，让那酗酒的国王再引你
　　　　　上床去，拧你一把脸，叫你做他的小耗子。并且让
　　　　　他用油污的嘴吻两下，让他的可恶的手指在你的颈
　　　　　上摸索，他便能使你把这件事和盘托出，说我并非
　　　　　真疯，只是装疯。你让他知道，倒是很好，因为你
　　　　　不过是一位美貌机警的王后罢了，你怎能够把这有紧
　　　　　要关系的事瞒着那只蛤蟆、蝙蝠、老雄猫？谁能够如
　　　　　此做？不，不必说什么良心和秘密，你不妨到屋顶上
　　　　　拔开鸟笼的栓，把鸟放走，然后学学那著名的猴子自
　　　　　己钻进笼里尝试尝试，跳出来来跌断颈子[25]。

后　　　　你放心，如其话是气息做成的，气息即是生命，那
　　　　　么我已经没有生命，不能用气息把你对我讲的话说
　　　　　出去了。

哈姆雷特　我一定要到英格兰去，你知道吗？

后　　　　哎呀，我忘了，是这样定规的。

哈姆雷特　听说还写下了秘函，由我的两个同学担负这个使命，
　　　　　这两个人我只能当作有齿的毒蛇那样信任。他们必
　　　　　要为我扫路，引我堕入陷阱。让他们干去，我的主
　　　　　意就是等他们自投陷阱。并且要重惩他们一下，我
　　　　　在他们的埋伏之下再掘深三尺，把他们轰炸到月亮

上去。啊，两桩阴谋恰巧会合在一条线上，再妙不
过了。这个人使我得要赶快下手，我且把这死尸拖
到隔壁屋里。母亲，明天见。
这位谋士活的时候胡说乱道，
现在真安静，真沉默，真是岸然道貌。
来吧，先生，这一回我把你结束了。母亲，晚安。
〔众陆续下；哈姆雷特拖着普娄尼阿斯〕

注　释

[1] 祈祷书。

[2] 此段系最著名之一段独白。哈姆雷特蓄意自杀，于第一幕第二景之
独白中已有表示。但哈姆雷特相信死后或仍有生活，故有此顾虑不决
之独白。"To be or not to be"一语究应作何解释，议论纷纭，然总以
浅显平易之解释为近是，故译如本文。

[3] 俗语，妻不贞则夫额上生角，故云。

[4] 暗指国王。

[5] "站立的观客"（The groundlings）乃伊利沙白时代剧院中之平民观众，
此辈立于台前露天之院中（yard），为最价廉之地位，价约一便士。

[6] "特马冈"（Termagant）原为阿拉伯人所崇拜偶像之一，道德剧中
常有此种角色，性凶暴。"赫洛德"（Herod）亦奇迹剧中常见之一角色，
喜喧哗。

[7] 原文"to hold, as' twere, the mirror up to nature"其意乃谓演员之表

演宜适合于人性之自然，不可火气太重。今人往往借用此语为"写实主义""自然主义"之注脚，实误。

[8] 据传蜥蜴以空气为食料。哈姆雷特所谓"被空话塞饱"或系指第一幕第二景国王所说哈姆雷特将继王位一事而言。但王位应由选举，国王固无权左右也。

[9] 同原文 Capitol 与 capital 音似，Brutus 与 brute 音似。哈姆雷特故作此戏言，殊难迻译。

[10] 此句乃引自某歌谣。骑木马乃五月节歌舞（morris dance）中不可少之一部，演者以木制马头马尾系腰间，作骑马状。清教徒反对此种歌舞，故骑木马之戏渐绝迹。

[11] 哑剧乃道德剧的遗迹，宫廷剧中曾有此种穿插。或谓丹麦演剧惯例，表演之前先有哑剧。

[12] "在一五三八年 Urbino 公爵娶一女名 Gonzaga，后被 Luigi Gonzaga 以毒汁灌耳暗杀。莎士比亚大概是从意大利文中读到此段公案，以 Gonzaga 改为被杀人，并以 Luigi 变为 Lucianus。"此乃 Dowden 之说。据第一四开本，Gonzago 作 Albertus，可见莎士比亚前后改窜之痕。

[13] 成语。

[14] 唱歌队（Chorus）任务之一系解释剧情。

[15] 羽毛及镂花鞋，均当时演员装饰。"莎士比亚时代，演员不似现代之支领年薪。全剧院之收入分为若干股，剧院主人分得若干，演员各按等级酌分一股，数股，或一股之一部。"（Malone）不分股则为临时雇员。

[16] Damon 与 Pythias，古之刎颈交。

[17] 意谓：可直呼为"驴子"。原文 was 与 ass 可叶韵也。

[18] 成语"青草长成马饿死"，缓不济急之谓。

[19] 猎者居上风处追逐野兽，兽嗅得逐者遂自投入预设之陷阱。

[20] 尼罗（Nero）置其母 Agrippina 于死。

[21] 玫瑰乃贞洁之象征。妓娼例须额上打烙印。

[22] 巴海皮里昂（Hyperion），日神，周甫（Jove），大帝，马尔士（Mars），战神，梅鸠里（Mercury），使神，均男性美之代表者。

[23] 丑角例被斑衣。

[24] 指鬼言。

[25] 这《著名的猴子》的故事，尚待考。

第 四 幕

第一景：堡中一室

王、后、罗珊克兰兹、吉尔丹斯坦上。

王　　你这几声叹息必有缘故，你得要把这几声长叹解释一下，这应该让我知道。你的儿子在哪里呢？

后　　请把这地方给我们暂用一会儿——〔罗珊克兰兹与吉尔丹斯坦下〕

啊，陛下呀，我今晚看见的好不怕人！

王　　什么，葛楚德？哈姆雷特怎样了？

后　　疯得像是狂风骇浪正在互争雄长一般，他在神经错乱当中，听得幔后有点动静，拔出了他的剑，喊着："一只老鼠，一只老鼠！"于是在狂妄迷惑之中，竟把里面藏着的老人刺死了。

王　　　啊惨事！倘若我在那里，我也要被刺了。他的放纵
　　　　的举动对大家都有危险，对于你自己，对于我，对
　　　　于各人。哎呀，这惨案的责任将如何查究呢？这责
　　　　任将在我身上，因为我事前就该把这疯狂的青年严
　　　　加防范设法隔离才对。但是我太溺爱，竟不知如何
　　　　处理，像是身染恶疾的人，怕人知道，以至侵到致
　　　　命的髓心。他到哪里去了？

后　　　他在拖开他杀死的尸首，他的疯狂像是糙矿里面露
　　　　出了黄金一般，对于那死尸忽然又表示出清醒的意
　　　　志，他对他所做的事懊悔得直哭。

王　　　啊葛楚德，来吧！只消太阳摩着山头，我立刻就叫
　　　　他上船去。至于这件凶事，我必得用尽我的权威和
　　　　手腕，加以回护疏解——喂，吉尔丹斯坦！

　　　　罗珊克兰兹与吉尔丹斯坦重上。

　　　　两位朋友，再去找几个人来帮忙。哈姆雷特在疯中
　　　　杀死了普娄尼阿斯，他正在从他母亲寝室里往外拖
　　　　尸身。去找他，对他好好地说，把尸身送到礼拜堂
　　　　里去。请你们赶快去办这事——〔罗珊克兰兹与吉
　　　　尔丹斯坦下〕来，葛楚德，我要召见我的顶明白的
　　　　朋友们，让他们知道我原来意想的办法，以及不幸
　　　　已经发生的事故，或者那传遍世界的谤言，像大炮
　　　　似的向人瞄准轰击，不致伤害我的名誉，只能打击
　　　　虚无的空气。啊，来吧！我心里好烦恼。〔众下〕

第二景：堡中之又一室

哈姆雷特上。

哈姆雷特　　安藏好了。

罗珊克兰兹┐

　　　　　├〔在内〕哈姆雷特殿下！

吉尔丹斯坦┘

哈姆雷特　　且慢，什么声音？是谁喊哈姆雷特？啊，他们来了。

罗珊克兰兹与吉尔丹斯坦上。

罗珊克兰兹　殿下，死尸你怎样处置的？

哈姆雷特　　羼在土里了，死尸和尘土原是一家人。

罗珊克兰兹　告诉我们尸体在哪里，我们好去搬到礼拜堂去。

哈姆雷特　　不要相信。

罗珊克兰兹　信什么？

哈姆雷特　　不要相信我不守自己的秘密，而能守你们的秘密。
　　　　　　况且，一个身为王子的人，被一块海绵来盘问，又
　　　　　　能答出什么话来呢？

罗珊克兰兹　殿下，你以为我是一块海绵吗？

哈姆雷特　　是的，先生，你这块海绵吸收了国王的恩宠、厚禄、
　　　　　　官爵，这样的官员将来到最后对国王是有利的。他
　　　　　　养着他们，像猴子对于果核一般，含在他的腮角里。
　　　　　　最先放在口里，最后吞下去。他需要你所吸收的时
　　　　　　候，便榨你一下，海绵呀，你不久就又干了。

罗珊克兰兹	我不懂你的意思，殿下。
哈姆雷特	我很喜欢，蠢人听不懂刻薄话。
罗珊克兰兹	殿下，你必要告诉我们尸体在哪里，并且和我们一同去见国王。
哈姆雷特	尸体已和国王在一处，而国王还没有和尸体在一处[1]。国王这种东西——
吉尔丹斯坦	"东西"，殿下？
哈姆雷特	不成东西的东西。领我去见他，狐狸藏起来，大家来找啊[2]。〔众下〕

第三景：堡中另一室

王及侍从上。

王	我已派人找他，并去找那尸体。这个人若由他放肆，那是何等危险！但是我还不能加以严刑，一般愚民对他很是爱戴，本来他们的好感不是根据理性而是靠了眼睛来定的。既然如此，一般人定要嫌罪人的鞭挞太重，而从不管他的罪状。为各面圆到起见，忽然把他送走倒像是一条深思熟虑的计策。险症必要猛剂才能治疗，否则无治——

罗珊克兰兹上。

怎么样！结果如何？

罗珊克兰兹　　陛下，死尸藏在哪里，我们没能问出来。

王　　但是他在哪里？

罗珊克兰兹　　在外面，陛下。有人监视着，听候传见。

王　　领他来见我。

罗珊克兰兹　　喂，吉尔丹斯坦！请殿下进来。

哈姆雷特与吉尔丹斯坦上。

王　　喂，哈姆雷特，普娄尼阿斯在哪里？

哈姆雷特　　在吃晚饭。

王　　"在吃晚饭？"哪里？

哈姆雷特　　不在他吃东西的地方，而在他被吃的地方。一群贤明的蛆虫[3]正在吃着他。蛆虫才是筵席上唯一皇帝。我们把一切牲畜喂肥为的是使我们自己肥，我们自己肥起来又为的是喂蛆虫。肥国王，瘦乞丐，不过是两样不同的菜，盛在两盘里而还是放在一张桌上的，这就是结局。

王　　哎呀，哎呀！

哈姆雷特　　我们或许用吃过国王的蛆虫作饵去钓鱼，然后再吃下那吞了那蛆虫的鱼。

王　　你这是什么意思？

哈姆雷特　　没什么意思，只是告诉你国王也可以到乞丐的胃里巡一遭。

王	普娄尼阿斯在哪里?
哈姆雷特	在天上,派人到那里去找。如其你派的人在那里找不着他,你自己到别的地方去找吧。但是,你在这一月内若寻不到他,那么在你上阶入室的时候你就会闻到他了。
王	〔向数侍从〕去到那里找他。
哈姆雷特	他在那里等着你们去呢。〔侍从等下〕
王	哈姆雷特,我为了你这次所做的事很是着急,同时又要顾虑到你的安全,所以不得不火速派你出外,你赶快准备去。船已备好,又有顺风,侍候人等也在等候着,一切都准备好了立刻到英格兰去。
哈姆雷特	到英格兰去?
王	是的,哈姆雷特。
哈姆雷特	好吧。
王	只消你明白我的苦心,这当然是件好事。
哈姆雷特	你的苦心只有天晓得——但是,走吧,到英格兰去——亲爱的母亲,告辞了。
王	你的亲爱的父亲呢,哈姆雷特。
哈姆雷特	我的母亲,父与母即是夫与妻。夫妻原是一体,所以向母亲告辞便够了——走吧,到英格兰去!〔下〕
王	紧紧跟随着他,诱他快快上船。别耽搁,我要他今晚就走,快去吧!和这事有关的一切都准备好了,请你们,赶快吧——〔罗珊克兰兹与吉尔丹斯坦下〕英格兰的王,假如你认为我的友谊是有价值的——既然丹麦的刀砍在你身上的创疤还是鲜红的,你已

吓得自动地向我进贡，你原该认识我的伟大的力量——你莫把我的命令看得冷淡，我的命令在信里已完全说明，要你立刻将哈姆雷特处死。务须遵命办理，英格兰王。因为他猖狂得像是在我血里的热症，你一定要给我诊治。

在你为我诊治好了以前，

无论如何我不能快乐一天。〔下〕

第四景：丹麦境内一平原

浮廷布拉斯、一营长及兵士多人列队上。

浮廷布拉斯　　营长，你去向丹麦国王致敬，告诉他浮廷布拉斯根据前次的允许，现在要率兵在他境内穿行。会合地点你是知道的，假如有事待商，我可前去觐见。把这意思转达给他知道。

营长　　遵命。

浮廷布拉斯　　慢慢前进。〔浮廷布拉斯及众兵士下〕

哈姆雷特、罗珊克兰兹、吉尔丹斯坦及其他上。

哈姆雷特　　请问先生，这是谁的军队？

营长　　这是瑙威国王的，先生。

哈姆雷特	先生，请问为何动兵？
营长	攻打波兰的一部。
哈姆雷特	谁是统帅，先生？
营长	老瑙威王的侄儿，浮廷布拉斯。
哈姆雷特	是要攻打波兰的本部呢，先生，还是侵占一些边疆？
营长	老实说吧，一点也不必夸张，我们只要去占领一块徒有虚名无实利的小小的土地。要我付五块钱，我都不愿去租，土地若是出卖，无论是瑙威王的或是波兰王的，也卖不出较大的价钱。
哈姆雷特	那么，波兰从不守御这块地方了。
营长	守御的，已经驻扎军队了。
哈姆雷特	两千人的性命，两万元军费，不该用来解这一根稻草似的问题。这是承平日仓廪丰富所产生出来的脓包，由里面溃烂了，外面没有现象，看不出人是为什么死的——多谢你指教，先生。
营长	上帝祝福你，先生。〔下〕
罗珊克兰兹	殿下，请动身吧？
哈姆雷特	我就来会你。请先走一步。〔除哈姆雷特外众下〕怎么一切情形都在鼓励我，刺激我的迟钝的复仇之念！一个人只知饱食酣睡无所事事，这算是一个人么？畜类而已。上帝造人，使我们有这样广大的智力，能够瞻前顾后，当然他决不能赋予我们神圣的理性而又霉着不用。现在不知究竟是畜类的健忘，还是对事过于思索以至怯懦的多虑——这念头若分作四份，只有一份是智慧，三份是怯懦——我真不

明白为什么我只是镇日价空喊"这件事是要干的",
其实我真有理由,真有意志,真有力量,真有方法,
立刻就干这件事。像大地一般昭著的往例,都在劝
我动手。看看这队兵,有这样多的人数,这样大的
饷糈,统率的却是个柔弱的王子,他的雄心勃发起
来,便不惜向那不可知的结局狞笑。哪怕仅仅为了
一个鸡蛋壳,也敢挺身而出,不避命运、死亡、危
险。非有大事当前,不轻举妄动,这诚然是伟大了。
但是名誉攸关的时候,虽一根稻草都要力争,这也
正是伟大。我自己怎样呢,父亲被杀,母亲被污,
于情于理,愤愤难平,却隐忍昏睡,看看这二万人
为了一点虚幻的骗人的名誉,竟视坟如床,拼命效
死,所争的那块地方还不够做双方的用武之地,还
不够做阵亡将士的埋葬之所,我能不惭愧吗?
从今以后我要把心肠狠起,
否则便是一个没有用的东西!〔下〕

第五景:哀而新诺,堡中之一室

后、何瑞修及一廷臣上。

后　　　　我不想和她说话。

廷臣	她一定要请见，是真疯了，她那神气真怪可怜的。
后	她要怎么样？
廷臣	她总是提起她的父亲，又说她听得这世界上有许多阴谋。她捶胸咳嗽，忿怒地踢开稻草说些半明半昧的模棱的话。她的话是没有意义的，但那些支离的词句又可使得听者拼凑出来。他们想揣摩她的意思，实在也是按照自己的意思把她的话拼凑起来罢了。由她的话里的意思，再加上她说话挤眼点头做手势的样子，很令人觉得她是遭了什么不幸，虽然不能说定是什么不幸。
何瑞修	和她谈谈倒也好，因为她也许在怀恶意的人的心里播下危险的测度。
后	让她进来吧。〔廷臣下〕 由于我内心有愧，罪人都是这样， 每桩小事都像要引出大的祸殃。 罪人最多愚蠢的疑虑， 怕泄露，偏偏自己泄露出去。

廷臣领奥菲里阿上。

奥菲里阿	美貌的丹麦王后在哪里？
后	你怎么了，奥菲里阿？
奥菲里阿	〔歌唱〕我将怎样去辨别， 谁是你的真情郎？ 记取他的海扇帽、 拐杖和草鞋一双[4]。

后　　　　　哎呀，好姑娘，这歌儿是什么意思？

奥菲里阿　　你说什么？别说，请你听着吧。

　　　　　〔歌唱〕他已经死了，姑娘，

　　　　　　　　他死了不能再来，

　　　　　　　　他头上有青草皮，

　　　　　　　　脚底下有块石碑。

　　　　　　　　啊，啊！

后　　　　　但是，奥菲里阿——

奥菲里阿　　请听着。

　　　　　〔歌唱〕尸衣白似山头雪——

　　　　　　王上。

后　　　　　哎呀，你看看，陛下。

奥菲里阿　　〔歌唱〕装饰着鲜艳的花，

　　　　　　　　无人哀悼下了坟墓，

　　　　　　　　也没有情泪像雨似的洒。

王　　　　　你好吗，漂亮的小姐？

奥菲里阿　　很好，多谢你！他们说猫头鹰是烤面包的女儿[5]。
　　　　　　陛下，我们知道我们现在是什么，但不知将来会变
　　　　　　成什么。上帝保佑你！

王　　　　　〔旁白〕想念她的父亲呢。

奥菲里阿　　请你们别提起这件事，有人问你们这是什么意思，
　　　　　　你们只消这样说：
　　　　　〔歌唱〕明朝圣瓦楞坦节[6]，
　　　　　　　　大家早起莫贪眠。

我是你的窗前女，

来做你的瓦楞坦。

他便起床穿衣裳，

打开他的寝房门。

把个处女迎进去，

出门永非处女身。

王　　　　　好奥菲里阿！

奥菲里阿　　真的，喂，不消赌咒，我就唱完了：

〔歌唱〕天乎天乎真可耻！

男子一定这样做，

只消他们有机缘；

唉，这是他们的错。

她说，你害我以前，

答应娶我做新娘——

他回答说：

我发誓必定这样做，

你若没来上我的床。

王　　　　　她这样子已有多久了？

奥菲里阿　　我希望一切都会好的。我们必须忍耐，但是想起他
们竟把他埋在冰冷的地下，我又不由得不哭。这事
得要叫我哥哥知道，多谢你们的忠告——来，我的
车子——晚安，诸位夫人。晚安，亲爱的诸位夫人。
再会了。再会了。〔下〕

王　　　　　紧紧跟着她，我请你，好好地看护她——〔何瑞修下〕
啊，这是深忧的毒害，这是由她的父亲的死而生的。

啊葛楚德，葛楚德，哀痛之来，决不是单身的步哨，
而是成群的大队！第一，她的父亲被害；第二，你的
儿子又远走了。其实他的被逐，也是祸由自取。民
众对于普娄尼阿斯之死很是惶惑不安，不由得不胡
猜乱道。我的办法也未免太笨，竟悄悄地把他埋葬，
使得可怜的奥菲里阿失了理性。我们没有理性当然
只是徒具人形，无异于禽兽了。最后，还有和这些
同等重要的事，她的哥哥从法兰西秘密归来，对于
他父亲的死当然不免惊疑，但又隐忍不宣，同时流
言的毒菌也不会不侵入他的耳朵。这些流言，缺乏
事实的根据，自然信口雌黄的逢人便说是我谋害的
了。啊葛楚德，这简直像是开花炮一般，要打得我
体无完肤哩。〔内喧哗声〕

后　　哎呀，这是什么声音？

王　　我的卫兵在哪里？让他们守住门——

一廷臣上。

廷臣　　是什么事？

陛下，你快逃命，泛滥的海洋吞食平原，其来势之
猛还不及赖尔蒂斯领导一群乱民压迫你的卫兵那样。
一般愚民，喊他做国王。好像是天地初辟，无所谓
古法旧例，他们自己可以批准拥护任何建议似的，
他们喊叫："我们选举，要赖尔蒂斯做国王！"于是
帽子、手、舌头，一齐地把这建议赞美到九霄云外。
"要赖尔蒂斯为王，赖尔蒂斯为王！"

后	听听他们多么快乐地向着迷途喊叫！啊，你们走错路了，你们这些糊涂的丹麦的狗[7]！
	〔内喧哗声〕
王	门被打破了。

赖尔蒂斯执兵器上，丹麦民众随上。

赖尔蒂斯	国王在哪里 ——诸位，请站在外面。
众	不，让我们进来。
赖尔蒂斯	我求你们，这事交给我做。
众	好吧，好吧。〔众退至门外〕
赖尔蒂斯	谢谢你们。守住这个门——啊，你这个昏君，还我的父亲来！
后	安静些，好赖尔蒂斯。
赖尔蒂斯	我只要有一滴血是安静的，便可宣布我是个私生子，喊我父亲作乌龟，在我母亲的贞洁无疵的两眉之间打上娼妇的烙印。
王	是为什么缘故，赖尔蒂斯，你如此猖狂地叛变——由着他去，葛楚德，不必为我担心。一个国王是有神祇围护的，叛逆的人只能窥伺非分，无从实行他的野心——告诉我，赖尔蒂斯，你为什么这样发怒——放开他，葛楚德——你说呀。
赖尔蒂斯	我的父亲在哪里？
王	死了。
后	可不是他杀的。
王	让他把话说完。

赖尔蒂斯　　　他怎么死的？我不受你的骗！忠君之义，你下地狱
　　　　　　　去吧！臣下的誓约，交给最恶的魔鬼去吧！良心和
　　　　　　　慈悲，一齐滚到万丈深渊里去吧！我不怕死后受罪。
　　　　　　　我坚持这一点，此生来世，我一概不管，祸福置之
　　　　　　　度外了。我只要彻底地为我父亲报仇。

王　　　　　　谁要拦你？

赖尔蒂斯　　　除了我的意志，别人谁也拦不了我。至于我的手段，
　　　　　　　我可以运用自如，略施小技便可成效大著。

王　　　　　　好赖尔蒂斯，假如你想知道你父亲死时的真相，在
　　　　　　　你报仇的计划当中，你是不是预备不分敌友，不论
　　　　　　　胜负，一网打尽？

赖尔蒂斯　　　除了他的敌人一概不究。

王　　　　　　那么你愿知道谁是他的敌人么？

赖尔蒂斯　　　对于他的友人，我要这样展臂拥抱他们，并且愿像
　　　　　　　输血哺雏的鹈鹕一般，用我的血宴请他们。

王　　　　　　对呀，你这才像是一个好儿子大丈夫的说话。关于
　　　　　　　你父亲的死，我是无罪的，我并且很哀痛，事实昭
　　　　　　　彰，如青天白日，你不难灼见。

众　　　　　　〔在内〕放她进去！

赖尔蒂斯　　　怎么了！这是什么声音——

奥菲里阿再上。

啊热气，烤干我的脑子！加了七次盐的眼泪，腌瞎
了我的眼睛——皇天在上，你的疯狂必要得到大大
的赔偿，非到我们的代价压翻了天平柱决不罢休。

啊，五月的玫瑰！亲爱的女郎，和善的妹妹，甜蜜的奥菲里阿——啊天哪！莫非少女的神经也能和老人的性命一样地受致命的打击？人的天性在深情中最是敏锐，所以在一往情深之中，就能以最宝贵的天性拿来献给所追念的人。

奥菲里阿　〔歌唱〕露着脸面就抬上了棺车，

咳哝哝呢、哝呢、咳哝呢，

坟上多少泪珠雨似的落——

再会吧，我的斑鸠！

赖尔蒂斯　假如你没有疯，并且劝我报仇，都不能像你现在这样子地感动我。

奥菲里阿　〔歌唱〕你要唱，往下，往下，

你叫他往下去啊 [8]。

啊，这歌声和机轮 [9] 多么调和！是那个没良心的管家拐走了主人的小姐。

赖尔蒂斯　这一段胡说比明白话还有意味。

奥菲里阿　那边有"迷迭香"，是保守记忆的。爱人呀，请你别忘了我。还有"三色堇"，那是表现情思的。

赖尔蒂斯　这是疯狂中的说教，把情思和记忆都说得恰如其分。

奥菲里阿　那边有茴香，是给你的。还有耧斗花，那边有芸香，是给你的，这边还有些是我自己的。这芸香，我们可以称作礼拜日的忏悔草。啊，你佩带芸香当然要不同一些。那边有一棵延命菊，我愿给你一些紫罗兰，但自我父亲死后，全都枯了。他们说他得了善终——

〔歌唱〕亲爱的罗宾是我所有的欢忻。

赖尔蒂斯　　她把忧郁、痛苦、哀情以至于地狱的自身，都变成
　　　　　　可爱的美丽的了。

奥菲里阿　　〔歌唱〕

　　　　　　他不再回来了吗？

　　　　　　他不再回来了吗？

　　　　　　不，不，他死了。

　　　　　　到你的死床上去，

　　　　　　他再也不回来了。

　　　　　　他的胡须白似雪，

　　　　　　他的头顶黄似麻。

　　　　　　他走了，他走了，

　　　　　　我们不必再呻吟，

　　　　　　愿上帝怜悯他的灵魂吧！

　　　　　　并且怜悯一切耶教徒的灵魂，我祷求上帝——上帝
　　　　　　祝福你们！〔下〕

赖尔蒂斯　　你看见这个样子没有，啊上帝呀！

王　　　　　赖尔蒂斯，我一定要分担你的忧愁，否则便是你否
　　　　　　认我的权利。你不妨先去，在你的最贤明的朋友中
　　　　　　间，随你选择几位，让他们来裁判你我之间的争执。
　　　　　　假如他们发现我是与这罪案有关，无论是直接地或
　　　　　　间接地犯罪，我甘愿把我的国土、我的王冠、我的
　　　　　　生命，以及我所有的一切，都送给你以为补偿。假
　　　　　　如并不如此，你对我便该心平气和，我必定和你同
　　　　　　心协力地设法使你得到相当的满足。

赖尔蒂斯　　就这样办。他死得不明，葬得潦草，埋骨之处上面

没有纪念，没有刀剑，亦没有勋徽，并且殡时没有高
贵的仪式，亦没有照例的排场。呼冤之声好像是震
动天地，令我不能不追究。

王　　　尽管去追究吧，

谁犯罪，谁受罚。

请你同我来。〔众下〕

第六景：堡中又一室

何瑞修与一仆上。

何瑞修　　那些要和我讲话的是什么人？

仆　　　是些水手们，先生，他们说有信件送给你。

何瑞修　　让他们进来吧——〔仆下〕若非哈姆雷特，我真想
不起有谁写信问候我。

水手们上。

第一水手　上帝降福于你，先生。

何瑞修　　也降福给你。

第一水手　假如上帝高兴，先生，他会要降福的。这里有一封
信给你，先生——这信是到英格兰去的使臣寄来
的——假如你的名字就是何瑞修，我刚才听说你是。

何瑞修 〔读〕"何瑞修，你读到这封信时，请你设法引导来人去见国王，他们有信件给他。我们到海上不过两天，一只武装的海盗船便追上来了。我们的船走得太慢，逼得我们只好鼓勇迎战。争斗间我跳上了他们的船，霎时间他们的船离开了我们的船，于是我独成了他们的俘虏。他们对待我颇加怜惜，他们明知道这样做是有好处的，我是要报答他们的。让国王收到我寄去的信，你要像逃命似的急速前来见我。我有话向你说，你听了会要吓呆的，但是言语恐怕还不足以宣示这事的内容。来人可以引你前来见我。罗珊克兰兹与吉尔丹斯坦现仍向英格兰途中，关于他们我有许多话告诉你。别了，你知道我是你的好友哈姆雷特。"

来，我引你们去投送你们的信件，并且快点去，你们好引我去见那令你们送信的人。

〔众下〕

第七景：堡中又一室

王与赖尔蒂斯上。

王 现在你的心里一定承认我是无罪的了，并且你要认我作朋友，因为你已经听得明明白白，那杀害你父亲的人原是要结果我的性命。

赖尔蒂斯　很像是这样的情形，但是你要告诉我，你为了自身的安全，按照理性以及一切，都该设法处置，而何以对于这样罪大恶极的事件竟不加以惩办呢？

王　　　　啊，这是因为两项特殊的缘故，在你看来或许是薄弱的，而在我看来是很有力量的。他的母后几乎是一看不见他便不得活，而我呢——这究竟是我的长处还是我的缺点，且不必管——我觉得她和我的生命灵魂非常地密切，像星宿不能脱轨一般，我简直离不得她。我所以不可公然开审的另一动机，是由于他很受一般民众的爱戴，他们把他所有的短处都浸润在他们的一片好感当中，他们竟像是把木变石的石灰井一般，真能把他的镣铐当作他的荣耀。所以我的这一枝箭，怕是太软，抵不过那样的狂风，结果不但不能射中目标，反要折回来打破我的弓哩。

赖尔蒂斯　这样就算是我失掉了一个父亲。一个妹妹被逼得发疯，而想起从前，她的才貌可以称得起是盖世无双。但是我终有报仇之一日。

王　　　　不要因此而惊慌失眠，你别以为我是怎样地蠢，危险来撩拨我的胡须，而还认为是游戏。不久你就可以听到下文，我爱你的父亲，而我也爱我自己。我希望，这可以令你猜想到——

　　一使者持信上。

怎么样！有什么消息？

使者	是信件，陛下，哈姆雷特寄来的。这一封信是给陛下的，这一封是给王后的。
王	哈姆雷特寄来的？谁带来的？
使者	他们说是水手给带来的，陛下，我可没有看见他们。这些信是克劳底欧交给我的，他是从带信的那人的手中拿过来的。
王	赖尔蒂斯，你听听这信的内容——你去吧。〔使者下〕〔读〕"陛下，我光身回到你的国土里来了。明天请准我来叩见，届时当面请恕罪，并当声述我这次猛然的且更奇异的回国的缘故。

哈姆雷特。"

这是什么意思？其他的人都回来了么？或者也许是故弄玄虚，没有这样一回事？

赖尔蒂斯	你认识这笔迹吧？
王	这是哈姆雷特的字迹。"光身！"后面附注中他又说"独自！"，你能为我解释吗？
赖尔蒂斯	这事我简直不明白，陛下。但是让他来吧，想着居然将有这样一天，我可以当面告诉他"这事原来是你干的"，我心中的苦楚也温和些了。
王	假如他真是回国了，赖尔蒂斯——他怎么能回来呢？他又怎么能不是回来了呢——你愿受我的调遣不？
赖尔蒂斯	愿受调遣，陛下，但别强制我和平解决。
王	我必能令你心平气和。假如他现在是真回国了，大

概是中途折回不想再去，那么我就引他走进我已计划成熟的一条妙计，他一中计必定覆亡。他这一死决惹不起一点点非难的风声，就是他的母亲也不会怪罪我而要认为是无妄之灾哩。

赖尔蒂斯　　陛下，我愿听调遣，假如你能令我做你的计策的实行者，我更愿意了。

王　　　　　正合孤意。自从你常常出外，大家就谈起你来，并且还是当着哈姆雷特的面，说你有一件惊人的本事，你所有的才能都不及这一件本事之能招他嫉妒。其实据我看来，倒也不值得什么。

赖尔蒂斯　　是什么本事呢，陛下？

王　　　　　这本事，说起来也不过是青年帽上的一条缎带，然而也很必需。因为青年之适宜于穿华丽轻便的衣服，正不下于老年人之适宜于穿表现富裕庄严的貂裘袍褂。两月前，此地有一位诺曼底绅士——法国人之善于骑术，我是亲眼见过的，并且我曾和他们作过战，但是这位先生对于此道简直是出神入化。他在鞍上生了根，驭使如神，好像和这匹猛兽合为一体，在心理方面也有一半息息相通。他真是出乎我的意外，他的身段技巧都不是我所能想象得出的。

赖尔蒂斯　　一位诺曼底人，是不是？

王　　　　　是一个诺曼底人。

赖尔蒂斯　　我敢打赌，这必是拉蒙。

王　　　　　正是这个名字。

赖尔蒂斯　　我很认识他，他真是全国的珍宝。

| 王 | 他说起你来，着实恭维你的武艺，尤其是击剑一道，据说若得敌手，必定大有可观。他又赌咒说，法国的剑客若来和你交手，必定既无进取之功，又无招架之力，并且连眼睛都看不清。这一番话激起了哈姆雷特的嫉恨，一心一意地只盼你早早回来，和他比试。现在，就由这一点—— |

赖尔蒂斯　　什么由这一点，陛下？

王　　　　　赖尔蒂斯，你从前对于你父亲觉得顶亲热的吗？还是你只像一张悲哀的画像，有脸而没有心？

赖尔蒂斯　　你为什么问我这个？

王　　　　　我并不是以为你不爱你的父亲，不过我很知道，爱情是经过长时间养成的，我从经验当中也曾体会到，时间亦能消磨爱情的火星。爱情的火焰之中藏着一条灯心或是蜡花，能使得火焰暗淡。天下没有长久好的事，好事变得太好的时候，自然要由盈而亏。我们想要做一件事，在想要做的时便应该做。因为这"想要"会变的，会有各式各样的消减延迟，如世人的舌头、世人的手、世态的变幻，一样的难以捉摸。那时节这个"应该"也只像败家子的一声叹气，怨艾自伤罢了。但是，闲话休题。哈姆雷特回来了，你打算怎样做，在行为上而不在言语上表现出你是你父亲的儿子？

赖尔蒂斯　　就是在礼拜堂里我也要把他杀死。

王　　　　　老实说，没有地方应该保护那杀人的凶犯，报仇是不管什么地方的。但是，好赖尔蒂斯，你既有心这样干，只消躲在你自己屋里。哈姆雷特回来之后，就叫他知道你也回来了。我指使一些人去称赞你的本事，比那法国人说得还要光彩。简单说罢，使你们二人聚会，比剑赌胜。他是疏忽的人，顶直爽，毫无阴谋，一定不会来检视用剑，如此你便可安安稳稳地或是略弄狡狯，选择一把有刃的剑，狠心一戳，便可报了杀父之仇。

赖尔蒂斯　我就这样干，并且为了这个目的我还要把我的剑头涂上药。我从一个江湖医生买到了一点药油，非常毒烈，只消把刀在药里一浸，轻轻划伤一点皮肤，见一点血，必死无疑，纵使月光下采集的灵草所制成的妙药，决不能起死回生。我就在我的剑头上涂些这个药轻轻伤他一点，便可致他死命。

王　我们还要再细细想想，要斟酌什么样的时间上及方法上的方便最适宜于我们的计策。万一这一着失败，万一我们做得不好露出马脚，那么这事还不如不干。所以这一计应该有个后援，一试不成功，还可再接再厉。且慢——容我想想——你们比艺我得预备一点庄重的彩品。我有了，你们动起手来又热又渴的时候——所以你要奋力和他相斗好令他又热又渴——他必定要喝水，我便特为给他预备下一杯毒药。如其他偶然逃了你的毒剑，只消他略吸一口毒水，我们的计划依然可以成功。且住，什么声音——

后上。

怎么了，爱后！

后　　　一件件的祸事接踵而来，并且来得这样快——你的妹妹淹死了，赖尔蒂斯。

赖尔蒂斯　　"淹死了！"啊，在哪里？

后　　　河边有一株斜长着的杨柳，白叶倒映在玻璃似的流水里。她就来到那个地方，拿着些奇异的花圈，扎的是毛茛、荨麻、延命菊，以及粗野牧人呼以不雅之名而纯洁女郎却呼为"死人指"的紫罗兰。就在那里，她爬上树枝想去挂她的花圈，无情的枝子断了，她的花圈和她自身于是坠入了呜咽的河流。她的衣服展开，像是鲛人似的，把她浮上来一会儿。这时节她唱了几句古歌，好像不知自身苦痛似的，又好像真是水下生长的动物似的。但是这情形没有多久，她的衣服湿透就变重了，于是把这可怜的人儿于曼声高唱之中扯到污泥的死所去了。

赖尔蒂斯　　哎呀，那么，她是淹死了？

后　　　淹死了，淹死了。

赖尔蒂斯　　你喝的水已经太多了，可怜的奥菲里阿，所以我禁止我的泪。但这究竟是我们的习惯，天性是离不了习惯的，我也顾不得人家的耻笑了。泪出完了之后，儿女之情也就尽了——再会吧，陛下。我有一篇烈火的言辞，想要爆发出来，但是被这一阵泪水浇灭了。〔下〕

王　　　我们跟着他，葛楚德。我费了多少事才平消了他的怒气！如今我恐怕又惹起他的怒来了，所以我们跟

着他吧。〔众下〕

注释

[1] 此语一般认为是无意义的疯话，也许其中仍有意义可寻。前一国王指已死的老哈姆雷特，后一国王指克劳底阿斯。意谓普娄尼阿斯已与老王同一归宿而新王尚未就戮。

[2] 捉迷藏时，一人为狐，余众为狗。开始游戏时，则呼"狐狸藏起来了"云云。此处狐狸或是指普娄尼阿斯，但亦可认为哈姆雷特装疯，借此脱身。

[3] "贤明的蛆虫"原文"politic worms"直译应作"政治的蛆虫"。Dowden 解作"政治家尸身上所生之蛆"，殊牵强。Schmidt 解作"通达公事"，较切。此处显然是戏指德国一五二一年之 Diet at Worms。

[4] 此乃古歌谣，不知作者姓氏。海扇帽、拐杖、草鞋，乃香客之装饰，尤其是赴西班牙西北部 St. James of Compostella 进香者的装饰。情人往往扮作香客。

[5] 格劳斯特县民间故事。据说耶稣向一面包房行乞，主妇立即为烤面包一块，其女嫌面包太大，换一较小者，但愈烤愈涨大，其大无比，其女惊叫"咻，咻，咻"，耶稣乃令其变为鸱鸮以为惩罚。（Douce）

[6] St Valentine's Day，二月十四日，据英国古俗，男子是日晨最初逅面之女子即为其情人。此种男女求偶的风俗或系源自罗马之 Lupercalia，亦二月十四日也。

[7] "走错路……"（counter）乃行猎名词，猎狗借鼻嗅追寻兽物时错

认方向而逆溯其来源之谓。喻倒行逆施。

[8] "咳哝哝呢……"（Hey non nonny），"往下，往下，"（a-down;
a-down），均歌谣中之合唱辞，下文中管家拐走小姐亦系歌谣中事迹，
但歌谣原文均已不传。"往下，往下，"之语不易解，今接 Verity 说：
"奥菲里阿心中之意盖谓普娄尼阿斯已被人喊下坟里。"

[9] "机轮"原文 wheel 素费解。Steevens 解作"合唱"，Malone 指陈，
或系纺机之轮，纺织者唱此歌谣，歌声与机声同作，故云。

第 五 幕

第一景：墓地

二乡下人携铲器等上。

乡甲　　这位自求升天的姑娘还要用基督教的仪式来埋葬吗?

乡乙　　告诉你说，是的，所以你就立刻给她掘坟吧。验尸官来看过了，决定用基督教仪式。

乡甲　　这如何可以，除非她是由自卫而淹死的?

乡乙　　对了，据说正是如此。

乡甲　　那一定要是"自卫"才可以，决不能是别种情形，因为关键就在这里。假如我故意淹死自己，这便是一件行为，而一件行为又要分作三步。那便是:去行，去为，去完成。所以，她是故意自溺了。

乡乙　　　不是，你听我说，挖坟的伙计——

乡甲　　　你听我说。譬如这里是一汪水，好，这里站着一个
　　　　　人。好，假如这个人走到这汪水里淹死他自己。那
　　　　　么无论如何是他自己走过来的，你要注意这一点。
　　　　　但假如这汪水走过来淹死他，他便不算是淹死他自
　　　　　己。所以，凡是没有犯杀死自己的罪的人就不是
　　　　　自杀。

乡乙　　　法律是如此的么?

乡甲　　　是的，这是验尸官的验尸法。

乡乙　　　你愿不愿知道这事的真相?假如这死者不是绅士人
　　　　　家的姑娘，她便不得用基督教仪式来埋葬了。

乡甲　　　对啦，你说着了。更可惜的是，大人物就是投水自
　　　　　杀悬梁自尽，也要比普通基督徒能多邀得世间的赞
　　　　　许——来吧，我的铲子。除了园丁、挖沟的、掘坟
　　　　　的之外，就没有什么古老的绅士人家，他们继续干
　　　　　着亚当的职业。

乡乙　　　他是一位绅士吗?

乡甲　　　他是第一个佩戴纹章的[1]。

乡乙　　　什么，他哪里有过纹章?

乡甲　　　怎么，你莫非是异教徒么?你莫非连圣经都不明
　　　　　白?圣经上说"亚当掘地"，他能掘地而不用"工
　　　　　具"吗?我再问你一句，假如你回答得不对题，你
　　　　　便要乖乖地认罪——

乡乙　　　滚你的!

乡甲　　　什么人造出来的东西比石匠、船匠或木匠造得更

坚固?

乡乙　　　做绞架的，因为那个架子经过一千个人来居住，依
　　　　　然是坚固的。

乡甲　　　我很爱你的才，真是的。绞架倒是很好，为什么
　　　　　好? 对做坏事的人好。现在，你可是做下坏事了，
　　　　　因为你说绞架比礼拜堂还造得坚固。所以，绞架对
　　　　　你倒也很好。你再回答看。

乡乙　　　"谁造出来的东西比石匠、船匠、木匠所造的更
　　　　　坚固?"

乡甲　　　对了，你回答我，就算完事。

乡乙　　　哈，这回我能回答了。

乡甲　　　你说。

乡乙　　　天哪，我还是答不出。

　　　哈姆雷特与何瑞修遥上。

乡甲　　　别再敲你的头了，因为你这个蠢驴怎样打也是走不
　　　　　快的。下回若再有人问你这话，你就说"造坟的"，
　　　　　因为他造出来的屋子可以一直用到世界末日。你到
　　　　　约翰[2]那里去，给我拿一杯酒。〔乡乙下〕

　　　乡甲且掘且唱。

　　　"我小时曾经恋爱过，
　　　以为那是很甜蜜，
　　　只恨，啊，光阴，啊，去得快，
　　　觉得委实太冤屈[3]。"

哈姆雷特	这家伙干这一行还没有一点心肝，挖着坟还要唱？
何瑞修	习惯使得他那样地泰然。
哈姆雷特	对极了，越是不常用的手，越有敏锐的感觉。
乡甲	〔唱〕"但是老年偷偷走过来，
	一把将我抓过去，
	将我送到土里来，
	好像我从来不曾这样的。"〔抛上一颗髑髅〕
哈姆雷特	那颗髑髅也曾有过舌头，也曾会唱。那家伙竟把髑髅乱丢，好像那是世间第一凶犯凯因的颚骨！这蠢驴随手摆布的头颅，也许正是一个政客的。伤天害理的政客，也许是吧？
何瑞修	也许是的，殿下。
哈姆雷特	也许是一位会说"大人早安！大人尊体如何？"的廷臣吧？这也许就是那极口恭维某某大人的马，意欲据为己有的某某大人，亦未可知吧？
何瑞修	是的，殿下。
哈姆雷特	对了，简直是的，现在属于蛆虫夫人了。下巴没有了，脑袋让掘坟人的铲子敲碰着，这真是好玄妙的变迁，假如我们有本领看得出。这些骨头生长起来，除了让人用棍子打着玩，难道没有别的用处吗？这事令我想得好头疼。
乡甲	〔唱〕"一锄，一铲，又一铲，
	还有一袭裹尸衣；
	啊，挖下一个黄土坑，
	为这客人很适宜。"〔又抛上一颗髑髅〕

哈姆雷特　又有一个，这也许是个律师的髑髅吧？现在他的诡辩呢，他的曲解呢，他的案件呢，他的租地法呢，他的巧计呢，都哪里去了？为什么他现在忍受这个粗汉用一把肮脏铲子敲他的头，而不告诉他要控以殴人罪呢？哼！这家伙当年也许是个地皮大买主，订合同，立地契，收罚款，取双保，索赔偿。如今大好头颅涂满了泥土，莫非就是他一生辛苦的结局，经营财产的收获？他的保证人，以至于双重保证人，不能比那两张契纸更能担保他置下的产业吗？他的地产的契纸在这个墓穴里不见得能放得下，可是地主本人除此之外一定不能再有别的了，哈？

何瑞修　一点别的什么也不能有，殿下。

哈姆雷特　契纸不是羊皮做的吗？

何瑞修　是呀，殿下，也有用牛皮做的。

哈姆雷特　以为契纸是可靠的人，才是牛羊一般蠢哩。我和这家伙谈谈——这是谁的坟墓，伙计？

乡甲　我的，先生——
　　〔唱〕"啊，挖下一个黄土坑，
　　为这客人很适宜。"

哈姆雷特　我也以为是你的，因为你在里面卧[4]。

乡甲　你在外面卧，先生，所以这坟不是你的。至于我呢，我虽不卧在里面，这坟还是我的。

哈姆雷特　真说谎，你在坟里就说坟是你的。这是为死人的，不是为活人的，所以你必是说谎。

乡甲　这真是个活活的谎，先生。还会跑呢，留神跑到你嘴上去。

哈姆雷特	你倒是为哪个人挖的?
乡甲	不为哪个人。
哈姆雷特	那么哪个女人?
乡甲	也不为哪个女人。
哈姆雷特	倒是要把谁埋进去呢?
乡甲	要埋的乃是从前的一个女人,先生。但是,愿她的灵魂安息,她已经死了。
哈姆雷特	这家伙好难缠!我们说话可真要准确,否则人家就咬文嚼字地来制胜我们。真是的,何瑞修,这三年来我很注意到一点。这年头世人都学得好尖利,平民的脚尖挨近了廷臣的脚跟,能擦伤他的冻疮哩[5]——你做挖坟的有多久了?
乡甲	一年三百多天,我是从先王哈姆雷特战胜浮廷布拉斯那一天起,便干这个事。
哈姆雷特	那离现在有多久了?
乡甲	你算不出么?每一个傻子都能算得出,那正是小哈姆雷特生的那一天。他现在是疯了,送到英格兰去了。
哈姆雷特	唉,对了,为什么把他送到英格兰去了?
乡甲	因为他疯了,在那里他会把疯病养好的。如其养不好,在那里也无关紧要。
哈姆雷特	为什么?
乡甲	因为在那里他们看不出他疯,那里的人都和他一样地疯。

哈姆雷特　　他是怎么疯的？

乡甲　　　　很怪的，据说。

哈姆雷特　　怎样"怪"？

乡甲　　　　真是的，神经都错乱了。

哈姆雷特　　疯的根源在什么地方？

乡甲　　　　当然就是在丹麦，我从小长大在这里看坟足足有
　　　　　　三十年了[6]。

哈姆雷特　　一个人睡在土里要过多久才腐烂？

乡甲　　　　说实话吧，假如他不是在未死之前便已腐烂——
　　　　　　因为近来害杨梅疮的尸首很多，等不得埋葬就烂
　　　　　　了——大概可以经得八九年，一个皮匠总可以经得
　　　　　　九年。

哈姆雷特　　为什么他比别人要经得久些？

乡甲　　　　唉，先生，他做的那行手艺，使得他自己的皮肤都
　　　　　　磨练成软革了，可以许久进不得水，水是专门腐蚀你
　　　　　　那杂种死尸的。这里就是一个髑髅，这髑髅在土里
　　　　　　也有二三十年哩。

哈姆雷特　　是谁的？

乡甲　　　　这是一个杂种疯子的，你以为是谁的？

哈姆雷特　　我不知道。

乡甲　　　　这疯子活该倒霉！他有一次把一坛酒倒在我头上。
　　　　　　这髑髅，先生，便是王宫的弄臣约利克的髑髅。

哈姆雷特　　这个？

乡甲　　　　就是这个。

哈姆雷特　　我来看看。〔拿过髑髅〕——哎呀，可怜的约利

克——我认识他，何瑞修。这人滑稽百出，才气纵横，他把我驮在背上至少有一千回，现在想起来多么可怕。呀！我要作呕了，当初我吻过不知多少遍的嘴唇就是挂在这个地方——你的讥嘲现在哪里去了？你的跳跃呢？你的歌唱呢？你那能使满座欢笑的诙谐天才呢？现在一句话都没有了，来嘲笑自己的狂相？垂头丧气了吗？你如今到女人的闺阁里去，告诉她，随她脸上涂一寸厚的脂粉，到头来她也要变成这个样子，让她笑笑吧——我请你，何瑞修，告诉我一件事。

何瑞修　　什么事，殿下？

哈姆雷特　你想亚力山大[7]在土里也是这个样子吗？

何瑞修　　是这样。

哈姆雷特　也是这样的气味吗？呸！〔掷下髑髅〕

何瑞修　　是这样，殿下？

哈姆雷特　我们的躯体会要变到什么样下贱的东西哟，何瑞修！我们若跟随着亚力山大的尊贵的尘埃想象下去，也许会看见他是在塞桶眼呢？

何瑞修　　这样想下去，那也未免想得太过分了。

哈姆雷特　不，一点也不。这不过是很平淡无奇地推想下去，以常情为向导罢了。是这样想的，亚力山大死了，亚力山大埋了，亚力山大变还为尘埃。尘埃即是土，我们用土和成泥。他既然变成泥，怎见得不可以用去塞啤酒桶呢？

西撒死了化为泥，

为了防风拿去补破壁。

哦，这样震惊全世的一块土，

竟为了防风拿来把墙补！

但是且住！别高声，快躲开！国王来了。

僧徒等人排队上；赖尔蒂斯和送殡的人们随着奥菲里阿的尸体；王、后及侍从等，及其他。

王后，还有朝廷大臣们，他们送的是谁？并且又用这样简略的仪式，这可以表示他们送殡的死者必是一个情急自杀的，并且还颇有身份的人。我们躺下来，看一会儿。

〔和何瑞修同卧〕

赖尔蒂斯	还有什么别的仪式？
哈姆雷特	这是赖尔蒂斯，是一位英俊少年，你看。
赖尔蒂斯	还有什么别的仪式？
僧甲	我们已经就所能邀准的范围之内，尽量地铺张她的葬仪了。她死得很可疑，若非朝廷大命变革教会的章制，她只合睡在没超度过的土里，一直睡到最后审判日的喇叭响。没有慈悲的祷告，只合以残瓦碎石和石子抛在她的身上。然而现在准许她戴上处女的花冠，撒着贞女的花朵，入土时还有丧钟葬仪。
赖尔蒂斯	一定无以复加了么？
僧甲	无以复加了，我们若像对善终的人一般，对她也唱一阕安魂乐等等，那我们便是渎亵葬礼了。
赖尔蒂斯	放她下土吧——从她的美丽纯洁的肉体上会生长出

紫罗兰——我告诉你，吝啬的僧人，将来你在地狱里呼号求救的时候，我的妹妹必定早成天使了。

哈姆雷特　怎么，是美貌的奥菲里阿么？

后　　　〔撒花〕香花投给美人，永别了！我满心指望你能做我的哈姆雷特的妻子。我想象着装饰你的新娘床，可爱的姑娘，哪里想到在你的坟上来撒花。

赖尔蒂斯　啊，千重万重的灾害都该降到那可恶的人的头上去，他的险毒的行为竟害得你神志颠倒——先别埋土，让我用胳臂再来抱她一下。〔跳入坟中〕现在你们把死人活人一齐埋了吧，直把平地堆成一座山，比古代的拍龙山或奥林帕斯山的耸天绝顶还要高[8]。

哈姆雷特　〔前进〕这是什么人，悲哀得如此沉恸？凄惨的言辞使得行星都止住脚步听得发呆？我乃是丹麦王子哈姆雷特！〔跳入坟中〕

赖尔蒂斯　魔鬼捉你的魂。〔相扭斗〕

哈姆雷特　你这话说得不好。请你别抓我的咽喉。因为我的脾气虽不急躁，却也不是好惹的，你不能不有几分惧怕。松开手！

王　　　扯开他们两个。

后　　　哈姆雷特，哈姆雷特！

众人　　先生们——

何瑞修　好殿下，请镇静。〔侍从分开二人，二人自坟中出〕

哈姆雷特　怎么，为了这桩事我必要和他打，一直打到睁不开眼为止。

后　　　啊，我的儿子，为了什么事？

哈姆雷特	我爱奥菲里阿，四万个弟兄的爱加起来也抵不上我对她的爱——你想为她怎样做？
王	啊，他疯了，赖尔蒂斯。
后	看上帝面上，容忍他些。
哈姆雷特	该死的，让我瞧瞧你究竟要怎样？你哭么？你要打架么？你要绝食么？你要扯碎衣裳么？你要大口地喝醋么[9]？吃一条鳄鱼么？我是正要这样干的。你到这里来号啕的吧？你跳到她的坟里是为羞辱我吧？和她一起活埋，我正要这样干。你若是说起什么高山大岭让他们把百万亩的泥土堆在我们的身上来，一直使得这块地的尖顶在太阳圈里烤焦，使得欧萨山仅仅像是一颗瘤子般大小，那我也不怕！呸，你要是说大话，我和你一样地会夸口。
后	这完全是发疯，这阵疯还要发作一会儿。不久就会安静下来，像才孵出了一对黄毛雏儿的雌鸽一般地驯顺了。
哈姆雷特	听我说，先生。你对我这样是什么道理？我一向是爱你的——但这也不必提了。 不管赫鸠里斯 自己怎样干， 猫总要叫，狗总有得意的一天[10]。〔下〕
王	好何瑞修，我请你好好招护他——〔何瑞修下〕 〔向赖尔蒂斯〕记住我们昨晚所谈的话，再耐心些，那事我立刻就来一试——好葛楚德，要留神你的儿子——这坟上一定要一块不朽的碑铭[11]。

宁静的日子不久就要来到，

在那以前，我们要少安毋躁。〔众下〕

第二景：堡中大厅

哈姆雷特与何瑞修上。

哈姆雷特	这事谈到这里为止，我现在和你谈那一件事吧，详细情形你都记得？
何瑞修	都记得，殿下！
哈姆雷特	先生，我心里一阵难过，真是睡不着，我觉得比带了镣铐的叛徒还难受。猛然间——幸亏了是猛然啊，我们要明白，在深坑的策略不能奏效的时候，有时任意而行倒能收功。可见我们无论怎样大刀阔斧地干去，成败还是在天。
何瑞修	这话一点不错。
哈姆雷特	我猛然间出了我的舱房，我披着航海的大衣，在暗中摸索着去寻找那东西。居然如了愿，摸到了他们的那一包信，立刻回到我自己房里来。当时吓得忘了礼节，大胆把国书拆开了。我拆开一看，何瑞修——好险毒的国王——原来是一道严令，里面文饰着许许多多的理由，说是于丹麦王和英格兰王的

安全都极有关系，哈！说我这个人最会兴妖作怪，故此文到之日，不可延迟一刻，磨斧子都来不及的，赶快就砍下我的头。

何瑞修　会有这样事？

哈姆雷特　这就在这里，有暇时你不妨一看。你要我告诉你我如何进行的吗？

何瑞修　请说。

哈姆雷特　我既然感觉到危机四伏——我还没有向我的脑筋商量一段序幕，脑筋早把全戏安排好了——我就坐下来，另外造了一封国书，端端正正地写了。我当初也和我们的政治家一般以为写端楷是很卑贱的事，费了好大的事想忘记那桩本事，但是这回却立了大功。你要知道我写的是什么吗？

何瑞修　是的，殿下。

哈姆雷特　我写的是，国王的一篇严重的请求书，就说英格兰既然诚心内附，二王的交谊既然如棕榈之茂，和平之神既然永久地戴着麦冠使两国邦交永睦。此外还说了许多诸如此类的严重的条款，请他看完来信之后立刻将下书之人处死，不可须臾延搁，连忏悔的时间都不要准。

何瑞修　怎样用印的呢？

哈姆雷特　这也是天意如此。我的袋里正好带着我父亲的印信，和国王的玉玺正好一模一样。于是我把这信照原样叠起，签了字，用了印，照旧安放在原处，这封假信永无人知。第二天便是我们海战的那一天，结果如何，你是已经知道的了。

何瑞修　　那么吉尔丹斯坦和罗珊克兰兹是送死去了。

哈姆雷特　怎么，这原是他们热心要干的差事，我并不对他们
　　　　　抱愧，他们多管闲事所以自讨苦吃。在两方拼命苦
　　　　　斗刀来剑去的时候，一个不知高低的人闯了进去，
　　　　　是难免危险的。

何瑞修　　唉，这算是什么国王啊！

哈姆雷特　你想想，我现在是否应该——像他这个人，杀了我
　　　　　的父亲，奸了我的母亲，隔断了我上承大位的希望，
　　　　　用这样的毒计想钓我的性命——我现在下手结果了
　　　　　他，那岂不是完全合于良心的么？留着这样的人类
　　　　　蟊贼再生祸害，那岂不是造孽？

何瑞修　　英格兰方面的事情的结果，国王不久一定就会知
　　　　　道的。

哈姆雷特　一定不会久的，目前这段时间还是我的。人生苦短，
　　　　　原是一瞬就过。我很懊悔，何瑞修，刚才不该对赖
　　　　　尔蒂斯发作。因为就我自己苦恼的根由，我可以推
　　　　　想到他的情形，我要向他道歉。实在是，他哀恸得
　　　　　太过分，使得我怒不可遏。

何瑞修　　别作声！谁来了？

　　　　　奥斯利克上。

奥斯利克　欢迎殿下回丹麦了。

哈姆雷特　多谢盛意，先生——〔向何瑞修旁白〕你认识这只
　　　　　水蛭蜢么？

何瑞修	〔向哈姆雷特旁白〕不认识，殿下。
哈姆雷特	〔向何瑞修旁白〕你比我幸运多了，因为一认识他便是罪过。他颇有一些肥田，一条牲畜只消富得能做牲畜之王，他的刍秣就可以摆在国王的餐台上来共餐[12]。这家伙是个傻瓜，但是，我才说的，他广有田产。
奥斯利克	殿下，如尊驾现在有便，有一件事国王命我通知殿下。
哈姆雷特	我很愿闻命，先生，当洗耳恭听。你的帽子不妨正用，那原是为戴在头上的。
奥斯利克	敬谢殿下，这里很暖。
哈姆雷特	不，你相信我，是很冷，刮着北风呢。
奥斯利克	真是的，是冷得可以，殿下。
哈姆雷特	但是我又觉得对于我的体质是很热。
奥斯利克	十分热，殿下。是很热——热得好像是——我说不出像什么了。殿下，国王命我来告诉殿下，国王在你身上下了一注大赌。事情是这样的——
哈姆雷特	我请你不要忘记——〔作势令其戴帽〕
奥斯利克	不，这样舒服些。先生，赖尔蒂斯新近到宫里来了。这人是个十全的君子，多才多艺，待人有礼，气度轩昂。若公平地说，他真是绅士气派的南针，因为在这人身上你可以看出一个绅士所应具备的条件的总和。
哈姆雷特	你把这人形容得真是周到极了。虽然我很知道，若要把他的好处一件件地清算，会要把我们的脑子算得发昏，弄得摇摇晃晃，决赶不上他的快帆。但是

呢，我并非虚意恭维，我承认他是一个非同小可的人物，并且秉赋卓绝。说句真形容的话，他是除了在镜子里决找不出对儿来，想模仿他的人顶多不过是他的影子罢了。

奥斯利克　殿下批评得非常恰当。

哈姆雷特　倒是什么用意呀，先生？我们为什么要用这一套极卑陋的话来糟蹋这位绅士？

奥斯利克　什么？

何瑞修　换个说法不就可以懂了吗？先生，你有话直说了吧。

哈姆雷特　你提起这人来，倒是什么意思？

奥斯利克　赖尔蒂斯呀？

何瑞修　〔向哈姆雷特旁白〕他的钱袋已经空了，所有的金子般的漂亮话都用尽了。

哈姆雷特　说的就是他，先生。

奥斯利克　我晓得你不是不明白——

哈姆雷特　我很希望你晓得，先生。但是，纵然你晓得，于我也无益处。怎样呢，先生？

奥斯利克　你不是不明白赖尔蒂斯有什么样的长处——

哈姆雷特　这一点我倒不敢说知道，否则我便要和他较量较量。不过要能知人，便要自知。

奥斯利克　我的意思是说，先生，他长于武艺。据一般人说，他对于此道天下无敌。

哈姆雷特　他使的是什么武器？

奥斯利克　长剑和短刀。

哈姆雷特　这是他的两种武器。那么，怎样呢？

奥斯利克　　国王和他赌下了六匹巴巴里马，他也赌下了六把法
　　　　　　国剑和短刀，都带着腰带挂带，等等。内中有三条
　　　　　　悬链真做得巧妙，和剑柄非常相称，真是又精致又
　　　　　　富丽。

哈姆雷特　　你所谓悬链者是什么？

何瑞修　　　〔向哈姆雷特旁白〕我就知道你必要参考注解才得
　　　　　　明白。

奥斯利克　　殿下，悬链即是挂带。

哈姆雷特　　假如我们是腰挎两尊大炮，你用的这名词或者切合
　　　　　　事实一些，现在我看还是叫作挂带吧。但是，讲下
　　　　　　去。六匹巴巴里马，对方是六把法国刀，连同附件
　　　　　　和三条精致的挂带，这就是法国赌品和丹麦赌品了。
　　　　　　为什么要有这一番你所谓的"打赌"呢？

奥斯利克　　殿下，国王打赌说你若和赖尔蒂斯斗上十二回合，
　　　　　　他不能领先三局以上。他赌下十二回合之中可以九
　　　　　　胜 [13]。假如殿下同意这话，现在立刻就请比赛。

哈姆雷特　　假如我说不同意，又当如何？

奥斯利克　　我意思是说，假如殿下同意比赛。

哈姆雷特　　先生，我就在这大厅里散步。假如国王陛下高兴的
　　　　　　话，现在倒正是我闲来玩耍的时候，把比赛的剑拿
　　　　　　来。假如那位先生愿意，国王依旧主张，我便尽力
　　　　　　赢他。若不能赢，我只是自己惭愧，受他几击罢了。

奥斯利克　　我就这样去回复？

哈姆雷特　　由你如何地花言巧语，就把这意思回复便了。

奥斯利克　　谨向殿下致敬。

哈姆雷特　　　请了，请了——〔奥斯利克下〕他也只好自己来表
　　　　　　　示敬意，别人怕没有肯替他表示的哩。

何瑞修　　　　这只凫鸟还顶着蛋壳就跑出去了。

哈姆雷特　　　他吮乳的时候就会先向奶头行礼了。他这个人，以
　　　　　　　及末世浇风所推重的这一类的许多许多人，只学会
　　　　　　　了一套油腔滑调，缛礼虚文。不过是一层浮沫，却
　　　　　　　能使他们雅俗共赏地与世浮沉。可是一按实际，水
　　　　　　　泡禁不得一吹便破。

　　　　　　　一贵族某上。

某　　　　　　殿下，方才国王陛下派遣年轻的奥斯利克前来见你，
　　　　　　　据他回去报告，说你现在大厅相候。如今派我来问
　　　　　　　殿下是否仍愿和赖尔蒂斯比赛，还是展期举行。

哈姆雷特　　　我的意思是不变的，只看国王是否高兴。他若是方
　　　　　　　便，我是早已预备好了。现在或任何时候都成，只
　　　　　　　要我是和现在一样地健康。

某　　　　　　王、后和众人都就到这里来了。

哈姆雷特　　　正是时候。

某　　　　　　王后愿你在和赖尔蒂斯相斗之前，对他应酬一番。

哈姆雷特　　　她教训得很对。〔某贵族下〕

何瑞修　　　　殿下，这一赌怕你要输。

哈姆雷特　　　我不见得，自从他到法国去，我是时时不断地练习。
　　　　　　　我靠这点便宜，便可赢他。但是你不晓得我心里怎
　　　　　　　么这样难过，但是这不要紧。

何瑞修　　　　怎么了，殿下——

哈姆雷特	这毫无关系，不过是足以惊扰妇女的一种疑惧罢了。
何瑞修	你若是心里不愿做那一桩事，别勉强。我可以先去通知他们别来，就说你不舒服。
哈姆雷特	我一点也不，我不信朕兆。一只雀死，也是天命。命中注定在现在，便不能在将来。如不在将来，必在现在。如不在现在，将来总要来，最好听天由命。既然没人死后能再知生前的事，及时而死又算得什么呢？由他去吧。

王、后、赖尔蒂斯、贵族等、奥斯利克及其他侍从携剑及手套上；一台上置酒一罐。

王	来，哈姆雷特，来握这手。〔王以赖尔蒂斯手放在哈姆雷特手内〕
哈姆雷特	请你恕罪，先生，我对你不起。你是君子，请你原谅。这里众人都知道，你也一定听说过，我被疯病缠得好苦。方才我的行为，如有鲁莽开罪之处，皆是我的疯狂所致。是哈姆雷特得罪了赖尔蒂斯吗？永不会是哈姆雷特。若是哈姆雷特失了本性，在不由自主的时候得罪了赖尔蒂斯，那么就不能算是哈姆雷特干下的事，哈姆雷特决不承认。那么是谁干的呢？是他的疯病干的。如此说来，哈姆雷特也在被得罪之列，这疯病便是可怜的哈姆雷特的敌人。先生，我既然承认不是有心作恶，请你当众恕我这遭，只当作是我隔屋放箭误伤了我的兄弟。

赖尔蒂斯	我心里是满意了，虽然这事本来气得我非报仇不可。不过我的名誉问题，我却做不得主，除非等到有几位年高望重的老辈给我讲出和解的理由和前例，使我名誉不受污损，我却不愿讲和。但是未到那时节之前，我且把你的好意当作好意来接受，不敢辜负。
哈姆雷特	这话我完全听从，我就和这兄弟爽爽快快地赌赛吧——给我们剑——来呀。
赖尔蒂斯	来，给我一把。
哈姆雷特	我是你的陪衬，赖尔蒂斯。我的剑术浅陋，越显得你的技艺如黑夜中的明星，特别地灿烂。
赖尔蒂斯	你取笑我，先生。
哈姆雷特	我赌咒不是取笑。
王	把剑给他们，小奥斯利克——哈姆雷特，你知道赌彩吗？
哈姆雷特	很知道，陛下，可惜陛下在软弱的这边下了赌。
王	这我不怕，你们两个的手段我都知道。不过他大有进步，所以我们在比例上要讨些便宜。
赖尔蒂斯	这把太重了，再递我一把看。
哈姆雷特	这把我使着合适——这剑都一般长么？
奥斯利克	是的，殿下。〔两人准备比赛〕
王	在那桌上给我摆好酒杯——若是哈姆雷特击中第一击或第二击，或在第三回合能还一击，传令堡垒上全放起炮来。我要饮酒祝贺哈姆雷特的健康，酒杯里面还要投一颗珍珠，比丹麦王四代世袭的王冠上

的宝珠还要珍贵。给我几只酒杯，让鼓告诉喇叭，喇叭告诉外边的炮，炮告诉天，天告诉地。"现在国王举杯祝贺哈姆雷特！"——来，开始吧——你们，裁判员，仔细看啊。

哈姆雷特　　来呀，先生。

赖尔蒂斯　　来吧，殿下。〔二人交手〕

哈姆雷特　　一击。

赖尔蒂斯　　没有。

哈姆雷特　　裁判员的意见。

奥斯利克　　一击，很明显的一击。

赖尔蒂斯　　好吧，再来。

王　　　　　且住，给我酒——哈姆雷特，这珍珠是你的了，祝你康健——〔内喇叭响，炮声大作〕这一杯给他。

哈姆雷特　　我先比赛，这且放在一旁——来。〔二人交手〕又一击，你说怎样?

赖尔蒂斯　　擦着一下，擦着一下，我承认。

王　　　　　我们的儿子要赢了。

后　　　　　他太胖[14]，喘不过气——来，哈姆雷特，拿我的手布，揩揩脸。我饮这杯酒，祝你幸运。

哈姆雷特　　好母亲——

王　　　　　葛楚德，别喝!

后　　　　　我要喝，陛下，请你恕我。

王　　　　　〔旁白〕那是毒酒! 太晚了!

哈姆雷特　　现在我还不敢喝，母亲，等一等。

后　　　　　来，我给你揩揩脸。

赖尔蒂斯	陛下，现在我要击中他了。
王	我不相信。
赖尔蒂斯	〔旁白〕但这是几乎昧着我的良心哩。
哈姆雷特	来，第三回合，赖尔蒂斯。你竟闹着玩，请你用尽力来刺，我怕你和我寻开心呢。
赖尔蒂斯	你这样说么？来呀。〔二人交手〕
奥斯利克	两边都没有。
赖尔蒂斯	这回刺个着！〔赖尔蒂斯伤哈姆雷特；随后乱斗中两剑对换 [15]，哈姆雷特又伤赖尔蒂斯〕
王	拉开他们吧！他们急了！
哈姆雷特	不，来，再打。〔后倒地〕
奥斯利克	快招护王后，咳！
何瑞修	他们两方面都流血了——这是怎么回事，殿下？
奥斯利克	怎么回事，赖尔蒂斯？
赖尔蒂斯	咳，像是一只小鹬我走进了自己的陷笼，奥斯利克，我活该是作法自毙了。
哈姆雷特	王后怎样了？
王	她看他们流血所以晕倒了。
后	不是，不是，那酒，那酒——啊我亲爱的哈姆雷特——那酒，那酒——我中毒了！
哈姆雷特	啊奸谋——嘻！锁上大门！有贼！捉出来！〔赖尔蒂斯倒地〕
赖尔蒂斯	贼在这里，哈姆雷特。哈姆雷特，你就要死了，没有药能救得你，你活不到半个钟头了。那害人的家伙就在你的手里呢，开过口，涂过毒药。这阴谋竟

害了我自己。看，我躺在这里了，莫想再起来。你的母亲是中毒了，我不能再说——国王——都怪国王不是。

哈姆雷特　剑头也涂了毒药——那么，毒药，你去发作吧！〔刺国王〕

众　　　　反了！反了！

王　　　　啊，朋友们，还要保护我，我只是受伤了。

哈姆雷特　好，你这个乱伦杀人该死的丹麦王，喝下这杯药去！你的珍珠在这里面吧[16]？跟我母亲去！〔国王死〕

赖尔蒂斯　他话该，那是他自己调的毒药——高贵的哈姆雷特，我们互相饶恕吧。我和我父亲的死怪不得你，你死也怪不得我！〔死〕

哈姆雷特　上天恕你无罪，我也跟你去。我要死了，何瑞修——可怜的王后，再会了——你们诸位吓得脸白发抖与此惨变无关的旁观者们，假如我能苟延几时（无奈死神这个酷吏拘捕得紧），啊，我可以告诉你们——但是不必说了——何瑞修，我死了，你还活着，把我报仇的缘由宣布，令那些不明真相的人知道。

何瑞修　　永远别这样想，我虽是丹麦人，却更像古罗马人[17]，这里还有些剩酒。

哈姆雷特　你是个男子汉，把杯给我，松手。天哪，我喝了吧——啊上帝——何瑞修，事情若是就这样地暧昧不明，我死后要留下一个何等罪过的名声！如其你真是爱我，且别去享天堂的极乐，在这严酷的尘世

隐忍些时，把我的故事宣扬一下——〔远闻行军乐，
内作炮声〕这是什么威武的声音？

奥斯利克 　小浮廷布拉斯，从波兰凯旋，向英格兰使臣放炮
致敬。

哈姆雷特 　啊，我死了，何瑞修。强烈的毒药战胜了我的精力，
我等不及听英格兰的消息了。不过我可预言选举的
时候人民一定拥戴浮廷布拉斯，我临死也投他一票。
把这事告诉他，以及这事的前因后果，无论巨细，
全告诉他——没有别的可说了。〔死〕

何瑞修 　现在碎了一颗英雄的心——再见了，亲爱的王子，
愿天使歌唱着送你安息——鼓声为什么向这里来！
〔内行军曲〕

浮廷布拉斯、英格兰使臣等并旗鼓侍从等上。

浮廷布拉斯 在什么地方呢？

何瑞修 　你们要看的是什么！如其是要看奇惨的光景，无需
再寻了。

浮廷布拉斯 这一堆死尸必是屠杀的结果——哦凶暴的死神！你
那魔宫里要办什么样的筵席，竟这样狠命地一击打
死这样多的贵人？

使臣甲 　这景象好凄惨，我们从英格兰带来消息，可惜太晚
了。我们前来报告罗珊克兰兹和吉尔丹斯坦均已遵
命处死，但是听取我们的报告的耳朵已经失了听觉
了。这叫我们何处去讨酬谢？

何瑞修 　他纵然活着能谢你，也不能从他口里说出谢来，他

从没有下令处死他们。既然恰巧在这惨事发生的时候，你从波兰战罢归来，你们从英格兰奉使来朝，且令人把这些尸体高高地放在坛上由人瞻仰，容我把这事的始末原由告诉你们不明真相的人听。你们可以知道一些凶残淫乱的行为，临时起意偶然伤害，无端被迫设计杀人，以及结果弄巧反拙自食其报。这些事我能实实在在地讲给你们听。

浮廷布拉斯　赶快告诉我们，并请诸位亲贵都来听吧。至于我呢，却于哀恸中获得了幸运。我在这国里原有继承王位的权利，大家总可记得，我今天来恰巧可以要求这个权利。

何瑞修　　　关于这事我也有话要说，尤其是从他口里说出的话，一定要有很大的影响。但是现在人心汹汹让我先把这事解释明白，免得又有什么阴谋误会引起祸端。

浮廷布拉斯　叫四名营长把哈姆雷特像军人一般抬到坛上去，因为他若有机会一试，必定是个盖世的英主。如今他死了，当以军乐军礼为他发丧——抬起尸身——这种景象似是战场，但是这里更凄惨些——开步走，令军士放枪。〔奏哀乐。众随抬尸下；旋闻炮声隆然〕

注 释

[1] Arms 是双关语，（一）绅士佩戴之勋章，（二）掘地用之铲等工具。

[2] 大概是当时伦敦一酒家。

[3] 乡下人所唱之三节歌谣系自一首 *"The Aged Lover Renounceth Love"* 割裂窜改而成，原诗见 *"Tottel's Miscellany"* 传系 Lord Vaux 所作，共十四节。窜改后便无多意义。

[4] 原文 lie 双关语，有"卧"及"谎"二义。

[5] 言各阶级之人均喜作尖刻诙谐之语，以至平民与贵族毫无区别。盖矫揉造作之言辞，本是朝廷中人所优为，而平民亦追踪仿效，故云。

[6] 此处所说"三十年"，证以上文"正是小哈姆雷特生的那一天"一语，则哈姆雷特之年龄当在三十左右无疑。若然，则哈姆雷特年三十始出大学，其母至少当在五十以上，犹有奸情，似均不伦。盖莎氏初撰剧时所写之哈姆雷特确为二十左右之青年，后以哲学的辞句逐渐增加，遂不能不抬高其年纪，前后未加细整，故有此失。

[7] 亚力山大，希腊马其顿大帝，著有武功。

[8] 拍龙山（Pelion），奥林帕斯（Olympus），均为希腊高山。巨人与天神争斗时，曾拟以欧萨山（Ossa）及奥林帕斯堆积于拍龙山上，或以拍龙山及欧萨山堆积于奥林帕斯之上，以为爬上天庭之阶梯。

[9] "你要大口地喝醋吗？"原文"Woo't drink up eisel"为剧中难解处之一。第一版四开本"eisel"字写做"vessel"并用斜字体；其他四开本则作"Esill"而不用斜字体；对折本各版均作"Esile"，并用斜字体。此字之涵义不明，有两派解释：

（一）Esil，或 Esile，据 Theobald 考据即为莎士比亚十四行诗集第一百十一首中之"eisel"的古字，应作"醋"解。莎士比亚时代，情人往往故做大胆狂妄之事以证其爱情之真挚，吞食令人作呕之饮料即为最常行之一种表示。伊丽沙白时代戏剧中常有此项记载。

（二）在对折本各版，Esile 均用斜字体，而对折本向例斜字体表示"固有名词"。故此字当系河名。有人以为即是荷兰之 Yssel 河，或德国之 Weissel 河，或竟是丹麦之 Oesil 河。原文解作："你要喝干一条河水么？"二说均有可取，近人则均以前说为近是，因河名恐非当时一般观剧者所能了解。

[10] "狗是总有得意的一天"系成语。此段大意，Chambers 译作"下流东西，如赖尔蒂斯，总是很难令其改变性情的，有时候总是得令其稍占上风。"所谓赫鸠里斯当系哈姆雷特自喻，或意谓赫鸠里斯犹不能防止猫狗之常态，自况不如赫鸠里斯，更不须计较矣。

[11] "不朽的碑铭"原文 living monument 即墓碣之意，或谓隐指以杀哈姆雷特为献祭之意。

[12] 指奥斯利克而言，意谓其人蠢如猪犬，然因富有，故能跻身朝廷之上。

[13] 比赛究有若干回合，殊欠明了。He shall not exceed you three hits 不是指十二回合的总成绩，只是说在比赛过程中"领先三局以上"。若以总成绩而论，则领先三局乃不可能之事。He hath laid on twelve for nine 是说在十二回合之中可以胜九次，那即是领先六次了，成绩是九比三。He 指赖尔蒂斯。故比赛的回合是十二次，国王谓领先不过三局，只是谓赖尔蒂斯优于哈姆雷特者不过尔尔，不会优劣悬殊领先三局以上，赖尔蒂斯不服，故打赌可以在总成绩中以九比三胜利。这样解释似亦可通。

[14] 哈姆雷特似不应胖，故疑此处系指扮演哈姆雷特之著名演员 Richard Burbage。

[15] 可有三种解释：（一）二剑俱落地，匆乱中互拾错对方之剑。（二）赖尔蒂斯剑落，哈姆雷特授以己剑。（三）互夺剑柄，以致交换。

[16] 王于投珠时置毒。

[17] 罗马人宁自杀不苟存。